W0353043

Chapitre premier

Je pose les mains avec douceur sur les touches noires et blanches. Les notes s'envolent, légères, au-dessus du piano, et s'épanouissent dans le salon bleu au mobilier Louis XV. Les *Variations Goldberg*. Mme de Kerdoncuff apprécie particulièrement la deuxième quand elle reçoit.

— Oh, ma chère amie, vous aviez raison, ce thé est divin ! s'exclame Mme de Fontaine.

— N'est-ce pas ? Monsieur l'a fait venir spécialement de Chine, une cargaison pleine ! C'est un produit rare, une production limitée, m'a-t-il dit, huit tonnes par an seulement... Un luxe réservé aux plus grands. Naturellement, la Cour en raffole aux Tuileries !

Il me faut toute la maîtrise de mes sentiments pour ne pas enfoncer les touches suivantes avec plus de force que ne le demanderait ce morceau. Elle a fait venir ce thé avec *nos* bateaux. Si mon père n'avait pas été injustement embastillé, son entreprise d'armement saisie et confiée à ces nobles familles, j'aurais été celle en train de le déguster et de le faire découvrir à ses amies. Je prends une grande inspiration à la fin de la mesure, ce qui me permet de revenir à la musique tout en créant une certaine tension dramatique. *Concentre-toi, Gabrielle.*

— Je n'ai jamais rien goûté d'aussi exquis ! Mes compliments à monsieur, quelle trouvaille !

Les deux précieuses ne se sont rendu compte de rien. Ce n'est pas étonnant. Mme de Kerdoncuff, ma maîtresse, se croit mélomane, mais n'a ni oreille ni sens du rythme. Elle se contente de répéter les avis des autres. Sa critique d'un opéra sera en tout point similaire à celle de la *Revue des arts*, qu'elle se devra de lire avant chaque représentation afin de paraître savante auprès du beau monde pendant l'entracte.

— Alors, ma chère, avez-vous eu vent de nouvelles excitantes sur la prochaine saison de *Noblesse oblige* ? s'enquiert Mme de Fontaine en se penchant vers ma maîtresse. J'ai ouï dire que la duchesse douairière de Léon venait séjourner chez vous ce soir, c'est donc qu'une jeune fille de la région aura l'honneur d'y participer cette année ?

Mme de Kerdoncuff porte la main à sa bouche, affiche l'air joueur et faussement surpris d'une intrigante. Elle a elle-même lancé la rumeur de la visite de la duchesse, bien entendu. Elle l'a mentionnée suffisamment fort à son mari à la messe de dimanche dernier pour que le bruit coure sur les bancs : avant la fin du rite, tout Brest avait connaissance de l'honneur qui lui était fait.

— Oui, ma chère, dit-elle en baissant la voix. Elle arrive en fin d'après-midi...

Je jouais le morceau *mezzo forte*, je continue *piano*. Voilà enfin des informations dont je pourrais faire quelque usage et qui intéresseraient Mme Lautrec. À dix-sept ans, toutes les femmes sont invitées à se faire recenser et à se faire prélever un échantillon sanguin. Personne ne sait vraiment sur quelle base ceux-ci sont analysés, mais les services du roi s'en servent pour identifier une poignée de jeunes filles censées être « de sang pur », malgré leur naissance parmi les roturiers. Les heureuses élues, comme par hasard toujours belles et talentueuses, sont invitées à participer à l'émission *Noblesse oblige.* Elles sont envoyées à Versailles pour y rencontrer de jeunes nobles en quête d'épouses, le tout devant des dizaines de caméras de télévision et sous les yeux de la France entière. Si je pouvais savoir qui fera partie de la sélection cette année, mon réseau saurait sûrement mettre à profit ce renseignement. En enlevant la pauvrette afin de lui épargner le choix entre un mariage sans amour et le couvent, par exemple. Ou en lui proposant d'espionner pour notre compte. Les candidates doivent certainement avoir accès à tout un tas d'informations sensibles que nous pourrions exploiter.

— Vous avez deviné juste, finit par confier Mme de Kerdoncuff. Une jeune femme de Brest sera bien présente à Versailles cette année, mais c'est tout ce que je peux vous dire, car je n'en sais pas plus !

Elle prend une petite gorgée de thé, et je joue si *pianissimo* que je peux l'entendre déglutir. Lui a-t-elle menti ? Plus tôt dans la journée, je l'ai vue recevoir une lettre qui lui a fait de l'effet. Je me raisonne aussitôt et continue mon morceau. La Kerdoncuff est trop gourmande de ragots pour garder un tel secret.

— En revanche, j'ai bon espoir d'obtenir que mon Édouard y ait sa place aussitôt fêtés ses dix-huit ans, ajoute-t-elle, rayonnante de fierté.

— Édouard ? À Versailles ? Très chère, ce serait exceptionnel !

— N'est-ce pas ? La duchesse m'a promis d'en discuter dès son arrivée. Vous vous doutez qu'elle n'aurait pas proposé d'aborder le sujet si ce n'était pas quasiment fait.

— Je l'y vois déjà !

Voilà donc le contenu de la missive qui l'aura mise dans tous ses états ! Je ravale un éclat de rire. Édouard de Kerdoncuff, l'héritier de la famille, est un gros phoque de quinze ans qui ne sait pas différencier sa gauche de sa droite. Sans la fortune et les réseaux de sa famille, ce garçon n'aurait aucun avenir.

— Gabrielle ?

Je relève la tête de mon clavier.

— Jouez-nous quelque chose de plus entraînant. Tenez, improvisez comme la dernière fois.

— Bien, Madame.

J'obtempère et me lance dans une variation d'un thème de jazz que j'ai déjà interprété dans ce même salon il y a trois jours. N'ayant que peu de mémoire pour les mélodies, elle l'aura oublié.

— Quelle perle, votre dame de compagnie, commente Mme de Fontaine. Quel talent vous avez à votre disposition !

— Oh oui, Gabrielle m'est très agréable. Vous savez, la duchesse de Léon elle-même m'a confié la dernière fois qu'elle a séjourné chez moi que ma protégée aurait pu se produire à l'opéra d'Istanbul.

Je ne relève pas, je ne réagis pas, je me contente de moduler ma variation, de lui donner une couleur sombre et menaçante derrière son apparent entrain. Lorsque les sœurs du couvent Sainte-Augustine, en charge de mon éducation, m'ont annoncé que l'argent versé par mon père désormais déchu n'était plus suffisant pour payer ma scolarité, et que j'allais être placée au service d'une des familles qui avait justement profité de notre ruine, je savais aller au-devant de temps difficiles. En revanche, je n'avais pas imaginé recevoir ainsi régulièrement des coups de poignard à chaque fois que ma maîtresse se vanterait publiquement de l'avenir dont elle m'a spolié. J'aurais pu jouer à Paris, à Istanbul, à New York. Me voilà enchaînée à une famille qui m'a privée d'éducation et m'exhibe désormais comme un animal de foire à chacune de ses petites sauteries. Pire, plus que mes maîtres, ils sont aussi devenus mes tuteurs légaux jusqu'à ma majorité, à vingt et un ans. Je n'ai donc pas d'autre choix que de travailler pour eux, et au prix ridicule qu'ils ont fixé.

— Quel courage de la part de Mme de Léon d'apparaître dans l'émission cette année, enchaîne Mme de Fontaine. Après ce qui est arrivé à sa pauvre bru !

— Tragique, tragique..., renchérit la Kerdoncuff en secouant la tête, d'un air contrit.

— Si jeune, si belle. Mariée depuis six mois à peine.

— Vous savez, de ce que j'ai pu entendre, le jeune Léon ne s'en est toujours pas remis.

— Nous non plus, ma chère, nous non plus.

Je m'accorde le plaisir quelque peu facétieux de teinter ma mélodie d'une pointe de mélancolie alors que les deux nobles femmes hochent tristement la tête. La jeune Capucine de Léon, née Trégor, était la grande gagnante de la saison précédente de *Noblesse oblige*. Aussi intelligente et vive que gracieuse et belle, Capucine avait ravi le cœur du jeune Hervé de Léon, héritier de la plus vieille et plus importante famille de France en dehors de celle du roi. Tout le royaume a assisté à leur histoire d'amour télévisuelle, a levé un verre à leur santé le jour de leur mariage, et a porté un brassard noir le lendemain de la mort de la jeune femme, survenue lors d'une soirée organisée pour l'anniversaire du dauphin, il y a trois mois. Une triste mais banale histoire d'incendie, qui a fait partir en fumée la duchesse et la moitié du petit Parthénon, où la fête avait lieu. En temps normal, j'aurais eu de la sympathie pour la douleur du jeune veuf, mais sa famille est celle qui s'est vu confier la gestion de l'entreprise d'armement de mon père après qu'elle a été saisie. En ce qui me concerne, il peut bien se noyer dans ses larmes.

— Pensez-vous que Léon participera à nouveau à *Noblesse oblige* ? demande Mme de Fontaine, toujours aussi fouineuse.

— Cette année, non, ce serait inconvenant. Mais d'ici un an ou deux, peut-être...

Ma maîtresse hausse les épaules avec un sourire en coin qui laisse à penser qu'elle en sait davantage. Je doute pourtant que la duchesse de Léon, toute amie qu'elle soit, l'ait entretenu de ses plans pour son fils.

— Ce serait une bonne chose. *Balades en terres de France* me paraît si triste depuis qu'il n'y est plus. J'aimais beaucoup les références littéraires qu'il apportait aux présentations historiques de sa mère.

— La duchesse veut le préserver, lui confie la Kerdoncuff. Il porte toujours le grand deuil, alors apparaître tous les samedis à l'écran pour parler art et peinture...

Nouveau sourire affecté. J'augmente le rythme de la mélodie, frappe les touches avec quelques éclats de colère. Trois mois que la femme de Léon est morte, et ce paresseux ne se sent toujours pas de se remettre au travail ? Alors que celui-ci se résume à lire de simples extraits de textes classiques pour l'émission d'histoire animée chaque semaine par sa mère ? Pourtant, le mois dernier, quand un de nos anciens chalutiers a coulé, sa famille ne s'est pas souciée d'accorder la moindre pension, le moindre dédommagement aux veuves des marins disparus. Celles-ci n'ont pas eu une journée pour pleurer leurs morts qu'elles devaient déjà s'occuper à trouver de quoi nourrir leurs enfants. La vitesse à laquelle l'intendant des Léon les a privées de leur mari et de leur seule source de revenu n'a eu d'égale que celle des proxénètes qui se sont empressés de leur proposer du travail pour subvenir à leurs besoins.

Onze heures sonnent à l'horloge ancienne sur le marbre blanc de la cheminée, une suite de six notes qui provoque un réflexe immédiat chez Mme de Kerdoncuff : elle se lève pour relever l'épais velours jaune moutarde qui cache l'écran de télévision dans la bibliothèque. J'abrège aussitôt la mélodie, et le silence alourdi du tic-tac de la pendule retombe dans le salon bleu.

— Oh, mais c'est l'heure, n'est-ce pas ? s'exclame la Fontaine.

— Oui, très chère, vous allez voir ! se rengorge ma maîtresse.

Le poste s'allume sur *La Vie des saints*, la série télévisée du moment, où une Mme de Noailles bien trop vieille pour le rôle, mais au visage récemment lissé, interprète sainte Catherine. Mme de Kerdoncuff change de chaîne et nous basculons sur la deux, où M. de Choiseuil donne des conseils pour entretenir son jardin et son potager, depuis son domaine, célèbre pour ses parcs. Nous passons ensuite sur la trois, où, à cette heure-ci, la comtesse de Provence anime un débat sur le cinéma. Cela continue ainsi, longue navigation sur les flux de propagande de la noblesse, jusqu'à la chaîne sept, le canal réservé aux plus grandes familles, à laquelle seuls quelques foyers privilégiés ont accès, pour assister au cérémonial de la Cour royale retransmis depuis les Tuileries. La chapelle du palais est encore vide, Louis XXI n'est pas encore arrivé. Droite sur mon tabouret, je me prépare à partir dès que la Kerdoncuff m'en donnera l'ordre.

— C'est extraordinaire, ma chère Adrienne, bafouille une pâlissante Mme de Fontaine.

— N'est-ce pas ?

Ma maîtresse rayonne, comme à chaque fois ces deux dernières semaines qu'elle a invité une de ses connaissances à assister à la messe quotidienne du roi de France. La possibilité de voir le monarque n'est en théorie pas à la portée de la petite noblesse terrienne. Qu'a fait M. de Kerdoncuff pour obtenir en quelques années un poste au sein d'une entreprise saisie par l'État, une rente de situation donc, et maintenant ceci, la chaîne sept, un des privilèges les plus convoités au sein de l'aristocratie ? Je cherche encore. J'avais dans l'idée que l'homme était à l'origine des accusations de fraude et des fausses preuves contre mon père, mais la vie ici m'a enseigné que c'était une machination trop compliquée à imaginer pour ce lourdaud sans subtilité. Je suspecte désormais quelque chose de plus scabreux, des services rendus lors de ses séjours à la Cour, des amitiés de maison close avec quelques puissants.

— Regardez, regardez, il arrive ! s'excite Mme de Fontaine.

Les deux femmes se lèvent en une débauche de tissus jaunes et orange, se signent en même temps que la foule dans la chapelle. Louis XXI, en habit de soie bleu ciel rebrodé d'or, ses cheveux grisonnants et désormais clairsemés retenus en catogan, s'avance dans sa loge. Je jette un œil à la porte. Dois-je rester ? Partir ? Je ne suis normalement pas censée assister à la cérémonie. Toute à son excitation et à la joie d'afficher sa réussite sociale à une lointaine amie d'enfance, ma maîtresse a oublié de me congédier. Or, je n'ai pas le droit non plus de quitter la pièce sans qu'elle me l'ait expressément demandé et je peux encore moins prendre le risque de la déranger pendant un office. Dans le doute, je reste sur mon tabouret, me fais la plus discrète possible. Je devrais baisser les yeux, mais l'écran les attire comme un aimant. Le roi s'est assis sur son fauteuil de velours rouge, sous les yeux des plus grandes familles de France qui le contemplent en silence depuis la nef. Une bouffée de haine me prend à la gorge. Tous les plus gros parasites de ce pays réunis en un même endroit, devant le plus énorme d'entre eux, l'artisan de ma ruine et de celle de tous ceux qui osent s'élever un peu trop par eux-mêmes et pourraient faire de l'ombre à sa cohorte de privilégiés.

Louis XXI fait un geste et les orgues de l'église résonnent. Alors qu'un *Te Deum* magistral s'élève dans le salon, je m'imagine le bruit que ferait la tête du monarque en tombant dans un panier sur l'échafaud.

Chapitre 2

— Ah, vous étiez là, Gabrielle ? s'exclame la Kerdoncuff sitôt la transmission achevée.

— Madame ne m'a pas donné mon congé, je réponds, les yeux baissés dans une attitude respectueuse et discrète. Je n'aurais pu vous importuner pendant la messe.

— Oh, oui, où avais-je la tête ? Allez, allez, mon enfant.

— Puis-je me rendre à Saint-Pierre pour mon après-midi de repos ?

— Bien sûr, ma chère.

Je murmure un remerciement dans les formes, puis abandonne enfin le tabouret sur lequel je suis clouée depuis deux heures. Le parquet ancien du château craque sous mes pas alors que je me dirige vers la sortie. Comme à mon habitude, je m'arrête devant la porte.

— Du courrier que vous aimeriez que je poste en ville, Madame ?

— Oh, oui, merci de m'y faire penser Gabrielle ! Cécile, vous voulez bien m'accorder une minute ?

— Bien entendu, chère amie, sourit Mme de Fontaine.

Ma maîtresse se lève, sa robe bouffante en satin jaune vole autour de sa taille et effleure le tapis persan. Elle me passe devant pour quitter la pièce. Je lui emboîte le pas jusqu'à son bureau. Là, sur le secrétaire en marqueterie, se trouvent deux lettres.

— Tenez, Gabrielle, dit-elle en me les tendant.

Puis, l'air de se rappeler qu'un envoi n'est pas gratuit, elle ouvre un tiroir du meuble pour y prendre une petite bourse aux délicats motifs floraux.

— Voici un louis. Gardez la monnaie, mon enfant, pour vos bas de laine.

— Merci beaucoup, Madame, je m'empresse de répondre, soumise et reconnaissante. Puis-je prendre congé de vous ?

— Oui, ma chère, allez-y.

Je file sans demander mon reste et grimpe directement dans les étages.

*

Ma chambre se trouve sous les combles, avec celles du personnel du château. En fait de chambre, il s'agit plus d'une cellule : un simple lit en métal surplombé d'un crucifix, une armoire qui contient les lourdes robes que je suis autorisée à porter, une chaise et une bassine pour ma toilette quotidienne. Sur l'épaisse couverture brune, un des deux seuls objets que j'ai pu garder de mon ancienne vie, en plus de mon pendentif : une bible usée jusqu'à la corde, celle de mes parents de naissance. Je la laisse toujours bien en évidence, au cas où l'intendant viendrait à passer une tête ici. J'ai perdu la foi le jour où j'ai appris que mon père adoptif avait été embastillé et notre fortune, distribuée aux artisans de sa chute. Aucun Dieu ne pourrait m'avoir pris ma famille à cinq ans, pour ensuite me priver de la seule personne qui comptait pour moi. Aucun Dieu ne pourrait aimer cette noblesse bête et fainéante qui préfère accaparer les richesses des autres plutôt que de travailler. Aucun Dieu ne pourrait donner à cette sale engeance le pouvoir de diriger et de régner en son nom. Mais il m'est impossible de manquer une messe ou de ne pas faire mes prières le soir, à voix haute et la porte entrouverte, pour qu'on m'entende. Il est vital d'être perçue comme une bonne chrétienne, une jeune fille pieuse et observante des rites. Car passer pour une catholique pratiquante détourne les soupçons.

Après m'être assurée que le couloir était désert, je ferme la porte de ma chambre, repousse la vieille bible pour m'asseoir sur mon lit. Je lève les enveloppes à la lumière de l'œil-de-bœuf pour observer ce qu'elles contiennent, par transparence. Il s'agit *a priori* d'une lettre et... d'un carton ? J'ouvre le tiroir de ma commode. À côté de mes dessous, je retire ma petite planche à repasser et mon fer. Je le laisse chauffer pendant que je me change. Je n'ai pas tellement le choix de la tenue : étant de basse extraction, au service d'une famille, je ne suis autorisée qu'à porter du noir, et mes cheveux doivent être retenus en un chignon simple et modeste, dans un filet. Les couleurs vives et éclatantes, les coiffures élaborées sont des mises réservées aux nobles. Quand j'étais encore riche, je pouvais pousser l'audace jusqu'à porter du bleu marine, du vert pin ou du bordeaux très sombre, mais maintenant que je suis au service des Kerdoncuff... Je pousse un soupir en sortant ma robe du dimanche. J'ai brodé quelques motifs floraux au fil noir sur son corsage pour la rendre un peu plus coquette, mais c'est la seule fantaisie qui me soit permise. Il me faut me contorsionner un moment pour réussir à l'enfiler, retenir ma respiration de longues secondes pour la fermer à l'avant. Quand je suis présentable, mon fer est enfin chaud.

Je passe une nouvelle tête dans le couloir. Personne. Parfait. Je saisis les deux enveloppes et me rapproche de ma bassine. J'y ai laissé un peu d'eau de ma toilette de ce matin. Avec précaution, j'humidifie les bords de chaque courrier, juste un peu, pour aider à dissoudre la colle. Je les pose ensuite sur ma table à repasser, applique le fer deux secondes sur chaque pli et les ouvre rapidement avant qu'ils ne refroidissent.

La première, celle au carton, est adressée à Mme de Kergroadez et contient un simple mot sur le papier monogrammé aux armoiries des Kerdoncuff : « Merci encore pour cette délicieuse après-midi en votre compagnie. » J'aurais dû m'en douter, la baronne l'a visitée mercredi. Je passe à la missive adressée à Mme de Hescouët, une autre des familles à avoir profité de ma mauvaise fortune. Mes espoirs sont douchés en une seconde : il ne s'agit que d'une lettre ordinaire. Pas la peine d'y chercher un code, la baronne est trop sotte pour ce genre d'artifices. Avec un soupir, j'attrape le petit bâton de colle au fond de mon tiroir et m'applique à refermer les deux courriers ni vu ni connu. Cela fait un an que j'espionne les maîtres de maison, dans l'espoir de découvrir les preuves de la machination qui a envoyé mon père à la Bastille. Après son emprisonnement, M. de Léon s'est vu proposer la direction de Mathurin et Fils, notre entreprise d'armement, M. de Hescouët a été placé à la tête du service financier, M. de Saint-Jean, à la charge d'intendant des navires, et M. de Kerdoncuff, au pôle commercial.

Sauf que ce dernier est si paresseux que je ne l'ai jamais vu ramener un dossier à la maison, ni entendu discuter affaires avec ses comparses. Ce qui explique pourquoi l'entreprise a failli connaître la banqueroute l'année dernière. Ils s'attendaient à une vache à lait, mais ils n'avaient pas imaginé devoir la traire, la nourrir ou la bouchonner.

Ruminant toujours, j'attrape ma pelisse, mon petit sac, y fourre les lettres et me dépêche de sortir de ma chambre.

*

Dans le bus rempli d'une foule compassée de domestiques qui, comme moi, profitent de leur seule après-midi de libre pour se rendre en ville, je me laisse aller à contempler les rues qui défilent alors que nous nous rapprochons du centre. La réclame pour la nouvelle saison de *Noblesse oblige* s'étale sur tous les panneaux publicitaires de Brest, mais je les remarque seulement maintenant. Une femme pose en robe bleue et bouffante – à la pointe de la mode dans la haute société –, son visage est remplacé par un point d'interrogation : « Qui seront les heureuses élues ? » Le chef de file des abolitionnistes, Régis Leclerc, a raison. Voilà comment on endort un peuple. Chaque année, on fait miroiter une forme d'ascension sociale à quelques jeunes roturières, la perspective d'un beau mariage, d'un nom, du confort matériel. Chacun peut imaginer sa fille, sa nièce, sa sœur dans cette femme anonyme. S'ils ont un garçon, ils peuvent le penser susceptible d'obtenir un titre et des terres en se distinguant au sein de l'armée dans l'émission *Au service du Roy*, diffusée chaque hiver. Voilà ce qui les pousse à accepter une vie de misère et une demi-après-midi de libre par semaine : l'infime espoir que leurs enfants pourront améliorer leur condition. Heureusement pour moi, la déchéance de mon père me protège d'une éventuelle invitation à participer à ce cirque.

— Oh, c'est vrai que c'est demain ! commente une vieille dame à sa voisine alors que nous passons devant une nouvelle affiche.

— Je vais prier pour ma petite-fille. Elle a l'âge. Ses parents n'attendent plus que l'annonce de la sélection pour la marier.

Je retiens une grimace. C'est la même chose chaque année. Une poignée de jeunes femmes partent à Versailles pour se trouver un époux, et toutes les autres ne sont soudain plus à préserver « au cas où ». On les unit à la va-vite dans certains cas, quand, dans d'autres, c'est de la chair fraîche désormais facile d'accès dans les quartiers des domestiques. Quelle joie d'être une femme dans le royaume de France...

Le bus passe devant l'hôtel particulier que j'occupais autrefois avec mon père, puis descend vers le port. Il fait halte à l'arrêt Recouvrance à une heure vingt-huit. Je descends sur le trottoir luisant. Une bruine bien inhabituelle en ce mois de mai fait briller les pavés du port de Brest. Je rabats la capuche de ma pelisse avant d'inspirer à pleins poumons les effluves de sel et d'iode. L'air ici a le parfum des jours heureux. Petite, je venais là chaque week-end, accompagnant mon père à ses bureaux ou à l'inspection de ses bâtiments. Il tenait à me former, pour que je puisse un jour reprendre les rênes. Quelle perte de temps, quand j'y repense.

Le bus repart en vrombissant et dégage la vue sur la rade. Derrière le muret s'étend l'eau sombre de la Penfeld, crénelée de pluie. Je traverse la route pour observer les navires à l'amarre de l'autre côté de la rive. Je reconnais deux de nos goémoniers. Notre flotte de pêche est sortie. Pas la peine de chercher les porte-conteneurs, ceux-là n'accostent pas ici. L'amertume me contracte l'estomac, même après tant d'années. Je voudrais voir la tête de M. et de Mme de Kerdoncuff tomber dans un panier. Celle de M. de Léon exhibée dans les rues de la ville au bout d'une pique. Si le soulèvement de 1789 avait réussi, jamais nous n'en serions là, jamais ces gens n'auraient pu conserver leurs privilèges. Au lieu de ça, tous ces idiots continuent de se nourrir sur la bête. Pire, désormais, on les adule. La fausse proximité soigneusement entretenue par les émissions qui leur sont consacrées a fait d'eux des stars, des icônes, dans le cas du roi et du prince. Des êtres inattaquables, car en apparence dédiés à leur peuple, devenu leur public...

Un coup de vent fait voler la capuche de mon manteau, m'arrachant à mes pensées amères. Je m'empresse de la remettre en place. *Trêve de flânerie, Gabrielle, tu as du travail.* Je me mets en marche d'un pas rapide vers la poste qui fait l'angle de la rue, puis, une fois les lettres de ma maîtresse envoyées, je tourne à droite pour me diriger vers la façade blanche et bleue de l'établissement de bains.

— Bonjour, mademoiselle Lacroix ! m'accueille Ophélia Lautrec dès que j'en ai franchi la porte.

— Bonjour...

— Sacré temps, hein. Le printemps se fait attendre.

— Oh, je pense que ça se dégagera, j'ai vu de la lumière à l'horizon.

— Que Dieu vous entende.

Elle se tourne vers les petits casiers derrière elle et en sort une clé.

— Comme d'habitude, j'imagine ?

— Oui, le bain turc et la coiffure.

Je lui donne un louis, qui disparaît dans sa caisse enregistreuse.

— Passez un bon moment, me répond-elle en me tendant la clé et une serviette de bain.

Je m'en saisis et, comme chaque samedi, pénètre dans le vestiaire.

La pièce est pleine de femmes. Certaines sortent vêtues de leur cabine, dans leurs habits de ville, d'autres à moitié nues, la serviette nouée autour de la taille ou de la poitrine. Tout ce que Brest compte de domestiques, servantes, lingères, cantinières se presse dans ces établissements pour prendre chaque semaine un bain de vapeur, une douche chaude, un lavage des cheveux en profondeur pour faire partir la crasse des soupentes ou des cuisines. Je ne me mêle pas à la foule. De toute façon, même si certains visages ne me sont pas inconnus, je ne parle jamais à personne ici à part à Mme Lautrec. Je me dirige droit vers ma cabine, la numéro cinquante. Après l'avoir fermée à clé, posé mon sac sur le banc, je pousse doucement le double fond que la patronne a dû ouvrir pour moi. Parfait, la cloison se déplace. En silence, je me glisse dans le souterrain.

Chapitre 3

À mesure que je m'enfonce dans l'étroit couloir, les rumeurs du vestiaire se dissipent. La lumière aussi. Je poursuis mon chemin à tâtons, longeant les murs pour me guider. Je procède prudemment : au bout se trouve un escalier, et je n'ai pas intérêt à manquer une marche. Mon pied se pose enfin sur un sol métallique. J'y suis. Je cherche la rampe des mains, puis l'agrippe fermement pour descendre. Au bout de quelques secondes, j'aperçois un rai de lumière qui filtre sous une porte. La cave. Je m'arrête une seconde, lisse ma robe, remets en place une petite mèche de cheveux dans mon filet. Une fois présentable, je frappe à la porte. Deux coups brefs, trois coups longs, « bonjour » selon le code Kaer.

Des bruits de pas retentissent de l'autre côté du bois, puis la lumière m'aveugle.

— Trésor !

Mon père adoptif me serre contre lui. Il a encore maigri depuis la dernière fois que je l'ai vu, et ses cheveux sont désormais entièrement blancs sur les tempes.

— Tu as l'air fatigué...

— Oh, tu les connais, ces messieurs espèrent toujours plus d'argent dans leurs caisses, alors je ne compte plus mes heures pour récupérer les contrats perdus... Mais viens, installe-toi, Mme Lautrec a eu la bonté de nous apporter du pain et du fromage. J'imagine que tu n'as pas encore eu le temps de déjeuner ?

Je secoue la tête.

— Cette famille..., grogne-t-il. Jamais je n'ai traité mes employés de la sorte !

Tout en pestant, mon père va refermer la porte à double tour derrière moi. Je prends place à la table usée au centre de cette cave humide et froide, sur laquelle trônent un camembert et une baguette fraîche. Cela fait un an que mon père a été libéré du cachot où il était censé pourrir jusqu'à la fin de ses jours, un an que nous nous voyons en secret, dans un des sous-sols du réseau républicain abolitionniste. Au bout de trois ans de gestion par les Léon, Saint-Jean, Hescouët et Kerdoncuff, l'entreprise de mon père était au plus mal. Pour éviter la disparition d'un des plus gros armateurs de France – et accessoirement continuer de s'enrichir sur son dos –, ces familles ont intrigué pour faire libérer mon père et le replacer aux commandes en tant que « directeur des opérations ». Ce n'est pas une grâce, il loge dans les combles du bâtiment et son salaire est symbolique, tout juste suffisant pour lui permettre de se nourrir et de se vêtir, mais au moins est-il hors de ce mouroir pour personnalités publiques qu'est la Bastille.

— Des nouvelles ? me demande-t-il en s'asseyant face à moi.

Je secoue la tête et me coupe une généreuse tranche de camembert.

— Toujours aucune avancée. M. de Kerdoncuff était à Paris toute la semaine. Il y passe de plus en plus de temps.

— Oui, il m'est plus rapide de compter les jours où il est présent dans les locaux de la compagnie plutôt que ceux où il n'y est pas désormais, lâche mon père d'un ton maussade.

Je coince mon fromage entre deux bouts de pain.

— Une semaine qu'il est absent, je reprends. Mais d'après la baronne, ce serait lui qui aurait importé ce tout nouveau thé de Chine qui fait fureur à la Cour...

— Misérable petit vermisseau, crache-t-il, la bouche déformée par le mépris. Un mois que je travaille d'arrache-pied pour obtenir cette cargaison...

— Je me doutais que c'était toi. Je vois mal le Kerdoncuff se donner du mal pour... pour quoi que ce soit en fait.

Mon père pousse un soupir et se sert à son tour du camembert, le visage fermé, la mine sombre. Plus le temps passe, plus je le sens désabusé, las. Quand il a repris contact avec moi, par l'intermédiaire de Mme Lautrec, après sa libération, il m'a demandé de tendre l'oreille et d'ouvrir l'œil chez mes maîtres, tandis que lui fouinerait dans les comptes de l'entreprise. Nous étions convaincus d'avoir une chance de découvrir des preuves de la machination ourdie contre lui. Notre mauvaise fortune n'était plus que temporaire, nous reprendrions bientôt nos vies. Il nous suffisait de faire profil bas, chacun de notre côté, jusqu'à ce que nous ayons de quoi laver son honneur. Je doute désormais que nous y arrivions. En un an, nous n'avons toujours pas recueilli le moindre indice sur le complot qui a détruit la vie et la réputation d'un homme qui devenait trop riche, trop influent, trop populaire et surtout trop proche du Parti Démocrate à la chambre basse régionale pour la tranquillité d'esprit de la Couronne. Je me demande souvent ce qu'il se serait passé, si mon père ne s'était pas présenté sous leur bannière aux élections locales. Il était certain de remporter ce siège. Certes, il n'aurait eu aucun pouvoir, comme les chambres basses ne sont bonnes qu'à proposer des lois aux nobles de la chambre haute, elles-mêmes soumises à l'approbation finale du roi, mais il aurait pu se faire connaître comme une figure réformatrice et un modèle de réussite parmi les roturiers. C'est ce qui a dû faire peur à la Cour. Peut-être que sans ça, je serais en train de finir mon éducation au couvent, ou déjà à Istanbul, à étudier le piano au conservatoire.

— Papa, j'ai réfléchi..., je commence alors qu'il mord dans sa tartine.

Il hausse les sourcils, soupçonneux.

— Mme de Léon vient ce soir chez la Kerdoncuff pour le début de *Noblesse oblige*. Tu sais à quel point elle apprécie ma musique. C'est une connoisseur[1], elle a plusieurs fois loué mon talent à Madame et lui a fait des appels du pied pour me faire transférer à son service. La baronne est trop obtuse pour les avoir repérés, mais...

Mon père affiche désormais un air grave.

— Je pense la solliciter ce soir pour obtenir un emploi chez elle. Je ne fais aucun progrès chez les Kerdoncuff, ils ne discutent jamais de rien qui ait trait à la compagnie. En revanche, chez les Léon, je pourrais me rapprocher de leur intendant qui...

— C'est non, Gabrielle.

---

1. Orthographe ancienne de connaisseur.

— Mais, pourquoi ça ? Ce serait juste temporaire, le temps de...

— C'est non. C'est une chose d'ouvrir tes deux oreilles chez tes tuteurs légaux, c'en est une autre que de rentrer sciemment au service d'une des plus puissantes familles de France pour y pratiquer l'espionnage. C'est non.

— Mais...

— Mais rien, me coupe-t-il. Être un agent du réseau républicain n'est pas un métier pour une jeune fille. Tu te détournes de ton avenir, Gabrielle. Ne rêvais-tu pas d'étudier la musique ? De devenir concertiste ? De jouer au grand théâtre d'Istanbul ? Il y a un an, tu parlais encore de partir pour l'Amérique et l'Union orientale... Je t'ai simplement demandé d'attendre de voir si je pouvais trouver une solution ici avant que nous ne nous décidions à quitter la France.

— Mais quel avenir m'attend là-bas ? Je n'ai ni argent ni connexion, je n'ai pas terminé le collège... Si ma musique ne me permet pas de m'en sortir, je suis condamnée à être femme de ménage, dans le meilleur des cas. Tant qu'à faire la bonniche, autant la faire dans l'entourage des Léon et en profiter pour récolter des informations qui rétabliront notre fortune. Et si celles-ci nous permettent d'abolir la monarchie en sus...

— Gabrielle ! se récrie mon père. Tu n'es pas sérieuse ?

— Je suis très sérieuse. Regarde ce qu'ils t'ont fait. Il est impossible de réussir dans ce pays sans susciter leur convoitise. Combien d'affaires prospères ont été saisies sous des prétextes frauduleux pour occuper ces messieurs ? Combien d'associations ont été noyautées pour devenir les bonnes œuvres de ces dames ? Régis Leclerc a raison, la noblesse est une pieuvre qui étouffe ce pays et...

— Tu lis les écrits de Régis Leclerc, maintenant ? s'épouvante-t-il.

— C'est le baron qui les lit sur son ordinateur et qui les laisse à la vue de tous. Je crois qu'il s'en sert pour être au courant des rumeurs à la Cour.

— Gabrielle, mais... Mais ce sont des écrits révolutionnaires ! As-tu conscience que si tu es prise à les connaître, tu risques la prison ?

— Nous sommes bien dans une de leurs caches, j'observe en désignant la cave où nous nous trouvons.

— Mais ça n'a rien à voir : si nous étions arrêtés maintenant, tu ne serais toujours qu'une jeune fille qui vient voir en cachette son vieux père en disgrâce ! Mais si tu intrigues pour te placer chez les Léon et te mets à espionner activement, pour le compte d'abolitionnistes qui plus est...

Je n'ai toujours pas avoué à papa que j'ouvre désormais le courrier des Kerdoncuff et fouille leurs affaires pour informer Mme Lautrec de leur contenu. Vu son humeur, mieux vaut laisser cette information pour une autre fois.

— Mais si j'ai envie de faire plus que ça ? Si moi aussi je veux faire tomber la monarchie ?

— Gabrielle !

Puis il baisse la voix :

— As-tu seulement retenu tes leçons d'histoire sur la révolution turque ou la révolution américaine ? Les années de chaos sanglant qui s'en sont suivies ? Quelle fortune espères-tu retrouver dans de telles conditions ?

— Je n'ai pas étudié ces deux événements, car je te rappelle que les sœurs ont englouti l'argent de quatre années d'études en un an, je lâche froidement.

Ma remarque fait mouche et les lèvres de mon père se pincent. S'il n'était pas contraint à l'obéissance et à la retenue, je sais qu'il irait au couvent pour attraper la mère supérieure par son voile et la traîner devant le Christ en croix pour confesser son péché d'avarice. Il n'en fera rien, pour la même raison que nous nous retrouvons ici dans le plus grand secret toutes les trois à quatre semaines.

— Je comprends ta colère, mon trésor, finit-il par murmurer. Seulement, ton vieux père n'a que toi sur cette Terre et...

Un coup frappé à la porte – celle qui mène à la partie masculine de l'établissement de bains – l'interrompt. Ophélia Lautrec passe une tête dans l'embrasure.

— Désolée de faire irruption au milieu de votre conversation, mais je dois m'entretenir avec Mlle Lacroix de toute urgence.

Sans plus de cérémonie, elle s'avance dans la cave.

— Si cela concerne ma fille, cela me concerne aussi, Ophélia, répond-il, un pli soucieux barrant déjà son front.

— Jean-Louis Charbonneau est ici pour la voir.

Mon père bondit de sa chaise.

— C'est hors de question !

— Paix, paix, monsieur Mathurin.

— Jean-Louis Charbonneau ? je répète. S'agit-il bien...

— D'un des collaborateurs de Régis Leclerc, oui.

Mon estomac se noue. J'ai lu ce nom sur quelques pamphlets en ligne contre la noblesse, publiés depuis la Turquie, où Leclerc comme Charbonneau ont obtenu l'asile politique pour s'être opposés à la famille royale.

— Il est... Il est vraiment ici ? je bafouille.

— Oui, il s'est déplacé spécialement d'Istanbul sous une fausse identité pour venir te parler. En privé, ajoute-t-elle en dardant mon père du regard.

— Ophélia, je ne bougerai pas d'ici. C'est ma fille, je ne vais pas la laisser s'entretenir seule avec un des révolutionnaires les plus recherchés du pays.

Mme Lautrec pousse un soupir et semble un instant peser le pour et le contre.

— Bien, finit-elle par lâcher. Mais que ce soit clair, monsieur Mathurin, en restant avec elle, vous vous engagez à respecter le secret de cette conversation quitte à...

— Ai-je jamais desservi les intérêts républicains, Ophélia ?

— Bien observé. Je vais donc le chercher.

Sur ce, elle nous laisse seuls dans la pièce.

— Je n'aime pas ça, marmonne mon père. Mon trésor, Leclerc et son groupe jouent à un jeu dangereux. C'est une chose que de vouloir abolir la monarchie, c'en est une autre que de vouloir s'en prendre physiquement à elle et recourir à des attentats. Peu importe le nombre de libelles qu'ils diffusent depuis la Turquie, ce peuple aime son roi...

— Ce peuple devrait peut-être être mis au courant de la manière dont il est pillé à répétition depuis des siècles.

— Certes. Mais ce n'est pas en faisant sauter les grilles d'une résidence ou en piégeant des voitures qu'on fait passer le message.

Je me garde bien de répondre. J'ai éprouvé un plaisir vengeur à voir la limousine de Mme de Noailles voler en éclats. J'ai seulement regretté qu'elle ne soit pas à l'intérieur.

— Pourquoi voudrait-il te parler ? s'inquiète mon père à voix haute.

Je n'ose pas lui révéler que la dernière fois que je suis venue ici pour le retrouver, j'ai glissé à Mme Lautrec que j'aimerais contribuer davantage à la cause. Il serait furieux. S'agit-il d'une sorte d'entretien de recrutement ? Pourtant, je doute qu'un homme aussi important que Charbonneau fasse le déplacement dans un pays où sa tête est mise à prix rien que pour embaucher une simple informatrice. À moins que...

La porte s'ouvre à la volée. Un homme grand, cheveux bruns, yeux bruns, vêtu comme un matelot du port, pantalon blanc et marinière, s'avance dans la pièce. Il me détaille de haut en bas.

— Oui, je vois... C'est parfait.

— Pardonnez-moi ? s'étonne mon père.

— Monsieur Mathurin, mademoiselle Lacroix, vous m'excuserez de ne pas me présenter en bonne et due forme, mais j'espère que vous comprendrez mon empressement quand je vous aurai éclairé sur l'affaire qui m'amène.

Avec autorité, il nous invite d'une main à nous rasseoir à table. Je m'exécute, un peu nerveuse. Mon père a toujours l'air d'avoir avalé du poisson pas frais.

— Je vais être direct. Mademoiselle Lacroix, d'après nos sources au sein du palais, il sera annoncé demain que vous avez été sélectionnée pour participer à l'émission *Noblesse oblige*. En tant que membre actif de notre réseau, nous aimerions que vous soyez notre informatrice là-bas.

Chapitre 4

Ma mâchoire se décroche. Moi, au sein de *Noblesse oblige* ? À papillonner dans le parc de Versailles en robe vive à la recherche d'un mari ? C'est une plaisanterie ? Je me tourne vers mon père. Toute couleur a disparu de son visage, sa lèvre inférieure tremble et pendant un instant, je le crois au bord de la crise d'apoplexie.

— Charbonneau, vous délirez ? Gabrielle dans cette émission ? Après la mauvaise fortune qui a touché notre famille, qui a sali son nom ?

Mais face à nous, Charbonneau affiche toujours un air grave.

— C'est pourtant une information très fiable. Le roi aura fermé les yeux sur ce passé après qu'une ou deux grandes familles se sont portées garantes de votre fille.

Il se tourne alors vers moi et son regard me perce.

— Si j'ai bien lu les rapports que vous avez faits ici, vos maîtres n'ont jamais rien trouvé à redire à votre comportement. Mme de Léon elle-même a cherché à obtenir de Kerdoncuff que vous lui soyez offerte pour servir sa maison.

Le rouge me monte aux joues et j'acquiesce. Je ne me doutais pas que mes propos aient été lus en si haut lieu au sein des républicains abolitionnistes.

— Je... Je..., s'étouffe mon père. Des rapports ? Tu fais des rapports, Gabrielle ? Mais il n'a jamais été question avec Ophélia que tu fasses des rapports !

Je me recroqueville sur ma chaise, mais déjà, son courroux s'est déplacé vers Charbonneau.

— Et vous, vous ne pouvez pas être sérieux ! Lui demander d'intégrer cette maudite émission pour espionner les hommes les plus puissants de ce pays ? Gabrielle, viens, nous partons !

Il se lève prestement.

— J'aurais déjà dû faire ça il y a un an, rage-t-il en se dirigeant vers la sortie. Nous irons dès ce soir en Angleterre et, de là, nous gagnerons les États-Unis ou l'Union orientale. Tu...

Parvenu sur le pas de la porte, il se rend soudain compte que je n'ai pas bougé.

— Gabrielle, que fais-tu ? Suis-moi donc.

— Non.

Ma réponse le cloue sur place.

— J'ai l'intention d'accepter cette mission.

Je reporte mon regard sur Charbonneau, dont le visage est toujours impassible.

— Que dois-je faire ?

— Gabrielle, c'est hors de question !

Mon père vient se planter à côté du républicain.

— Papa, je veux en faire plus, je veux...

— Tu n'as aucune idée de ce à quoi tu t'engages ! s'énerve-t-il pour de bon. Tu détestes les nobles, veux-tu vraiment finir mariée à l'un d'eux ? À quelqu'un dont tu souhaites faire tomber la tête, de ton propre aveu ? Ou préfères-tu le couvent, comme toutes les célibataires qui terminent cloîtrées à Notre-Dame après l'émission et ne verront plus jamais le soleil jusqu'à la fin de leur vie ?

— Je...

Je ne sais pas quoi lui répondre. La perspective de me rendre utile à la cause a été sur le moment si forte que je n'ai pas même pris le temps de considérer les conséquences de mon choix. Le mariage ou le couvent. Les deux seuls destins offerts par *Noblesse oblige*.

— Si sa mission d'information porte ses fruits, une troisième voie s'ouvre à elle, glisse Charbonneau.

— Laquelle ? je demande aussitôt.

— Nous avons besoin de votre aide sur un sujet précis, mademoiselle. Selon nos sources au palais et au Parlement national, l'incendie qui a coûté la vie à la toute jeune Capucine de Léon n'avait rien d'accidentel. Nous devons découvrir ce qu'il s'est passé ce soir-là à Versailles.

Sous le coup de la surprise, j'échange un regard avec mon père. Lui non plus n'en revient pas.

— Vous n'ignorez rien de l'extrême popularité de cette jeune femme et de son couple formé avec le duc. Au point qu'elle a un moment réussi à éclipser le dauphin et le roi dans le cœur des sujets. Elle est morte dans des circonstances troublantes, lors d'une soirée en petit comité où se trouvaient les plus grands noms du pays, vraisemblablement assassinée par l'un d'eux. Imaginez l'impact qu'aurait la révélation du nom de son meurtrier... Ce serait un coup violent porté à l'image lisse que se construit la noblesse à force d'émissions sur les six chaînes du royaume. De quoi générer suffisamment d'indignation pour ouvrir la voie à nos idées abolitionnistes, et même, qui sait, à une révolution.

— Vraiment, Charbonneau ? l'interrompt mon père avec un air sardonique. Une révolution, rien que ça ? C'est ça, votre plan pour que ma fille évite le mariage ou les nonnes ?

— Eh bien, si Gabrielle parvient à identifier le coupable, elle deviendra un témoin clé dans cette affaire, et vous vous doutez que notre priorité sera de l'exfiltrer avant que le roi ne puisse la faire taire. Une fois Gabrielle en sûreté, nous nous empresserons de faire éclater le scandale.

Mon père émet un grognement insatisfait, mais Charbonneau m'adresse un regard rassurant.

— Trouvez le coupable, et nous vous transfèrerons à Istanbul. Vous pourrez nous aider à lancer la révolution depuis là-bas.

Les murs sombres de la cave s'effacent une seconde, le temps pour moi d'imaginer le soleil éclatant de la Turquie sur ses toits verts, les vêtements fluides et colorés que portent les femmes et les hommes, le vent de la liberté, à la fois physique et intellectuelle, que je n'ai jamais connu ici... Mais que peut-être, je pourrais faire souffler, si je réussis cette mission.

— Vous pensez... Vous pensez qu'il y a une chance ? je reprends. Qu'une révolution pourrait vraiment avoir lieu ?

— Parfaitement, mademoiselle. Si je n'étais pas convaincu de cette opportunité, je ne serais pas venu de toute urgence depuis Istanbul dans un pays où je risque la peine capitale, et ce afin de vous parler. Nous avons une véritable occasion de provoquer un basculement du cœur de la foule, et comme vous le savez, c'est ce cœur qui nous a manqué jusque-là.

Vous devez avoir lu quelques textes de Leclerc, ou les miens : la popularité même du roi, du prince et des grandes familles est le premier rempart contre toute forme de révolte et le socle sur lequel ils ont basé leur pouvoir. Brisez-le, et tout devient possible. Y compris une révolution.

J'acquiesce avec ferveur. Espionner directement pour le compte de Leclerc, se débarrasser de la noblesse et détruire la Couronne... J'ai l'impression d'un rêve devenu réalité.

— Selon notre source, reprend Charbonneau, le jeune duc de Léon devrait participer à nouveau à l'émission cette année...

— Si tôt après le décès de sa femme ? je m'exclame, surprise.

— Oui. Ce qui veut dire que vous aurez accès non seulement aux plus grandes familles de France, mais aussi à l'un des potentiels témoins de cette soirée.

— Gabrielle, c'est trop dangereux, recommence mon père. Et si ça échoue et que tu découvres qu'il ne s'agit que d'un simple accident ? Que tu te retrouves mariée à l'un de ces fainéants que tu as toujours détestés ? Et pire, si tu te faisais prendre ? Sais-tu ce qu'ils font aux révolutionnaires ? À ceux qui conspirent contre le roi ? Dites-le-lui, vous, ce qu'elle risque en acceptant votre mission ! Dites-le-lui !

Charbonneau pose ses avant-bras sur la table, joint les mains.

— Le crime de lèse-majesté est toujours puni par l'écartèlement dans ce royaume.

Je me sens pâlir.

— Encore faut-il que vous soyez prise sur le fait, ajoute-t-il. Avec le dispositif que nous prévoyons pour récupérer les informations, le risque, s'il n'est bien sûr pas inexistant, est très faible. Ma chère mademoiselle Lacroix, puis-je prendre votre médaillon ?

— Mon médaillon ? je répète en portant la main à ma gorge.

— S'il vous plaît.

Non sans une hésitation, je détache le fermoir de la fine chaîne d'or qui le retient. De forme ronde, avec la gravure d'une vierge à l'enfant d'un côté, de Joseph de l'autre, c'est mon seul objet de valeur. Je le dépose avec précaution dans le creux de la paume de Charbonneau.

Celui-ci l'ouvre pour y découvrir les portraits de ma mère et de mon père, deux clichés réalisés quelques jours avant leur mort. Il retourne le pendentif, le rapproche de ses yeux comme pour en mesurer l'épaisseur de la tranche une fois dépliée.

— Les services de renseignements turcs ont mis au point un appareil d'écoute passif. Nous pourrons l'intégrer dans l'un des côtés du bijou, et dans l'autre, cacher une capsule de poison, pour vous assurer une fin rapide et presque sans douleur en cas de capture. Cette capsule, une fois avalée, se dissout et libère une poudre qui provoque une crise cardiaque... Une mort qui semblera naturelle, même après autopsie, et une sortie préférable au sort que vous réserve la monarchie en cas d'arrestation. Moi-même, je ne quitte jamais la mienne.

— Je..., tente de s'opposer mon père.

— Le dispositif quant à lui enregistrera tout ce qui se passera autour de vous, continue le républicain, et les données seront relevées à distance une fois par jour. Vous le sentirez légèrement chauffer quand ce sera le cas. Il sera aussi sensible aux vibrations, alors quand vous voudrez nous faire passer un message ou vos observations, vous n'aurez qu'à le tapoter en code Kaer. Vous connaissez le code Kaer ?

— Oui, mon père me l'a appris pour déchiffrer les signaux lumineux des bateaux.

Celui-ci me regarde désormais avec un mélange de colère et de désespoir.

— Très bien, reprend Charbonneau. Gardez-vous de nous faire passer des informations à voix haute, pour votre propre sécurité : vous serez au milieu d'une émission télévisée et Versailles sera truffé de caméras et de domestiques. Même en privé, utilisez le code pour nous parler. Partez du principe qu'il y aura toujours un micro à proximité qui n'aura pas été éteint.

— C'est compris.

Mon père émet alors un grognement méprisant.

— Un enregistreur ? C'est le seul équipement que vous lui fournissez pour récolter des preuves ? Comment pourrait-elle amener quelqu'un à se confier suffisamment près de son pendentif, alors que vous l'avez dit vous-même, elle sera entourée de caméras, dans un château où les murs auront des oreilles ! C'est une mission impossible que vous lui confiez là, Charbonneau ! Et j'imagine que si elle échoue, vous ne l'exfiltrerez pas ? Vous lui demandez de sacrifier son avenir !

Il s'avance, rouge de colère, vers le républicain, mais celui-ci l'arrête d'un geste.

— Paix, monsieur Mathurin. Si nous ne dotons Mlle Gabrielle que d'un enregistreur, c'est avant tout pour sa sécurité. Nous avons étudié la possibilité de lui fournir un appareil photographique avec les services de renseignements turcs, mais si les plus petits font désormais la taille de mon pouce, il reste qu'il serait dangereux pour elle de devoir nous en transmettre les cartes mémoires. L'enregistreur est bien plus discret, peut être porté en permanence sans éveiller les soupçons, et comme il est entièrement passif à l'exception du moment où les données seront relevées par un de nos agents à l'extérieur du château, il est indétectable par les moyens de contre-espionnage dont dispose la Couronne. Quant à son exfiltration, nous avons déjà un plan en place. Bien sûr, si Gabrielle était amenée à épouser un personnage important, elle pourrait choisir de poursuivre sa mission...

Mais mon père hausse les épaules et secoue la tête.

— Des paroles, tout ça !

— Des promesses, objecte Charbonneau en braquant ses yeux dans les miens.

— Et vous, comment communiquerez-vous avec moi ? je demande.

— Lors de votre préparation pour entrer dans l'émission, on vous demandera une liste de proches dont vous désirez recevoir les lettres, afin qu'elles ne soient pas noyées dans le courrier des admirateurs. Demandez à ce qu'Ophélia Lautrec fasse partie de la liste. Elle vous communiquera vos ordres via le cryptage Marceau. Le nombre de lettres du troisième mot de chaque ligne indiquera la position du mot de ladite ligne à lire.

Je hoche la tête. Je connais déjà ce code, Mme Lautrec me l'a enseigné lors d'une de mes visites.

— Gabrielle, tu ne vas pas sérieusement t'engager dans cette affaire ? Et ton avenir ? Tes rêves, tes projets ?

— Il n'y a pas d'avenir ici, tant que ces kleptocrates sont au pouvoir, répond Charbonneau à ma place.

— Mais ailleurs ? Gabrielle, nous pouvons encore partir. Je connais tous les capitaines de ce port, nous pouvons être à Londres ce soir. J'ai des contacts là-bas et à Amsterdam, comme à New York et à Istanbul, qui pourront m'aider à me remettre en selle et à tout recommencer de zéro. Tu n'auras pas à porter ces fichus corsets et ces robes noires ! Oublie la France ! Je me suis fait tout seul ici, je me referai là-bas !

Je remarque que, sans le vouloir, j'ai commencé à serrer l'assise du siège. Partir. Combien de fois n'en ai-je pas rêvé ces trois dernières années au service des Kerdoncuff ? Plus de soumission à un maître, plus de permission à demander, plus de réveils aux aurores pour préparer le thé de la baronne, plus de lectures assommantes à ses côtés pendant ses promenades, plus de regards qui traînent sur mon décolleté de la part du baron, plus de corvées dans les chambres ou la cuisine quand la Kerdoncuff n'a pas besoin de moi... S'embarquer sur un bateau vers un nouveau pays, un nouveau continent, être libre, être un citoyen et non plus un sujet.

— Tu choisiras la destination, me supplie mon père. Gabrielle, s'il te plaît, pense à tes parents, à ce qu'ils te diraient s'ils voyaient leur unique enfant risquer sa vie ainsi...

Mon regard s'attarde sur le portrait de la jeune femme brune dans le médaillon ouvert devant moi, sur l'homme aux cheveux noirs et aux yeux gris. Comment imaginer leur réaction, alors que je me souviens si peu d'eux ? Charbonneau referme le pendentif d'un coup sec.

— Permettez-moi d'insister, mademoiselle Lacroix. C'est une opportunité qui ne se représentera pas. C'est peut-être notre unique chance de faire tomber la Couronne.

Je me sens tiraillée entre le visage déterminé du républicain et celui, désespéré, de mon père.

— Je t'en prie, Gabrielle, implore à nouveau celui-ci. Prends au moins le temps de la réflexion.

— Je peux avoir un délai avant de me décider ? je demande à Charbonneau.

Sa bouche se tord en un pli amer. Ce n'est pas la réponse qu'il attendait.

— Vous pouvez. Nous nous sommes procuré le dossier de *Noblesse oblige* à votre sujet. Le samedi, vous descendez aux bains, vous vous lavez, vous coiffez, puis vous vous rendez à la messe à l'église Saint-Pierre.

— Ils l'ont suivie ? s'inquiète mon père.

— Bien sûr. Comme toutes les potentielles candidates de l'émission. Heureusement pour nous, votre fille a réglé son quotidien selon nos conseils, comme du papier à musique, afin d'endormir les soupçons.

Je hoche la tête avec une certaine fierté, mais un frisson me parcourt à l'idée d'avoir été, sans le savoir, sous la surveillance des services du roi, alors que j'espionnais mes maîtres.

— Voilà ce que je vous propose, continue Charbonneau. Laissez votre médaillon avec moi. Si vous acceptez la mission, venez le récupérer après la messe. Il contiendra l'enregistreur passif et la capsule de poison. Sinon, Ophélia Lautrec se chargera de le transmettre à votre père avant que vous ne quittiez le pays.

Il se lève dans un raclement de chaise.

— Mademoiselle Lacroix, quelle que soit votre décision, je vous souhaite bonne chance.

Après un bref signe de tête, il prend la sortie qui mène aux bains des hommes. Je me retrouve seule face à mon père.

— Gabrielle...

Je ne lui laisse pas le temps de parler. Je me jette dans ses bras. C'est peut-être la dernière fois que je peux le faire.

— Mon trésor. Ma petite fille.

Sa voix est enrouée et son visage, mouillé de larmes.

— Ne va pas à Versailles... Retrouve-moi à la taverne des sœurs Boëdec après la messe. Nous nous en irons loin. Nous nous ferons une belle vie tous les deux, comme avant, je te le promets.

Je hoche la tête, mais ma décision n'est pas prise. Au moins paraît-il rassuré quand je m'écarte de lui.

— À bientôt, mon papa.

Avant de lui déchirer le cœur, je retourne dans le passage qui mène à ma cabine de bain.

Chapitre 5

Deux heures plus tard, je ressors de l'établissement de Mme Lautrec la peau resplendissante grâce à la vapeur et au gommage au savon noir, les cheveux propres et bouclés dans leur filet. Le ciel a fini par se dégager et quelques rayons froids frappent le pavé brillant. Suis-je encore surveillée ? J'observe discrètement le trottoir d'en face, n'y repère aucun badaud suspect. Les cloches sonnent au-dessus des toits, je me mets en route. L'église n'est qu'à quelques pas.

Lorsque j'arrive sur le parvis, on s'y presse déjà, une masse compacte de robes et de costumes noirs s'engouffre dans l'édifice. Il y a toujours foule le samedi après-midi, beaucoup de domestiques : c'est leur unique opportunité d'assister au culte. Le dimanche, seuls leurs maîtres se reposent. Pendant que l'aristocratie ira à la messe demain matin, leurs servantes feront les lits, leurs commis iront au marché, leurs chefs prépareront le poulet du repas dominical, leurs valets mettront le couvert pour la famille et leurs invités. Des dizaines de mains et de bras s'activeront pour que ces messieurs et ces dames goûtent à leur septième jour chômé, après une semaine d'invitations données et rendues, de présence symbolique dans les affaires que d'autres font tourner pour eux.

Prenant bien garde de ne pas me décoiffer, je me mêle aux travailleurs. L'église nous accueille avec son odeur d'encens et de poussière, un parfum lourd qui semble incrusté dans la pierre même des lieux. Veillant à tenir mon rôle de bonne chrétienne, je trempe le bout des doigts dans le bénitier, me signe devant le Christ en croix en effectuant une génuflexion. Je suis arrivée un peu plus tard que d'habitude, les bancs sont déjà pleins. Comme à chaque fois que c'est le cas, je rejoins les derniers rangs, debout à l'arrière de la nef. La cloche sonne à nouveau, un enfant de chœur se précipite pour refermer les grandes portes. Un *Te Deum* monte depuis l'orgue au-dessus de nos têtes. Le prêtre fait son entrée et je retiens un soupir. Je déteste la messe. Lorsque j'étais au couvent, comme toutes les jeunes filles de bonne famille qui doivent recevoir une éducation, j'aimais ces temps de repos et de méditation quotidiens. Je croyais que les prières et le sermon nourrissaient ma spiritualité, attiraient sur moi les faveurs d'un Dieu forcément bon, puisqu'il avait compensé la perte de mes parents par le meilleur des pères adoptifs et la chance d'étudier la musique. Tout a changé après l'embastillement. Mes amies m'ont tourné le dos, ne souhaitant pas que leur nom soit associé au mien. Les sœurs, qui prêchaient bonté, tolérance, don de soi, et, pire que tout, le pardon, se sont empressées de faire disparaître l'argent destiné à mes études afin d'écarter la brebis galeuse du reste de leurs ouailles privilégiées. La messe est devenue une torture, la répétition d'un rituel vide de sens consacré à un discours de paix et d'amour hypocrite. Pourquoi prier pour la bonne santé du roi, notre protecteur à tous, quand il était à la source de tous mes malheurs ? Impossible pour moi cependant de ne plus y assister. On ne peut pas être athée en France. L'apostasie peut vous conduire en prison, le blasphème, sur l'échafaud. Tout ce que je peux faire, c'est rendre la messe supportable en répétant en mon for intérieur « Mort au roi ! », tel un mantra.

Le prêtre lève les bras et commence la première lecture. Habituellement, je baisse les yeux pour devenir l'image même de la dévotion et cultiver cette apparence de jeune fille sage. Pas aujourd'hui. Le choix que je dois faire m'empêche de me calmer. J'ai retourné le problème dans tous les sens durant mon bain, sans réussir à trancher. Partir est tentant. Partir, ce serait gagner une forme de liberté que même la noblesse ne connaît pas ici. Mon regard traîne sur les femmes qui se tiennent debout à mes côtés, attentives aux paroles qui s'élèvent au fond de l'église. Beaucoup sont très jeunes, vingt ans à peine, et tiennent dans leurs bras des bébés soigneusement emmaillotés tout en essayant de garder dans leurs jupes un ou deux enfants en bas âge. À côté d'elles, des femmes plus âgées serrent leur chapelet entre leurs mains prématurément vieillies par le travail et les grossesses à répétition. Pas de contraception, contrairement à ce qui se fait en Union orientale ou en Amérique, des mariages arrangés dès dix-huit ans... Même les femmes de la noblesse ne peuvent échapper au carcan réservé à notre sexe. Si je reste et que ma mission échoue, je me retrouverai moi aussi mariée à dix-huit ans, enceinte de mon troisième enfant à vingt ans, à enchaîner les bébés jusqu'à ce que je demande à mon mari de prendre une maîtresse pour épargner mon corps, comme je sais que la Kerdoncuff l'a requis auprès de son époux. En partant je pourrais choisir qui épouser. Décider même de ne pas me marier. De ne pas avoir d'enfants. Ou d'en avoir hors mariage, quand l'envie m'en prendrait. J'ai lu que cela se faisait en Union orientale... Je pourrais être athée, lâcher mes cheveux dans la rue, porter des pantalons, brûler mon corset.

Le prêtre enchaîne sur un psaume, la foule reprend un *Alléluia* autour de moi. Je me joins au chœur avec tout l'entrain dont je suis capable. Mais depuis le bout de l'église, je peux apercevoir les places laissées vides au premier rang, alors qu'autour de moi se tiennent debout de jeunes mères et des personnes âgées. Ces bancs sont ceux de la noblesse et des plus riches armateurs du quartier. Ils ont versé une somme rondelette pour avoir leurs sièges attitrés. Même s'ils ne sont pas là, même si l'église est pleine, on ne peut céder ces places à ceux qui en ont besoin. Je me rappelle, à une époque, avoir entendu mon père pester contre cette pratique, alors que lui-même aurait pu se l'offrir. Je prends une grande inspiration. Un bébé à côté de moi se met à vagir, et une jeune femme dépassée, aux profonds cernes bleus, tente vainement de calmer son petit de quelques jours en lui proposant son doigt à sucer. Bien sûr, je pourrais partir. Mais ces filles-là, le peuvent-elles ? Si j'ai une chance de renverser cette monarchie corrompue qui impose sa loi sur nos esprits et nos corps, ne devrais-je pas la saisir ? Comme l'a dit Charbonneau, qui sait quand se représentera une telle opportunité ? Je repense à mes leçons de catéchisme chez les sœurs, aux longs sermons du prêtre... Ne serais-je pas paradoxalement plus chrétienne que tout ce lot, en prenant le risque du sacrifice dans l'espoir d'améliorer la vie de mes semblables ? Je baisse la tête pour cacher le sourire que cette réflexion m'arrache. Sourire qui disparaît bien vite, douché par ce que mon choix implique. Intégrer *Noblesse oblige*, l'émission la plus regardée de France, côtoyer les plus grandes familles, tenter d'y démasquer un potentiel meurtrier... Suis-je prête à relever ce défi, moi dont l'acte le plus subversif a été d'ouvrir quelques enveloppes dans le secret de ma chambre ?

Le bébé hurle à côté de moi désormais, et une vieille femme me frôle pour se rapprocher de la jeune mère.

— Il a faim, ma fille, je l'entends murmurer. Tenez...

Elle l'entraîne derrière les croyants et, du coin de l'œil, je peux l'apercevoir poser son propre châle sur l'épaule de l'infortunée et l'aider à défaire son corsage pour offrir le sein au nourrisson à l'abri des regards. Les pleurs s'arrêtent. La jeune mère adresse un sourire reconnaissant à la dame âgée. Jolie malgré la fatigue, elle est à peine plus âgée que moi. On a dû la marier l'année dernière, sitôt la sélection de *Noblesse oblige* annoncée.

J'assiste au reste de la messe dans un brouillard confus, fait de prières et de cauchemars colorés des robes réservées à la noblesse qu'on me ferait porter à Versailles. Lorsque le prêtre nous renvoie, à la fin de la cérémonie, je quitte l'église comme un automate. Mes pas me conduisent vers l'établissement des bains de Mme Lautrec. Quelqu'un doit tenter de mettre un terme à cette farce. Ce sera donc moi.

— Mademoiselle Lacroix ! s'exclame la tenancière dès qu'elle me voit franchir la porte, un grand sourire lui barrant le visage.

— Madame Lautrec, j'ai oublié mon médaillon dans ma cabine tout à l'heure. L'auriez-vous...

— Celui-ci ? m'interrompt-elle en soulevant le lourd pendentif par sa chaîne en or. Je me doutais bien que ce devait être le vôtre.

— Oh, merci beaucoup. Il m'est très cher. C'est une des rares choses que j'aie conservée de mes parents.

— Laissez-moi vous aider à le remettre.

Elle sort de son comptoir, me fait signe de me retourner, et je sens le poids du médaillon contenant l'enregistreur et la capsule de poison se poser à la naissance de ma poitrine tandis qu'elle visse le fermoir.

— Voilà, murmure-t-elle en posant brièvement une main sur mon épaule.

— Merci beaucoup.

— Oh, merci à vous ! s'exclame-t-elle. Et à la semaine prochaine !

Je lui adresse un signe de la main en sachant pertinemment que nous ne nous reverrons pas de sitôt. J'ai accepté la mission.

Chapitre 6

Lorsque je passe les grilles du château des Kerdoncuff, trois limousines s'alignent devant les marches du perron. Mme de Léon est déjà là. Une dizaine de valets de chambre s'activent autour des véhicules, en sortent bagages et boîtes à chapeaux. Eux les auront suivies en bus, celui que j'ai vu stationné un peu plus haut dans la rue, et le soir, ils retourneront y dormir.

Je prends une grande inspiration, inhale à fond les effluves du jasmin qui pousse sur les sculptures métalliques qui ornent l'allée, avant d'oser me mettre en route vers l'entrée. Ce matin encore, j'étais loin d'imaginer que Mme de Léon serait là pour moi. Quand une jeune fille est sélectionnée pour *Noblesse oblige*, une grande dame de la Cour se trouve toujours dans les parages pour l'aider à s'habiller selon son rang pour la première fois. Mon cœur bat un peu plus vite à mesure que je me rapproche de la porte. Une fois le seuil franchi, je n'aurai plus l'occasion de faire demi-tour...

— Gabrielle ! Vous voilà !

M. Tanguy, l'intendant, me fait signe depuis le hall.

— Dépêchez-vous, Gabrielle, Madame prend le thé avec la duchesse dans le petit salon bleu et celle-ci a demandé que vous leur jouiez un air !

Je me hâte à l'intérieur.

— Donnez-moi vos gants et votre pelisse, m'intime-t-il. Je m'occuperai de les ranger à leur place.

— Merci, monsieur Tanguy.

Après m'être débarrassée de mes affaires, je me hâte aussi rapidement que me le permet la décence jusqu'au petit salon bleu. Un valet de pied garde la porte. Je n'ai pas besoin de m'annoncer à lui pour qu'il me reconnaisse.

— Mlle Lacroix, annonce-t-il.

Je pénètre dans le salon. Les deux femmes sont là, réunies autour d'un apéritif. M. de Kerdoncuff sert du cognac à deux de ses amis de la chambre de commerce. Étonnant, je le croyais encore sur Paris. A-t-il été mis au courant de ma participation ? J'effectue une profonde révérence.

— Gabrielle ! Enfin ! s'écrie la baronne. Mme de Léon adorerait vous écouter jouer du Chopin !

— Bien, Madame.

Je m'installe au piano. La scène ne diffère pas des dernières fois où Mme de Léon est venue en visite. Toujours du Chopin. Elle apprécie particulièrement ce compositeur polonais exilé en Angleterre au début du XIXe siècle.

Je me lance dans une nocturne. Seulement cette fois, je perçois le regard de la duchesse me détaillant sans détour. La sensation est presque physique. Quand je lève les yeux, elle m'observe toujours intensément. Je me dépêche de reporter mon attention sur les notes, sur ce morceau lent qui me permet encore d'écouter la conversation. Son fils participe à l'émission cette année. Voit-elle déjà en moi une bru potentielle ?

— Ma chère, son interprétation est divine. Quelle chance vous avez ! soupire-t-elle.

— N'est-ce pas ?

— Sa musique m'apaise grandement. Je me fais un tel souci pour Hervé, c'est un garçon si sensible. La mort de sa femme en a fait un autre homme.

— Oh, madame, je suis sûre qu'il va s'en remettre. Il a vingt ans, il est tellement jeune ! Tout passe à cet âge-là !

Je ne vois pas ce qui se déroule dans le salon, concentrée sur mon clavier, mais j'imagine que la duchesse a dû hocher la tête.

— Quelle chance d'écouter une telle musique, répète-t-elle encore.

— Oh, oui, vous savez, quand le couvent Sainte-Augustine nous a proposé de la prendre à notre service, nous étions encore incertains. Georges, surtout, vous comprenez, après le scandale avec son père, il ne voulait pas que ce déshonneur rejaillisse sur notre maison...

— N'exagérez pas, ma chère, proteste mollement le concerné.

Il me faut toute ma volonté pour ne pas marteler les touches avec fureur et laisser mes doigts voler sur le clavier.

— Mais c'est moi qui ai insisté, continue la Kerdoncuff, se donnant comme d'habitude le beau rôle. C'était faire preuve de charité chrétienne, la pauvrette n'avait nulle part où aller. Quand les sœurs ont dit qu'elle avait un certain talent pour le piano, je pensais qu'il s'agissait de savoir interpréter *La Lettre à Élise* !

Elle lâche un petit rire quelque peu surjoué.

— J'étais loin de me douter que j'embauchais une concertiste !

— Quelle bonté, mon amie.

Je retiens à grand-peine un sourire. La remarque de Mme de Léon est trop subtile pour que la baronne et le baron y décèlent le cynisme et l'insulte cachée. J'ai beau détester la duchesse et sa famille, je suis conquise par leur intelligence à chaque fois que je les vois. Elle manie l'art des sous-entendus à merveille et a l'esprit vif, quant à son fils – beau, cultivé, passionné de littérature – en d'autres temps, en d'autres circonstances, j'aurais pu tomber sous son charme. Cela me demande toujours un effort de me rappeler que, derrière ce masque de sophistication, ce sont des parasites oisifs qui n'ont jamais travaillé de leur vie et dont la fortune s'est faite sur la misère des autres.

— Et comment se porte madame votre fille ? demande la Kerdoncuff.

Je continue à jouer jusqu'au dîner. Chopin, puis Mozart. J'ai droit à une courte pause, le temps pour moi d'aller grignoter quelques restes dans la cuisine, en compagnie des femmes de chambre. La conversation, naturellement, tourne autour de *Noblesse oblige*. Deux domestiques, Jade et Marthe, ont mon âge et s'y voient déjà. On me rappelle à vingt et une heures, cette fois dans le grand salon. Je joue encore deux heures, du Bach puis du Couperin.

Lorsqu'on me donne enfin mon congé, à vingt-trois heures passées, je ne tiens plus debout. Je monte les étages d'un pas las. Il fait froid dans ma petite chambre en cette saison, je me frotte un peu les bras avant d'enlever ma lourde robe noire. J'aimerais dormir, là, tout de suite, mais le baron est chez lui. Quand il est au château, il laisse toujours son ordinateur sur son secrétaire, oublie de l'éteindre avant de monter se coucher. Dessus, à défaut d'y trouver des preuves pour innocenter mon père, j'ai accès en connexion sécurisée aux écrits de Régis Leclerc et aux pamphlets et libelles publiés depuis la Turquie. Les consulter ce soir, avec Mme de Léon sous le même toit et l'émission qui commence demain matin, c'est risqué, mais si je dois fréquenter les grands de ce monde, il me sera peut-être utile de connaître les rumeurs et affaires qui circulent à leur sujet. La dernière fois que j'ai pu lire les textes des républicains abolitionnistes, c'était il y a plus de trois semaines, et les choses vont vite à la Cour.

Dans un rituel bien rodé, je me déshabille, range soigneusement mes vêtements et passe ma chemise de nuit. Vient l'heure de la prière. À voix haute pour qu'on m'entende, je la récite mécaniquement. Me voilà prête. J'éteins la lumière, m'assieds dans mon lit, la tête tournée vers le parc que j'aperçois depuis l'œil-de-bœuf. Quand les bosquets de la terrasse ne seront plus éclairés par le rez-de-chaussée, il sera l'heure pour moi d'agir.

*

Je somnole un moment à la fenêtre, pique du nez plusieurs fois. Enfin, le noir se fait. Je ne distingue plus que les formes sombres des arbres sous le ciel rougi par les lumières lointaines de Brest. Je me tapote les joues pour me réveiller, me lève en silence. Pas de précipitation, surtout. Je prends le temps de passer un châle sur mes épaules et compte quelques minutes, pour m'assurer que, lorsque je descendrai, tout le monde sera dans son lit.

Enfin, quand le silence qui s'est fait sur le château s'est épaissi au point que mon souffle me semble bruyant, j'ouvre ma porte et passe une tête dans le couloir sombre. Personne. Les ronflements de Mme Kerjean, la vieille gouvernante, me parviennent depuis sa chambre. Je traverse le corridor sur la pointe des pieds. Un petit pas, un grand, enjamber la marque sombre, longer le mur après la mansarde de Mlle Sophie. J'ai fini par apprendre par cœur quelles lattes du parquet craquent sous mes pas à force de circuler ici. J'atteins l'escalier sans avoir déclenché le moindre grincement, descends trois étages sur la moquette épaisse qui recouvre le marbre. Si on me surprend, mon excuse est prête : je vais à la cuisine grignoter un quignon de pain. Heureusement, les marches sont désertes et les couloirs du rez-de-chaussée, noirs comme la nuit. Le bureau de monsieur est tout au bout du château, dans une des ailes. J'ai beau avoir fait cette expédition nocturne des dizaines de fois déjà, je reste prudente, sur le qui-vive, en m'approchant de mon objectif. Au moindre bruit, il faudra que je fasse demi-tour : il est déjà arrivé que le baron dorme dans son étude après une dispute avec madame. Je pose l'oreille contre le bois peint de cette haute porte ouvragée. Silence. Je tourne la poignée avec une infinie douceur. La pièce est plongée dans le noir, le halo bleu de la nuit tombe des fenêtres sur le parquet ciré et les tapis, fait briller le métal de la lampe posée sur le secrétaire. L'ordinateur est juste là, à côté d'elle.

Je referme doucement derrière moi, m'assieds derrière le bureau. Il me faut faire vite. Je déplie l'écran dont la lumière m'aveugle un instant. Alléluia, il n'est pas verrouillé, cet idiot n'a toujours pas pensé à en sécuriser l'accès. Tiens, monsieur était déjà sur *La France républicaine*, l'un des nombreux sites d'information de Régis Leclerc. « L'héritier de Léon sera candidat à *Noblesse oblige*, trois mois après la mort de sa femme », titre le journal en gros. Je le savais déjà, je descends sur la page. « Le comte de Noailles accusé de ne pas avoir réglé les feux d'artifice pour l'anniversaire de son épouse. » Rien de surprenant à ça, les nobles sont mauvais payeurs, tout le monde le sait. « La comtesse de Noailles a transféré des fonds au Brésil. » Voilà qui m'a l'air plus intéressant. Craindrait-elle une disgrâce prochaine ? Il n'est pas rare que les nobles mettent des avoirs à l'abri et s'exilent d'eux-mêmes plutôt que de subir le courroux du roi, qui peut aller jusqu'à les priver de titres, de terres, de liberté, et même de tête s'ils ont osé s'élever contre lui. Le propre frère du roi a tout abandonné il y a des années pour se réfugier au Pérou. Lui, sa femme, ses deux fils et leurs épouses n'ont malgré tout pas pu échapper à la colère de Louis XXI. Ils ont tous trouvé la mort dans des circonstances tragiques, dans des « accidents » où la patte des services secrets royaux n'était pas difficile à reconnaître. De cette branche de la famille royale, il ne reste plus que le petit-fils, un enfant de cinq ans, techniquement deuxième dans l'ordre de succession, qui vit encore quelque part en Amérique du Sud sous protection, à l'abri des regards, dans un lieu tenu si secret que même les réseaux républicains n'ont pas réussi à le découvrir. Qu'a bien pu faire la Noailles pour...

Une vive lumière éclaire le bureau. Je me jette sous le secrétaire. Qu'est-ce que... Le faisceau voyage sur les boiseries de la pièce. Il vient de l'extérieur. Sans un bruit, avec des gestes prudents, je sors de ma cachette et referme l'ordinateur. Hors de question de continuer ma lecture s'il y a du monde dans le jardin. Je me rapproche de la fenêtre, prête à me baisser si quelqu'un venait à passer. La lumière provient de derrière les grilles. Un camion effectue une manœuvre pour se garer à l'entrée. Ce sont les équipes de production en train de s'installer. Ils sont là pour moi. Cette réalité me noue l'estomac, mes paumes glacées sont soudain moites. Le véhicule s'immobilise et je devine des silhouettes s'agiter autour. Je dois regagner mon lit. Si quelqu'un remarque ma présence ici depuis l'extérieur... Sans plus tarder, je me dépêche de remonter dans les combles.

Chapitre 7

— C'est *Noblesse oblige* ! C'est *Noblesse oblige* ! Ils sont là !

Les cris me tirent du sommeil. Je n'ai pas le temps de comprendre ce qu'il se passe que ma porte s'ouvre à la volée.

— Gabrielle ! m'interpelle Jade, une jeune femme de chambre de mon âge. *Noblesse oblige* est là ! Ils viennent pour l'une d'entre nous !

Il me faut une seconde avant de me rappeler que je dois jouer la surprise. Jouer celle qui espère être choisie. Désormais, j'ai un rôle à tenir.

— Oh, Seigneur ! je m'exclame.

— Je vais passer mes habits du dimanche !

Elle file sans un mot de plus, complètement fébrile à l'idée de partir à Versailles. Dans le couloir, le parquet craque sous les pas des serviteurs qui courent dans tous les sens. Nul doute que la maîtresse doit être réveillée et fait préparer le château en urgence.

Je me lève et m'étire. Dehors, le soleil s'est à peine levé. Je n'ai presque pas dormi. Trop d'émotions contraires. Un mélange d'appréhension, de peur, mais de hâte aussi. Mes rêves ont été hantés de cauchemars où j'étais guillotinée, d'autres où la jeune Capucine, duchesse de Léon, brûlait vive dans le petit Parthénon. Je me secoue pour me reprendre. Ce n'est pas le moment de penser à ça. Ma bassine contient de l'eau claire que je suis allée chercher la veille au soir, j'y plonge mon visage tout entier pour me réveiller, puis me défais de ma robe de nuit pour me laver avec vigueur. Faire une première bonne impression dans l'émission est vital. L'opinion du public se fait très rapidement sur le compte des candidates, et si elle est en ma faveur, la haute noblesse, toujours en quête des projecteurs, sera attirée par moi comme un papillon de nuit par une lanterne. Pour enquêter parmi elle et découvrir le meurtrier de la duchesse, je dois absolument gagner le cœur des foules.

Je termine d'arranger ma coiffure quand Jade fait à nouveau irruption dans ma chambre, deux peignes et une poignée d'épingles dans les mains.

— Gabrielle ? Je n'arrive pas à me coiffer, mes mains tremblent trop.

— Oui, oui, je vais t'aider, assieds-toi sur le lit.

Jade obtempère aussitôt et je commence à brosser son épaisse tignasse brune.

— Comment tu fais pour ne pas être stressée ? gémit-elle. Regarde-toi, on dirait que tu commences une journée normale...

— C'est l'avantage d'avoir fait autant de concerts, je lui réponds. J'ai appris à rester sereine.

En apparence, seulement. Si je maîtrise les battements de mon cœur et les mouvements de mon corps, mon cerveau, lui, est en ébullition. Et si je devenais impopulaire dès la première diffusion ? Et si j'étais découverte ? Et si... Pour tenter de calmer mes pensées, je me concentre sur les mouvements de la brosse. Par la porte entrouverte, j'entends les domestiques sonner le branle-bas de combat. Il faut ouvrir toutes les fenêtres, s'assurer que l'entrée est impeccable, préparer les habits de monsieur et madame... Heureusement, ce matin, personne ne vient nous chercher, Jade et moi. Ils savent tous que l'une de nous deux repartira avec la limousine qui ne manquera pas de s'avancer sur le parvis, dès que les grilles s'ouvriront.

— Voilà, je murmure en plantant la dernière épingle.

Ma camarade se lève, saisit le petit miroir près de ma bassine et s'observe attentivement.

— De quoi j'ai l'air ?

— Tu es très jolie, Jade.

Elle m'adresse un sourire.

— Qu'est-ce qu'on fait maintenant ? On descend ou...

— Ah ! Gabrielle, Jade !

Toujours en tenue de nuit, sur laquelle elle a passé une simple robe d'intérieur, Mme de Kerdoncuff s'avance dans la chambre.

— Vous deux, venez tout de suite avec moi.

Jade m'adresse un regard inquiet, et nous emboîtons aussitôt le pas à la baronne. Elle nous conduit à l'étage inférieur, dans ses appartements, où se trouve déjà Marthe, une des cuisinières. Deux maquilleuses ouvrent des boîtes de matériel, deux femmes de chambre amènent des tenues d'apparat qu'elles étendent sur le lit.

— Annette, je croyais avoir été claire ! s'emporte la maîtresse. Pas de vert ! Cela fait deux saisons que plus personne ne porte de vert à la Cour !

Annette repart immédiatement avec la tenue fautive.

— Tenez, mettez-vous là, les filles, ordonne la baronne en nous désignant une coiffeuse. Lucie va s'occuper de vous pendant qu'on m'habille.

*

Pendant la demi-heure qui suit, Lucie nous pomponne, Mme de Kerdoncuff essaie trois robes entre deux applications de fard à paupières et à joues, finit par jeter son dévolu sur la plus rose, puis inspecte nos tenues.

— Qui vous a acheté ces habits du dimanche..., s'agace-t-elle en tirant sur la manche gauche de Marthe, rougissante sous son fond de teint. Ce n'est pas de bonne facture, regardez, elles ne sont pas à la même longueur.

La pauvre Marthe a probablement cousu sa robe elle-même, mais cela ne vient pas à l'esprit de la baronne.

— Mme la duchesse de Léon ! annonce le valet de pied.

Toute activité cesse dans l'instant. Mon cœur fait une cabriole et le sang me monte aux joues.

La duchesse s'avance dans la salle et l'assemblée s'incline. Lorsque je relève la tête, je la découvre en grand apparat, ses longs cheveux bouclés à la dernière mode, sa taille emprisonnée dans une robe de soie bleue si large et vaporeuse que son buste semble flotter sur un nuage. J'écarquille les yeux malgré moi. C'est le genre de mise que je n'ai vu qu'à la télévision, lors des bals et cérémonies de la Cour.

— Mesdames, l'émissaire du roi devrait être là dans quelques minutes, nous informe-t-elle. Nous devons descendre.

Mouvement de panique. Jade tremble de tout son corps, Marthe a l'air perdue, quant à la Kerdoncuff, elle se jette sur son coffret à bijoux et invective ses servantes pour l'aider à les mettre plus vite. Je prends une grande inspiration, comme avant les auditions de piano, autrefois. C'est une simple audition, voilà. Mme de Léon m'observe des pieds à la tête, et quand elle arrive à mon visage, ses lèvres se plissent en une moue désapprobatrice. Elle marche droit vers la coiffeuse, se saisit d'un mouchoir en tissu.

— Mesdames, allons-y.

D'un geste de la main, elle nous invite à sortir.

Nous prenons la direction du hall d'entrée, la duchesse fermant la marche. Dans l'escalier, celle-ci me retient.

— Tenez, dit-elle en me glissant le mouchoir. Essuyez-moi ce plâtre. Vous devrez avoir l'air naturelle. Vous n'avez pas cinquante ans.

— Merci.

Je me dépêche de me débarbouiller tant bien que mal.

— Beaucoup mieux, commente-t-elle simplement quand j'en ai fini.

*

Dans le hall, M. de Kerdoncuff et ses valets sont déjà là, patientant nerveusement. Par le vitrail de la porte, je distingue une voiture noire qui s'avance devant les marches. Autour d'elle, des silhouettes, caméra à l'épaule. Rester calme. Mentalement, je joue Beethoven, la sonate numéro 14, dont le premier mouvement m'a toujours imposé de longues inspirations lors de mes interprétations.

Un homme habillé de rouge sort du véhicule. Il frappe trois coups à la porte. Le valet de M. de Kerdoncuff lisse son plastron, s'éclaircit la gorge, avant de s'avancer pour ouvrir.

— Au nom du roi Louis XXI, nous requérons la présence de Mlle Gabrielle Marie Louise Lacroix.

Toutes les têtes se tournent vers moi, la foule s'écarte.

— Je... C'est moi, je murmure, feignant la surprise.

Je traverse l'assemblée pour me trouver devant l'émissaire. Mentalement, j'attaque le deuxième mouvement de la sonate. Trois caméras sont fixées sur moi.

— Sur ordre du roi, mademoiselle Gabrielle Marie Louise Lacroix, en raison de la pureté naturelle de votre sang, vous avez été élevée au rang de demoiselle de la Cour et êtes priée de vous rendre à Versailles.

Ma lèvre inférieure tremble sans que j'aie besoin de jouer la comédie. Je joins les mains, baisse la tête et marmonne un « Je vous salue Marie », une prière de gratitude envers la Vierge, comme l'ont fait les candidates les plus sérieuses par le passé. Le troisième mouvement se met à résonner en moi. Le plus féroce. Le plus puissant.

Quand je relève la tête, tout le hall se répand en félicitations. Mme de Kerdoncuff se jette sur moi, me serre dans ses bras comme si j'étais sa propre fille.

— Oh, ma chère, ma chère ! J'ai toujours su que vous étiez exceptionnelle !

Derrière elle, Marthe et Jade ont l'air de poupées russes avec leur visage trop maquillé figé dans une expression de surprise et de déception. Un des valets se dépêche de les pousser hors du hall en leur murmurant très distinctement : « Retournez à votre poste. »

— M. de Mercueil, annonce le valet.

Après l'émissaire, le modiste royal s'avance dans l'entrée.

— Mademoiselle, toutes mes félicitations, susurre-t-il en s'inclinant et en baisant ma main. Nous ne pouvons vous laisser rejoindre Versailles dans cette tenue, et je suis là pour vous vêtir.

— Je vous assisterai, Mercueil, intervient alors la duchesse de Léon. Ma très chère Gabrielle, mes félicitations.

Le modiste claque des doigts, et une dizaine de personnes chargées de malles accourent sur le perron. D'un coup, je suis submergée par une foule de domestiques et, sous l'œil des caméras, je me retrouve entraînée vers les étages pour ma transformation en une des dames de *Noblesse oblige.*

Dans ma tête, la sonate s'achève sur deux accords à la teinte sombre.

Chapitre 8

— Vous. Oui, vous, hèle Mme de Léon à l'attention du cameraman. Mettez-vous là.

Coiffée et maquillée sous l'objectif des appareils, alors que la duchesse me prodiguait des conseils sur la vie à la Cour, je n'ai eu droit qu'à quelques minutes d'intimité pour passer des jupons, des bas, des paniers et un corset. Corset qui, comme chaque année, sera serré devant les téléspectateurs. C'est une séquence traditionnelle de l'émission.

— Vous, interpelle-t-elle un deuxième homme. À droite.

— Madame de Léon, s'incline le responsable de la production. Est-ce que cet angle ne serait pas...

— Non, monsieur, je participe à cette émission depuis quinze ans, et croyez-moi, si vous voulez la voir grimacer, c'est là qu'il faut vous placer.

L'homme n'ose pas protester davantage. Je savais le show scripté, les images soignées, mais je ne m'attendais pas à ça. Tout comme je n'imaginais pas la duchesse être non seulement la mentore d'une participante, mais aussi les yeux et les oreilles de la famille royale, au point de gérer elle-même la manière dont l'émission est filmée et produite. Elle mène la dizaine de cameramans et preneurs de son à la baguette, va fréquemment vérifier les images et les prises de vues sur le poste de montage qui a été installé dans un coin de la chambre. Résultat, le maquillage et la coiffure ont pris deux heures. Tout ça pour une séquence qui durera probablement une minute lors de la diffusion de la première quotidienne de l'émission ce soir... Heureusement, enfiler la tenue devrait être plus rapide.

— Bien, assène Mme de Léon lorsque tout est comme elle le souhaite. Gabrielle, vous êtes prête ?

— Oui, madame, je réponds docilement.

— Alors, action !

— Expirez, jeune fille, m'ordonne le modiste.

Je vide tout l'air de mes poumons, m'agrippe au lit à baldaquin de la baronne. Mercueil tire encore une fois d'un coup sec sur les cordons du corset. Les caméras se rapprochent. Je sais qu'ils zooment sur mon visage pour y guetter les signes d'inconfort. Ils font ça chaque année. Devenir belle, belle pour la Cour, doit être douloureux. Ça l'est. Je peux à peine respirer.

— Vous vous y habituerez, très chère, me rassure Mme de Léon. C'est un peu plus serré que vos corsets habituels, mais regardez comme votre taille est fine et jolie ainsi.

Elle me prend par la main pour m'amener devant le miroir. Je me découvre beaucoup plus mince effectivement, dans ces dessous blancs, et aussi un peu ridicule avec ces paniers attachés à ma taille. Les caméras n'en perdent pas une miette.

— C'est vrai que...

— Il est vrai que, me reprend la duchesse avec un sourire. Faites attention à vos tournures de phrases, désormais.

— Il est vrai que c'est particulièrement seyant, je corrige.

Elle m'offre un petit hochement de tête approbateur. Moment de complicité devant les caméras, elle est parfaite dans son rôle de mentore, comme à chaque édition.

— Et maintenant, la robe ! s'exclame Mercueil.

Il ouvre une énorme malle, en sort un drapé jaune vif.

— Ceci complimentera votre teint et vos cheveux.

Il m'aide à la passer, puis se positionne derrière moi pour la fermer. Je ne peux quitter mon reflet des yeux. Pour la première fois, je porte de la couleur. Mes cheveux sont lâchés, ont été bouclés à la dernière mode comme ceux de Mme de Léon. Mon visage a été maquillé discrètement. Je ne me reconnais plus. L'austère Gabrielle a disparu, remplacée par un de ces oiseaux exotiques que je n'ai vus qu'à la télé. Pour me rassurer, je porte la main à mon pendentif, me rappelle la présence de l'enregistreur. Ma mission a commencé. J'avise la duchesse, tout sourire à côté de moi. Sait-elle quelque chose au sujet de la mort de sa bru ?

— Quel changement, n'est-ce pas ?

J'acquiesce. Impossible de lui poser des questions sur la disparition tragique de sa belle-fille, pas en ce moment, pas devant les caméras. Mon enquête devra attendre.

— La touche finale, le parfum ! s'exclame le modiste.

Il pulvérise un nuage d'eau de toilette à la rose autour de moi.

— Vous voici prête, mon enfant...

Mme de Léon m'offre une brève accolade.

— Coupez ! s'exclame-t-elle sitôt que nous nous séparons.

Elle se tourne alors vers la foule de techniciens.

— Allez préparer sa sortie.

Sur son ordre, toute l'équipe remballe le matériel. Lorsque le dernier cameraman a quitté la pièce, elle se tourne vers Mercueil.

— Mon cher, voulez-vous bien nous laisser une minute ? Nous vous rejoindrons en bas.

— Comme vous voudrez, Madame.

Il s'incline et la duchesse ferme la porte derrière lui.

— Bien, Gabrielle, parlons peu, parlons bien.

Elle vient se placer devant moi, me saisit par les épaules.

— Vous êtes une jeune femme intelligente, vous jouez divinement bien du piano, vous êtes belle comme un cœur, mais cela ne suffira pas. Je vous en conjure, écoutez la conseillère en communication qui vous sera attribuée. Travaillez votre image et ne laissez pas les belles robes ou la cour de quelques messieurs vous monter à la tête. J'ai vu trop de jeunes femmes perdre la raison, se compromettre, et faire un mariage malheureux... Quand elles n'ont pas terminé au couvent. Je détesterais qu'un talent tel que le vôtre soit perdu pour toujours au cloître Notre-Dame, vous m'entendez ?

— J'ai bien compris, madame.

— Parfait, assène-t-elle avec un sourire. Car j'ai bien l'intention de vous inviter à jouer chez moi après votre mariage, que j'espère excellent.

Elle se saisit de mes mains et les serre dans les siennes.

— Maintenant, je vais vous donner un dernier conseil. Le plus vital et le plus important.

On frappe à la porte.

— Mesdames, il commence à pleuvoir.

J'ai reconnu la voix du directeur de production.

— Gabrielle, souvenez-vous de ce que je vais vous dire. Ne quittez jamais votre garde suisse. Jamais, sous aucun prétexte. C'est bien compris ?

— Parfaitement, Madame.

— Alors, allons-y.

Elle passe un bras autour du mien et m'entraîne à l'extérieur.

Chapitre 9

Lorsque la limousine s'engage dans les rues de Versailles, je repense à l'avertissement de la duchesse. Que risque-t-on à s'écarter de son garde suisse ? Je les ai vus dans les précédentes émissions, toujours à deux pas des candidates afin de veiller à leur sécurité et leur servir de chaperon. Est-ce qu'une balade, seule dans les parcs, est suffisante pour lancer des rumeurs ? Ou est-ce un problème de sécurité des lieux ? Versailles n'a jamais été très sûr, si j'en crois les histoires relatées dans *La France républicaine*. Utilisé comme lieu de tournage pour l'émission et comme palais de campagne par la famille royale, il y circule tellement de monde que des incidents s'y sont déjà produits par le passé. Des pickpockets mêlés à la foule lors de fêtes, principalement. À moins qu'il ne s'agisse d'affaires plus graves ? Qui auraient un lien avec le meurtre de l'ancienne candidate ? Tout en observant les façades en pierre blonde de la ville, je tourne et retourne mon médaillon enregistreur. Quoi que ce soit, je serai vite fixée.

À mesure que l'on se rapproche du palais, la foule se fait plus dense sur les trottoirs. Des familles entières saluent ma voiture aux vitres teintées, beaucoup de femmes surtout, avec de jeunes enfants. Au détour d'un virage, je vois enfin les grilles dorées au bout du boulevard, l'imposant palais posé sur cette couronne hérissée de pics. Versailles. Je me redresse sur mon siège. Nous sommes encore loin, mais je devine plusieurs limousines semblables à la mienne, faisant la queue dans la cour. Des candidates arrivent au compte-gouttes de toute la France. Je lisse les plis de ma robe, remets mes boucles en place sur mon décolleté. J'espère que le voyage en avion n'aura pas trop abîmé ma coiffure...

Sous les vivats de la foule, nous passons les grilles. Devant nous, une file de voitures déversent des jeunes femmes en grande tenue sur le tapis rouge. Une ravissante blonde fait son entrée, adresse un salut timide aux caméras, avance jusqu'à la porte du château où elle est récupérée par une équipe de trois personnes. Sa voiture redémarre et le même scénario se reproduit avec la suivante. Je vérifie encore une fois ma tenue, mes cheveux. Il n'y a que cent mètres à parcourir devant les caméras, mais je vais les faire entièrement seule. J'ai la sensation d'un test. Je me remémore les arrivées des candidates les plus remarquables, de la marquise de Pompadour il y a cinq ans à feu la duchesse de Léon, l'année dernière... Elles m'avaient toutes paru à la fois flamboyantes et aimables, royales et populaires. Je sais ce que je dois faire. Adieu, la Gabrielle pieuse et discrète. Ma voiture s'arrête et mon cœur s'emballe une seconde. *C'est une audition de piano. Une simple audition de piano*, je me répète comme un mantra pour retrouver mon calme. Je carre les épaules, me pare de mon plus large sourire et sors sur le parvis. À peine ai-je posé le pied à l'extérieur que je remarque le grondement de la foule derrière moi, massée contre les grilles. Je me retourne et leur adresse un salut enthousiaste. Un tonnerre d'acclamations y répond. Seulement alors, j'agite la main en direction des caméras. Je prends le temps nécessaire pour que chacune d'elles ait les images qui l'intéressent, puis je me dirige d'un pas que j'espère régalien, sur le rythme de *La Marche pour la cérémonie des Turcs*, vers le château.

— Mademoiselle Gabrielle Lacroix ? m'interpelle un valet, secondé par une jeune femme elle aussi en livrée. Par ici, s'il vous plaît.

Je leur emboîte le pas sous les fresques et les dorures des plafonds. J'ai du mal à ne pas garder la tête levée, tant le décor est impressionnant par sa débauche de luxe. J'ai beau avoir grandi dans l'aisance, avoir couru enfant dans les salons de tous les hôtels particuliers de Brest, je n'ai jamais rien vu qui puisse rivaliser avec ces peintures et ces moulures.

— Tenez, asseyez-vous là, me dit la jeune femme en montrant un atelier temporaire de maquillage installé dans un coin de la pièce suivante. Je vais simplement procéder à des retouches avant de vous conduire au cocktail sur la terrasse.

Pendant une à deux minutes, elle passe habilement ses pinceaux sur mes yeux et mes joues, utilise un fer pour reboucler une mèche de cheveux. Elle s'écarte enfin.

— Vous êtes parfaite ! Venez avec moi.

Je me relève et la suis. Dans le salon d'à côté, les hautes portes-fenêtres sont ouvertes sur la terrasse qui surplombe les pièces d'eau. Le soleil couchant dore les feuilles des arbres dans le parc, caresse les bassins roses et les allées marquées des ombres des buis. J'en ai le souffle coupé.

Quand je respire à nouveau, c'est pour goûter à cette brise chargée du parfum des roses grimpantes qui couvrent les chemins partant du château.

— Mlle Lacroix ! annonce le valet de pied quand je m'avance.

— Ah, mademoiselle Lacroix !

Un homme en habit lilas aux boutons scintillants s'approche de moi, ses dents blanches rendues presque fluorescentes par contraste avec la couleur de son costume et son teint orangé. Je reconnais M. de Saint-Martin, chroniqueur de Cour et présentateur historique de l'émission.

— Divine, votre robe, ma chère ! Divine !

Il me prend par la main et me conduit vers un groupe de jeunes femmes dont les tenues roses, orange et jaunes font penser à un bouquet de tulipes. J'ai été si éblouie par la vue jusqu'ici que j'en ai oublié les autres candidates.

— Mademoiselle Gabrielle Lacroix, voici Mlles Solange Lafontaine, Agnès Cresson, Clothilde Thibault et Juliette Renard.

Nous nous inclinons chacune comme si nous n'étions pas nées simples roturières qui nous serions, la veille encore, serré la main sans cérémonie.

— Je vous laisse, mesdemoiselles, nous attendons encore quelques participantes avant de passer à la réception proprement dite.

Alors qu'il s'éloigne, les caméras se ruent sur notre groupe, comme des mouettes sur le poisson juste pêché. Vite, nous devons briser ce silence gênant qui s'installe.

— D'où venez-vous ? je tente.

C'est Agnès, une flamboyante brune, qui me répond en premier.

— Je viens de Lille.

— Oh, je n'y suis jamais allée, mais j'ai entendu dire que c'était très beau.

— Oui, plus particulièrement depuis les travaux entrepris par Sa Majesté pour rénover la Bourse et ses environs. C'est désormais un vrai lieu de conte de fées.

Je note la subtile louange adressée à « Sa Majesté » dans ce commentaire anodin, signe que la jeune femme sait déjà intriguer... Voilà une concurrente sérieuse, dont il faudra se méfier.

— Et vous, ma chère ? je demande en me tournant poliment vers Solange.

— Je suis née et ai grandi à Blois. Mais je serais bien en peine de vous parler de ses quartiers, j'étudie au couvent Sainte-Marie depuis sept ans et je n'en suis que très peu sortie, avoue-t-elle avec un doux sourire.

— Vous n'aviez pas de congés ? l'interroge Clothilde.

— Oh si, bien sûr, mais je les ai passés à aider ma mère à s'occuper de mes frères et sœurs. Je les adore, ils sont ce que j'ai de plus cher au monde.

La fraîcheur candide de Solange contraste brutalement avec l'ambition qui affleure chez Agnès. Elle me fait déjà l'effet de ces personnes trop douces et trop bonnes pour ce monde, surtout celui de la Cour, que je sais sans pitié. À moins qu'elle joue un rôle ? Si c'est le cas, la Comédie-Française perd une recrue de choix. L'air aimable et charmant qui anime ce visage pâle encadré de cheveux blonds tromperait n'importe qui. Reste à savoir s'il séduira aussi le public.

— Mais vous, Clothilde, d'où venez-vous ? reprend-elle.

— De Marseille. J'ai grandi sur le port, mon père travaille à l'administration des docks, alors nous avons un logement sur place. J'y étais encore ce matin lorsque l'émissaire de Sa Majesté est venu me chercher. J'ai d'abord cru qu'il y avait eu un naufrage et que la presse venait interroger mon père, c'est déjà arrivé...

Nous continuons de discuter de nos anciennes vies, d'un ton convenu, avec des tournures de phrases bien peu naturelles qui me font deviner ne pas être la seule à m'efforcer de jouer un rôle. Aucune des filles ne croit à sa chance d'être ici : toutes ont été surprises au saut du lit ce matin. L'horizon rougit lorsque Patrick de Saint-Martin annonce que la dernière participante est arrivée et nous convie à nous rassembler autour de lui. Ce n'est qu'à ce moment que je remarque les caméras fixes installées le long de la terrasse, désormais toutes braquées sur le groupe.

— Mesdemoiselles, commence-t-il, au nom du roi, bienvenue à Versailles. Cette année, comme chaque année, c'est un honneur pour moi de vous accueillir ici. Votre sang naturellement pur vous destinait à la nobilité, mais il vous reste de nombreuses choses à apprendre pour trouver votre place dans ce monde. Au cours des prochaines semaines, vous suivrez sous ma direction des leçons d'étiquette, de politique intérieure et internationale, mais aussi des classes sur la surintendance de votre maison. Nous vous préparerons toutes à devenir l'épouse dont rêve votre futur mari, celle qui assurera le confort et la sérénité d'un foyer bien ordonné tout en l'aidant, en l'épaulant dans les nobles tâches que lui confiera Sa Majesté.

Je hoche la tête imperceptiblement, un sourire sur le visage, le même que celui dont je me parais pour écouter les diatribes enflammées de Mgr Prijent sur la nécessaire soumission des femmes à l'homme, quand il venait dire la messe au couvent. J'espère que si j'arrive à lancer cette révolution, Mgr Prijent comme Patrick de Saint-Martin finiront sur l'échafaud.

— Dès demain soir, vous apprendrez les noms des jeunes hommes autorisés à venir vous rendre visite. Parmi eux se trouve peut-être votre futur mari. Vous étudierez ensuite un mois sous l'œil de la France et inspirerez des milliers de femmes qui vous prendront en exemple. Après cette période studieuse s'ouvrira le bal des débutantes, ici même, à Versailles. Vous serez présentées à la noblesse célibataire du pays et introduites dans le grand monde...

Patrick de Saint-Martin continue de pérorer sur les festivités à venir. Le discours, comme le déroulé du show, est sensiblement le même à chaque fois. Un mois de cours, le bal des débutantes avec la présentation des candidats, un mois de rendez-vous galants et d'intrigues amoureuses et, après la soirée d'anniversaire du roi dans son palais des Tuileries, un mois de demandes en mariage et de préparatifs des heureux événements.

— Et bien sûr, pour celles qui ne souhaiteront pas s'engager dans le devoir de mère de famille, continue Saint-Martin, il vous sera permis d'accomplir la plus noble des vocations : consacrer votre vie à Dieu pour prier pour la France.

Nouveau hochement de tête, nouveau sourire approbateur, même si celui-ci est plus dur à maintenir. Quelle hypocrisie. Comme si celles qui ne trouvaient pas de mari avaient le choix.

— Sur ce, mesdames, j'aimerais vous inviter à une collation, pour vous permettre de profiter de ce magnifique coucher de soleil sur l'un des plus beaux parcs de France.

Une dizaine de domestiques installent alors un gigantesque buffet à une extrémité de la terrasse.

*

Les caméras ne s'en vont qu'une heure plus tard, alors que les candidates, moi comprise, commencent à fatiguer de la journée et des petits-fours. La transition s'opère brusquement : en quelques minutes, il ne reste plus que des jeunes femmes en robes colorées qui peinent à tenir une conversation, une coupe de jus d'orange à la main, sous les yeux des seules caméras fixes installées le long de la balustrade.

— Que va-t-il se passer, maintenant, vous pensez ? chuchote Solange avec qui je discute depuis une demi-heure.

— J'ai cru comprendre que nous aurions une conseillère en communication, lui répond Agnès. J'ai hâte de la voir pour lui parler, on m'a imposé une tenue rose ce matin alors que ça ne me correspond pas.

Agnès, fille d'un important avocat d'affaires lillois, est bien ce qu'il me semblait : une de ces candidates déjà habituées aux mondanités, qui voit le show comme un tremplin afin de s'élever socialement. Mais loin d'être une simple intrigante, je la devine intelligente et vive derrière ce masque de politesse et de superficialité, malgré le soin qu'elle prend à le cacher. Elle doit encore avoir en tête, comme moi, le souvenir de la ravissante et très cérébrale Mlle Marie-France, dont l'esprit remarquable n'avait fait qu'accentuer son impopularité, en plus de faire fuir tous ces idiots de nobles, effrayés à l'idée d'être intellectuellement dominés par leur femme. Marie-France exerce ses exceptionnelles capacités cognitives à l'étude de la Bible au sein du couvent Notre-Dame depuis deux ans maintenant.

— Mesdemoiselles ? nous interpelle Saint-Martin.

Agnès avait raison, le présentateur arrive sur la terrasse, suivi d'une armée de personnes plutôt jeunes, engoncées dans des costumes et robes cintrées de couleur noire. Une femme, la trentaine, marche droit vers moi.

— Ambre Dupuis, votre conseillère en communication, pour vous servir, madame, se présente-t-elle avec une courte révérence. Si vous voulez bien me suivre...

Elle m'entraîne à l'intérieur, comme le font autour de moi les autres corbeaux avec leur candidate attitrée.

— Nous allons faire de grandes choses ensemble, vous verrez, commence Ambre alors que nous grimpons à l'étage. J'ai particulièrement apprécié votre salut à la foule en descendant de voiture. Vous renvoyez une image très chaleureuse et proche du peuple, c'est une bonne base sur laquelle nous pourrons travailler.

— Merci, madame.

— Vous pouvez m'appeler, Ambre. C'est vous la personne de rang supérieur désormais, ne l'oubliez pas.

Elle me conduit jusqu'à l'une des chambres aménagées dans le château pour recevoir les candidates, là où autrefois se trouvaient les appartements royaux. La pièce est décorée de boiseries dorées à la feuille et de soieries aux motifs printaniers.

— Voici où vous dormirez pendant toute la durée de l'émission, continue-t-elle. C'est aussi ici que nous tiendrons nos réunions. Il y a une télé dans ce secrétaire qui nous permettra d'analyser les images ensemble. Iphigénie ?

Une frêle jeune femme, qui doit avoir le même âge qu'Ambre, surgit d'une porte camouflée par les tentures, que je devine être la salle de bains.

— Iphigénie sera votre femme de chambre. Elle vous aidera tous les jours à vous coiffer et à vous maquiller. Et si nous commencions ?

Sans me laisser répondre, Ambre s'est déjà dirigée vers le secrétaire. Elle soulève le panneau de bois ouvragé et, à côté de la télévision, saisit un dossier.

— Si ça ne vous dérange pas, je laisserai quelques documents de travail ici. Commençons par identifier vos bonnes œuvres...

Elle ouvre le classeur et me présente plusieurs logos d'associations caritatives bretonnes. La plupart, je le sais, sont noyautées par l'État. Terroir breton, par exemple, qui a vocation à aider les agriculteurs en cas de mauvaises récoltes, a surtout pour mission d'espionner les paysans. Le souvenir des chouanneries est resté vif chez la famille royale.

— Pour une image proche du peuple, chaleureuse, j'ai pensé que nous devrions jouer la carte locale..., continue Ambre. En voyez-vous une qui vous plaît ?

— Le sauvetage en mer, je réponds immédiatement. J'ai passé une partie de mon enfance sur le port, venir en aide aux marins me paraît essentiel.

C'est surtout l'une des rares organisations à être gérée et dirigée par des bénévoles.

— Très bien. Je vais réfléchir à ce qu'on peut faire... Une réclame pour un appel aux dons, peut-être, une robe à imprimés marinière... J'ai déjà réalisé ce genre de vidéos pour le dauphin.

— Vous avez travaillé pour le prince ?

— Oh oui, je suis dans son équipe de communication habituellement, mais j'ai été affectée à votre service, madame, rétorque-t-elle avec un sourire. Je disais donc, une publicité ou...

Je ne l'écoute plus. Ambre a travaillé pour le dauphin. Ambre a fait partie de son cabinet. Je m'étais doutée lors des éditions précédentes que les dés étaient pipés, mais ça... Si on m'a attribué une publiciste expérimentée, c'est donc que l'on me destine à jouer un rôle important dans l'émission. Mais lequel ? Il est déjà arrivé que des candidates très populaires, au lieu d'un bon mariage, choisissent le couvent. Pour encourager la ferveur religieuse chez les jeunes femmes, d'après *La France républicaine*. Est-ce un très beau mariage ou une entrée au cloître qui m'attend pour cet été ?

— ...peut-être une bouée ? continue de réfléchir ma conseillère à voix haute. Le lac du petit Parthénon pourrait convenir.

Ma mission se rappelle brusquement à moi à la mention du petit palais où Capucine de Léon a perdu la vie.

— Ambre ? Puis-je vous soumettre une idée ?

Ses yeux d'aigle reviennent sur moi.

— Bien sûr.

— Pourrais-je aller rendre hommage à la duchesse de Léon sur les lieux du drame ? Déposer une gerbe de fleurs ? Mme de Léon mère est une amie personnelle de Mme de Kerdoncuff, que j'ai servie ces dernières années.

Un grand sourire éclaire alors son visage.

— Excellente idée, Gabrielle ! Vraiment excellente !

Elle se met à griffonner à toute allure dans le dossier.

— Des roses rouges, ses préférées. Demain matin ? Non, nous n'aurons pas le temps de vous habiller et d'y aller avant de filmer votre portrait... Nous ferons ça à midi, juste après. Je commanderai les roses au dernier moment, pas question que les autres se doutent de quelque chose et vous imitent, il faut vous singulariser sur cette action. Pour la robe...

Trois coups discrets sont frappés à la porte.

— Ah ! Ce doit être Antoine !

Elle va lui ouvrir. Un garde suisse pénètre dans la chambre. Grand, blond, au regard bleu, la vingtaine. Il pourrait être beau s'il n'était pas vêtu de cet hideux uniforme bariolé orange et violet et s'il n'affichait pas cet air froid et obséquieux des membres de cette milice au service du roi.

Il s'incline profondément devant moi.

— Antoine restera en permanence à vos côtés, m'informe Ambre. Il dormira sur un lit d'appoint en travers de votre porte afin d'assurer votre sécurité.

Je m'efforce de sourire, mais cette nouvelle m'exaspère au plus haut point et je me surprends à détester immédiatement ce larbin. S'il me barre la route tous les soirs, comment diable vais-je pouvoir sortir en douce de ma chambre pour enquêter ? Avec une sécurité de ce genre, c'en est fini de mes escapades nocturnes, au moment où elles pourraient s'avérer cruciales pour ma mission.

— Antoine, vous pouvez retourner monter la garde.

Le type tourne les talons et sort sans avoir dit un mot.

— Sur ce, je vais moi aussi vous laisser et aller travailler sur votre plan de communication. Je serai ici à huit heures tapantes demain matin pour vous préparer pour votre portrait.

Une dernière révérence et me voilà seule avec ma femme de chambre. Je laisse celle-ci m'aider à me déshabiller. Alors que je passe ma chemise de nuit, je sens mon médaillon chauffer contre ma peau. Les républicains récupèrent leur enregistrement de la journée et, pour la première fois, un fichier audio sur les coulisses de l'émission la plus regardée de France.

Chapitre 10

— ... mon passe-temps préféré, c'est jouer du piano, bien sûr, je conclus en souriant à Patrick de Saint-Martin.

— Coupez !

Dans le petit salon vert, Ambre s'avance vers moi.

— Ça ne va pas du tout, Gabrielle, vous ne pouvez pas parler de passe-temps quand vous avez été embauchée par Mme de Kerdoncuff en partie pour vos talents de concertiste ! C'est votre *travail*. Vous *travaillez* depuis l'âge de quatorze ans, c'est le message que nous devons faire passer pour vous donner une image proche du peuple, c'est compris ?

— Oui, Ambre.

— Bien, reprenons.

— Action ! crie un des techniciens.

Patrick de Saint-Martin, face à moi, se redresse dans son siège.

— Mademoiselle Lacroix, comment occupez-vous vos journées ? Vous avez des passe-temps ?

— Vous savez, monsieur de Saint-Martin, je suis entrée au service de Mme de Kerdoncuff à l'âge de quatorze ans. Elle m'a sauvée de la rue...

Derrière le présentateur, ma conseillère approuve cette précision d'un franc hochement de tête.

— J'ai commencé comme femme de chambre à son service. Je faisais son lit le matin, je nettoyais le château, j'aidais aussi un peu en cuisine et pour le service. Un soir, je rangeais le petit salon après le départ des invités et je n'ai pas pu résister, je me suis mise au piano...

Je marque une pause qu'Ambre semble interpréter comme de la comédie puisqu'elle me fait un signe du pouce. En réalité, il m'est vraiment difficile d'évoquer ce moment. La terreur quand Mme de Kerdoncuff m'a surprise, puis foncé dessus, furieuse que je touche à son instrument, moi la sale domestique. Le soulagement quand monsieur l'a arrêtée alors qu'elle me giflait à bras raccourcis. Il avait reconnu une *Étude* de Chopin. La virtuosité nécessaire à son exécution avait totalement échappé à la baronne.

— M. et Mme de Kerdoncuff m'ont entendue, je poursuis avec une boule dans la gorge. Ils ont une bonne oreille, ils ont su que j'étais concertiste. Ils m'ont proposé de jouer pour eux lors de leurs événements. Après ça, je suis devenue la dame de compagnie de madame la baronne. C'est un poste très exigeant, je n'ai pas pu avoir de passe-temps, mes rares moments de liberté étaient consacrés à l'étude du piano afin de pouvoir satisfaire les goûts musicaux des invités de mes maîtres.

— Et coupez ! Très bien, Gabrielle !

Puis elle se tourne vers Saint-Martin :

— Nous avons tout ce qu'il nous faut. Je validerai les images dès qu'elles seront montées.

— Très bien, Ambre.

Je me relève de la chaise, la poitrine comprimée par un corset bleu cyan. Ma conseillère se précipite aussitôt sur moi pour défroisser ma robe, fait signe à la maquilleuse de venir rectifier mon teint.

— Parfait, murmure-t-elle enfin. J'ai tout arrangé. Allons-y.

Je lui emboîte le pas pour sortir du salon. Antoine, le garde suisse, nous suit, toujours silencieux, toujours collé à mes basques depuis ce matin. Ambre me conduit jusqu'à la terrasse. Elle a bien fait son travail : en bas des marches nous attendent deux voitures de golf. La première contient un cameraman et un preneur de son qui porte un bouquet de roses rouges en plus de son équipement. Antoine se met au volant de la deuxième et nous grimpons à l'arrière avec Ambre. Notre convoi file discrètement dans l'allée, en direction du parc.

*

— Demain, après vos cours d'étiquette, nous filmerons la réclame pour la Société nationale de sauvetage en mer. Pour la robe, j'ai pensé à un corset au motif marinière sur un jupon blanc.

— Pourquoi pas sur un jupon bleu marine ? je propose.

Ambre porte son stylo à sa bouche.

— Oui..., réfléchit-elle à voix haute. Une couleur royale... Si on donne suffisamment de volume à la robe, qu'on prend de la soie, on pourra lui donner l'aspect de la mer... Très bonne idée, Gabrielle.

Elle note aussitôt ma remarque. Tenir la conversation avec elle me demande un effort. Je ne pense plus qu'à ma mission, à ce que les lieux du crime pourront m'apprendre.

Depuis cinq minutes, je dois m'empêcher de tendre le cou pour tenter d'apercevoir la demeure préférée de Madame Joséphine, l'épouse de Louis XVII.

— Nous y voici.

Le château surgit devant nous au détour d'un bosquet. De ce côté, l'incendie est à peine visible, seules des traces de suie s'échappent des fenêtres de l'aile est.

Nos voitures contournent la demeure. Je découvre une terrasse, un jardin, et plus bas, un lac avec en son centre une île surmontée d'un temple gréco-romain. Mais je me détourne rapidement de cette vue idyllique. Le lieu du crime s'élève devant moi. La façade de pierre blanche est maculée de cendres, les fenêtres manquantes ouvrent sur un intérieur noir comme l'abîme, que surplombent les squelettes carbonisés des poutres des étages et du toit. À l'intérieur, justement, je repère deux personnes dont la combinaison orange tranche sur les sinistres ruines. Ambre ne les a apparemment pas manquées non plus.

— Je vais leur demander de partir, soupire-t-elle. Ils font toujours une étude de stabilité de la structure avant les travaux de reconstruction. On m'avait assuré qu'ils auraient terminé pour midi...

Elle saute à terre et se met à houspiller les ouvriers. Antoine me donne sa main pour m'aider à descendre à mon tour, chose plus difficile que je ne l'aurais cru avec cette énorme robe et ses jupons volumineux.

Je fais quelques pas vers le bâtiment. Que dois-je chercher au juste ? Je me remémore les articles lus dans les quotidiens que monsieur laissait traîner dans le salon à l'époque, ainsi que le contenu du journal télévisé que la baronne avait regardé la larme à l'œil. Le feu avait pris au rez-de-chaussée, une braise ayant volé depuis la cheminée sur le tapis...

— Gabrielle ?

Ambre réapparaît et me fourre le bouquet de roses rouges entre les mains.

— Venez, je vais vous montrer jusqu'où vous allez vous avancer pour le poser.

Elle me guide jusqu'au pied du mur, me désigne un endroit au sol.

— Mettez les roses directement sur la cendre ici, m'indique-t-elle. Le rouge sur le noir, ça fera de très belles images. Vous êtes prête ?

Je hoche la tête.

— Alors allons-y. Retournons quelques pas en arrière... Action !

Je marche d'un pas lent, les yeux levés vers la façade que je regarde sans vraiment la voir. Je convoque tous mes souvenirs les plus douloureux. La mort de mes parents, quand j'avais cinq ans, dans un accident de tramway. L'arrestation de mon père adoptif. Mon expulsion du pensionnat. La nuit où Mme de Kerdoncuff m'a giflée au point de me marquer le visage pour avoir touché son piano. Deux grosses larmes roulent sur mes joues. Je baisse la tête et pose le bouquet sur les cendres.

— Et... coupez ! Fichtre, Gabrielle, quel plan ! Quelle émotion ! On n'a pas besoin de la refaire...

Je ne réponds que par un reniflement. Je dois continuer de jouer si je veux parvenir à mes fins.

— Ma parole, vous êtes vraiment bouleversée, s'étonne Ambre.

— Je... Je connais la famille de Léon. Madame a toujours fait preuve de bonté envers moi.

Ma conseillère hoche la tête, compatissante.

— Puis-je rester seule ici un instant, pour me recueillir ?

Elle hésite une seconde, puis avise les techniciens.

— Oui, faites, ma chère. Je dois rentrer apporter ces images et vérifier le montage final, mais rien ne vous oblige à partir immédiatement. Retrouvez-moi seulement dans votre chambre à seize heures pour que je vous prépare au dîner de ce soir.

— Merci, Ambre.

— De rien, Gabrielle.

Puis se tournant vers le garde suisse :

— Antoine, vous restez avec elle.

Bon sang, me voilà coincée avec lui. Ma conseillère saute dans la voiture et repart avec les deux techniciens. Je me retrouve seule avec ce pantin de garde, droit comme un tuteur sur la pelouse du parc, ses yeux balayant l'horizon à la recherche de je ne sais quel danger.

Je feins encore une minute d'être sous le coup de l'émotion pour me rapprocher à nouveau de la façade. L'intérieur du rez-de-chaussée est en partie détruit. Au-dessus de la cheminée, il y a un énorme trou là où les flammes ont dévoré le parquet. Mais sur les murs les plus éloignés du foyer, on devine encore les endroits où étaient accrochées les peintures. Je recule, saisie par ce détail. Pourquoi le feu n'a-t-il pas dévoré tout le rez-de-chaussée, s'il a démarré là ? Je fais quelques pas en arrière pour examiner à nouveau la façade. Au premier étage, les flammes ont l'air d'être sorties de toutes les fenêtres de l'aile et d'avoir consumé les combles et le toit... alors qu'au rez-de-chaussée une seule pièce semble avoir été la proie du feu. Je ne suis pas experte en la matière, mais lorsque le Cercle des officiers de marine avait brûlé à Brest, les dégâts avaient été presque inexistants aux étages inférieurs, mais considérables à l'étage où l'incendie s'était déclaré, ainsi qu'à ceux au-dessus. Suivant cette logique, j'ai l'impression qu'ici le feu a pris au premier, et non au rez-de-chaussée comme cela avait été relaté dans la presse. Était-ce une chambre ? Un salon ? Qui s'y trouvait avec la jeune duchesse ?

— Antoine ?

— Oui, madame ?

Il a une voix grave et froide. Il s'avance vers moi, toujours raide comme un piquet.

— Savez-vous qui était présent le soir du drame ?

— Le dauphin et ses amis, madame. Les héritiers des Léon, Choiseuil, Castellane, Montesquiou-Fezensac, Vogüé, Polignac, Rochechouard.

Je hoche la tête. Les plus grandes familles de France. Avec celle du roi, elles possèdent à elles seules près de la moitié du pays.

— Madame, si je peux me permettre un conseil, en revanche, c'est de ne pas poser de questions sur cette affaire, ajoute-t-il à mi-voix.

Je n'ai pas besoin de jouer la comédie pour avoir l'air surprise. Serait-ce un avertissement ? Craint-il que ma curiosité ne me nuise ? De la part d'un de ces miliciens attachés à la protection du roi et de sa famille, je trouve cette réflexion éminemment suspecte. Que sait-il ? Qu'a-t-il vu ou entendu ? Mais je garde ces questions pour plus tard, les poser maintenant ne ferait qu'éveiller ses soupçons sur mes véritables intentions. Quand il m'invite d'un geste à remonter dans la voiture pour retourner au château, je sais que je suis sur la bonne piste.

Chapitre 11

Lorsque je pénètre dans le petit salon, dans une sublime robe bleue, les caméras et les têtes de toutes les candidates présentes se tournent vers moi. La colère ou la sympathie animent leurs visages, il n'y a pas d'entre-deux. Agnès, plus particulièrement, m'examine d'un air à l'hostilité bien mal réprimée. Je retiens un soupir ; il fallait s'y attendre. La première émission quotidienne vient d'être diffusée et nous avons toutes pu la regarder dans nos chambres respectives, avec nos conseillères en communication. Un sondage d'opinion a été réalisé tout de suite après et vient de nous être communiqué : mon passé de domestique ainsi que ma petite performance sur les lieux de l'incendie qui a coûté la vie à la grande gagnante de l'année dernière ont fait de moi la favorite du public. Ambre m'a prévenue : je suis désormais celle à courtiser, ou celle à abattre, selon la position de la candidate dans le classement.

M'armant de tout mon courage, je rejoins le petit groupe avec qui je discutais ce matin avant que l'on filme nos portraits : Agnès, Solange et Clothilde.

— Vous avez bien fait de vous rendre au petit Parthénon, me souffle Solange, qui m'apparaît de plus en plus comme la bonté faite femme. Les images étaient très émouvantes, j'en ai pleuré et ma maquilleuse a dû tout rectifier d'urgence.

— Vous auriez pu nous prévenir, malgré tout, intervient Clothilde, du ton de celle qui se retient de s'agacer. Nous serions venues avec vous.

— Oh, je suis désolée, cela s'est fait à la dernière minute. J'ai eu l'occasion de rencontrer la duchesse de Léon, et ce qui est arrivé à sa bru m'a beaucoup touchée.

— Oh, je suis si désolée pour vous, ma chère Gabrielle, gémit Agnès, dont je crois sur le moment qu'elle prend sur elle afin de se mettre de mon côté, maintenant que j'ai le vent en ma faveur. Je ne savais pas que ce drame vous avait touchée personnellement. Nous avons tous été affectés par la mort de la duchesse, une si belle personne, alors je n'ose imaginer la perte que cela a dû représenter pour ceux qui lui étaient proches.

Elle pose sa main sur mon bras en un geste de compassion calculé et je lui rends son sourire du mieux que je peux. L'intrigante est habile. Elle sait que je ne connaissais pas Capucine de Léon, et par ces quelques phrases, tout en me marquant une sympathie apparente, elle tente de me faire passer pour une personne extérieure à la famille qui veut tirer la couverture à elle auprès du public. Solange me sourit et pose, elle aussi, sa main sur la mienne, décidément trop innocente pour voir l'attaque.

— M. Patrick de Saint-Martin, annonce le valet de pied.

Nous nous tournons toutes vers l'entrée et nos grandes robes s'ouvrent comme autant de derviches colorés sous les dorures de la salle de bal.

— Mesdemoiselles, bienvenue à la soirée de présentation des candidats. Cette émission s'annonce des plus excitantes ! Si vous voulez bien me suivre...

Il nous conduit dans la salle de bal attenante où une poignée de caméras filment notre entrée. Des sièges en velours rouge et aux montants dorés ont été disposés devant de grandes télévisions.

— Mesdemoiselles ? Prenez place ! nous intime M. Arthur, un producteur de l'émission. Antenne dans cinq minutes !

Les sièges sont attitrés et je découvre le mien au premier rang, en plein milieu. Après la conseillère en communication venue tout droit des Tuileries, je vois cela comme un autre indice que la production a décidé de me favoriser. Est-ce pour arranger mon mariage avec une personne d'importance ? Ou pour mettre en lumière un petit noble dont le roi aura voulu lancer la carrière audiovisuelle, car il lui aura plu ? Je m'installe, lisse les plis de ma robe. Nous le saurons bientôt.

— Direct dans deux minutes !

Clothilde se place à ma gauche, et à ma droite s'installe une fille que je n'ai rencontrée que brièvement, Jeanne, il me semble. Des techniciens courent en tous sens, règlent les derniers détails.

— Direct dans trente secondes !

Le générique de l'émission s'élève dans la pièce, l'ouverture des *Noces de Figaro*. J'en profite pour jeter un dernier coup d'œil autour de moi. Toutes les candidates ont l'air particulièrement nerveuses. Ce n'est pas étonnant, quand vous vous apprêtez à découvrir le choix limité qui s'offre à vous pour le restant de vos jours. À côté de moi, Clothilde tape mécaniquement du pied.

— ...trois, deux, un, action !

— Bonsoir, mes très chers téléspectateurs ! s'exclame Saint-Martin. C'est un plaisir d'être avec vous ce soir, pour cette émission exceptionnelle ! La présentation des prétendants, tous ces jeunes hommes qui auront le plaisir et l'honneur de fréquenter ces magnifiques jeunes femmes que voilà !

Tout en parlant, il nous désigne de la main et j'affiche mon sourire le plus éclatant.

— Et qui sait, quelques-uns auront même la chance d'épouser certaines d'entre elles ! Mesdemoiselles, je sais que vous êtes nerveuses et impatientes de découvrir leurs visages, on le serait à moins ! Alors, sans plus attendre, je vous propose de découvrir le portrait de notre premier participant.

Les lumières de la salle s'éteignent, au logo de l'émission se substitue un titre doré sur fond bleu : « Charles Édouard de Montmorency ».

Bonsoir, je m'appelle Charles Édouard de Montmorency et je suis l'héritier du domaine de Montmorency près de Vitré.

Le jeune homme blond est souriant, la vingtaine, plutôt séduisant.

Je passe mes journées à m'occuper des affaires du domaine...

Traduction : je ne fais rien.

... et lorsque j'ai un peu de temps libre, je monte à courre.

Suivent un défilé d'images du comte à cheval, sonnant du cor, hélant ses chiens... Tout ce que je déteste. Les nobles qui s'offrent un peu d'adrénaline en regardant leurs molosses déchiqueter un animal vivant pour tromper l'ennui, c'est si cliché que ça en devient ridicule. Pourtant, je garde le sourire. Un sourire doux, bouche fermée, poli et surtout, le moins possible intéressé. Je sais qu'on filmera nos réactions et je ne veux pas paraître subjuguée par l'un des candidats, surtout pas par celui dont le rang est le plus faible.

Le portrait s'achève après que le comte a parlé de ses bonnes œuvres, l'orphelinat de Vitré, qu'il finance en grande partie, ce qui me le rend légèrement plus sympathique.

Les lumières se rallument et les caméras reviennent sur nous. Leurs yeux noirs balaient la foule, à la recherche d'un sourire plus grand, d'une moue qui pourra être utilisée à l'antenne.

— Quel merveilleux jeune homme que Charles Édouard de Montmorency, et quel fantastique engagement de sa part en faveur des orphelins ! Mais sans plus attendre, voici notre deuxième portrait !

La soirée continue, les jeunes hommes se succèdent, et la tension monte. Tout le monde sait que les participants apparaissent dans l'ordre croissant de leur rang. Plus nous avançons dans la soirée, plus les nobles sont riches, et leurs familles importantes. Les lumières ne s'éteignent plus directement quand les portraits s'impriment sur l'écran, elles restent allumées quelques secondes afin que les caméras puissent capturer nos expressions devant l'annonce des titres ronflants. Lorsque la dix-huitième présentation se termine, nous en sommes aux ducs.

— Et maintenant, mesdemoiselles, c'est un portrait un peu spécial que nous allons diffuser ce soir...

Je me prépare à avoir l'air surprise. Je sais qu'il s'agit de Léon, comme m'a prévenue Charbonneau et l'a annoncé la presse illégale. L'écran affiche en effet très vite son patronyme « Hervé XIX duc de Léon ». Émoi dans la salle. Quelques haut-le-cœur. J'ouvre la bouche pour faire un « O » parfait, que je couvre de ma main gauche. Les lampes s'éteignent.

Je m'appelle Hervé XIX duc de Léon.

Le jeune homme brun que j'ai déjà vu chez les Kerdoncuff sourit, mais il me paraît... éteint ? Absent ?

Je viens de terminer une thèse en littérature comparée...

— Il va vraiment participer ? me souffle Clothilde, profitant du fait que les caméras ne filment pas. C'est... étrange. Sa femme vient tout juste de mourir. Il était pourtant amoureux, non ?

Je hausse les épaules. Je n'en sais pas plus qu'elle. Pourtant, elle a raison, c'est étrange et inconvenant. Surtout après avoir juré son amour éternel, jusque dans la mort, à la jeune Capucine dans l'édition précédente de l'émission. Je me rappelle Mme de Kerdoncuff se pâmant quand Léon déclarait ne pas pouvoir vivre sans son épouse. Il faut croire que ce n'était que paroles, puisqu'elle est décédée il y a trois mois et qu'il est déjà prêt à reprendre femme. À moins que le roi l'ait poussé à revenir et à assurer sa descendance, ce qui est aussi une sérieuse possibilité.

... je lis toujours le marquis de Saint-Thomas, l'édition reliée n'a pas quitté ma table de chevet.

Les lumières se rallument, les caméras aussi. Difficile pour certaines de cacher leur émoi, vu la manière dont les objectifs zooment sur des candidates assises derrière moi. Reste à savoir si cette émotion vient du fait que le duc est censé être encore en deuil, ou parce qu'il représente la plus vieille et importante famille de France après celle du roi.

Je m'attends à ce que Patrick de Saint-Martin annonce la fin de la soirée à tout moment, mais au lieu de se tourner vers la caméra, il revient vers nous.

— Chères mesdemoiselles. Ce qui va suivre risque, je crois, de vous surprendre au-delà des mots. Car il y a un participant que je ne vous ai pas encore présenté.

Ma mâchoire se décroche, mais je me dépêche de refermer la bouche pour ne pas avoir l'air ridicule. Les Léon sont la plus grande famille, et après eux... Non, ça ne peut pas être possible. Je ne suis pas la seule à le penser, car un murmure parcourt nos rangs. Clothilde, blême, me lance un regard stupéfait. Elle non plus ne peut y croire.

— Mesdemoiselles, c'est un honneur pour moi de vous présenter le portrait... du prince Louis, dauphin de France !

Quelque part dans la salle, une des candidates pousse un cri aigu. Les lumières s'éteignent, juste à temps pour cacher à la vue du téléspectateur une candidate qui, à en croire le bruit, vient de tomber de sa chaise ou de s'évanouir. Je reste droite, raidie par la surprise et la tension, sans oser me retourner. J'ai dû rêver. Il n'a pas pu vraiment annoncer la participation du prince, si ?

Je m'appelle Louis Charles Henri et je suis l'héritier de la Couronne de France.

Le prince, la star des deux émissions parmi les plus regardées du pays, offre un sourire désarmant à l'objectif. Brun, les yeux bleus, de longues boucles encadrant son visage à la mâchoire volontaire et au nez droit, c'est le fantasme de toutes les jeunes femmes que j'ai dû croiser dans ma vie. Je dois moi-même reconnaître qu'il est très beau.

— Oh, mon Dieu, Gabrielle..., murmure Clothilde à côté de moi. Le dauphin...

J'occupe mes journées à lever des fonds pour régler les problèmes de la France. Mon ambition et mon devoir, c'est de servir mon pays.

À sa déclaration succèdent une série d'images d'archives de ses différentes émissions télévisées : le dauphin lançant la rénovation d'une église du Massif central après un tremblement de terre, il y a deux ans ; le dauphin en sueur, pelletant les fondations d'un orphelinat à Marseille... Encore et encore, l'image du sauveur, du despote éclairé, cette odieuse arnaque qui consiste à se montrer plein de compassion pour son peuple pour camoufler le fait qu'on lui a enlevé tout pouvoir et que l'on vit sur son dos. La colère chasse ma stupéfaction et en moi résonne l'aria vengeresse de Cléopâtre dans l'opéra de Haendel. Sa famille m'a tout pris. Nul doute que lorsque mon père a été embastillé, ses entreprises saisies, l'ordre est venu d'en haut... Quelle opportunité ce serait pour moi, pour mon réseau, de pouvoir ternir cette fable du *Prince des cœurs* savamment orchestrée par des conseillers en communication tels qu'Ambre.

— Gabrielle, tu te rends compte ? murmure Clothilde. Parmi nous, il y a peut-être la prochaine reine de France !

Alors que les lumières se rallument, je me redresse pour envoyer un grand sourire à la caméra.

Chapitre 12

— Une seconde, cette boucle n'est pas parfaite !

Ambre se précipite pour montrer la mèche de cheveux fautive à ma coiffeuse.

— Ah, oui, vous avez raison...

Je prends une grande inspiration. À force de retouches, nous allons finir par être en retard au bal des débutantes. Trois semaines se sont écoulées. Trois semaines à assimiler les codes de l'étiquette, à se maquiller, à se coiffer, à étudier les grands dossiers nationaux et internationaux, à revoir l'histoire de France, à déchiffrer les livres de comptes d'un domaine et à examiner ses affaires courantes, à réciter les préparatifs que requiert l'organisation d'une réception. Des matinées entières pour devenir l'épouse parfaite d'un rejeton de bonne famille, en plus de son ventre à héritier. Pourtant, je me mentirais à moi-même si je disais que je n'ai pas apprécié ces heures studieuses. Quatre ans que je n'avais pu aller à l'école. Quatre ans que mes maigres savoirs étaient tous issus de la bibliothèque de M. de Kerdoncuff. Alors apprendre quelque chose d'utile, comme l'état de nos relations avec nos voisins ou la position de la France lors de la dernière guerre du Nouveau-Mexique, m'a fait un bien fou. D'ailleurs, mon application n'est pas passée inaperçue : Ambre a presque sauté de joie en constatant que les dernières enquêtes d'opinion me qualifiaient à la fois de candidate la plus sérieuse et travailleuse, tout en étant la plus chaleureuse et « celle avec qui vous aimeriez prendre un café ».

— Voilà, vous êtes parfaite, murmure Ambre alors que la coiffeuse s'écarte de moi.

Je m'observe dans la glace. Avec mes longues boucles brunes, ma bouche délicatement rosie, ma robe bleu ciel à la taille fine, j'ai l'air d'une gravure de mode. Une gravure de mode populaire. Une parfaite candidate. Parfaite candidate, oui, mais parfaite espionne, non. En étant confinée avec les autres filles à Versailles, je n'ai pu rassembler aucun renseignement sur le meurtre de Capucine de Léon. Les cours et les tournages de réclames en faveur du sauvetage en mer ne m'ont pas laissé une minute pour revenir sur les lieux du drame. Toutefois, ce soir, les choses devraient changer. Après le bal des débutantes, nos prétendants, comme d'autres invités de marque, se presseront au château. De quoi commencer mes investigations. Car, pour l'instant, les seules informations que j'ai pu faire parvenir au réseau républicain sont les coulisses de l'émission.

— Antoine ?

Le garde suisse pénètre dans la chambre. Sa bouche normalement inexpressive tressaille une seconde en me voyant.

— Allons-y, j'annonce.

Avant qu'Ambre ne trouve un autre détail sans importance à corriger, je prends le bras du garde suisse. Il me conduit jusqu'à l'escalier en haut duquel les autres candidates patientent déjà. Solange m'adresse un discret signe de la main, comme Clothilde. Agnès m'offre un sourire dont je doute de la sincérité : nos échanges sont toujours truffés de compliments à double tranchant. Ma forte popularité lui fait de l'ombre. J'inspire à fond, cale mon souffle sur du Couperin. *L'Affligée* contient la sérénité dont j'ai besoin pour faire mon entrée. L'air est saturé de la nervosité des candidates, de soupirs impatients et pleins d'appréhension exhalés par des poitrines comprimées par les corsets et le stress. L'enjeu est énorme : une place à côté du dauphin, sur le trône de France. J'ai beau être la plus populaire, la mieux placée, je n'en mène pas large. Ce soir, le public votera pour sa candidate préférée. Contrairement aux enquêtes d'opinion, auxquelles seuls les candidates et leurs conseillers avaient accès jusqu'à présent, le résultat sera annoncé publiquement en fin d'émission. Ce vote a fait et défait des réputations par le passé, et a souvent créé des couples : le participant du plus haut rang ouvrira le bal avec la gagnante. Ironiquement, c'est ce vote populaire qui a peut-être le plus d'influence sur la noblesse et la politique intérieure française. C'est aussi le seul vote que je pense ne pas être truqué : il est vital de s'assurer de la popularité des jeunes femmes, car elle rejaillira sur les familles qu'elles rejoindront. Et si je réussis ce soir, par ce suffrage, à me rapprocher du dauphin pour enquêter au cœur même du pouvoir... Alors tout devient possible.

— Gabrielle, mon rouge à lèvres tient toujours ? me demande Solange.

— Oui, tu es magnifique, je lui souris.

Le brouhaha des convives nous parvient depuis le bas des escaliers.

— Mesdemoiselles, nous allons démarrer ! nous informe le producteur. Comme à la répétition de ce matin, vous descendrez au bras de votre garde suisse à l'annonce de votre nom.

Il disparaît à l'étage inférieur.

— Et voilà, nous y sommes.

Solange rayonne. Pas étonnant, elle adore ses petits frères et sœurs, rêve pour elle-même de bébés et d'une famille au moins aussi nombreuse, alors la perspective de rencontrer un prince charmant...

— Mlle Clothilde Thibault ! annonce le valet.

La file diminue rapidement. Alors que mon tour approche, j'inspire à nouveau aussi profondément que me le permet mon corset. Malgré toute ma bonne volonté, *L'Affligée* laisse la place au *Vertigo* de Royer et à son tourbillon de notes.

— Vous êtes magnifique, murmure Antoine, dont j'avais oublié la présence. Ne vous inquiétez pas, ils vont vous adorer.

Un sourire, le premier que je lui vois, adoucit ses traits et ralentit ma musique.

— Mlle Gabrielle Lacroix !

Antoine prend mon bras. Les accords que je jouais mentalement disparaissent, remplacés par le son des violons qui accompagnent ma descente des marches. J'affiche mon plus beau sourire. Les participants sont là, en costume de bal, debout face au groupe de candidates, à me regarder comme on évaluerait une pièce de viande. Des yeux bleus accrochent les miens. Le dauphin me fixe d'un air... conquis ? Je m'efforce d'élargir mon sourire à sa vue. Peut-être a-t-il regardé toutes les filles ainsi, mais si je suis la seule à avoir attiré son attention, je dois absolument en tirer parti.

Arrivée au bas des escaliers, je me fends d'une profonde révérence devant l'héritier de la Couronne. Puis Antoine me conduit jusqu'au côté de la pièce où patientent les candidates. Je suis la dernière arrivée, et dès que j'ai rejoint ma place, les deux groupes s'éparpillent pour se mélanger, les caméras circulant habilement au milieu de cette foule colorée. Bien entendu, cinq jeunes femmes, au moins, vont se presser autour du prince.

— Un bien mauvais calcul, me souffle Agnès. C'est inconvenant.

— Je ne peux que t'approuver...

— Mademoiselle Gabrielle.

Le jeune duc de Léon s'incline devant moi.

— Quel plaisir de vous retrouver ici.

— Tout le plaisir est pour moi, monsieur le duc.

— Je voulais vous témoigner de mon affection suite à l'hommage que vous avez rendu à ma femme. Cela compte beaucoup pour moi.

— Cela m'a paru naturel, monsieur. La douleur de madame votre mère et la vôtre m'ont beaucoup touchée.

Sa bouche se tord en un rictus, mais il se reprend aussitôt.

— Ah ! Léon ! Je vois que, comme d'habitude, vous êtes toujours auprès des plus belles jeunes femmes...

Le dauphin se joint à nous et je m'incline à nouveau. Ses yeux bleus pétillent de malice.

— Mademoiselle Gabrielle, mademoiselle Agnès, je suis enchanté de faire votre connaissance.

Nous répondons en chœur par la formule d'usage.

— Mon cher Léon ici présent m'a dit que vous jouiez divinement bien du piano, Gabrielle... Vous permettez que je vous appelle Gabrielle ?

— Bien sûr, Monseigneur.

— Vous devrez absolument nous donner un concert. Je suis friand de musique, mais j'imagine que vous devez le savoir, comme toute la France.

Il rit de sa plaisanterie et je m'esclaffe à mon tour.

— Je dois saluer toutes les autres candidates, mais réservez-moi une danse ! s'exclame-t-il en s'éloignant. Léon, venez-vous ?

L'air soudain contrarié, Léon le suit dans la petite foule bigarrée.

*

Je passe la demi-heure suivante à enchaîner les présentations et les conversations de salon de thé, toutes très convenues, en faisant l'effort d'interroger chaque prétendant sur les passe-temps présentés dans leur portrait. Lorsque mon père dirigeait encore son entreprise d'armement, c'était ainsi qu'il abordait chaque discussion pendant les réceptions. « Les gens aiment parler d'eux-mêmes. Amène-les à s'étendre sur ce qu'ils préfèrent et ils te trouveront tout de suite sympathique. » Technique qui, selon lui, lui apportait toujours un avantage lors de la négociation de contrats. Ainsi, Montmorency m'a détaillé pendant de bien longues minutes sa meilleure chasse à courre.

Lorsque nous passons au dîner, sur une table dressée dans le salon attenant, je découvre avec surprise que mon carton est tout près de celui du dauphin. Pour des raisons de protocole, celui-ci s'assoit en bout de table, encadré de Léon et de Poncins, les plus titrés après lui, mais on me fait asseoir juste à côté de Léon, dans une position qui permettra d'engager la conversation. Cela commence à faire beaucoup d'indices sur le rôle qu'on entend me faire jouer, mais puis-je leur faire confiance ? Serais-je vendue dans l'émission de ce soir comme une potentielle future reine, ou comme une intrigante ? Ma popularité naissante sera-t-elle renforcée ou m'a-t-on exposée jusque-là pour mieux me faire haïr ? S'il y a une chose que les dernières années m'ont apprise, c'est que le pouvoir royal est très bon pour créer des héros, mais encore meilleur pour fabriquer des ennemis. Mon père est passé en quelques semaines dans les journaux locaux de « bienfaiteur de la ville de Brest, armateur philanthrope et candidat surprise à la chambre basse de Bretagne » à « traître qui a détourné les fonds de son organisme de charité ». Il s'était d'ailleurs inquiété du soudain intérêt que lui portait la presse locale, affiliée au régime. « L'attention de ces gens n'apporte jamais rien de bon », avait-il déclaré, pessimiste.

Sitôt que nous avons tous pris place autour de la longue table, les domestiques ouvrent des bouteilles de champagne et les bouchons éclatent en série sous les ors de la salle. Dans un ballet à la synchronicité époustouflante, les valets remplissent tous nos verres en même temps.

— Mesdemoiselles, messieurs, à la France ! lance le dauphin en levant sa coupe.

Je porte la mienne à mes lèvres, les y trempe à peine. Je ne bois pas habituellement, et il est hors de question que je perde le contrôle de moi-même sous les yeux de la noblesse et des caméras. Mais Léon, lui, avale la moitié de son verre en une seule gorgée.

— Alors, mademoiselle Gabrielle, sur quel morceau travaillez-vous en ce moment ? me demande-t-il sitôt qu'il l'a reposé.

— Une pièce de Mozart... et vous, que lisez-vous ?

— Tatata, ne croyez pas que vous allez vous en tirer comme ça, quelle pièce de Mozart ? Je la connais ? J'aime beaucoup Mozart, voyez-vous...

— Le concerto numéro 21.

— Oh, quel beau morceau, intervient mon voisin de gauche, un comte nommé Dessouliers. J'ai eu l'occasion de l'entendre jouer à...

— Est-il dur ? l'interrompt grossièrement Léon.

Son intervention est si impolie qu'il me faut une seconde pour me remettre du choc. Qu'est-il advenu de l'homme si aimable et prévenant que j'ai maintes fois aperçu chez les Kerdoncuff ?

— Oui, plutôt, je lui réponds. Les trilles me causent du souci.

J'essaie d'inclure Dessouliers dans la conversation en m'adressant à lui aussi, pour rester courtoise, mais Léon revient aussitôt à la charge :

— Vous croyez que je pourrais m'y frotter ? Je crois que vous m'avez entendu jouer...

— Oui, monsieur, je me souviens de votre interprétation d'une sonate de Beethoven dans le salon bleu il y a deux ans. Ce serait tout à fait à votre portée.

— Quelle mémoire ! Mais dites-moi...

Pendant tout le temps de l'entrée, Léon monopolise ma conversation, m'interroge en détail sur ma musique, tout en vidant allégrement son verre qu'un valet s'empresse à chaque fois de remplir. Dessouliers ne peut pas en placer une et abandonne bientôt toute tentative de me parler pour discuter plutôt avec son autre voisine. Du fait du rang du duc, personne n'ose l'interrompre ou s'immiscer entre nous, et je me sens partagée entre l'envie de continuer à le faire parler pour obtenir un indice sur ce qui est arrivé à sa défunte femme, et mon instinct de préservation qui me souffle que la cour éhontée, sous les yeux des caméras, de quelqu'un encore censé être en deuil ne me mènera pas loin dans l'émission. Heureusement, alors que le plat principal est servi, le dauphin vient à ma rescousse.

— Léon, laissez votre voisine respirer un peu, voyons.

Pour toute réponse, ce dernier hoche brièvement la tête et s'enfile la fin de son verre de vin. Combien en a-t-il bu depuis le début du dîner maintenant ? Quatre ? Cinq ? Quoi qu'il en soit, ses joues sont rouges et je crois bien qu'il est saoul.

— Ma chère Gabrielle, cette robe vous va à ravir, continue le prince. Quelle belle couleur !

— Merci, Monseigneur.

— J'ai particulièrement apprécié vos réclames pour la Société nationale de sauvetage en mer. Quelle belle cause ! Et quelle passion vous avez mis à la défendre ! Vous m'avez convaincu, vous savez ? J'en ai soufflé un mot au roi, pour que nous étudiions ensemble ce que nous pouvons faire pour améliorer la sécurité de nos marins.

— Oh, Votre Altesse, ce que vous dites me touche énormément !

J'affiche un sourire à la fois reconnaissant et doux. Les caméras se rapprochent de nous désormais.

— Et quelle bonté envers nos marins ! je rajoute habilement, soulignant l'image de bienfaiteur qu'il s'est construite.

— C'est bien naturel, madame. Nous nous devons de protéger ceux qui nous nourrissent. Ce poisson ne vient-il pas de nos pêcheries de Saint-Malo ?

Il désigne son plat.

— Il est excellent, je commente.

— Je consacrerai aussi une de mes émissions à cette cause. Si elle vous tient à cœur, alors elle m'est chère aussi...

Ma fourchette s'arrête à mi-course entre mon assiette et ma bouche. Est-ce bien là une déclaration ? Je me reprends très vite.

— Votre Altesse est trop bonne, je rétorque avec un tendre sourire.

Le prince me dévore des yeux désormais, toutes dents découvertes, une charmante fossette sur sa joue gauche. Il se dégage de lui une telle amabilité que j'oublie un court instant qu'il est mon ennemi. Un silence, une bulle se créent autour de nous. Ses yeux finissent par se détacher des miens, comme au prix d'un intense effort, pour se poser sur Agnès, assise en face de moi.

— Ma chère Agnès, j'ai vu que vous peigniez ?

Léon avale un autre verre d'un trait.

— Avez-vous déjà fait de la gondole sur les bassins, Gabrielle ? continue-t-il.

— Non, monsieur.

— Je rêve d'y faire un tour. Accepteriez-vous de m'accompagner ?

Sa proposition me prend au dépourvu. Normalement, les demandes de rendez-vous se font sur papier, le lendemain du bal des débutantes, et elles ne sont pas publiques. Heureusement, les caméras se sont détournées de nous, mais le prince a l'air d'écouter notre conversation.

— Je...

— Léon, intervient le dauphin, quel empressement ! Envoyez un billet demain... Vous avez trop bu mon ami.

— Vous avez raison, Votre Altesse. La boisson me fait perdre la tête... Mais il y a tellement de belles choses à faire découvrir à Versailles !

Il continue de monologuer sur les parcs et jardins. Et de boire, beaucoup. Quand est annoncé le bal, c'est avec soulagement que je me lève et m'éloigne de lui. Avoir dû lui donner la réplique s'est révélé si accaparant et épuisant que j'en ai presque oublié l'annonce du sondage de popularité qui va suivre. En un sens, je dois peut-être le remercier de s'être montré si... étrange. Je ne vois pas d'autre mot. La mort de sa femme a dû l'affecter encore davantage que je ne le pensais, car je n'ai pas reconnu l'homme courtois que j'ai rencontré chez les Kerdoncuff. À moins qu'il ne se soit comporté différemment en présence de sa mère ?

Nous passons dans la salle de bal. Candidates et candidats sont à nouveau séparés en deux groupes dans la salle de réception, de part et d'autre d'une estrade où un orchestre est installé, surplombé d'un écran géant.

— Mesdemoiselles, messieurs, c'est le moment que vous attendiez tous ! s'exclame Patrick de Saint-Martin, s'avançant entre les deux groupes. Quelle est la jeune fille préférée des Français ce soir ?

Il désigne l'écran derrière lui de manière énergique.

— Chers téléspectateurs, il vous reste encore quelques minutes pour voter ! Le temps d'une courte pause publicitaire !

Le direct s'interrompt et, sur l'écran, le logo de l'émission tournoie sur les *Noces de Figaro* avant d'être remplacé par une houle déchaînée. Je reconnais la réclame tournée pour le sauvetage en mer il y a quelques jours. Un navire de pêche apparaît, ballotté par les vagues, les marins criant sur son pont.

— Oh, je ne vais jamais pouvoir supporter cette attente, souffle Solange à côté de moi.

— Quelle attente ? lui réplique Agnès. Nous savons toutes que Gabrielle va remporter les suffrages. Il suffit de regarder la publicité qui suit l'annonce de Saint-Martin.

Elle lui désigne du menton le grand écran où la mer s'est transformée en soie sombre – celle de ma robe – et où ma main est venue remettre d'aplomb le chalutier. « Au large, des hommes risquent chaque jour leur vie pour nous nourrir... »

Il est vrai que l'avantage que m'ont donné les services de propagande de la Couronne est flagrant. Un peu trop même. J'avise le dauphin, de l'autre côté de la pièce, qui me contemple à l'écran, un sourire sur le visage.

— Oh non, Agnès, souffle Solange, je ne me fais aucune illusion sur le fait que notre chère Gabrielle sera la préférée ce soir. J'ai seulement hâte de danser avec ces messieurs.

Je devine qu'elle trépigne d'impatience à l'idée de rencontrer son futur mari. Devant nous, les jeunes gens discutent tout aussi nerveusement entre eux, quand ils ne tentent pas de se distraire en regardant les publicités défiler. Mon regard accroche celui de Léon, indifférent aux bavardages autour de lui, et dont les yeux sont rivés sur moi avec une sorte de détermination froide. Et lui, à quelle sorte de jeu joue-t-il ? J'ai la sensation soudaine d'être une marionnette, une marionnette parmi d'autres ici, dont au-dessus de nous, parmi les anges et les dieux de la fresque de cette salle, le roi tire les ficelles. Reste à savoir quelle farce il compte nous faire jouer ensemble, et si celle-ci me permettra de mener à bien ma mission...

— Reprise du direct dans dix secondes ! annonce un technicien.

Nous nous raidissons, et Saint-Martin, après avoir avalé une gorgée d'eau dans un verre en cristal qu'un domestique s'empresse de remporter, reprend sa place au centre de la pièce.

— Bienvenue à nouveau à tous ! s'exclame-t-il quand la lumière rouge des caméras se rallume. Il est désormais l'heure de vous révéler le nom de la candidate pour laquelle vous avez voté ! Quelle est donc la prétendante préférée des Français ?

Il se tourne vers l'écran. Mon portrait y apparaît, surplombant le chiffre « 37 % ». Je porte mes deux mains à ma bouche. Je n'ai pas besoin de simuler la surprise : je m'attendais à gagner, évidemment, mais pas à un tel plébiscite. Réunir autant de suffrages, seules deux candidates, dont Capucine de Léon, l'avaient réussi par le passé. Les services de propagande du roi ont dû bien travailler.

— Mademoiselle Gabrielle Lacroix ! s'époumone Saint-Martin.

Des applaudissements retentissent dans la salle.

— Félicitations, Gabrielle, me murmure Solange, toujours aussi candide.

Si elle est déçue, elle n'en montre rien. Depuis l'autre côté de la salle, le prince m'adresse un sourire éclatant, ses yeux bleus brillant d'une joie sincère. Nos regards restent rivés l'un à l'autre alors qu'il m'applaudit, moi, la domestique et roturière, avec un enthousiasme presque enfantin. En cet instant, j'ai bien du mal à le détester. Pourquoi diable faut-il qu'il soit aussi beau ? Et aussi aimable ?

— Et maintenant, que les festivités commencent ! annonce le présentateur.

L'orchestre entonne une valse. Le prince se détache du groupe et s'avance vers moi. La scène me paraît irréelle, digne des contes de fées télévisés parfois diffusés le samedi matin ou les soirs de vacances. Son sourire conquis n'a pas quitté son visage alors qu'il me salue. Je m'incline au même moment, comme le veut l'étiquette. Il m'offre sa main pour m'entraîner vers la piste de danse, et je me laisse emporter dans un état second. Il sent bon, une eau de Cologne musquée, ses mains tiennent délicatement les miennes et ses yeux me regardent d'un air éperdu. Je fais du mieux que je peux pour avoir l'air, moi aussi, sous son charme, ce qui n'est pas si difficile quand on vous contemple comme si vous étiez le centre de l'univers. À l'extrémité de mon champ de vision, je devine les caméras qui n'en perdent pas une miette.

— Vous êtes vraiment très belle, murmure le dauphin d'un ton chaleureux, complice.

— Merci. Vous n'êtes pas mal non plus...

La sortie est osée, mais elle le fait rire.

— Le palais vous plaît-il ? Comment trouvez-vous votre chambre ?

— Magnifique, Votre Altesse...

— Si vous avez besoin de quoi que ce soit, faites-le-moi savoir. Vous êtes mon invitée, et j'aime que mes invités se sentent chez eux.

— C'est très généreux de votre part.

— Avez-vous pu utiliser le piano, dans le salon de la Guerre ? Je l'ai fait réaccorder à votre intention avant votre arrivée.

— Oh, quelle douce pensée ! Je n'ai pu m'y exercer que quelques minutes par jour, nos emplois du temps sont si chargés. Mais merci encore, Votre Altesse, c'est un instrument d'une qualité exceptionnelle.

Sa main au creux de mes reins me presse un peu plus, pour me rapprocher de lui, et malgré moi, une douce chaleur envahit mes joues.

— Vous pardonnerez l'attitude de Léon au dîner, murmure-t-il alors. Il est... différent depuis la mort de son épouse.

— Il n'y a rien à pardonner.

Nos messes basses, couvertes par la musique forte, doivent nous donner l'air complices, j'imagine.

— C'est habituellement un excellent compagnon. J'espère qu'il reviendra à la raison.

— Je l'espère aussi.

La valse s'achève, la mélodie se transforme en un menuet, les trompettes résonnent sous les peintures. Les hommes s'avancent vers les femmes pour les inviter à danser, et le prince s'écarte de moi comme à regret, avant de finalement s'incliner à nouveau.

— J'ai bien peur que ce soit inconvenant, mademoiselle Gabrielle, mais me feriez-vous l'honneur de m'accorder cette deuxième danse ?

— Avec plaisir, Votre Altesse.

Nous voilà à nouveau ensemble, et si le menuet nous impose une certaine distance, celle-ci semble rendre la tension entre nous insupportable. Nous tournons l'un autour de l'autre, nos habits se frôlent, puis nos mains... À côté de nous, dansant avec Solange, Léon me jette de fréquents regards que je m'efforce d'ignorer pour me concentrer sur le sourire du prince. Lorsque le court morceau s'achève, la foule applaudit à tout rompre et le dauphin me contemple comme si j'étais la septième merveille du monde. Les caméras nous scrutent de leurs yeux noirs.

Le dauphin me salue avant de se détourner de moi pour rejoindre Agnès. Que penser de nos interactions jusqu'à présent ? Son intérêt pour moi, le fait qu'une personne de son propre cabinet de communication ait été dépêchée à mon service, tout me donne à penser que je suis la favorite. Mais si c'est le cas, j'ai été choisie dès le départ, avant même mon arrivée à Versailles. Sur quels critères ?

— Mademoiselle Gabrielle ?

Dessouliers me sort de mes réflexions, un sourire aimable sur le visage, la main tendue en une invitation à danser.

— Avec plaisir, monsieur de Dessouliers.

Pendant l'heure qui suit, je ne fais plus que ça, danser, passer d'un cavalier à l'autre, échanger quelques mots convenus entre deux mouvements. Les jeunes hommes se pressent tous pour obtenir leur moment avec celle qui a ravi le cœur des foules, et je n'ai pas le temps de souffler jusqu'à ce qu'enfin vingt-deux heures sonnent.

— Et merci à vous, chers téléspectateurs, d'avoir suivi avec nous ce grand bal. Il est désormais l'heure de vous quitter et de vous laisser poursuivre les célébrations chez vous, dans vos villes et vos villages ! Quant à moi, je vous souhaite de passer une agréable soirée à danser, et je vous dis à demain !

Montmorency et moi poussons un soupir de soulagement quand le direct prend fin.

— Mon Dieu, que la présence des caméras est dure à supporter, me glisse mon dernier partenaire, que je commence à trouver sympathique malgré moi. Je ne sais pas comment vous faites, Gabrielle, pour évoluer sous leur regard avec autant d'aisance depuis près d'un mois.

— J'ai fini par ne plus les remarquer, je lui mens.

Bien sûr, c'est faux, je fais excessivement attention aux images qu'elles capturent de moi, selon les recommandations d'Ambre, mais, toujours selon ces mêmes conseils, si on me pose la question, je dois laisser penser que mon attitude est parfaitement naturelle.

— J'espère pouvoir bientôt vous imiter, me sourit mon cavalier.

Sur l'estrade, l'orchestre est remplacé par un groupe de musique moderne, avec des guitares électriques, comme c'est la mode aux Amériques et en Union orientale. Voici le moment de la soirée que j'attendais : nous allons pouvoir évoluer librement, nous côtoyer quelques instants sans caméra. D'après Ambre, ce bref instant de liberté nous est offert afin de faciliter les rapprochements et donc l'envoi de billets et le début de cour en bonne et due forme dans les prochains jours. Comme dans chaque salle des fêtes de village, somme toute, où le bal est retransmis en direct et où les festivités vont se poursuivre jusqu'à tard pour permettre aux jeunes femmes délaissées par *Noblesse oblige* de rencontrer quelque homme à épouser.

— Puis-je vous offrir un verre ? me demande Montmorency.

— Oh, oui, merci.

Une ligne de basse résonne dans la salle, un chanteur à la voix cassée entonne une chanson en anglais. L'atmosphère semble se détendre d'un coup. Quelques nobles ont desserré le col de leur chemise. Mon cavalier revient avec un cocktail. J'y goûte. Je ne sens que le rhum.

— Merci.

Je dois trouver un moyen de vider tout ça ni vu ni connu. Je m'écarte avec lui de la piste de danse où des couples virevoltent déjà au son des guitares. Les corsets rendent les mouvements des femmes un peu raides, la scène en devient cocasse.

— Mon ami, venez donc ! l'interpelle Dessouliers. J'ai un havane de première qualité pour vous.

Montmorency m'interroge du regard.

— M'accompagnerez-vous pour un cigare, Gabrielle ?

J'avise par la fenêtre le petit groupe fumant déjà sur la terrasse surplombant les jardins. Les nobles se sont visiblement détendus. Il est peut-être temps pour moi de me mêler à eux et de tenter d'apprendre quelque chose sur la mort de Capucine de Léon.

— Avec plaisir, monsieur.

Je lui emboîte le pas à l'extérieur. L'air frais de cette nuit printanière me saisit.

— Ah, mon cher, vous voilà, tenez ! s'exclame Dessouliers, offrant le havane à mon partenaire de danse. Quant à vous, mademoiselle Gabrielle, j'imagine que, comme ces dames, vous ne fumez pas ?

Il désigne Clothilde et Stéphanie, qui ont chacune accompagné comme moi leur dernier cavalier.

— Vous avez deviné juste, monsieur.

— Il est vrai que ces substances ne sont pas pour les constitutions fragiles.

La lumière des stroboscopes de la salle de bal surligne son très léger embonpoint. En effet, me retins-je d'ajouter.

— Quel plaisir d'être ici ! s'exclame Montmorency. Je ne sais pas pour vous, messieurs, mais je me morfondais dans ma campagne. La compagnie n'y est pas aussi brillante.

— La compagnie n'y est pas aussi brillante, ni aussi belle, ajoute M. de Castillac, à l'intention de Stéphanie, je crois.

— Ce que vous ignorez, mesdemoiselles, intervient alors Dessouliers, c'est que Montmorency, Castillac et moi avons fait connaissance chez les Jésuites. Les « Inséparables », nous appelait-on alors. Et dire qu'il y a à peine un an, nous quittions cette belle institution pour nous occuper de nos domaines respectifs...

— Oh, vous avez fait votre éducation chez les Jésuites ?

J'écoute d'une oreille distraite la réponse à la question de Clothilde. Si ces trois jeunes nobles ont passé ces derniers mois dans leurs provinces, cela m'étonnerait qu'ils sachent ce qu'il est arrivé à Capucine de Léon. Je dois m'éloigner, idéalement trouver un moyen de parler à Léon lui-même. Vu la quantité d'alcool qu'il a ingérée ce soir, peut-être qu'une ou deux paroles maladroites pourraient lui échapper. Je fais mine d'avoir l'attention attirée par la salle de bal.

— Si vous voulez bien m'excuser, je crois que Solange me fait signe.

— Bien sûr, ma chère.

La concernée est simplement en train de se faire servir du champagne par un des laquais, je m'empresse de la rejoindre.

— Quelle belle soirée, Solange. Vous amusez-vous bien ?

— Oh, follement !

Du regard, je cherche Léon parmi la petite foule se trémoussant au son des guitares. Nulle part en vue. Mais où diable est-il passé ?

— ... au palais, Votre Altesse. Vous avez une très grosse journée demain matin, et le trajet sera long jusqu'à Paris.

Un homme entraîne le prince, son secrétaire particulier je crois.

— C'est bon, Grimaux, je vous suis. Laissez-moi seulement faire mes adieux.

Aussitôt, le dauphin se détourne de son assistant pour se rapprocher de nous.

— Mademoiselle Solange, mademoiselle Gabrielle... Merci encore pour cette belle soirée en votre compagnie.

Nous nous inclinons devant lui et son regard pétille une dernière fois avant qu'il ne s'éloigne.

— Quel homme charmant ! s'exclame Solange, une fois le prince parti. Il est encore mieux qu'à la télévision ! Et il s'intéresse à vous, Gabrielle ! N'êtes-vous pas incroyablement heureuse ?

— Oh si, Solange...

— Mademoiselle Solange ?

Dessouliers est revenu de la terrasse et s'incline devant elle.

— Me ferez-vous l'honneur d'une danse ?

— Avec plaisir, monsieur.

Elle prend une petite gorgée de champagne, repose sa coupe sur le buffet, et, toute guillerette, s'en retourne sur la piste. Je l'observe un instant, perturbée par la question qu'elle vient de me poser. Dois-je me réjouir de l'attention que me porte le dauphin ? Si je veux mener à bien ma mission...

— Gabrielle.

Je n'ai pas le temps de réagir que le duc de Léon m'a saisie par la taille et se met à me faire tourner au rythme de la musique, m'entraînant avec lui sous les lumières des projecteurs, contre toute convenance. Lorsque je relève mon visage vers le sien, il me sourit. Il a l'air bien plus joyeux qu'au dîner et... Je remarque ses yeux, rouges, ses pupilles dilatées. A-t-il pris de la poudre de feuille de coca ? J'ai déjà vu ses effets sur M. de Kerdoncuff, rentrant de l'opéra un soir, complètement intoxiqué.

— Vous savez, je vous avais déjà remarquée chez les Kerdoncuff, mademoiselle Gabrielle, glisse-t-il dans le creux de mon oreille. Comment une telle beauté et un talent comme le vôtre ont-ils pu rester si longtemps leur propriété ? C'est une question que je me suis posée à chacune de mes visites.

Je souris poliment, incapable de penser à une réponse appropriée. Il est trop proche, beaucoup trop, mais impossible de le repousser ou de quitter ses bras en pleine chanson. C'est prendre le risque d'attirer l'attention sur son état, de créer un scandale. Le morceau se termine et j'espère qu'il va me relâcher, mais non. Malgré le fait que Dessouliers vienne se tenir à côté de lui pour réclamer son tour, ses mains me tiennent toujours fermement contre son torse. Le groupe enchaîne et Léon me fait à nouveau tourner.

— Vous êtes vraiment... vraiment divine, murmure-t-il dans mon cou.

— Je... Merci.

Mais son compliment sonne faux. Est-ce à cause de l'alcool ? De la coca ? Des deux ? Depuis quand consomme-t-il ? Du coin de l'œil, je remarque que le prince quitte la salle. Ce n'est pas lui qui viendra à mon secours si Léon se montre trop entreprenant. Ni les autres. De nombreux nobles autour de moi sont visiblement intoxiqués ou drogués, je repère même quelques mains baladeuses. Que faire désormais ? Ma mission se rappelle à moi. Si personne ne fait attention à nous, autant en tirer parti.

— Je... Je suis désolée pour votre femme, je tente. Le prince m'a dit que ça a été très difficile pour vous.

Je m'attends à une banalité, à une phrase de remerciement ou à une confidence, mais au lieu de ça, Léon rit. Un rire qui s'amplifie, qui devient fou, au point qu'enfin il me libère. À côté de nous, un couple s'arrête de danser pour l'observer.

— Vous... Oui, tente-t-il de se maîtriser. Le prince a raison. Très difficile... Mais venez... Venez, nous devons vous trouver un piano, et vous devez jouer pour moi...

Il ne me laisse encore une fois pas le choix, il m'attrape par la main et m'entraîne vers les couloirs. Quel était le morceau préféré de sa femme déjà ? Elle l'avait mentionné dans une des quotidiennes... Chopin, *L'Impromptu*. Il serait risqué pour moi de rester seule avec lui, mais si je l'interprétais pour lui, peut-être que je pourrais lui délier la langue et...

— Monsieur, où emmenez-vous mademoiselle ?

Antoine a surgi devant nous dès que nous avons franchi la porte de la salle de bal. Léon observe le garde de haut en bas.

— Qui êtes-vous pour me parler comme ça ? s'emporte-t-il. Hors de mon chemin !

Mais Antoine se dresse de toute sa hauteur devant lui et lui bloque le passage. Léon me broie désormais la main et je ne peux réprimer une grimace de douleur.

— Monsieur, mes ordres sont clairs. Aucune candidate ne peut sortir de cette salle accompagnée d'un participant et rester seule avec lui. Je vous prierais de bien vouloir lâcher la main de Mlle Gabrielle. Vous lui faites mal.

Léon semble alors se rendre compte de sa force et me libère. Je secoue mes doigts. Mon compagnon est soudain blanc comme un linge.

— Oh, Gabrielle, je...

— Mademoiselle, je vais vous raccompagner jusqu'à votre chambre, propose Antoine.

À son ton, à la fois autoritaire et inquiet, je devine que je n'ai plus d'autre choix que de le suivre.

— Oui, merci, Antoine. Bonne soirée, monsieur de Léon.

— Gabrielle...

Mais le duc ne termine pas sa phrase. Ses yeux fous lorgnent méchamment sur le garde suisse.

— Je n'oublierai pas votre impertinence. Vous le paierez.

Antoine ne prend même pas la peine de répondre et m'offre son bras. Je le suis d'un pas automatique. J'ai envie de le maudire de m'avoir privée d'une telle occasion, et de le remercier en même temps. Léon n'était pas dans un état normal... Peut-être n'était-il pas intéressé par ma simple musique. Mais où avais-je la tête ? Dans quelle situation me serais-je retrouvée si mon chaperon ne s'était pas interposé ? Parvenue à l'étage, je laisse échapper un long soupir de soulagement.

— Antoine... est-ce que ce genre d'esclandre arrive fréquemment ?

— Mademoiselle, je ne devrais pas vous dire ça, mais oui... d'où ma présence à vos côtés, et celle de mes collègues auprès de toutes les autres candidates. Nous obéissons au roi seul, aucun des candidats ne peut nous donner notre congé.

J'acquiesce, comprenant la mise en garde. L'avertissement de la duchesse de Léon résonne encore en moi. « Ne vous éloignez jamais de votre garde suisse. » Et si c'était pour me protéger des prétendants et de leurs appétits ? De son propre fils ? Je repense à sa réaction quand j'ai évoqué son deuil, ce rire presque fou... Son abus d'alcool, de drogue. Et si c'était lui qui avait tué sa femme ?

Antoine me raccompagne jusqu'à ma chambre et je l'entends pousser un des bancs pour se coucher en travers de la porte. Sa présence me rassure plus qu'elle ne m'énerve désormais. Après m'être déshabillée et démaquillée, derrière les rideaux tirés de mon lit, je sors le médaillon de sous ma chemise de nuit. Avec précaution, je tape un coup bref, puis un long, suivi d'un deuxième long... Petit à petit, grâce au code Kaer, j'envoie mes soupçons aux républicains.

Chapitre 13

— Regardez ça, Gabrielle... Regardez.

Ambre rembobine la vidéo pour repasser mon échange avec le dauphin. Nous avons l'air tous les deux sous le charme l'un de l'autre. Je ne me savais pas si bonne actrice.

— C'est parfait. C'est le genre de moments que nous voulons.

Elle avance rapidement jusqu'au bal et je constate avec soulagement que le montage a complètement occulté mes interactions avec Léon.

— Et ça...

Elle remet la vitesse normale quand le prince m'invite sur la piste de danse. Notre petite conversation, son rire qui découvre ses dents blanches lorsque j'ai osé lui dire qu'il n'était pas mal, tout pointe vers une complicité naissante. Un amour naissant. La production a orienté l'émission pour créer ce qui ressemble à un début d'histoire...

— C'est très bien aussi, commente Ambre.

Elle accélère à nouveau, le temps pour moi de voir Solange dans les bras de Léon. Elle s'arrête quand le prince est filmé en train de danser avec Agnès.

— Ça, c'est plus embêtant. Mlle Agnès comme Mlle Solange ont eu les faveurs du montage sur la fin de la soirée. Elles sont toutes les deux populaires, moins que vous, mais suffisamment proches pour poser problème. Agnès a la cote auprès des professions libérales, de par la position de son père, avocat d'affaires à Lille, et Solange est très appréciée de la frange conservatrice catholique. Forcément, une famille de notaires blésois avec quinze enfants, des pèlerinages à Lourdes et à Rome... Deux concurrentes de poids.

Ambre n'a pas besoin de me traduire ce qu'elle vient de me dire : le choix du prince ne se fera pas seulement sur notre physique, notre personnalité, mais aussi sur la catégorie sociale qu'il voudra flatter ou calmer. Tout dépend de ses plans politiques plutôt que de sa réelle inclination.

La vidéo de l'émission se termine juste lorsque l'on frappe à la porte.

— J'ai un billet pour Mlle Gabrielle, murmure Antoine en le tendant à Ambre.

Sans même me consulter, celle-ci en déchire l'enveloppe.

— Ah ! Vous avez une invitation du dauphin ! exulte-t-elle. Vous allez chasser à courre ensemble demain.

— Chasser ? À courre ?

Je me décompose. J'ai dû prendre des cours d'équitation à huit ans, mais j'ai vite demandé à arrêter : je préférais passer mon temps devant un piano.

— Antoine ? demande ma conseillère avant qu'il ne s'éclipse. Est-ce que le coursier s'arrête devant d'autres portes ?

Il s'éloigne d'un pas pour observer le couloir.

— Il vient de passer chez Mlle Agnès... et il fait halte à l'instant chez Mlle Solange.

— Voilà qui ne nous arrange pas, s'agace Ambre. Gabrielle, j'espère que vous êtes bien consciente que susciter l'intérêt du dauphin signifie que vous êtes désormais toutes les trois sa chasse gardée.

— Je comprends.

Je comprends même très bien. Cela signifie qu'il y a une forte probabilité qu'une de nous trois finisse dauphine, et les deux autres au couvent. Je ne m'attendais pas à ce que séduire le prince de France devienne crucial pour la poursuite de ma mission. Ainsi que pour la poursuite de ma vie.

— Ambre, il y a un problème...

— Lequel ?

— Je n'ai pas fait d'équitation depuis des années.

Elle fronce les sourcils.

— C'est un problème, effectivement. Antoine ?

Celui-ci vient de refermer la porte, elle part donc le chercher.

— Antoine, vous savez monter ? Cela fait partie de votre entraînement militaire, si je ne m'abuse ?

— Bien entendu, madame.

— Parfait. Vous allez emmener Gabrielle s'entraîner dans le parc aujourd'hui. Pas trop longtemps, nous ne voulons pas qu'elle ne puisse plus marcher demain pour son rendez-vous avec le prince, mais rappelez-lui les bases.

— C'est entendu.

— Maintenant, Gabrielle, occupons-nous de vous trouver une tenue.

*

Une heure plus tard, je me retrouve face à un magnifique cheval bai, au milieu des écuries du château.

— Vous vous souvenez comment grimper en selle ? Dois-je vous aider ? me propose Antoine.

— Je vais y arriver.

Je mets un pied à l'étrier et me hisse en cavalière sur le dos de Roquépine.

— Tenez, prenez les rênes de cette manière... Vous permettez ?

Il prend mes mains pour changer la position de la lanière de cuir. Il enfourche ensuite sa propre monture.

— Nous y allons ? Donnez un petit coup de talons pour que le cheval comprenne que nous devons avancer.

Je m'exécute. Roquépine se met au pas et nous prenons la direction du parc et de ses arbres.

Le soleil brille, les jardins se sont couverts de fleurs et il fait une température agréable en ce mois de juin. Alors que nous nous engageons sous l'ombre des frondaisons, je me surprends à apprécier ce silence fait de chants d'oiseaux et à goûter à cette presque solitude, bienvenue après des semaines au milieu des caméras à Versailles.

— Tentons le trot. Deux petits coups de talons.

Pendant quelques minutes, Antoine m'aide à m'ajuster aux différentes allures, corrige mon assise. Il a l'air de bonne humeur, je sens que cette chevauchée lui fait du bien à lui aussi. Peut-être est-ce enfin le bon moment pour évoquer Léon et la soirée qui a coûté la vie à sa femme... Un garde suisse entend et voit beaucoup de choses, et pour qu'il m'ait adressé un avertissement à ce sujet dès mon arrivée ici, c'est qu'il doit avoir des informations. Alors que nous revenons au pas, j'en profite pour essayer de le faire parler :

— Antoine... puis-je vous poser une question ?

— Bien sûr, mademoiselle Gabrielle.

— D'où venez-vous ?

— De Suisse. De Genève, plus précisément.

— Votre région vous manque ?

— Souvent. Êtes-vous déjà allée en Suisse, mademoiselle ?

— Non, jamais. Comment est-ce ?

— Calme. Le lac de Genève et les montagnes sont d'une beauté stupéfiante. J'ai passé mes étés à canoter sur les eaux et mes hivers à skier dans les Alpes.

— Votre vie m'avait l'air très douce là-bas. Pourquoi être parti ?

Une ombre passe sur son visage.

— Un homme doit bien gagner sa vie.

Nous cheminons quelques secondes en silence sous les rameaux.

— Vous êtes entré en poste aux Tuileries ?

— Exactement, mademoiselle. Juste après la fin de ma formation. Au service du roi, puis du prince, et enfin, du vôtre.

— Me promettez-vous de ne pas me juger mal si je vous pose une question indiscrète ?

— Je vous le promets.

Nous y voici. Je prends une grande inspiration.

— Le duc de Léon s'est-il déjà comporté ainsi auparavant ? Je ne l'ai jamais vu qu'avec sa mère et il m'a offert hier soir un visage bien différent de celui que je lui ai toujours connu.

— Je ne puis vous répondre. J'étais auparavant affecté aux Tuileries, je n'ai vu le duc qu'à la fête en l'honneur du prince pour son anniversaire.

Ainsi, il était bien présent à cette soirée. Il sait quelque chose, je le sens.

— Avait-il bu autant qu'hier ?

— Tout le monde avait bu. Mais le duc particulièrement. Il s'est senti mal et est monté se reposer à l'étage. Madame est restée avec les convives.

J'imagine déjà la scène. Le duc, ivre, drogué, une dispute qui éclate... Le feu était-il un simple accident, causé par sa fureur ? Ou a-t-il tué sa femme dans un accès de colère avant de mettre le feu à la pièce pour camoufler son crime ?

J'en suis là de mes questions, lorsqu'au détour d'un chemin, Léon surgit devant nous. Son cheval pile, le mien piaffe. Ma monture a perçu ma nervosité et se cabre. Léon et Antoine mettent pied à terre aussitôt pour la calmer.

— Gabrielle ! s'exclame Léon, mes rênes en main. Allez-vous bien ? Voulez-vous que je vous aide à descendre ?

— Tout va bien, monsieur, je parviens à articuler, reprenant mon souffle. J'ai simplement été surprise.

— Je venais justement vous voir. Avez-vous reçu mon billet ?

— Non, monsieur, je n'ai pas reçu votre message.

La figure du duc s'assombrit, au point qu'elle en devient presque effrayante. Ses yeux sont injectés de sang. A-t-il déjà bu ? Il n'est pas onze heures du matin. J'avise son cheval. Que fait-il dans le parc sur un pur-sang, s'il était venu pour me voir ? Pourquoi ne pas être arrivé en voiture par les grilles ? Je lance un coup d'œil à Antoine qui observe Léon d'un air méfiant. Seuls Ambre et lui savaient que je serais dans le parc ce matin, est-ce que l'un des deux l'aurait prévenu ?

— Vous permettez que je vous accompagne ?

— Bien sûr.

Ce n'est pas comme si j'avais le choix. Les deux hommes remontent sur leurs chevaux.

— Je dois en informer le château, intervient Antoine. Cette rencontre n'a pas été validée par l'équipe de Mlle Gabrielle.

Il saisit un petit dispositif de communication attaché à sa selle.

— Ce n'est pas la peine, garçon. Notre rencontre est tout à fait fortuite et nous ne chevaucherons que quelques instants ensemble.

— J'ai mes ordres, réplique-t-il. Aucun prétendant ne peut voir une participante de l'émission sans que son équipe en soit informée.

Léon fusille Antoine du regard alors que celui-ci parle à Ambre.

— Gabrielle, je tenais à vous présenter mes excuses si j'ai pu paraître insistant hier soir, je... Je ne suis pas beaucoup paru en société ces derniers mois. L'effervescence de la fête m'est montée à la tête.

Pas seulement l'effervescence de la fête, je pense.

— Vous êtes pardonné, monsieur.

— Puis-je réitérer ma proposition de vous emmener en gondole sur les canaux ?

— Bien sûr. Vous pouvez m'envoyer un billet.

Qu'Ambre se dépêchera de jeter pour ne pas gâcher mes chances avec le prince, je devine, comme elle a dû le faire avec le précédent. Voilà qui va compliquer mon enquête.

— Alors, c'est entendu. Que dites-vous de demain ?

— Je serai à la chasse avec le dauphin, demain.

Léon se rembrunit.

— Vraiment ? Il vous emmène chasser à courre ?

— Oui.

— Et avez-vous déjà participé à ce genre d'assemblée ?

— Jamais.

Il esquisse un sourire un coin.

— Vous risquez d'être surprise. Ce n'est pas un loisir pour tout le monde. Je suis d'ailleurs étonné qu'il prenne le risque de heurter votre sensibilité...

La critique est à peine voilée. Léon prend des risques.

— Nous devons rentrer, intervient Antoine. Ambre a des choses à voir avec vous, Gabrielle.

Nous nous mettons en route, Antoine à quelques pas derrière moi, le duc à mes côtés.

— Et vous ? Avez-vous déjà eu l'occasion de chasser avec le prince ? je demande, espérant faire dévier la conversation vers sa vie personnelle et donc, sa femme.

— Plusieurs fois. C'est un spectacle, vous verrez.

— Aimez-vous cela ?

— Non, répond-il de but en blanc. J'ai toujours préféré rester lire dans mon salon. Mais les affaires fonctionnent ainsi, vous savez. Les hommes se rencontrent à la chasse, les amitiés s'y forgent, les contrats et les dossiers de l'État s'y discutent. Si vous n'y allez pas, vous vous excluez du monde.

— C'est ce que nous ont enseigné nos professeurs ces dernières semaines.

— Oui, Capucine aussi avait perçu l'importance de ces rassemblements. À notre retour de chasse, elle organisait des buffets pour les participants.

Sa mâchoire se contracte, son regard se durcit. Sa main se porte à sa taille par réflexe, s'en éloigne aussitôt. Je remarque la petite flasque qui pend à sa ceinture.

— Elle a l'air de beaucoup vous manquer..., je tente.

— Excusez-moi. C'est inconvenant de ma part de vous parler d'elle. Parlons plutôt de vous. Comment trouvez-vous la vie ici ?

Il s'est complètement fermé au sujet. Sur tout le chemin du retour, il me presse de questions, et je sens qu'il s'agit plutôt de détourner la conversation que d'un véritable intérêt de sa part.

Nous arrivons devant le château. Prévenus par Antoine, des palefreniers se dépêchent de récupérer nos chevaux. Léon tangue légèrement en posant le pied à terre. J'ai à nouveau la certitude qu'il est sous influence. Il m'accompagne jusque sur la terrasse et je remarque tout de suite que quelque chose ne va pas : les caméras sont éteintes, leurs objectifs pointés vers le sol. Est-ce pour cacher ma rencontre avec le duc ?

— Gabrielle...

Sa main se saisit de mon coude. Sous le choc de ce brusque contact, je n'ose retirer mon bras.

— Nous devrions passer l'après-midi ensemble. Près du piano. Ou dans le parc. Où vous voudrez...

Il me serre si fort qu'il me fait mal.

— Monsieur...

Que dois-je lui répondre ? Je ne peux pas avoir un rendez-vous galant avec lui alors que le prince me courtise... Autant annoncer que je veux rentrer au couvent. Pourtant, il faut bien que je puisse l'interroger.

Heureusement, Antoine s'interpose.

— Monsieur, veuillez lâcher Mlle Gabrielle. Vous avez assez abusé de sa bonté pour aujourd'hui. Pour les rendez-vous, envoyez un billet, comme le prévoit le règlement.

Il fait un pas pour repousser le duc, mais celui-ci s'écarte, livide.

— Vous n'avez pas...

— Allons-y, mademoiselle, l'interrompt Antoine.

Me voilà reconduite comme une enfant jusqu'à ma chambre, à nouveau partagée entre la crainte que m'inspire Léon et l'envie de découvrir ce que cache ce personnage.

— Ah, vous voilà ! s'exclame Ambre dès que nous franchissons la porte. Antoine, merci de m'avoir prévenue. Enfin, mais à quoi pensait le duc ? Qu'il pouvait faire irruption ainsi à Versailles, sans billet, sans s'annoncer ?

— Oui, c'est étrange, je lâche pour tenter de la relancer. Il était parfaitement charmant quand je l'ai croisé chez les Kerdoncuff.

— Oh, le bruit court qu'il est fou depuis la mort de sa femme. Mme de Vainteuil a rapporté qu'il a passé les trois derniers mois enfermé dans son château à boire et à consommer de la poudre de feuille de coca. On dit même...

Ambre baisse la voix.

— On dit même qu'il est devenu violent. Il aurait frappé un messager il y a quelques semaines. Le pauvre homme est ressorti la tête en sang du domaine de Léon.

Je porte une main à ma bouche, surprise par cette révélation. Mais intérieurement, je jubile. C'est le genre d'informations dont mon réseau pourra se servir. L'héritier de la deuxième maison de France, fou et alcoolique. Et puis je m'interroge : n'est-ce pas le comportement d'un meurtrier rongé par la culpabilité ?

Chapitre 14

Il est cinq heures du matin lorsque je sors de ma chambre, habillée de pied en cap dans une tenue d'équitation dans les tons beige et vert. À peine ai-je franchi le pas de la porte que je suis face à une équipe complète de cameramans et de preneurs de son. Je suis les consignes d'Ambre, je marche droit devant moi, en essayant d'avoir l'air aussi réveillée et fraîche que possible. « Rappelez-vous que le téléspectateur ne voit pas les caméras, donc vous devez faire comme si vous ne les voyiez pas non plus. Il doit avoir l'impression de vous voir, vous et le prince, dans son salon. Lui laisser penser qu'il fait partie de votre vie est le plus important désormais. »

Je me le tiens pour dit en avançant d'un pas ferme, sans croiser les objectifs du regard. Antoine toujours quelques pas derrière moi, je descends jusqu'à la terrasse et traverse les jardins. Le prince est déjà là, dans la lumière grise de l'aube, avec tout son équipage, les nobles, les chevaux, les chiens, et autour d'eux, d'autres caméras. Dès qu'il s'aperçoit de ma présence, son regard s'éclaire. Mon Dieu, il est encore plus beau que lors du bal. Je peux déjà imaginer la séquence que cela donnera lors de la quotidienne, ce soir.

— Mademoiselle Gabrielle !

Je n'ai pas de mal à rendre son sourire à ce visage si avenant.

— Quel plaisir de vous avoir ici ! s'exclame-t-il après les politesses d'usage. Puis-je ?

Il m'offre sa main, j'y dépose la mienne.

— Laissez-moi vous présenter votre cheval. Il s'appelle Bas-de-Soie. Vous plaît-il ?

Je flatte l'encolure de l'étalon noir au front orné d'une étoile. Ses yeux doux m'observent avec curiosité.

— Il est magnifique...

— J'en suis heureux. Car il est à vous, Gabrielle.

J'en reste une seconde muette de surprise. Le cheval vient enfouir ses naseaux contre moi.

— Dès que je vous ai vue, j'ai su que vous pourriez bien vous entendre.

— Votre Altesse, c'est si généreux de votre part. Je ne sais pas quoi vous répondre, si ce n'est merci, du fond du cœur... Je vous promets de prendre bien soin de lui.

Un magnifique sourire illumine son visage.

— Nous y allons ? propose-t-il.

Il se tourne brusquement vers les caméras.

— Coupé. C'est dans la boîte ?

— Tout y est, Votre Altesse.

— Excusez-moi quelques instants, Gabrielle, murmure-t-il à mon encontre.

Je reste près de Bas-de-Soie, alors que le dauphin part discuter avec les membres de la production. Tout comme la duchesse de Léon l'avait fait le premier jour, il prend lui-même la tête des opérations, place les cameramans afin de mieux capturer les images de notre sortie des écuries.

— Les équipes de tournage sont-elles bien près de l'étang, comme je l'ai demandé ?

— Oui, Votre Altesse.

— Pouvez-vous le vérifier devant moi, s'il vous plaît ?

— Bien entendu, Votre Altesse.

Le producteur décroche son appareil de sa ceinture et appelle le responsable de l'équipe qui nous attend dans le parc.

— Ils sont bien en place, confirme-t-il.

— Très bien, se satisfait le dauphin. Faisons une première séquence jusqu'à l'étang. Je contrôlerai les images là-bas.

Il se retourne vers moi. Caressant toujours Bas-de-Soie, je lui offre un sourire compréhensif et patient, celui que j'utilisais avec les industriels de Brest dans les quelques réceptions où mon père m'a emmenée plus jeune.

— Je suis navré de vous avoir fait attendre. Avez-vous besoin de mon aide pour monter ?

L'occasion est trop belle ici d'offrir aux caméras comme au dauphin le spectacle d'un rapprochement.

— Oui, merci.

— Voilà, agrippez la selle... Posez votre pied sur l'étrier. Allez-y, vous ne craignez rien, je vous tiens.

Une main sur mon mollet, l'autre soutenant mon bras, il m'aide à me hisser sur le cheval.

— Êtes-vous confortable ?

— Parfaitement installée.

Il faut encore quelques minutes pour mettre en ordre l'équipage, puis, au son des cors, nous nous élançons à bonne allure. L'exercice est plus compliqué que je ne le pensais. Je dois suivre le prince, penser à lui sourire quand il se tourne vers moi, tout en ignorant les voitures de golf qui nous encadrent et où sont postés des cameramans.

Cela nous prend presque une heure pour atteindre l'étang, une petite pièce d'eau perdue en pleine forêt. D'un geste de la main, le prince envoie notre troupe poursuivre son chemin à travers les arbres. Nous nous retrouvons seuls tous les deux, devant l'eau dormante que nappe une brume froide. Seuls tous les deux, avec une équipe de tournage. J'arrête ma monture à côté de celle du dauphin.

— Magnifique, n'est-ce pas ?

— Exceptionnel.

— Je viens souvent ici pour me ressourcer. C'est l'endroit le plus calme du parc. Le plus isolé aussi.

En effet, je n'entends plus que le bruit des chevaux et des chiens qui s'éloignent, masqués par le concert de chants d'oiseaux qui s'élèvent des futaies.

— Accordez-moi un autre instant, je vais vérifier les images.

Le dauphin saute à terre et se rapproche d'une des voitures de golf où le producteur a les yeux fixés sur un écran de contrôle. Je reste seule sur Bas-de-Soie, à contempler l'étang. En fait de rendez-vous galant, je ne m'attendais pas à ça. Je me doutais bien sûr qu'on ne figure pas parmi les personnalités les plus populaires et télégéniques du royaume sans parfaitement maîtriser son image, mais cela va au-delà de ce que je pouvais imaginer. Son sens du détail et du contrôle va jusqu'à demander à ce que certaines touffes d'herbes soient « recoiffées » pour mieux apparaître à l'écran.

Au bout de dix minutes, le prince revient enfin à mes côtés.

— Ma chère, pouvons-nous refaire cette scène ? Je ne suis pas satisfait de l'angle de vue. Je pense que les images auront plus d'impact si nous arrivons seuls tous les deux, sans la troupe.

— Bien sûr, Votre Altesse.

— Bien, suivez-moi.

Il enfourche son cheval et nous nous enfonçons dans le sous-bois. Nous perdons de vue les techniciens. Je réalise que pour la première fois, je suis seule, vraiment seule, avec un prétendant. Antoine est resté aux écuries. Au-dessus de nous, un corbeau croasse.

— Dites-moi, Gabrielle...

Le dauphin me sourit toujours, garde le même air avenant, mais depuis le coup d'éclat de Léon, je ne peux m'empêcher d'être sur mes gardes.

— Maintenant que nous sommes loin des micros, puis-je vous entretenir d'un sujet qui me préoccupe ?

— Bien entendu, Votre Altesse.

— Votre équipe m'a rapporté que M. de Léon vous avait poursuivie de ses avances et que votre garde suisse s'était interposé.

— C'est exact. Je sais gré à M. Antoine d'avoir été présent.

Le prince hoche la tête, l'air soucieux.

— Puis-je vous prier de ne plus vous approcher de Léon ? Il n'est pas... dans son état normal.

Il fronce les sourcils.

— Je ne sais pas ce qu'il se passe dans sa tête depuis la mort de son épouse.

Inconsciemment, je me suis tournée vers lui afin que l'enregistreur de mon pendentif capte mieux cette conversation. Mon cheval a suivi l'orientation de mon corps et se rapproche du sien, au point que nos genoux se touchent presque.

— Mon père n'aurait jamais dû lui ordonner de participer à l'émission, si tôt après le drame. Mais il s'agit d'une grande famille et il en est le seul héritier... Gabrielle, promettez-moi de ne pas rester seule avec lui.

— Je vous le promets.

— Me voilà rassuré.

Il m'offre un grand sourire.

— Arrêtons-nous là, dit-il en tirant sur les rênes. Nous sommes suffisamment loin pour les plans auxquels j'ai pensé.

J'obtempère.

— Nous allons retourner jusqu'au bord de l'étang au petit trot. Prête ?

— Oui, Votre Altesse.

Un dernier sourire et me voilà repartie avec lui, mon pendentif tressautant à la naissance de ma poitrine.

*

— C'est parfait ! s'exclame Ambre.

Elle rembobine les images de la journée pour les repasser. Fourbue, les jambes et le dos perclus de courbatures, je les regarde depuis mon lit avec une prégnante sensation de dédoublement.

— *Magnifique, n'est-ce pas ?*

— *Exceptionnel.*

Cette sublime jeune femme qui sourit tendrement au prince ne peut être moi. Ce jeune homme sous le charme ne peut être lui. Ce couple qui émerge des bois au milieu des volutes de la brume matinale ne peut être nous. Pourtant, c'est bien ce que montre la quotidienne de *Noblesse oblige* : un homme et une femme qui tombent amoureux. Les multiples scènes que nous avons tournées et retournées ensemble, en échangeant simplement quelques phrases courtoises, ont été assemblées pour devenir ce qui ressemble à un début de romance. Je dois avouer que le prince a du talent. Les images sont belles, lumineuses, dignes d'une séquence de cinéma. Notre attirance l'un pour l'autre est façonnée par un enchaînement habile de jeu de regards et de chastes sourires. Un conte de fées télévisuel.

— La prochaine dauphine, c'est vous ! s'exclame Ambre. J'en suis sûre maintenant !

Je hoche la tête. Le montage ne laisse aucun doute quant à l'orientation que le dauphin a voulu donner à l'émission. Pourtant nous avons à peine parlé, à peine échangé. M'épouser est donc un choix purement politique. Il a opté pour les petites gens, la classe sociale dont il a le plus peur et dont il cherche désormais à s'assurer la sympathie en se mariant à l'une des leurs.

— Pourquoi avoir donné un rendez-vous à Agnès et à Solange dans ce cas ? je demande.

— Pour rendre votre lien amoureux plus évident aux yeux du téléspectateur. Vous verrez leurs rendez-vous cette semaine. Ce sera amical. Elles auront beau déployer tout leur charme, cela en restera là.

— Donc elles finiront au couvent ?

— Fort possible, admet Ambre en haussant les épaules. Ce n'est pas important. Ce qui compte maintenant, c'est le travail que nous devons faire sur votre image pour asseoir votre statut de future reine.

Elle ouvre son dossier et se met à écrire furieusement.

— Il se trouve que j'ai été embauchée dans l'équipe du dauphin il y a cinq ans pour cela très exactement. Travailler son image de souverain.

J'acquiesce. C'est bien ce que je pensais, donc. Les dés sont pipés. Ma conseillère n'a pas été mise au courant de mon statut de favorite dès le départ, pour des raisons de confidentialité, j'imagine, mais elle a été placée à mon service pour me préparer à devenir reine. Du moins, télévisuellement.

— Nous devons réfléchir à notre stratégie pour toute la durée de l'émission, continue-t-elle, mais aussi pour après. Nous devons identifier votre style, les valeurs que vous devrez porter et représenter à chaque instant, et en fonction de ça, les événements et les émissions que vous pourrez présenter pour le compte de la monarchie.

— Je comprends.

Je comprends surtout que mon pendentif enregistre désormais les coulisses de l'énorme appareil médiatique qui maintient le pouvoir en place.

— Il nous faut vous trouver une devise, chaque reine en a toujours eu une et...

Un coup frappé à la porte l'interrompt. Antoine, toujours aussi discret quand il n'est pas en train de s'interposer entre moi et un noble aviné, glisse un paquet de lettres à ma chargée de communication.

— Déjà le courrier ?

Elle regarde sa montre.

— Vingt et une heures. Gabrielle, je vous laisse. Je vais contacter mes collègues qui s'occupent des relations publiques du dauphin pour harmoniser vos deux images. Nous reprendrons cette conversation demain matin.

— Merci, Ambre.

Elle laisse la liasse de lettres sur le bureau, et, après une révérence bien plus profonde qu'à l'accoutumée, quitte la pièce.

Me voilà seule dans la chambre, face à l'écran de télévision qui affiche toujours un plan féerique où le dauphin et moi nous sourions tendrement devant l'étang. Est-ce bien la réalité ? L'avertissement de mon père résonne encore à mes oreilles. Un mariage sans amour avec quelqu'un que je méprise, ou le couvent. Je me frotte les yeux pour me reprendre. La partie n'est pas encore finie, l'issue de cette émission pourrait être différente, si je réussissais à prouver que Léon a tué sa femme. Je suis sur la bonne piste, la mise en garde du dauphin me l'a confirmé. Comment, cependant, obtenir un aveu, une preuve, alors que je lui ai promis de ne plus m'approcher du duc ?

Tout en réfléchissant au problème, je me saisis du paquet de lettres. Un courrier de Mme de Kerdoncuff, le quatrième, au moins, et… mon cœur manque un battement. C'est la première missive que je reçois d'Ophélia Lautrec depuis que je suis à Versailles. Le réseau a donc des ordres précis à me communiquer. Je vais m'asseoir au bord du lit avec ma liasse, et au cas où je serais surveillée, ouvre les enveloppes dans l'ordre. La Kerdoncuff, comme chaque semaine, me renouvelle ses encouragements et me complimente. Elle a particulièrement apprécié la gratitude dont j'ai fait preuve à son égard lors de mes passages à la télévision, insiste sur le fait que c'était un plaisir de m'avoir offert un foyer lorsque j'étais dans le besoin. Je m'empêche de justesse de lâcher un sifflement dédaigneux. Quand on a embauché au rabais une orpheline de quatorze ans pour lui faire récurer des casseroles, comment peut-on dire qu'on lui a « offert un foyer » ? La Kerdoncuff ne manque pas d'air !

J'ouvre enfin le courrier d'Ophélia Lautrec. Je ne prends même pas la peine de lire les banalités avec lesquelles elle a codé son message. « Le nombre de lettres du troisième mot de chaque ligne indiquera la position du mot de ladite ligne à lire. » Je parcours la lettre : « Entrer. En. Contact. Avec. Léon. Lui. Faire. Avouer. Utiliser. Alcool. »

J'examine la date à laquelle la lettre a été envoyée. Hier. Ces ordres ne tiennent donc pas compte de ma position de future dauphine et de l'avertissement du prince donné aujourd'hui.

Je repose le courrier sur le bureau et me glisse dans le lit, avant de tirer les rideaux. Sous les couvertures de satin, je ramène mes genoux contre moi. Il m'est impossible de voir Léon seul à seul. Si jamais cela venait à se savoir, je compromettrais mes chances d'épouser le dauphin, et, au cas où mes tentatives de démasquer le meurtre de Capucine échoueraient, mes chances d'espionner au sein même de la famille royale. Je dois attendre le prochain événement public, le prochain bal. À moins que je ne réussisse à le croiser fortuitement dans les couloirs du château lorsqu'il viendra voir une autre candidate.

Mes conjectures me tiennent éveillée jusque tard dans la nuit.

Chapitre 15

Il me faut deux jours pour trouver une occasion d'approcher Léon. Deux jours au cours desquels je n'ai reçu aucun nouvel ordre, ce qui implique que les derniers sont toujours d'actualité. Deux jours aussi pendant lesquels le dauphin est apparu en compagnie d'Agnès puis de Solange, et conformément aux prédictions d'Ambre, s'est entretenu avec elles de manière parfaitement cordiale et amicale. Deux jours où mon statut de potentielle future dauphine s'est affirmé, au point que Léon, pourtant en visite au château, s'est toujours retrouvé soigneusement écarté de mon chemin. Heureusement, ce soir, un événement pourrait changer la donne. Le dauphin fait une fête en petit comité dans le jardin, avec ses amis proches et quelques participants de l'émission, le tout sous l'œil des caméras de *Noblesse oblige*. Nul doute que Léon sera de la partie.

— Voilà, murmure Ambre. Iphigénie, pouvez-vous remettre un peu de laque de ce côté ?

La servante s'exécute aussitôt et pulvérise un nuage sur une boucle rebelle.

— Vous êtes parfaite, Gabrielle, commente ma conseillère en reculant pour mieux apprécier ma mise. Ce bleu foncé va s'accorder très habilement aux fleurs de la décoration de ce soir. Cela donnera un sentiment de mariage avant l'heure qui passera très bien à l'écran.

— Vous croyez ?

— J'en suis sûre. De plus, c'est une couleur qu'apprécie particulièrement le dauphin.

Je frotte mes paumes l'une contre l'autre, comme je le faisais parfois avant une audition importante.

— Bien, nous avons tout juste le temps pour quelques recommandations avant que vous ne vous rendiez à la fête. La première : soyez prudente, Gabrielle. Ne laissez pas le fait d'être la favorite vous monter à la tête, car tant que le mariage n'est pas célébré, consommé et scellé avec un enfant...

Mon estomac se contracte violemment à cette idée.

— ... votre situation reste précaire. Pas d'excès. Contentez-vous d'un seul verre de champagne pendant le repas. N'usez d'aucune drogue. Ne me regardez pas comme ça, voyons, vous avez dû remarquer la consommation de certains, à commencer par celle du duc.

— Oui, Ambre.

— Évitez les situations compromettantes. Retirez-vous avant que les convives ne soient trop intoxiqués. Surtout, ne perdez pas Antoine de vue.

— C'est très clair.

— Parfait.

Sur ce, elle part chercher mon garde suisse.

*

Quelques minutes plus tard, je descends de la calèche venue me chercher au bas de la terrasse du château. Un tapis rouge a été étendu depuis l'allée claire jusqu'à un bosquet du parc, dont je n'aperçois d'ici que les hautes haies de buis qui le ceinturent. Le soleil se couche, la température de cette fin de mois de juin est exquise et de la musique s'élève déjà derrière l'épaisse végétation de ce jardin à la limite du parc arboré. Antoine à deux pas derrière moi, je parcours le chemin tracé par l'épaisse moquette rouge, faisant fi des deux cameramans présents pour filmer les arrivées.

Je passe l'arche de buis pour me retrouver face à une fourche : je peux prendre à gauche ou à droite. Un labyrinthe, je réalise. Le dîner et la fête ont lieu au cœur d'un labyrinthe de buis. Je vérifie encore une fois qu'Antoine me suit toujours, légèrement effrayée par la configuration de l'endroit. Avec les excès dont j'ai été témoin lors du dernier bal, je redoute ce qu'il pourrait se passer dans les recoins sombres de ce bosquet. Ils me rendront la tâche plus facile pour isoler Léon, certes, mais je crains ce qu'il pourrait tenter une fois que nous serons seul à seul. Je carre les épaules pour me donner du courage et poursuis ma route sur le tapis rouge qui indique le chemin à suivre. Au détour d'un couloir végétal, je découvre la réception. Une grande table a été dressée, ornée de roses et d'hortensias blancs, bleus et violets, qui, Ambre avait raison, complimentent ma robe et me donnent des airs de maîtresse de cérémonie. De grandes vasques fleuries des mêmes essences trônent sur la pelouse et les convives déambulent entre elles avec un verre de champagne à la main. Les hommes sont en costume d'apparat, leurs épaulettes brillant sous le feu des projecteurs de télé, et les femmes sont en grande tenue. Je marque une pause. Pas un visage ne m'est inconnu. Léon, Choiseuil, Castellane, Montesquiou-Fezensac, Vogüé, Polignac, Rochechouard. Ce sont les héritiers des plus grandes familles, venus avec leurs épouses. Exception faite des quelques prétendants invités par le dauphin avec leur rendez-vous de la soirée, tous les membres de la noblesse présents ce soir étaient là la nuit de l'incendie qui a coûté la vie à Capucine de Léon.

— Gabrielle !

Suivi par deux cameramans, le dauphin marche droit vers moi. Je fais de mon mieux pour masquer le malaise qui m'a saisie et lui souris. Après les salutations, il m'offre son bras et me conduit parmi la foule.

— Quel plaisir de vous avoir ici, aux côtés de mes plus proches amis.

Il me présente à chacun d'eux, et tous, du très pédant Castellane au jovial Polignac, marquent envers moi la déférence qu'ils devraient à une future souveraine. Polignac nous entretient de ses idées sur les couvents sociaux lorsque toutes les têtes se tournent vers l'une des entrées du carré de pelouse. Agnès vient de faire son apparition dans une très voyante et flamboyante robe rose.

— Oh, mais quel corsage, commente Polignac qui parlait de piété et de bonnes mœurs un instant plus tôt.

— Réfrénez-vous, mon cher, plaisante le dauphin à mi-voix. Votre épouse est juste là.

Un homme au crâne dégarni se rapproche de lui pour lui souffler quelques mots à l'oreille. Je reconnais son secrétaire particulier.

— Vous avez raison, Grimaux.

— Mesdames et messieurs, le dîner va être servi ! annonce un valet de pied.

À ce cri, les convives se dirigent vers la table. Je note avec une certaine satisfaction que je suis placée entre Léon et le prince. Voilà qui me permettra peut-être d'engager la conversation avec le premier, en feignant de le faire par politesse et sans ignorer l'avertissement du second.

— Tout va bien, Léon ? demande le dauphin sitôt que celui-ci s'assoit.

— Très bien, Votre Altesse.

Son sourire est crispé cependant et ne monte pas jusqu'à ses yeux qui se posent immédiatement et avec avidité sur le verre de champagne qu'on vient de nous servir.

— Je ne vais pas vous faire attendre plus longtemps pour le boire, mon ami...

Le prince saisit sa coupe et se lève. Nous l'imitons.

— Mesdames et messieurs, au roi !

— Au roi !

Je trempe mes lèvres dans le breuvage tandis que Léon vide le sien d'un trait. Je n'aurai pas besoin de le pousser à consommer ce soir, il a l'air de très bien se débrouiller seul.

— Alors, ma chère Gabrielle, quel est votre compositeur favori ? m'interroge le dauphin.

Nous tenons une agréable conversation pendant la durée du repas. L'héritier du trône se montre intéressé par la musique, me pose des questions de plus en plus pointues, et je découvre qu'il étudie lui-même le piano, chose que j'ignorais – ses apparitions télévisées l'avaient simplement présenté comme mélomane. Au point que je finis par me demander si, hors considérations politiques, ce point commun ne l'a pas poussé à me choisir comme favorite sur le papier. Seulement, si je passe un bon moment avec lui, je ne peux m'empêcher de laisser mon regard glisser vers Léon. Il n'adresse la parole à personne et boit plus que de raison, comme lors du bal, mais ce soir avec une fièvre dans les yeux qui confine à la folie.

— Hé, Léon, calmez-vous, l'invective le dauphin alors que nous finissons le dessert. Si vous continuez à ce rythme, nous n'aurons bientôt plus à boire pour cette table.

L'assemblée s'esclaffe, un léger rire s'échappe des lèvres du duc.

— Comme il plaira à Sa Majesté.

— J'ai envie de danser, déclare alors le prince.

Il se lève et à ce signal la musique qui s'échappe des haut-parleurs se fait plus forte et plus enjouée.

— Gabrielle ?

Il m'offre son bras, m'entraîne sur la pelouse. L'instant d'après, il me fait tourner sur le son des guitares. Les invités nous rejoignent, je me félicite de n'avoir bu qu'un seul verre, sans quoi je serais bien en peine de garder mon équilibre dans les bras du dauphin.

— Quel sens du rythme ! me félicite-t-il.

Je lui réponds par mon sourire le plus éclatant. Les caméras ne nous lâchent plus. Le prince me ramène soudain contre son torse, ses mains posées sur la chute de mes reins, à la limite de mon corset. Il me dévore du regard, une mèche brune est tombée sur son front pendant la danse. Il incline la tête vers moi. Va-t-il... Aussi brusquement qu'il m'a serrée contre lui, il m'écarte pour me faire tourner. Je remarque que les caméras n'ont pas perdu une seconde de ce rapprochement. Je sais déjà ce qui sera diffusé demain soir.

Nous continuons ainsi deux chansons durant, jusqu'à ce que le jeune Louis, haletant, s'arrête.

— Il me faut un verre pour reprendre. Puis-je vous en offrir un ?

— Volontiers.

Je m'écarte de la piste de danse où le reste de la noblesse s'agite en cadence. Alors qu'il se dirige vers le buffet où des magnums baignent dans des piscines de glace, je remarque que les équipes de tournage et les domestiques sont partis. Ne restent plus que quelques gardes suisses, en retrait, alignés le long du buis. Après avoir rempli deux verres, au lieu de revenir vers moi, il se dirige vers l'un d'eux. Je n'ai jamais vu celui-ci ces dernières semaines au palais, ce doit être l'un de ses gardes personnels. Il lui glisse quelque chose à l'oreille, l'homme hoche la tête. Il ordonne aussitôt aux autres de partir. Antoine, un peu plus loin, cherche à capter mon regard alors qu'il est poussé vers la sortie.

— Un peu d'intimité nous sera bénéfique, non ? sourit le prince en me tendant mon verre. J'imagine comme il doit être difficile pour vous de vous sentir surveillée en permanence.

Je hoche la tête, trempe les lèvres dans le champagne.

— Ne craignez pas de boire en ma compagnie ! s'esclaffe-t-il. Vous vous êtes abstenue tout le dîner. Maintenant que les indiscrets sont partis, nous pouvons avoir quelques instants de liberté !

— C'est bien dit, Louis ! abonde Polignac. Buvez donc, Gabrielle ! La vie est courte et ce genre de moments est rare dans l'existence qui vous attend, croyez-moi !

Cernée par leurs regards, je prends une longue gorgée. Ce n'est pas leur insistance qui m'a convaincue, mais le fait que je ne peux risquer de mécontenter le prince.

— Voilà qui est mieux ! Dansons maintenant !

Le prince m'enlève la coupe des mains, puis m'attire contre lui pour continuer à danser. Je tourne dans ses bras et ne m'arrête plus que pour reprendre un peu de champagne, sous sa direction.

— Quelle fête !

Agnès, visiblement saoule, se jette soudain sur le prince à l'occasion d'une de ces pauses.

— Hé, Agnès ! s'exclame celui-ci.

Elle se met à danser lascivement avec lui. C'est mon moment. J'en profite pour m'éloigner. Je tangue sous l'effet de l'alcool, mais la sensation n'est pas désagréable. Sur la table débarrassée, Castellane et Polignac sont penchés sur des lignes de poudre de feuille de coca.

— Gabrielle ! En voulez-vous ?

— Oh, non merci, messieurs. J'ai suffisamment de peine à tenir l'alcool, je réponds poliment.

Je me laisse tomber sur une chaise à une distance raisonnable. Sur la piste de danse, Agnès a perdu toute inhibition et tente le tout pour le tout avec le prince, ce qui semble amuser celui-ci. Des couples s'enlacent autour d'eux, et une candidate, Estelle, je crois, embrasse même goulûment son prétendant. Mais où est Léon ? Quelques autres invités manquent à l'appel eux aussi. Deux des participantes ne sont plus là... Une angoisse sourde, amplifiée par l'ivresse, me saisit. Serait-il en train de faire une nouvelle victime ?

Je me lève et, doucement pour ne pas attirer l'attention de Castellane et Polignac, m'enfonce dans l'ombre des buis. Je dois trouver Léon. Il n'a pas pu aller bien loin, ce bosquet est au bout des jardins, près des bois, à bonne distance du château. À tâtons, j'avance dans le labyrinthe plongé dans le noir. J'abandonne vite l'idée de me servir des murs pour me guider : c'est le moelleux du tapis, sous mes pas, qui est le plus sûr chemin vers la sortie. J'entreprends de le suivre. À un tournant, j'entends un gémissement.

— Oh, Charles... Charles...

Montmorency et sa prétendante sont visiblement très occupés. J'évite précautionneusement le recoin sombre où ils se sont réfugiés. Je débouche vite à l'extérieur du bosquet. Les voitures de golf pour rentrer sont là, vides, aucun domestique ni garde en vue. Mais où est passé le duc ? Je longe la haie de buis à pas de loup, pour observer les abords. Peut-être est-il quelque part dans les bois qui bordent le labyrinthe. Une main se saisit brutalement de mon bras. Je pousse un cri, mais une autre se plaque sur ma bouche.

— Chut, Gabrielle.

C'est Léon.

Chapitre 16

Je tente de me débattre, mais il est trop fort pour moi.

— Silence, m'intime-t-il.

Je me retrouve soudain plaquée contre un arbre, prisonnière entre l'écorce et son torse qui m'écrase.

— Gabrielle, je... Promettez-moi de ne pas crier.

Le désespoir dans sa voix m'alarme. Mon corps se raidit.

— Gabrielle, nous nous sommes déjà fréquentés chez les Kerdoncuff. Vous êtes belle, vous êtes intelligente, vous êtes une pianiste remarquable. Je...

Il s'écarte soudain de moi, et un rayon de lune fait briller ses épaulettes dans la nuit. Je suis libre, je devrais m'enfuir, mais la conversation est devenue trop intéressante pour que j'y mette un terme. Je tiens peut-être une occasion de lui faire avouer le meurtre de sa femme.

— Vous avez toujours eu de la considération pour moi, alors que ma famille fait partie de ceux qui se sont approprié tout ce que vous possédiez. Vous êtes une bonne personne, Gabrielle. Et je ne peux pas... Je ne peux pas...

Dans la pénombre, Léon met un genou à terre.

— Épousez-moi, Gabrielle. Épousez-moi, je vous en supplie.

Sa déclaration me laisse sans voix.

— Je sais que mon attitude a dû vous paraître étrange ces derniers jours et mes manières laissent désormais à désirer, mais vous n'avez aucune idée des devoirs que devra remplir la dauphine de France. Votre seule chance est de partir avec moi. De rejoindre ma famille. Nous devons nous enfuir ce soir et...

— Non, Léon.

La réponse m'a échappé dès qu'il a mentionné la fuite. Je ne peux pas abandonner ma mission et je ne peux pas épouser un homme que je suspecte de meurtre.

— Vous... Vous refusez ?

— Oui, je refuse. Je refuse, car...

Je m'apprête à le confronter, mais il se redresse brutalement et se jette sur moi. Sa bouche se plaque sur la mienne, je ne peux plus sentir que son haleine chargée d'alcool. Sa main relève mes jupons.

— Je vous sauverai, grogne-t-il contre mon cou. Je vous sauverai malgré vous. Dussé-je affronter votre courroux jusqu'à la fin de mes jours...

Il me faut une seconde pour me remettre du choc de son assaut et je le repousse violemment.

— Êtes-vous devenu fou ? Comptez-vous me faire subir le même sort qu'à votre femme ?

Léon s'écarte de moi, comme piqué par une guêpe.

— Vous... Vous savez ?

— Oui, je sais ! Vous...

— Vous avez compris..., marmonne-t-il d'une voix rendue pâteuse par l'alcool et les drogues. Vous avez compris, et vous vous...

Il porte sa main vers un objet scintillant à sa ceinture et fait un pas vers moi, mais je bondis sur le côté. Emporté par son élan, il va se cogner la tête contre le tronc et je me rue vers l'allée. Je dois retourner vers les autres, il n'osera pas m'attaquer au milieu de la noblesse. J'entends ses pas heurter le sol derrière moi. Je m'engage dans le labyrinthe, m'arrête net au moment de suivre le chemin tracé par le tapis rouge. Je ne peux pas retourner à la fête dans cet état, je peux sentir que le baiser de Léon a étalé mon rouge à lèvres tout autour de ma bouche... Que dirait le prince ? S'il pensait que Léon a porté atteinte à mon honneur, quelles seraient les conséquences pour moi ? M'obligerait-on à l'épouser ou m'enverrait-on immédiatement au couvent, comme toutes les infortunées forcées à avoir des relations hors mariage ? Au lieu de prendre à droite, vers la fête, je m'élance à gauche. La musique forte qui s'échappe de la soirée étouffe le bruit de mes foulées. Là, je repère un cul-de-sac plongé dans l'ombre. Je me recroqueville contre les buissons plongés dans la nuit, soulève le tissu bleu foncé de ma robe pour masquer la pâleur de mes bras et de mon visage. Cachée sous la soie, je retiens mon souffle.

— Gabrielle...

Léon m'appelle à voix basse, tout près.

— Gabrielle !

Tous mes muscles sont tétanisés. Je me tiens prête à hurler, à me débattre s'il s'en prend à moi. J'entends un bruit de piétinement désormais, suffisamment proche pour ne pas être noyé dans les basses fortes de la musique.

— Gabrielle !

Léon est devant l'entrée du cul-de-sac. Ma respiration est suspendue. Un pas vers moi. Un autre. Une petite bête, une araignée ou une fourmi, remonte le long de mon bras. Je ne dois pas bouger. Je ne dois pas bouger...

— Gabrielle !

Léon s'est éloigné. Il a poursuivi son chemin dans le labyrinthe. J'attends un long moment pour m'assurer que je suis seule, puis je rejette le tissu de ma robe et bondis sur mes pieds. Je dois m'enfuir tant qu'il est à ma recherche dans ces méandres de buis. Je dois rentrer au château, au plus vite, et retrouver la protection d'Antoine. Courant à perdre haleine, je m'échappe du labyrinthe. Le mince quartier de lune a transformé l'allée en ruban blanc au cœur de la nuit. Je ne peux pas rentrer directement, pas sur ce chemin clair où, avec ma robe foncée, je serais visible à des centaines de mètres. J'avise les jardins qui s'alignent le long de la route. Je dois passer au milieu d'eux, atteindre l'entrée de la serre de Louis XIX. C'est là que devraient se trouver les gardes les plus proches.

Je m'élance vers le bosquet adjacent, celui de la Salle de Bal. Je longe le treillage des couloirs de verdure.

— Pitié...

Je m'arrête. Une femme supplie quelqu'un, là-bas. Je porte ma main à mon cou, vérifie que mon médaillon s'y trouve encore. Léon s'est peut-être choisi une autre victime. Je viens d'enregistrer ce qui ressemble à une confession. Si je pouvais saisir sur la bande un de ses crimes avant de venir en aide à celle qui est entre ses griffes... Pour me donner du courage, je souffle un grand coup, et commence à avancer lentement vers l'amphithéâtre. L'eau qui jaillit des fontaines et s'écoule le long des gradins masque des cris étouffés. Mes mains tremblent, mais je continue.

Le gémissement se fait désespéré. J'accélère le pas. Parvenue sur la piste qui surplombe les jeux d'eau, je me penche en avant, autant que ce fichu corset le permet, et me rapproche du bord de la cascade. Au centre de l'arène aquatique, tout en bas, une forme sombre est inclinée sur une montagne de tissu clair. Agnès. Je reconnaîtrais cette immense robe rose entre mille. Des épaulettes brillent au-dessus d'elle... Puis c'est une lame qui scintille sous la lune. Un couteau. Il va la tuer. Je m'élance sur l'allée pour atteindre l'escalier. Je dois empêcher ça. Agnès gémit plus fort. Les marches sont juste devant moi. Je me jette en avant pour les dévaler, quand une masse m'enserre de ses bras et une main se plaque, encore une fois, sur ma bouche.

Chapitre 17

— Pas un bruit, Gabrielle, me murmure une voix familière à l'oreille.

C'est Antoine. Mais mon soulagement est de courte durée. S'il est ici, protège-t-il Léon ?

— Nous allons reculer en silence, souffle-t-il si bas que je peine à l'entendre par-dessus le vacarme des jeux d'eau.

Me bâillonnant toujours, il m'entraîne dans un des couloirs de végétation qui s'échappe du bosquet. Je tente de me débattre pour retourner aider Agnès, mais sa prise se fait plus forte et il finit par me soulever. Me voilà devenue une vulgaire poupée de chiffon dans ses bras.

— Ne résistez pas. Pour votre propre sécurité.

Nous ressortons du jardin, mais au lieu de prendre l'allée qui conduit au château, Antoine me porte jusqu'au bosquet suivant. Je n'ai pas d'autre choix que de le laisser faire. Ce n'est que lorsque nous avons disparu derrière les haies que mes pieds touchent à nouveau le sol.

— Promettez-moi de ne faire aucun bruit. Nous ne sommes pas hors de danger.

J'acquiesce et sa main se retire de ma bouche. Il me saisit par les épaules.

— Écoutez-moi bien, Gabrielle. Vous ne devez dire à personne ce que vous avez vu ce soir, comprenez-vous ? Si l'on apprenait que vous avez surpris cette agression, j'ai peur de ce qu'il pourrait vous arriver.

Je reste muette, sous le choc. Est-il sérieusement en train de suggérer d'abandonner Agnès ?

— Gabrielle, jurez-moi de ne rien faire, de ne rien dire... Vous comprenez ce qu'il pourrait vous en coûter de compromettre un des amis du prince ? Quelles pourraient être les conséquences d'un scandale pour Agnès, pour vous ? Qui sait ce que l'on vous ferait pour protéger la réputation d'un des grands de ce monde ?

Je serre la mâchoire. C'est Léon. C'est Léon là-bas, en train d'agresser Agnès, j'en suis certaine. Le remords me tord l'estomac. Après avoir échoué à obtenir ce qu'il voulait de moi, il s'en est pris à une autre, comme je le craignais. J'aurais dû le frapper, le mettre hors d'état de nuire...

— Gabrielle, jurez-moi de ne pas souffler mot de cet événement, reprend Antoine. Pour protéger Agnès et vous-même.

— Je... Je le jure.

— Bien. Bien...

Il lâche mon épaule. Dans le noir, je ne peux que deviner sa silhouette. Il retire son chapeau et se passe une main dans les cheveux. Je n'arrive pas à y croire. Léon soumettant Agnès sous la menace d'une arme... Mon enregistreur a-t-il pu capter ses cris, ses supplications ? Même si c'est le cas, cela risque de ne pas être utile aux républicains. Je dois le faire parler.

— Antoine, qu'est-ce qu'il lui faisait ? Ne peut-on rien faire pour l'aider ? Peut-être que si nous faisions diversion...

— L'homme avait un couteau. Et s'il s'en servait pour ne pas laisser de témoin, s'il pensait avoir été surpris ? réplique-t-il. Ou si pour sauver la face et réparer son tort, il contraignait Agnès à l'épouser ? Ou au contraire, salissait sa réputation ? Nous pourrions l'enchaîner à son agresseur ou l'envoyer au couvent en cherchant à intervenir.

Un long silence s'installe entre nous, un silence grave et lourd qui me fait craindre le pire.

— Est-ce... Savez-vous qui cela pourrait être ? Léon ou...

— Je ne sais pas, Gabrielle. Je n'ai pas vu son visage.

— Antoine, je ne peux éviter la compagnie d'aucun des hommes présents ce soir, je vais devoir continuer de les fréquenter, alors si vous savez quelque chose, je vous en conjure, dites-le-moi !

Il soupire.

— Malheureusement, je ne peux pas vous répondre. Je n'ai été attaché à la protection du dauphin qu'en de rares occasions avant d'entrer à votre service. Je ne le connais pas, ni le prince ni son entourage. Je suis normalement affecté à la protection des Tuileries.

— Mon Dieu...

Je n'ai pas besoin de jouer la prétendante affectée, mes mains tremblent encore de ce que j'ai aperçu quelques instants plus tôt.

— C'est pour vous que je suis revenu. J'ai... Lorsque j'ai entendu le cri...

Il ne termine pas sa phrase. Si cela avait été moi, sous la menace de ce couteau, serait-il intervenu ?

— Pensez-vous que c'est pour cela que le prince a congédié les gardes ? je demande. Pour que personne... ne constate ce genre de dérapages ?

— Je n'en ai aucune idée, Gabrielle, m'interrompt-il. Il est souvent arrivé que le roi remercie toute sa suite pour s'offrir du temps en famille ou avec des amis en toute intimité, et j'étais alors celui qui escortait domestiques et autres gardes vers la sortie. Ce soir, je me suis échappé dès que je l'ai pu. Je n'aimais pas vous savoir en compagnie de Léon, pas après le comportement dont j'ai pu être témoin.

Je me remémore encore l'avertissement de la duchesse. « Ne vous éloignez jamais de votre garde suisse. » Elle savait. Elle savait ce qui arriverait si l'une d'entre nous était soudain privée de protection...

— Que peut-on faire pour Agnès ? je demande, une boule dans la gorge.

— Rien, répond-il d'un ton las. Surtout, rien. Nous pourrions terminer tous les deux sur l'échafaud pour avoir terni la réputation d'un noble.

Je tâte à nouveau mon pendentif. J'espère qu'il enregistre bien cette conversation.

— Venez, je vous reconduis au palais. Je prétexterai vous avoir trouvée aux abords de la fête alors que vous ne vous sentiez pas bien.

Il m'offre son bras, je m'y agrippe comme à un radeau de sauvetage. Jamais je n'aurais cru mettre au jour une telle sauvagerie. L'agression de Léon sur ma personne, puis sur Agnès. Cet homme est une bête, et son vernis de sophistication craque dès qu'il ne se croit plus observé.

Nous avançons en silence, pendant de longues minutes, jusqu'à la terrasse du château encore allumée.

— Mon Dieu, Gabrielle...

Je distingue enfin nettement les traits d'Antoine sous les lumières d'un lampadaire proche. Ce qui veut dire que lui aussi peut désormais constater l'état de mon maquillage et de ma mise.

— Que vous est-il arrivé ? Votre rouge à lèvres... Est-ce que vous aussi...

— Non. Léon m'a sauté dessus lorsque j'ai voulu quitter la fête. Je me suis enfuie.

Je ne sais pas pourquoi je lui ai dit la vérité sur l'agression, au lieu d'inventer un mensonge qui aurait rendu la situation moins dangereuse pour ma réputation. Peut-être le fait que nous ayons tous les deux été témoins de la perversion du duc me le rend désormais digne de confiance.

— Il ne vous a pas...

— Non, je l'ai repoussé.

— Je comprends mieux pourquoi vous le suspectiez... Mon Dieu, il se sera jeté sur Agnès après vous. Quel animal... Vous sentez-vous bien ?

— Je vais bien, Antoine. Je veux juste rentrer maintenant.

Il hoche gravement la tête.

— Oui, plus tôt vous serez à l'abri, mieux ce sera. Mais je ne peux pas vous laisser regagner votre chambre ainsi, Ambre vous attend et se poserait des questions. Venez.

Il m'entraîne derrière un buis qui nous cache du château, mais où la lumière est suffisante pour que nous y voyions. Il sort de sa poche intérieure un mouchoir blanc, entreprend d'enlever le rouge à lèvres étalé autour de ma bouche, sur mes joues, jusque dans mon cou.

— Vous permettez ? demande-t-il en désignant un lambeau de dentelle arraché au pourtour de mon décolleté.

— Faites.

En prenant garde à ne pas toucher ma peau, il tente de le remettre en place. Puis il enlève ce qui doit être des feuilles et des brindilles dans mes cheveux.

— Voilà. Maintenant vous avez juste l'air d'avoir beaucoup dansé. Allons-y.

— Merci, Antoine.

Nous regagnons le palais. Fort heureusement, les caméras de la terrasse sont éteintes, et les gardes suisses, pour la plupart endormis en travers des portes des quelques prétendantes n'ayant pas été invitées. En revanche, de la lumière filtre sous celle de ma chambre.

— Ah ! Vous voilà !

Ambre se lève brusquement de son fauteuil en nous apercevant.

— Je vois que la fête a été folle, commente-t-elle en m'observant de haut en bas. Vous n'avez pas eu de problème au moins ?

— Non, je vous rassure, le dauphin m'a seulement fait beaucoup danser.

— Et boire ?

— Aussi. Je me suis sentie obligée de prendre quelques verres.

— Ah, et vous n'avez rien dit d'embarrassant ?

— Non, je n'en ai pas eu l'occasion.

Je m'assois sur le bord du lit. Antoine m'adresse un bref signe de tête, je lui réponds par un sourire reconnaissant, et il disparaît pour reprendre son poste à l'extérieur. Ma conseillère, en revanche, ne bouge pas. Pourquoi est-elle encore ici ? Et pourquoi m'a-t-elle demandé si le prince m'avait fait boire ? Ai-je l'air si saoule ?

— J'ai une surprise pour vous, annonce-t-elle avec un large sourire. Je ne pouvais attendre demain, et je me doutais que vous non plus.

Elle ne pourrait pas être plus loin de la vérité, il me tarde qu'elle me laisse seule. Mais elle se saisit de la télécommande et allume le poste. J'y apparais, régalienne dans ma robe bleu sombre, arrivant à la fête. Le visage du dauphin s'illumine lorsqu'il m'aperçoit. Le mien aussi. Le prince est fier de me présenter à ses amis ; passionné par notre discussion sur le piano ; amoureux lorsqu'il m'emmène danser. Le moment où j'ai cru qu'il allait m'embrasser apparaît comme d'une tension romantique insoutenable. Je voudrais hurler. Hurler et déchirer les draps de soie de mon lit. Une heure après cette scène, cet homme a congédié les gardes suisses et nous a pratiquement toutes livrées sur un plateau à la perversité de Léon.

— Alors, madame la dauphine ? me taquine Ambre.

C'est plus fort que moi. J'ai un haut-le-cœur et me précipite dans la salle de bains.

— Ah, l'alcool, soupire-t-elle.

Lorsque je me relève des toilettes, elle me propose un verre d'eau.

— Vous vous y habituerez, ne vous inquiétez pas.

— Merci, Ambre, je parviens à articuler.

Je trempe mes lèvres dans le verre, mais j'ai l'estomac noué. Et cela n'a rien à voir avec le champagne.

— Je vais vous laisser vous reposer, si vous êtes incommodée. Je vous montrerai la suite demain. Iphigénie ?

La petite servante apparaît par une porte camouflée dans la tapisserie, derrière la baignoire.

— Occupez-vous de mademoiselle. Desserrez-lui son corset. Gabrielle, à demain.

Je laisse Iphigénie me déshabiller. Une fois en robe de nuit, je me réfugie derrière les épais rideaux de mon lit et commence à taper mon rapport sur mon pendentif. Au moment d'ajouter des précisions sur les circonstances de l'agression de Léon, je m'interromps. Qu'a-t-il dit exactement lorsque je l'ai accusé de vouloir me faire subir le même sort qu'à sa femme ? « Vous savez. » Et si... Et si sa femme avait été agressée au couteau par son mari après qu'il avait trop bu, comme Agnès ? Et si cela avait dérapé ? Léon n'a peut-être pas été rendu fou par le remords, il est peut-être tout simplement sadique, violent ! Mais comment prouver cela ? Il va me falloir une autre occasion de l'approcher, de me retrouver seule avec lui, malgré le risque. Un mélange de peur et de rage me comprime la poitrine aussi sûrement qu'un corset. J'envoie mes conclusions au réseau.

Chapitre 18

— Cet après-midi, nous avons un autre tournage de prévu, nous avons eu de très bonnes réponses de la première réclame, les dons ont afflué. Maintenant, il s'agit de convaincre d'autres marins de s'engager dans le sauvetage.

Alors qu'Iphigénie m'habille, Ambre passe en revue la journée qui m'attend.

— Mettez-lui un peu plus d'anticernes. Mon Dieu, Gabrielle, l'alcool ne vous réussit pas, vous avez une mine terrible.

Je me contente de hocher la tête. L'alcool n'a rien à voir avec mon visage de papier mâché. J'ai eu du mal à m'endormir, et ma nuit a été entrecoupée de cauchemars. Léon brûlant le corps de Capucine. Léon penché sur Agnès... Jusqu'où est-il allé ? Dans mes rêves, je l'ai vue morte de nombreuses fois, et le remords de ne pas être intervenue m'a réveillée à plusieurs reprises.

— Ambre, puis-je passer voir Agnès ce matin ?

Ma conseillère lève ses yeux de ses fiches.

— Pourquoi ?

— Elle a beaucoup bu hier soir et n'avait pas l'air dans son assiette quand je suis partie. Je veux juste m'assurer qu'elle va bien.

Elle regarde sa montre.

— Vous avez dix minutes. Ensuite, il faudra nous mettre en train.

— Cela suffira.

Les préparatifs traînent en longueur, me laissant tout le temps d'imaginer une chambre vide, un garde suisse désemparé, et une femme de chambre m'annonçant qu'on l'a retrouvée noyée dans un des bassins, comme dans un de mes cauchemars. Quand Iphigénie termine de boucler ma dernière mèche de cheveux, je n'y tiens plus et me lève d'un bond. Je sors de la chambre. Antoine est toujours là, debout, à son poste. Je n'ai pas encore compris quand il prenait le temps de se laver et de manger. Peut-être s'éclipse-t-il quelques instants après l'arrivée d'Ambre à huit heures. Il me salue d'un bref signe de tête. J'aimerais lui dire bonjour, mais j'ai peur que cette soudaine sympathie éveille les soupçons. Il m'emboîte le pas, comme à son habitude, mais émet un raclement de gorge quand je prends la direction de la chambre d'Agnès au lieu de celle de l'escalier. J'ignore cet avertissement. Je dois savoir comment elle se porte.

Je me dirige droit vers son appartement, au bout du couloir. Je constate avec un certain soulagement que l'homme chargé de sa sécurité est à son poste.

— Puis-je voir Agnès ? je lui demande.

— Désolé, Mademoiselle ne veut voir personne ce matin.

— Oh. Pourtant, hier soir, nous avions convenu de nous rencontrer à cette heure-ci.

C'est un bien mauvais mensonge, mais j'espère qu'il l'avalera.

— Désolé, ses plans ont changé. Elle vient de recevoir une invitation du dauphin et doit le rejoindre dans quelques minutes.

Je peine à masquer ma surprise. Un rendez-vous avec le prince, d'aussi bon matin, et demandé à la dernière minute ? Après ce qu'il s'est passé hier soir ? Je me sens pâlir. Serait-il au courant ? Léon a-t-il été pris sur le fait avec elle ?

— Je comprends, je murmure.

Je repars en sens inverse. Je n'ai pas le temps de l'attendre dans le couloir pour espérer lui arracher un mot : je suis déjà en retard pour mon interview avec les journalistes de *France chrétienne* dans le salon de la Guerre. La poitrine compressée par l'angoisse, je m'engage dans l'escalier.

— Antoine, je murmure alors que nous descendons les marches. Avez-vous vu Agnès rentrer hier soir ?

— Oui. À deux heures du matin. Elle semblait... bouleversée.

— Était-elle seule ?

— Non, son garde suisse l'accompagnait. Je n'ai pas eu l'occasion de lui parler cependant, et si je lui demande des détails, il ne me dira rien. Nos ordres incluent de respecter la confidentialité, en particulier tout ce qui pourrait nuire à l'honneur de celles et ceux que nous servons.

Nuire à l'honneur. La sensation de nausée me revient. Je convoque *Les Ombres errantes* de Couperin, pour calmer mon agitation. Son rythme me force à ralentir mon souffle et m'aide à retrouver l'état de concentration qui précède une performance.

— Mlle Gabrielle Lacroix, annonce le valet de pied.

Dans le salon, les journalistes me saluent. Je replace mon masque de prétendante parfaite avec un sourire.

*

— Ah, Gabrielle !

Je viens juste de terminer d'enregistrer le dernier message de réclame pour le sauvetage en mer qu'Ambre se jette sur moi.

— Venez. J'ai les images de la quotidienne de ce soir. Vous devez absolument voir ça.

Je quitte le salon derrière elle, qui marche si vite que je peine à la suivre. Nous regagnons ma chambre, où elle allume l'écran. Le générique de l'émission se lance. Elle accélère les images, de nombreux rendez-vous défilent, Clothilde en canot sur un des bassins avec Montmorency, Catherine avec Poncins, Solange avec... Léon ? Est-ce sa nouvelle victime ? Mais je n'ai pas le temps de demander qu'Ambre arrête le film. Elle appuie sur le bouton quand Agnès apparaît à l'écran. Vêtue d'une robe grise, elle a l'air normale. Peut-être un peu plus réservée que d'habitude, elle qui est toujours si extravertie, mais normale malgré tout.

— *Merci d'avoir accepté cette invitation de manière si impromptue*, dit le prince d'une voix mielleuse.

Je me penche sur l'écran.

— *C'est un plaisir, Monseigneur.*

— *Agnès, nous sommes bons amis, n'est-ce pas ?*

— *Bien sûr, Votre Altesse.*

Elle sourit, un domestique leur apporte à déjeuner. Deux œufs à la coque pour elle, du pain perdu pour lui.

— *J'ai besoin de vos conseils, Agnès.*

Le prince baisse alors la tête, se passe la main sur le visage comme s'il était en proie à la plus affreuse préoccupation. Je ne me laisse pas tromper. Je sais que c'est un jeu, exécuté par un merveilleux acteur.

— *Agnès, mon mal est profond, et plus grave que je ne le pensais, je le crains. Je suis... Je suis fou amoureux de Gabrielle. Pas un seul instant ne se passe sans qu'elle occupe mes pensées. Je ne dors plus, je ne vis plus.*

Une sensation de vide apparaît au creux de ma poitrine. Fou amoureux. Alors que nous nous sommes à peine parlé.

Agnès penche la tête, comme si elle comprenait. Combien de fois lui aura-t-il fait répéter cette scène montée de toutes pièces jusqu'à ce qu'elle agisse exactement comme il le souhaite ? A-t-il écrit les dialogues ?

— *Êtes-vous sûr de vos sentiments ? S'agit-il d'une véritable inclination ?*

— *J'en suis aussi sûr que le soleil brille ce matin... Agnès, vous devez m'aider. Vous connaissez Gabrielle, vous êtes proches. Pensez-vous que ces sentiments soient partagés ?*

La caméra revient sur la prétendante. Un rire lui échappe.

— *Votre Altesse, Gabrielle est quelqu'un de réservé, quelqu'un de secret, mais... Je peux essayer de m'assurer de ses sentiments.*

— *Vous feriez ça ?*

— *Avec plaisir, Votre Altesse. Sinon, à quoi servent les amis ?*

Ambre met la vidéo en pause. Je suis abasourdie, et elle est surexcitée.

— C'est magnifique, Gabrielle ! Magnifique ! Votre avenir est assuré !

J'essaie d'avoir l'air heureuse, de sourire. Je convoque mes souvenirs les plus joyeux, les premiers jours au conservatoire, la fête du port en compagnie de mon père...

On toque à la porte.

— Un message pour Mlle Gabrielle, j'entends à travers le bois.

— C'est de la part du prince, j'en suis sûre. Allez ouvrir !

Je me dépêche de me présenter à la porte. Deux caméras de télévision sont là, derrière le domestique qui me tend un billet sur un plateau d'argent. Je le décachette avec lenteur. C'est une invitation à prendre le thé demain, de la part d'Agnès. Je joue la personne intriguée, puis, faisant fi de la présence des caméras, je retourne dans ma chambre. Ma conseillère se saisit de la lettre et la parcourt rapidement.

— Ah, c'est la suite logique, murmure-t-elle. Laissez-moi contacter Melinda, qui s'occupe de la communication d'Agnès, ainsi que l'équipe du dauphin. Il y aura un script ou un fil rouge à respecter dans la discussion.

Elle ressort aussi sec. Je reste à regarder le billet aux lettres dorées, posé sur le secrétaire. Quel scénario veut nous faire jouer le prince ?

*

Le lendemain, c'est vêtue d'une ravissante robe bleu ciel en mousseline que je me rends dans le jardin d'hiver, ajouté par Louis XIX au palais pour accueillir ses oiseaux tropicaux. L'endroit, une parcelle de forêt luxuriante agrémentée de bassins créés pour donner au visiteur l'impression d'être dans la jungle amazonienne, est l'un des lieux privilégiés pour les rendez-vous galants des autres candidates. Aujourd'hui, la serre a été vidée des couples qui l'occupent habituellement à cette heure. Agnès est assise un peu plus loin, sous les lianes et les orchidées du plus grand arbre de l'endroit, entourée d'une dizaine de personnes, parmi lesquelles je reconnais Gérard Grimaux, le secrétaire particulier du prince. Elle se lève dès qu'elle m'aperçoit. Je remarque qu'aujourd'hui aussi on l'a habillée en gris, mais un gris mat. Celui des religieuses. On prépare déjà le téléspectateur à son entrée au couvent. Je ne vois qu'une raison à cela : le prince sait. Et pour protéger Léon, il va enfermer une de ses victimes dans un cloître dont elle ne ressortira qu'entre quatre planches. J'essaie malgré tout de plaquer un grand sourire sur mon visage en allant à sa rencontre.

— Gabrielle !

Agnès me serre dans ses bras comme si nous étions de grandes amies, c'était prévu dans le script. Nous nous asseyons ensuite sur les banquettes aux motifs tribaux, accolées aux bassins où nagent des poissons multicolores.

— Quel plaisir de vous voir, Agnès ! Mais dites-moi, comment s'est passé votre rendez-vous avec le prince ? Comment se porte-t-il ?

— Coupez !

Grimaux m'interrompt. Il s'approche de notre table et, devant moi, Agnès se raidit visiblement, les yeux fixés sur l'homme de confiance du prince.

— Gabrielle, mettez un peu plus d'émotion quand vous demandez des nouvelles du prince, s'il vous plaît. Vous devez paraître plus préoccupée par son état que par le fait qu'il était en rendez-vous avec une autre.

— C'est compris.

— On la retourne !

— Quel plaisir de vous voir, Agnès ! Mais dites-moi, comment s'est passé votre rendez-vous avec le prince ? Comment se porte-t-il ?

J'ai mis toute l'inquiétude dont j'étais capable dans cette dernière phrase. Agnès sourit.

— Ne vous tourmentez pas, Gabrielle, je l'ai trouvé en forme.

— J'en suis rassurée.

— Vous avez l'air de vous préoccuper de lui.

— Bien entendu. Il s'agit du dauphin, il est plus précieux au pays que tous les joyaux de la Couronne...

— Plus précieux au pays, ou plus précieux pour vous ?

— Coupez !

Grimaux marche droit sur Agnès, qui m'a l'air désormais tétanisée.

— Mademoiselle Agnès, plus de cœur, voyons ! Et souriez ! Souriez lorsque vous dites cette ligne ! On dirait que vous avez oublié ce que c'est de côtoyer le dauphin ! Souriez !

Agnès s'empresse d'acquiescer, nerveuse. Je trempe mes lèvres dans mon thé pour masquer ma surprise. Grimaux lui a parlé comme si elle était une domestique... Comme si elle n'était déjà plus candidate. Lui aussi, sait. Lui aussi couvre Léon.

— On tourne !

— Plus précieux au pays, ou plus précieux pour vous ?

— S'il est précieux au pays, il est précieux pour moi...

— Coupez !

Agnès écarquille les yeux de terreur. Mais Grimaux se dirige vers moi.

— Si vous permettez, on va devoir vous faire rougir, mademoiselle Gabrielle.

Un claquement de doigts, et un technicien se précipite vers moi avec une palette de maquillage. En quelques secondes, il donne à mes joues un teint délicieusement cramoisi.

— On reprend !

— S'il est précieux au pays, il est précieux pour moi..., je reprends.

— Gabrielle...

Nous continuons ainsi pendant deux bonnes heures, pour seulement quelques minutes de dialogue. Lorsque l'équipe de tournage remballe enfin son matériel, j'espère avoir une occasion de parler à Agnès, seule à seule. Mais dès qu'elle se lève, Grimaux la saisit par le bras et l'entraîne à l'extérieur. Je n'ai le temps que de capter le regard qu'elle me jette derrière son épaule avant qu'elle disparaisse. Celui d'un animal pris au piège.

Chapitre 19

Six jours se sont écoulés depuis cet entretien filmé. Je n'ai revu ni Léon, ni le prince. Ses équipes de communication et la production de l'émission ont décidé d'un quiproquo pour pimenter notre histoire, tenir en haleine les téléspectateurs, et surtout, pour écarter définitivement Agnès de la vie publique. La présentant comme une candidate jalouse, ils lui ont fait déformer mes propos lors de sa visite au prince qui a suivi notre thé : « Non, Votre Altesse, je crains que Gabrielle ne partage pas vos sentiments. » Vêtue de gris, le visage inexpressif, les yeux plus noirs, les cheveux de plus en plus raides, elle a été physiquement transformée en figure malveillante au fil de ses apparitions. Le prince, fou de douleur, a été filmé au bord d'une des falaises artificielles du parc, dans un plan, qui, je dois l'avouer, était exceptionnel, le faisant incarner un de ces héros romantiques du siècle dernier, prêts à embrasser la mort si l'amour leur échappait. J'ai eu droit, moi aussi, à ma séquence. On m'a fait jouer du Bouchonneau au piano, un des grands compositeurs mélancoliques des années 1950. Puis, le lendemain, après une courte entrevue avec Agnès où elle m'a sous-entendu que je ne devais pas me bercer d'illusions quant aux sentiments du prince, on m'a fait tourner et retourner un flacon de pilules entre mes mains, sous l'objectif des caméras. Le risque d'un suicide croisé de deux amants contrariés par une intermédiaire jalouse et intéressée. Voilà ce que la Couronne fait avaler au public. Depuis une semaine, je me demande qui peut penser le téléspectateur assez bête pour imaginer que nous, participants, ne voyons pas les images de l'émission et qu'il ne se trouve personne dans notre entourage pour dissiper ce dangereux malentendu monté de toutes pièces. Mais il faut croire que le mensonge selon lequel « aucun des jeunes gens n'a accès à une télévision » a fonctionné, puisque nous avons battu tous les records d'audience cette semaine, et que la cote de popularité du prince, comme la mienne, atteint désormais les quatre-vingt-dix pour cent. La sauce a pris, et notre histoire tient la France rivée devant son écran. D'après Ambre, les bars et les salons de thé font le plein chaque soir, réunissant toutes les petites gens ne disposant pas de leur propre poste de télévision, un excellent signe de ma popularité auprès de cette classe.

En revanche, l'agenda des tournages et la présence de caméras de huit heures du matin à parfois minuit m'ont complètement empêchée de progresser dans mon enquête. Impossible de parler à Agnès en dehors de ma dernière entrevue avec elle : on l'a sortie de la pièce aussi rapidement que la fois précédente, et nos emplois du temps ne nous ont pas permis de nous recroiser. Impossible également de parler à nouveau à Léon. Il semble avoir jeté son dévolu sur Solange, et je n'ai pu que l'apercevoir dans les couloirs du château. J'ai bien essayé de parler en privé à la concernée pour tenter de la prévenir, mais Ambre ne m'a pas lâchée d'une semelle. Impossible d'interroger d'autres témoins : les nobles invités lors de la fête du bosquet au labyrinthe ne sont pas revenus à Versailles. Quant à Antoine, la présence constante de caméras nous interdit de communiquer librement. J'ai guetté l'occasion de lui proposer une chevauchée dans le parc pour l'interroger à nouveau sur l'affaire Capucine de Léon, dont il pourrait peut-être me fournir une nouvelle version maintenant qu'il sait ce dont est capable le duc, mais je n'ai pas eu un instant de libre. Alors, quand ma conseillère me remet ce matin une lettre d'Ophélia Lautrec, je m'attends à un sermon.

— Vous avez... cinq minutes pour la lire avant le départ, me prévient-elle.

J'acquiesce. Ce matin, nous enregistrons un des temps forts de l'émission. Avec l'ensemble des candidates, je vais être présentée au roi.

Je décachette rapidement le pli. « Chercher. Preuve. Dangerosité. Léon. Obtenir. En. Priorité. Témoignage. Agnès. Tiens. Bon. »

Rien que je n'avais déjà anticipé, mais l'encouragement, en lieu d'une incitation à faire plus vite, me fait du bien. Avec Antoine, les membres du réseau sont les seuls à savoir ce que je vis, et qui sont les dangereux personnages que je dois fréquenter. La reconnaissance de la difficulté me rassérène quelque peu.

— Gabrielle ? Nous devons y aller.

— Tout de suite, Ambre.

— Rappelez-vous. La mine sombre devant les caméras, vous êtes une femme amoureuse à qui l'on a fait croire que l'objet de son cœur l'a rejetée.

— C'est bien compris.

Je replie la missive pour la ranger dans le secrétaire, puis lui emboîte le pas. Comme à chaque fois que je quitte ma chambre depuis une semaine, une nuée de caméras se concentre sur moi. Comment diable vais-je pouvoir me débarrasser d'elles pour parler à Agnès ? Antoine et Ambre à quelques pas derrière moi pour ne pas être visibles dans le champ de l'image, je me dirige vers la cour du château.

Sur le parvis, toutes les candidates sont en grand apparat. Toutes, surtout Agnès, dont la robe gris perle est tellement large qu'on la dirait flottant sur un nuage de pluie. L'émission persiste à la montrer comme une intrigante, qui, après avoir tenté de nous séparer le prince et moi, cherche désormais à se présenter au monarque comme la future belle-fille. Devant les caméras qui me scrutent, je fais semblant d'être interloquée par sa tenue. Puis reprenant mon visage grave, je pénètre dans ma voiture.

Pendant tout le trajet, je contemple la capitale et pianote *L'Aimable*, de Royer, sur le tissu de ma robe pour éviter d'accentuer ma nervosité. Je n'ai jamais vu Paris qu'à la télévision. La ville est comme je l'avais imaginée : une fois passés les vieux bâtiments de la périphérie, nous pénétrons sur les grands boulevards créés par Graussgüber dans les années 1920. Sur le fronton des portes s'alignent les portraits, les armoiries ou les bas-reliefs des nobles familles ayant acheté ces hôtels particuliers en pierre calcaire blanche. Des voitures de luxe attendent souvent devant les entrées, un valet en livrée à côté d'elles, ruisselant sous le soleil de juillet, avec pour seule tâche d'attendre le propriétaire pour lui en donner les clés. Nous filons le long des quais de Seine jusqu'à ce qu'enfin le palais des Tuileries apparaisse. Choisi par Louis XVI au milieu de son règne pour se rapprocher du peuple après le soulèvement raté de 1789, il a été augmenté par Louis XIX, le bâtisseur, de plusieurs ailes pour les administrations et les corps d'État. Une ville dans une ville, que l'on compare souvent à la Cité interdite en Chine. De l'autre côté du fleuve s'élève face à lui le couvent Notre-Dame. Sa façade de pierre grise sans fenêtres surplombe les eaux, percée d'une unique porte, qui ne s'ouvre qu'une fois par an pour les participantes de l'émission n'ayant pas trouvé de mari. Agnès doit la voir, elle aussi, cette prison modifiée pour écarter les jeunes femmes au « sang pur » qui n'ont pas le droit d'exister sans un noble à leur bras. Je me demande ce qu'elle en pense en ce moment. La considère-t-elle comme un pénitencier, ou comme un refuge où Léon ne pourra pas l'atteindre ?

La voiture bifurque, emprunte un pont pour rejoindre la rue où se trouve l'entrée du palais. Nous passons les grilles pour nous arrêter devant le perron. Sur les marches, des valets bordent le tapis rouge, et derrière eux, une équipe de télévision est déjà là. Je prends une grande inspiration et sors la première.

— Mlle Gabrielle Lacroix, annonce un des laquais.

Non sans avoir levé les yeux vers l'imposante façade, je passe les portes. Un domestique me guide jusqu'à la salle du trône. Le fauteuil d'or et de velours rouge est vide. Par la fenêtre, je peux apercevoir le parc que l'on désigne souvent comme celui « des plus beaux jardins de France ».

— Attendez ici, mademoiselle.

Les autres participantes me rejoignent et la salle n'est bientôt plus remplie que d'un silence de froissements d'étoffe et de parquet qui craque. Aucune d'entre nous n'ose parler. Ni bouger. Les seuls qui se déplacent, ce sont les deux cameramans et leurs preneurs de son.

— Le roi !

Je m'incline en une profonde révérence, baisse les yeux vers le sol. Nous n'entendons que ses pas, des petits talons qui claquent l'un après l'autre sur le bois de la salle, puis sur l'estrade.

— Relevez-vous.

J'obtempère en même temps que mes condisciples. Louis XXI s'est assis sur le trône, duquel il nous domine d'une bonne tête. Son regard balaie l'assemblée, s'attarde un instant sur moi. Je retiens mon souffle.

— Mesdemoiselles, c'est un plaisir de vous accueillir pour la première fois aux Tuileries. Je me réjouis de voir de si belles jeunes femmes en ces lieux.

C'est, au mot près, ce qu'il avait dit l'année dernière.

— En tant que père de la nation...

Il se lance dans un discours que j'ai l'impression d'avoir entendu mille fois. Le rôle de la noblesse pour protéger et inspirer le peuple. Notre fonction indispensable pour soutenir notre futur époux dans sa tâche. Les valeurs de la royauté que nous devons incarner. *Noblesse oblige*, oui, la noblesse vous oblige, mesdemoiselles...

Pendant cinq minutes, nous écoutons en silence.

— Je me réjouis maintenant de pouvoir m'entretenir individuellement avec vous.

Il se lève, nous nous inclinons. Il disparaît par une porte et je respire à nouveau un peu plus librement.

— Mademoiselle Juliette Renard ? demande un valet.

La Juliette en question se presse de rejoindre le roi dans la pièce adjacente. Nous patientons toutes nerveusement. Son entretien ne dure que trois minutes, puis c'est le tour de Clothilde. Puis de Solange. Les unes après les autres, les prétendantes s'engouffrent dans la pièce et ne réapparaissent pas. Bientôt, il ne reste plus que deux femmes. Agnès et moi. J'essaie de capter son regard, mais elle garde les yeux baissés sur le parquet. Sa mâchoire se contracte. Je ne peux m'empêcher de penser que si le prince avait eu besoin du soutien des bourgeois au lieu des classes populaires, j'aurais pu me retrouver à sa place. Humiliée, forcée d'endosser le jeu d'une intrigante malveillante... Je devine que derrière cette machination malsaine se trouve une manipulation politique. Ne chercherait-il pas, à travers le personnage d'Agnès, à susciter la défiance du peuple envers une bourgeoisie qui aspire à plus de libertés ? Je ne peux oublier la manière dont l'entreprise de mon père a été saisie dès qu'il a commencé à devenir trop puissant et trop influent sur Brest et sa population, quand il s'est rapproché du seul parti qui militait pour que les chambres basses et hautes disposent des mêmes pouvoirs.

— Mademoiselle Agnès Cresson ?

Elle marche d'un pas franc vers la pièce, y disparaît à son tour. Je vérifie ma mise, lisse les plis de ma robe, replace une boucle sur mon épaule. Je me mets en condition en me récitant mentalement les *Suites françaises* de Bach. Quand on m'appelle, je suis prête.

— Mademoiselle Gabrielle Lacroix, grogne le roi dès que je passe le pas de la porte.

Elle se referme derrière moi, nous sommes désormais seuls. Comme on me l'a enseigné dans les cours d'étiquette, je m'avance jusqu'au souverain, installé confortablement derrière un fauteuil, et exécute une grande révérence.

— Relevez-vous.

Il me regarde d'un air dur, implacable, bien différent de cette mine bienveillante et paternelle qu'il offre d'habitude à la télévision.

— Je vais être direct avec vous, mademoiselle. Si vous êtes un peu intelligente, vous avez compris que vous êtes la prochaine dauphine. À ce titre, je me dois de vous avertir immédiatement de ce que ce rôle implique.

Il se racle la gorge.

— N'allez surtout pas croire que votre « sang pur » vous anoblit. Vous n'êtes pas noble. Si vous êtes là, c'est parce que mes services vous ont identifiée comme étant suffisamment jolie pour passer à l'image, raisonnablement éduquée ou douée, et ayant un ADN exempt de certaines tares génétiques. N'allez pas croire que vous êtes l'égale de celui que vous épouserez. Vous, comme toutes les jeunes filles qui participent à cette émission depuis près de deux décennies, n'êtes là que pour assurer à la noblesse des héritiers sains. Le seul but de ces rencontres annuelles est d'introduire suffisamment de diversité génétique pour pallier la consanguinité qu'ont introduite pendant des siècles les mariages arrangés entre cousins trop proches.

Je prends sur moi pour acquiescer avec humilité et gravité.

— Vous devez votre présence à l'insistance de Mme de Léon qui loue votre beauté, vos talents musicaux, et surtout votre grande piété et votre respect envers vos maîtres. Je n'oublie pas cependant la trahison de votre père adoptif envers la Couronne. Mes services m'ont rapporté que vous n'avez eu de cesse de le renier, j'entends que vous continuiez ainsi. Une seule incartade, et je n'aurai aucune hésitation à vous envoyer au couvent.

J'acquiesce, encore une fois.

— Je dois avouer que la manière dont vous tenez votre rôle dans la mise en scène orchestrée par mon fils est une plaisante surprise. J'attends de vous que vous poursuiviez cet effort. En revanche...

Il me fusille alors du regard.

— N'oubliez pas que le maître ici, c'est moi. Que c'est à moi, et à moi d'abord que vous devez obéissance. En tant que votre souverain, et futur père, je demande et j'exige que, dès la nuit de votre mariage, vous exécutiez votre principal devoir : fournir un héritier à la Couronne. Suis-je clair ?

— Très clair, Sire.

— Vous y mettrez l'entrain nécessaire. Je veux vous voir enceinte dès la première année de votre mariage. Mon médecin personnel veillera à ce que l'union soit consommée avec la régularité requise. Il vous fournira, au besoin, des traitements afin d'accélérer le processus. Vous recevrez sa visite dès demain afin qu'il s'assure que vous êtes en capacité de concevoir. Des jumeaux seraient idéaux, et nous étudions déjà des médicaments qui nous permettront d'augmenter cette chance.

Le sang se retire de mon visage.

— Ne laissez pas la célébrité et les préparatifs du mariage vous monter à la tête. Dès la fin de l'émission, je veux vous voir enfanter jusqu'à ce qu'un héritier mâle soit offert à la Couronne de France.

— Bien, Sire, je parviens à articuler malgré le nœud dans ma gorge.

— Parfait. Quand vous sortirez, vous direz à Saint-Martin que nous avons eu une conversation éclairante et que vous êtes au comble de la joie.

Chapitre 20

Lorsque je ressors de la pièce, j'ai encore la nausée. Mais je ne peux rien laisser paraître, Patrick de Saint-Martin est là pour m'accueillir, et derrière lui, une nuée de caméras.

— Mademoiselle Gabrielle, comment s'est déroulé cet entretien ?

Je déglutis.

— Oh, merveilleusement bien. Le roi est vraiment le père de la nation auquel je m'attendais. Il m'a témoigné du même respect que celui avec lequel il traite le peuple de France.

J'offre un sourire sincère au présentateur : je pense déjà à quel point ces deux phrases seront dévastatrices quand mon réseau diffusera le contenu de l'entretien.

— Nous avons eu une conversation éclairante, je continue. Je suis au comble de la joie !

— Merci beaucoup, mademoiselle Gabrielle.

Saint-Martin étant satisfait, je peux enfin prendre congé. J'ignore encore à quoi font référence les mots qu'on m'a fait prononcer, peut-être sont-ils en lien avec mon quiproquo amoureux. Que le roi lui-même l'ait dénoncé collerait avec l'image paternelle et protectrice qu'il s'est forgée ces dernières décennies.

Avec hâte, je regagne ma voiture. Une fois à l'intérieur, je me laisse aller contre la banquette. Au diable la tenue de mes boucles. Paris défile sous mes yeux sans que je n'esquisse un mouvement, je suis vidée par ce que je viens de vivre. La façade grise du couvent Notre-Dame fait quelques instants son apparition. Je ne suis pas sûre que mon sort sera tellement plus enviable que celui d'Agnès une fois que je serai transformée en poule pondeuse. *Si je suis transformée en poule pondeuse*, je me sermonne. Le projet du roi pourrait être compromis par la révélation du meurtre de Capucine de Léon par son mari violent. Je me redresse d'un bond, repassant la conversation dans ma tête. Cet empressement à avoir un héritier, quitte à me faire subir toutes sortes de traitements, alors que j'ai à peine dix-huit ans, ne cache-t-il pas quelque chose ? « Des jumeaux seraient idéaux », a-t-il dit... Tout monarque veut pérenniser sa lignée, mais quelle urgence y aurait-il à réclamer non pas un mais deux héritiers dans l'année ? À moins de craindre pour la survie de la Couronne ?

Je me masse les tempes. Se pourrait-il que Louis XXI se méfie désormais de son fils unique ? Le roi n'a rien de clément, contrairement à ce que veut faire croire son image publique. Il n'a aucun scrupule à exiler ou guillotiner un noble qui lui déplaît, et il n'a pas hésité à comploter contre sa propre mère et à la faire enfermer au couvent, parce qu'elle s'accrochait à la régence. Cela lui ressemblerait de préparer la relève au cas où il aurait à écarter son propre héritier. Mais pour quelle raison... Une idée effrayante s'impose à moi. Et si le roi pensait son fils impliqué dans la mort de Capucine de Léon ? Et si le duc n'était pas le seul détraqué de ce petit milieu ? C'est le genre de scandale qui pourrait faire vaciller la Couronne, c'est bien la raison pour laquelle les républicains m'ont envoyée enquêter à ce sujet... Je me remémore la soirée du labyrinthe. Il s'agissait des mêmes invités que lors de celle qui a coûté la vie à Capucine, et cette fois, c'est Agnès qui s'est fait agresser. Peut-être que ces sauteries sont une habitude, peut-être ont-elles tendance à dégénérer ? Le roi sait forcément comment la dernière a fini : ce sont ses gardes que le prince a congédiés, et je doute qu'on ne l'ait pas informé de la raison pour laquelle Agnès devait être écartée. Peut-être a-t-il fermé les yeux jusque-là, voire approuvé cette débauche, mais que maintenant, il la considère comme un danger pour son règne... Je dois absolument retourner au petit Parthénon. Peut-être y ai-je manqué un indice. Si je m'y rends avec Antoine, cela sera de surcroît l'occasion de l'interroger à nouveau sur ce qu'il a vu lors de l'anniversaire du prince. Reste à trouver une occasion au milieu de cet emploi du temps chargé.

*

Je viens à peine de rentrer dans ma chambre qu'on frappe à la porte. Un messager entouré de caméras me tend une enveloppe qui arbore le sceau du dauphin. Je souris largement aux objectifs. Voilà donc qui confirme mes soupçons : dans l'émission de ce soir, ce sera bien le roi qui aura résolu ce malentendu entre son fils et moi, puisque les invitations reprennent.

Je décachette la lettre. Le prince me convie à une partie de chasse dans cinq jours, après le bal des Tuileries qui marque traditionnellement le début des demandes en mariage dans l'émission. Se pourrait-il qu'il prévoie de se déclarer à cette occasion, près de l'étang qu'il affectionne ? En tout cas, cette missive tombe à point nommé : j'ai enfin un prétexte pour retourner monter à cheval dans le parc avec Antoine. Dès que les caméras ont eu ce qu'elles voulaient, je retourne auprès d'Ambre, le cœur un peu plus léger.

— Ambre, regardez...

Je lui tends la missive, mais elle l'ignore superbement, fixant tout excitée l'écran de mon secrétaire.

— Cela doit attendre, Gabrielle, s'exclame-t-elle. Je viens à l'instant de recevoir des images exclusives de la quotidienne de ce soir et vous devez à tout prix les voir !

Elle me fait asseoir sur le bout du lit et appuie sur le bouton « lecture ».

— *Mon fils, si je vous ai fait chercher de si bonne heure, ce n'est pas pour vous parler d'une affaire d'État.*

Dans la lumière du petit matin, le roi et le prince marchent le long de la Seine, dans le parc des Tuileries. La scène, filmée caméra à l'épaule, donne l'impression d'être invité dans leur intimité, d'assister à une simple conversation entre un fils et son père inquiet.

— C'est la première fois que le roi fait une telle apparition dans *Noblesse oblige* ! me souffle Ambre. J'espère que vous réalisez la portée de ce moment !

— *En réalité, c'est une affaire d'État,* se corrige le monarque. *Puisqu'elle vous concerne, et me chagrine.*

— *Quelle est-elle, Père ?*

— *On m'a informé que l'amour vous tourmentait affreusement, un amour si profond que vous en perdriez le sommeil et l'appétit.*

Le prince baisse la tête d'un air sombre et s'arrête. Son regard triste dérive vers le fleuve qui brille des premières lueurs du soleil. Décidément, quel acteur.

— *Me trompé-je, si j'affirme que l'objet de votre affection est une ravissante pianiste, qui réside en ce moment même à Versailles ?*

— *Non, Père,* finit par répondre le prince, bouleversé. *Mais mon amour est vain. Mlle Gabrielle ne m'aime pas. Je ne peux qu'espérer son amitié...*

— *Et qui, mon fils, vous a assuré de la non-réciprocité de vos sentiments ?*

— *Son amie, Mlle Agnès.*

Le roi soupire.

— *Cette jeune femme vous a menti. Il est évident aux yeux de tous ceux qui ont regardé* Noblesse oblige, *ma personne comprise, que Mlle Gabrielle est éprise de vous, au moins autant que vous l'êtes d'elle. Vous êtes bien le seul à ne pas le voir.*

Le dauphin pâlit sous le choc.

— *Père... Êtes-vous sûr de ce que vous avancez ? Je ne crois pas que je survivrais à la perte de cet espoir que vous avez fait naître en moi... M'aimerait-elle ? Vraiment ?*

— *Vraiment, mon fils. Et elle se tourmente autant que vous.*

— *Mais... Mais pourquoi Mlle Agnès m'aurait-elle menti ?*

— *Par intrigue. Certaines femmes seraient prêtes à tout pour se hisser jusqu'au pouvoir, ne l'oubliez jamais.*

Le visage du prince s'assombrit.

— *Elle aurait nui à notre bonheur par calcul... Je ne peux y croire.*

— *Allons, allons, ne vous tourmentez point. Cette pauvre créature aura tout le temps de faire pénitence de ses mauvaises actions au couvent. Maintenant, je vous en conjure, pour l'amour de votre vieux père et le bien de la France, empressez-vous de vous déclarer à l'élue de votre cœur.*

— *Je... Je n'y manquerai pas, Père,* balbutie le prince, le visage animé d'une vive joie.

Ma conseillère arrête les images.

— Exceptionnel, n'est-ce pas ? Cette séquence restera dans les annales de l'émission !

— Oh, oui, Ambre, c'est merveilleux.

Je m'efforce de sourire. En quelques phrases, le sort d'Agnès a été scellé.

— Mais montrez-moi ce billet, maintenant.

Je lui tends l'enveloppe dont j'avais un moment oublié l'existence.

— Une chasse à courre dans cinq jours ? lit-elle en fronçant les sourcils. J'espérais que la déclaration ait lieu plus tôt. Le bal des Tuileries est dans deux jours et...

À cet instant, son téléphone sonne.

— Ambre à l'appareil. Très bien... Très bien.

La conversation se termine en quelques secondes.

— C'est bien ce que je pensais, l'invitation a été envoyée car il y aura une séquence où le prince se demande où et comment se déclarer. La chasse est une première option, programmée pour une journée pluvieuse, dans cinq jours donc. Mais cela est susceptible de changer.

— Une journée pluvieuse ?

— Votre cheval qui s'affole sous l'orage, le prince qui vient à votre secours, les deux amants sous la pluie près de l'étang... C'est follement romantique, la pluie, explique-t-elle d'un ton d'évidence.

— Oh.

Je me rappelle alors ce que je voulais lui demander.

— Dans ce cas, Ambre, pouvons-nous repousser le tournage prévu cet après-midi ? Je ne me sens pas encore à l'aise sur le cheval que m'a offert le prince, j'aimerais emmener Bas-de-Soie dans le parc pour m'habituer à lui en vue de ce rendez-vous.

Ma conseillère hoche lentement la tête.

— Cela me paraît nécessaire, en effet. Antoine ?

Celui-ci passe une tête par la porte.

— Emmenez Gabrielle aux écuries. Entraînez-vous bien, ma chère, je m'occupe de changer votre agenda.

*

Trente minutes plus tard, Antoine et moi chevauchons tous les deux dans le parc. Nous avons à peine échangé un mot depuis que nous avons quitté le palais. C'est la première fois que nous sommes véritablement seuls depuis la nuit où nous avons surpris l'agression d'Agnès. Alors que nous dépassons le dernier bosquet, il fait prendre de l'allure à sa monture pour chevaucher à côté de moi. Je m'apprête à entamer la conversation, mais il m'interrompt d'un doigt sur la bouche. Puis il dirige ce même doigt vers la selle. Nous sommes écoutés. J'acquiesce pour lui signifier que j'ai compris.

Je tire sur les rênes pour diriger Bas-de-Soie en direction du petit Parthénon. Toujours sans un mot, Antoine me suit.

— Quelle belle journée, je murmure au bout d'un moment.

— Très belle.

J'avise les bois qui bordent le domaine. Si nos selles sont équipées d'appareils d'espionnage comme semble le penser Antoine, mieux vaut laisser nos chevaux à l'écart.

— Je vais me dégourdir les jambes, Antoine. J'ai peur d'avoir des crampes à la chasse si je continue.

— Bien, mademoiselle.

Je mets pied à terre, puis saisis mon cheval par la bride pour l'entraîner sous le couvert de la forêt. Antoine m'imite. Lorsque j'estime que les taillis nous camouflent suffisamment à la vue depuis les allées, j'attache Bas-de-Soie à une branche basse, puis fais signe à Antoine de me suivre à travers la forêt.

— Que faites-vous ? souffle-t-il dès que nous nous sommes éloignés de nos chevaux.

— Je retourne au petit Parthénon.

— Qu'espérez-vous y trouver ?

— Vous le savez aussi bien que moi.

Il ne dit rien pendant un moment, il a compris. Lui aussi a fait le rapprochement entre la mort de Capucine de Léon et l'agression d'Agnès.

— Gabrielle, c'est dangereux, murmure-t-il quand nous ressortons des bois.

Devant nous s'élève le palais en partie consumé par le feu.

— Antoine, je dois savoir.

Il ne proteste pas. Je marche droit vers la partie détruite. Une brève inspection m'indique qu'aucun ouvrier n'est présent aujourd'hui. Je dois en profiter. Je grimpe les marches du palais, Antoine sur les talons. La porte est ouverte, je relève ma robe d'équitation pour qu'elle ne traîne pas dans la couche de cendres qui macule le couloir.

— Gabrielle...

Mon compagnon referme la porte derrière nous.

— Que cherchez-vous ? Cet endroit a été entièrement vidé il y a des mois de cela. Quelles que soient les preuves qu'il restait, elles ont disparu.

— Je ne sais pas. Peut-être que quelque chose a survécu malgré tout. Un couteau monogrammé ou un bout d'étoffe, je murmure en scrutant le sol.

— Ce genre d'indice n'existe que dans les enquêtes de M. de Saint-Just, Gabrielle.

— Je me dois de vérifier. Bien sûr, je n'aurais pas besoin d'être ici si vous vous montriez plus loquace au sujet de la soirée où Capucine de Léon est morte et l'attitude qu'y ont eue les participants.

Je relève la tête vers lui. Un muscle saute sur sa mâchoire contractée.

— Si vous voulez, je peux vous r...

Un bruit de sabot retentit à l'extérieur.

— Quelqu'un vient ! chuchote-t-il. Et au galop ! Nous n'avons pas le temps de fuir ! Venez !

Il m'attrape par la main, m'entraîne derrière un pan de mur noir, qui devait séparer les deux salons de cette aile du palais. Un instant plus tard, par une craquelure dans la cloison carbonisée, j'aperçois Léon. Mon dos tout entier se tétanise. Il met pied à terre et disparaît de mon champ de vision. La porte d'entrée s'ouvre et ses pas résonnent dans la pièce détruite que nous venons de quitter. Je recule contre Antoine, celui-ci pose une main sur mon épaule. Je ne dois pas bouger.

Un gémissement me parvient. Le cri d'une bête mortellement blessée. J'ose jeter un œil par la craquelure. Léon, debout au milieu de la pièce, pleure, les yeux rougis de chagrin. Est-ce là l'attitude d'un pervers et d'un meurtrier ? L'homme devant moi est détruit, malade de tristesse... Il sort une flasque d'une pochette attachée à sa ceinture et en avale une grande gorgée.

Pendant un long moment, nous n'entendons que le bruit de ses reniflements et des rasades qu'il ingurgite. J'observe le salon dans lequel nous avons atterri : il est en meilleur état que l'autre, mais atteindre les fenêtres béantes ou la porte qui donne sur le couloir de l'entrée ferait trop de bruit. Je me contente de me faire toute petite.

Je perds espoir quand un nouveau galop se fait entendre. Quelqu'un d'autre arrive. Je tâte mon médaillon pour vérifier qu'il est toujours là. Le duc a-t-il donné rendez-vous à quelqu'un sur les lieux du drame ?

— Vous n'en avez pas assez de venir ici, Léon ?

Mon sang se fige. C'est la voix du prince.

— Jamais...

— Cessez donc votre cinéma. Vous l'avez connue moins d'un an, et vous voilà à vous lamenter dans cette ruine tous les jours. Reprenez-vous, que diable !

— Mais...

— Ne vous opposez pas à moi, Léon, grogne le dauphin d'une voix menaçante. Ou vous savez comment cela se terminera. J'ai été suffisamment généreux en vous intégrant à l'émission cette année, afin de remplacer votre petite femme.

Le duc marmonne quelque chose que je ne peux entendre. Le prince s'esclaffe.

— Vraiment ? Je vais vous dire, moi, ce qu'il va se passer désormais. Vous ne reviendrez plus ici. Dès ce soir, j'y posterai mes gardes.

Je ne peux résister à la tentation de jeter un œil par la craquelure ; Léon est livide.

— Vous... Vous ne pouvez pas...

— Je peux tout, mon cher. D'ailleurs, j'ai pris une décision. Vous n'épouserez pas Solange.

Le duc ouvre la bouche de surprise, happe l'air.

— Je n'aime pas votre manque de gratitude. Tant que je n'aurai pas l'assurance que vous obéirez, je ne vous laisserai pas vous marier. Pas d'enfants sains et d'héritier pour la famille de Léon tant que vous vous obstinerez à pleurer cette catin. Cela devrait vous motiver à reprendre pied, non ?

La lèvre inférieure de Léon tremble et il esquisse un mouvement...

— Attention, mon ami. Ma patience a des limites. Je serais bien triste d'avoir à vous abattre.

Je me décale de quelques centimètres, suffisamment pour voir l'arme à feu que brandit le dauphin.

— De plus, j'ai pris Solange, ce matin, dit-il tirant de l'autre main un couteau d'un fourreau attaché à sa ceinture. J'imagine que vous ne voulez pas de mes restes.

Il exhibe une seconde cette lame devant le duc, la fait tourner entre ses doigts, un air de délectation sur le visage. Ce couteau, cette expression sadique... C'était lui ? C'était lui, penché sur Agnès lors de la soirée ? À peine ai-je émis cette hypothèse que le prince disparaît de mon champ de vision. Léon s'avance, blanc comme un linge.

— N'ai-je pas été assez puni ? supplie-t-il. N'était-ce pas assez de me prendre les deux êtres qui m'étaient les plus chers au monde ? D'essayer de me brûler vif avec eux ? Pourquoi Solange...

— Il suffit, le coupe le dauphin. Maintenant, reprenez-vous et redevenez le bon compagnon que vous avez toujours été. C'est mon dernier avertissement.

Ses pas craquent sur le parquet. La porte se referme ; il est parti. Je me retiens de pousser un soupir de soulagement. La main d'Antoine presse mon épaule. Léon est toujours là, figé, livide, au milieu de la pièce. Pendant un long moment, il ne bouge pas. Il scrute le sol avec des yeux de plus en plus fous. Quand les bruits de sabots se dissipent au loin, un hurlement de rage s'échappe de sa gorge.

— Fils de Satan ! Fils de Satan ! Je te maudis, immonde souillure sur ce monde !

Un coup retentit juste au-dessus de ma tête et je retiens un cri. Il vient de frapper le mur. Des petits bouts de plâtre et de cendre nous tombent dessus.

— Je t'abattrai, fils de chien ! Je révélerai au royaume quelle pourriture, quel assassin se cache derrière ton visage et je t'abattrai ! Même si c'est la dernière chose que je dois faire de ma vie !

La porte s'ouvre à la volée, et le galop de son cheval l'emporte loin de nous.

Je me relève avec difficulté, les jambes roides. Je peine à croire à la conversation à laquelle je viens d'assister, que je viens d'enregistrer. Voilà la preuve que le réseau attendait. Le prince y admet non seulement avoir consommé une relation avec une candidate, mais Léon l'incrimine de meurtre... J'en reste estomaquée.

— Antoine, le prince a tué Capucine de Léon...

— Et son enfant, ajoute-t-il, livide. La duchesse était enceinte.

— Ce n'est pas un simple meurtre, je murmure. D'après la loi, c'est un double meurtre.

— J'en ai peur, oui.

— C'était sûrement lui que nous avons vu menacer Agnès !

Il hoche gravement la tête, un air horrifié déformant ses traits habituellement inexpressifs.

— Antoine, que s'est-il passé le soir de l'anniversaire du dauphin ? Dites-le-moi maintenant, je vous en supplie !

— Sortons d'ici, d'abord, avant que des gardes ne viennent.

Nous nous hâtons de quitter le bâtiment et de prendre la direction des bois où nous avons caché nos chevaux.

— Alors ? je le presse.

Il s'arrête sous les frondaisons et secoue la tête.

— Lors du dîner et de la fête, j'étais affecté à la protection du dauphin, donc plus occupé à surveiller les alentours qu'à scruter les comportements de chacun. Mais j'ai noté que Léon est parti se coucher tôt, plus tôt que d'habitude. Il ne se sentait pas bien. Maintenant que j'y repense...

Il soupire.

— Mes collègues et moi avons été congédiés par le prince vers dix heures, comme souvent lors des réunions de la famille royale en petit comité. J'étais de ronde en bordure du domaine avec les autres, vers trois heures du matin, lorsqu'on a entendu crier au feu et je me suis précipité pour aider. Toute la compagnie du prince était déjà réfugiée à l'extérieur du palais, à part Léon et son épouse. Un de mes camarades a essayé d'y pénétrer pour leur venir en aide, mais la fumée était tellement épaisse qu'il a dû reculer. Avec les autres gardes, nous avons entrepris d'écarter le prince et ses invités de l'incendie, en attendant que les pompiers arrivent. C'est là que Léon est sorti du Parthénon. Il toussait beaucoup et s'est littéralement jeté dans les bras du dauphin...

Il secoue la tête.

— C'est ce qu'il m'a paru, sur le moment, mais désormais, je pense que le duc a voulu s'en prendre au prince, mais qu'il était trop mal pour y parvenir. Maintenant, je comprends pourquoi le dauphin a immédiatement repoussé le duc, au point de le faire tomber, et m'a demandé de l'emmener au lac pour qu'il se rince et reprenne ses esprits. Cela m'avait paru étrange, sur le coup. Votre ami le plus cher échappe de peu à la mort, son épouse est encore à l'intérieur, et vous le bousculez ? C'est quand j'ai conduit Léon au lac que j'ai cru comprendre son attitude. Il empestait l'essence. J'ai pensé qu'il avait lui-même mis le feu au palais, et que le prince le savait... Qu'il lui en voulait. Après que le duc s'est montré menaçant envers vous lors du bal des débutantes, j'étais convaincu qu'il était dangereux, que la mort de sa femme n'était pas un acte isolé, que l'incendie avait pour but de maquiller ce meurtre en accident.

Je hoche la tête pour l'encourager à continuer.

— Mais maintenant... Maintenant je comprends mieux le comportement du prince. Il aura attendu que Léon s'endorme, il l'aura peut-être même drogué... Puis il aura agressé la duchesse comme il l'a fait avec Agnès, mais il est allé trop loin. Il l'a tuée. Pour tenter de masquer son forfait, il aura mis le feu à leur chambre. Léon se sera réveillé à temps pour échapper à l'incendie.

— Mais pourquoi s'en est-il pris à Capucine ? je réfléchis à voix haute. Agnès n'est personne, dans quelques semaines, elle sera enfermée dans un couvent et ne pourra jamais raconter son agression à qui que ce soit. Mais Capucine de Léon ? La France entière l'adulait. Pourquoi elle ?

— La jalousie. Je sais de source sûre que le dauphin a très mal vécu l'ascension de leur couple et le fait que leur popularité éclipse la sienne. Vous avez entendu Léon ? Il a dit avoir été puni. Le prince n'aura pas supporté qu'il soit moins aimé qu'un duc et sa femme.

— Au point de vouloir les tuer ?

— Peut-être a-t-il aussi des pulsions irrépressibles ?

— Vous pensez ?

Je le vois blêmir.

— Je... Je...

Il prend une grande inspiration pour se ressaisir.

— Gabrielle, cet homme est pratiquement votre fiancé. N'êtes-vous pas terrifiée ?

— Oui. Oui, bien sûr, je suis terrifiée, Antoine. Mais quel choix ai-je ?

C'est un mensonge. Depuis que Léon est parti, toute forme de peur m'a quittée. J'ai rempli ma mission, j'ai démasqué le meurtrier de Capucine de Léon, mon médaillon détient un enregistrement à même de faire sauter la Couronne. Lorsque les données seront relevées ce soir, ce ne sera qu'une question de temps avant qu'elles ne soient rendues publiques et que cette farce s'arrête. Bientôt, Leclerc et Charbonneau m'extrairont de cet enfer et… Une pensée me frappe.

— Antoine ! Nous devons rentrer au plus vite ! Si le dauphin était là, il s'est peut-être rendu au château ! Peut-être est-il passé me voir !

— Mon Dieu, vous avez raison ! Et j'ai laissé mon appareil sur la selle, nous sommes injoignables depuis une demi-heure !

Nous nous mettons à courir à travers les bois. Nos chevaux renâclent quand ils nous voient.

— J'ai un message, annonce Antoine d'une voix à nouveau calme et grave en examinant son communicateur. Ambre nous demande de revenir.

— Allons-y.

J'enfourche Bas-de-Soie et le lance d'un coup de talons vers l'allée. Nous regagnons le château alors que le jour tire sur sa fin. Je grimpe avec hâte les marches de la terrasse. Quand j'arrive dans le couloir, je m'arrête net. Le prince est devant ma porte, en pleine conversation avec ma conseillère. Mon cœur se met à battre la chamade. Je voudrais prendre mes jambes à mon cou, mais il est trop tard. Il m'a vue.

— Ah, Gabrielle.

Un grand sourire en travers du visage, il marche droit vers moi.

— Comment allez-vous, ma chère ?

Il se saisit de ma main pour la baiser et ce contact me donne la nausée.

— Monseigneur… Je ne m'attendais pas à vous trouver ici.

— Nous avons eu un programme de tournage chargé cette dernière semaine, je suis désolé de n'avoir pu vous visiter plus souvent. J'entends y remédier ce soir. Voulez-vous dîner avec moi ? J'ai ordonné qu'on nous prépare le cabinet privé. Nous pourrons y avoir une véritable conversation.

J'avise l'absence de caméras. Je vais être seule dans une pièce avec ce monstre.

Chapitre 21

La porte se referme derrière moi. Le prince m'attend, debout devant une table dressée sur laquelle brûlent une douzaine de bougies dans leurs chandeliers en argent. Je cale ma respiration sur le rythme de la première nocturne de Chopin, afin de maîtriser mon angoisse.

— Vous êtes ravissante ce soir, Gabrielle.

Nouveau baisemain, nouvel accès de peur. Ainsi, voilà ce que ressent un lapin pris au collet. Il m'invite à m'asseoir, tire mon siège pour moi, en parfait gentilhomme. Puis il va prendre place en face. Je constate avec soulagement que la table est juste assez large pour que nos pieds ne puissent se toucher.

— Je voulais vous remercier d'avoir si bien suivi les indications pour le tournage des épisodes de cette semaine, commence-t-il. Je vous ai trouvée sublime. Et très touchante.

— Tout le plaisir a été pour moi. Vos séquences m'ont beaucoup émue, moi aussi.

Un sourire sincère apparaît sur son visage.

— Merci beaucoup. J'ai conscience que tout ceci doit vous paraître étrange, bien loin de l'expérience à laquelle vous vous attendiez en rejoignant ce palais.

— En effet.

C'est faux, bien sûr, je m'attendais à ce que tout soit préparé et écrit, les images manipulées. Seulement, je n'avais peut-être pas anticipé à quel point.

— Pourtant, vous avez admirablement joué le jeu, et avec un talent que même mon père a dû reconnaître.

— Merci, Votre Altesse.

— Je vous en prie, nous sommes dans l'intimité, appelez-moi Louis.

— Très bien, Louis.

Je me force à sourire, de ce sourire complice que je ne réservais qu'à mon père. Le dauphin appuie alors sur une petite télécommande, que je n'avais pas remarquée de prime abord, située près de son assiette. Deux secondes plus tard entrent quatre domestiques chargés de plats en cloche et d'une bouteille de vin. On me sert un verre de blanc et un œuf parfait à la truffe dont les effluves emplissent la pièce. Aussi rapidement qu'ils sont apparus, les laquais s'en vont.

— Si nous profitions de ce moment qui n'appartient qu'à nous pour faire plus ample connaissance ? Vous m'excuserez de ne proposer ceci que maintenant, Gabrielle, nos dernières rencontres ont été dictées par les impératifs de l'émission et le reste de mon temps a été consacré à aider mon père à œuvrer pour le pays.

— Je comprends parfaitement, Louis.

— Je n'en attendais pas moins de vous.

Il m'adresse un sourire bienveillant et lève son verre dans ma direction. Je l'imite aussitôt. La première gorgée de vin desserre ma trachée et me redonne du courage.

— Parlez-moi de vous, continue-t-il. Vous venez de Brest, c'est ça ?

— C'est exact. J'y suis née et j'y ai passé toute ma vie jusqu'à maintenant.

Je me force à avaler une bouchée de mon entrée. Mais les saveurs délicates de la truffe ne sont pas suffisantes pour dénouer les nœuds de mon ventre.

— Je suis désolée pour vos parents… J'ai vu dans votre dossier qu'ils étaient décédés.

— Ce n'est rien. Je n'en suis plus triste. J'ai très peu de souvenirs d'eux.

— Me trouveriez-vous indiscret de vous demander ce qu'il leur est arrivé ?

— Pas du tout. Ils ont trouvé la mort dans un accident de la circulation.

Le dauphin hoche gravement la tête.

— Et c'est M. Mathurin qui vous a recueillie, c'est ça ?

— Oui. Mes parents étaient les gardiens de son hôtel particulier. Il était déjà très attaché à moi. M. Mathurin ne pouvait pas avoir d'enfants, voyez-vous. Il avait souffert des oreillons dans son enfance. Pour cette raison, il a renoncé à se marier, il ne voulait pas imposer sa stérilité à une jeune femme. Quand mes parents sont décédés, il n'a pas été question pour lui de me voir partir à l'orphelinat.

— C'était généreux de sa part. Quel dommage que…

Il ne termine pas sa phrase, mais il n'en a pas besoin. Je sais ce qu'il a à reprocher à mon père.

— Comment était-ce, de travailler pour les Kerdoncuff ?

Il prend une gorgée de vin et continue sans me laisser le temps de lui donner la réplique :

— Répondez-moi honnêtement. J'ai eu suffisamment de remontées sur Mme de Kerdoncuff pour savoir qu'elle est loin de l'humaniste que vous avez décrite lors de votre portrait.

Je déglutis. Peut-être vaut-il mieux ne pas mentir, ou le moins possible, à cet homme. Cet excellent acteur sait sûrement deviner quand on lui cache la vérité, et cette compétence ne serait pas surprenante chez un prédateur dans son genre.

— Vous avez raison. Mme de Kerdoncuff a été très dure. Elle m'a embauchée car mon jeune âge lui permettait d'obtenir un droit de tutelle sur moi et de ne me payer qu'au quart du salaire d'un domestique...

— Vous voulez parler de la mesure prise par mon père au début de son règne pour désemplir les orphelinats et intégrer les jeunes gens dans la vie professionnelle ?

— Très exactement.

— La trouvez-vous injuste ?

— Pas seulement injuste. Inefficace. Cette mesure avait pour but de réduire la délinquance et la pauvreté en faisant travailler les orphelins pour des familles riches, tout en baissant les dépenses pour les structures qui leur étaient dédiées. La réalité est que dès que ces enfants deviennent adultes ils sont pour la plupart licenciés pour être sitôt remplacés par d'autres. Ils se retrouvent livrés à eux-mêmes, sans avoir reçu aucune éducation depuis leurs quatorze ans, avec pour seule formation les tâches qu'on leur a enseignées, le plus souvent s'occuper du linge ou de la cuisine. Dans le meilleur des cas, ils trouvent des postes de commis ailleurs, dans le pire, ils vont grossir les rangs des indigents et autres laissés-pour-compte. Cette mesure n'a eu pour seul effet que de permettre aux familles riches de faire des économies sur leur personnel et à la Couronne de se désengager des orphelinats.

— Vous défendez ce point avec passion, Gabrielle.

Il appuie sur la télécommande. Des domestiques viennent nous débarrasser de nos assiettes vides, pour les remplacer par un plat de poisson. La bouteille aussi est échangée contre une autre.

— Nous pourrions peut-être réfléchir ensemble à ce qu'il convient de faire pour remédier à cette situation, reprend le dauphin dès que les domestiques sont ressortis. Vu votre expérience, cela pourrait faire partie de vos bonnes œuvres et des chantiers que nous pourrions engager à deux.

Son sourire se fait tendre et complice.

— Ce serait fantastique, Louis.

Mais ses yeux ne fixent plus les miens. Ils se sont posés sur mon médaillon.

— Je n'ai pu m'empêcher de remarquer votre pendentif. J'ai une passion pour l'iconographie sur les médailles de baptême...

— Vraiment ?

— Oui, rit-il. C'est étrange, je le sais, c'est pourquoi je me garde bien d'en parler habituellement. Maintenant, vous êtes au courant d'un de mes secrets les mieux gardés.

Il ne croit pas si bien dire.

— Permettez-vous que je l'examine ? Je ne crois pas avoir jamais vu ce type de bijoux auparavant.

Il ouvre la main devant moi. Au même moment, je sens chauffer le médaillon contre ma peau. Le sang afflue à mes joues. Je dois trouver un moyen de gagner du temps.

— Il est ancien, je murmure en y portant la main. C'est un bijou de famille. Ma mère le tenait de son arrière-grand-mère.

Avec lenteur, je commence à détacher la chaîne. Une minute. Je dois encore gagner une minute, le temps que le transfert des données se termine. S'il venait à le toucher maintenant...

— Ma mère me l'a offert quelques semaines avant l'accident en me confiant qu'il me protégerait. Je crois qu'elle avait raison, vous savez. Une seconde avant que les freins du tramway ne lâchent, je me rappelle avoir voulu courir après un pigeon quand nous traversions la rue de Siam. Simplement parce qu'il ressemblait à la colombe près de la Vierge sur le médaillon. Sans cette soudaine envie, j'aurais fait partie des victimes de l'accident aux côtés de mes parents.

— C'est fascinant, Gabrielle.

C'est surtout faux. J'ai suffisamment vécu près des Kerdoncuff et de leurs invités pour savoir à quel point la noblesse est captivée par les bénédictions et les malédictions, les interventions divines et les heureux hasards. Les histoires mettant en scène la main de Dieu ou des messages de l'au-delà ont toujours rencontré un franc succès quand ils tenaient salon.

— J'aime à penser que, ce jour-là, il m'a effectivement protégée.

Je pose le médaillon au creux de ma paume, y laisse la chaîne tomber en un serpentin d'or fin. La chaleur se dissipe. Les données ont été relevées, le réseau a désormais en sa possession la conversation incriminante.

— Vous devrez donc me le rendre très vite, je plaisante en tendant au prince le bijou qui sera responsable de sa ruine.

Je retiens malgré tout mon souffle alors qu'il le manipule.

— C'est de toute beauté. Et me tromperais-je si...

Il ne me demande pas mon autorisation qu'il l'a déjà ouvert. Un nouvel afflux de sang me monte aux joues. Le voilà penché sur l'intérieur du pendentif. Sur les portraits qui cachent l'enregistreur d'un côté et la capsule de poison de l'autre.

— Sont-ce vos parents ?

— Oui.

Il plisse les yeux. Le sang se retire de mes joues.

— Vous ressemblez à votre mère.

— Vous trouvez ? je tente pour l'amener à me regarder.

— Oh oui.

Il referme le pendentif. Mon soulagement est de courte durée. Il se lève et contourne la table pour venir près de moi.

— Permettez-vous que je vous le remette ?

— Je vous en prie.

J'ai essayé de mettre tout l'enthousiasme d'une jeune fille en fleur devant cette tendre proposition, prétexte pour un rapprochement physique, mais n'ai pu empêcher un léger tremblement de ma voix. Le médaillon se pose dans l'échancrure de ma robe, les doigts du prince effleurent mon cou. Je déglutis. Ces mains ont frappé. Ces mains ont tué. Un frisson me parcourt. Un dernier contact en forme de caresse, puis le prince regagne sa place. Pour masquer mon trouble, je prends une nouvelle gorgée de vin.

— Et si vous me parliez de vous ? je demande, enhardie par l'alcool.

— Que voulez-vous savoir ?

— J'ai cru comprendre que vous aviez grandi à Versailles avec votre mère ?

— C'est exact. Jusqu'à l'âge de huit ans, je n'ai quitté ce château et ce parc que pour les apparitions officielles. La vie ici n'était pas très réjouissante à l'époque. J'imagine que vous savez que mon frère et ma sœur sont décédés jeunes ?

J'acquiesce. Il se pince les lèvres, pousse un bref soupir et se ressert un verre de vin. Le niveau de la deuxième bouteille baisse dangereusement.

— Je me dois d'être honnête avec vous, Gabrielle. Je vois en vous une partenaire qui a compris les enjeux attachés à la maîtrise de mon image publique, une femme qui pourra remplir le rôle de celle qui devra se tenir à mes côtés. Vous devez donc savoir la vérité. Mon frère et ma sœur ne sont pas morts d'un accident. Ils étaient tous deux atteints de mucoviscidose, une maladie génétique qui touche les poumons. J'ai passé mon enfance dans la solitude. Ma mère était constamment à leur chevet, jusqu'à ce qu'ils s'étouffent l'un après l'autre.

Je porte une main à ma bouche. Est-ce pour cela que le roi tenait à introduire des jeunes femmes « au sang pur » au sein de la noblesse ? Afin d'empêcher que sa propre lignée ne s'éteigne ?

— Je suis désolée, je murmure.

Il secoue alors la tête.

— Non, c'est moi qui suis désolé, Gabrielle. Je me rends compte que je viens de vous annoncer mon intention de vous demander en mariage sans y mettre les formes... Mais j'imagine que mon père a déjà dû vous en parler ?

Le changement de sujet, tout comme le changement de ton, me prend au dépourvu. J'avise la bouteille presque vide devant lui. Et si ce dîner n'avait pas eu pour but de faire connaissance avec moi, mais bien de me faire avouer le contenu de ma conversation avec le roi ?

— Oui, Louis, il m'a informée de son intention de me voir vous épouser.

Le prince hoche la tête, mais reste silencieux, pour m'amener à continuer à parler. C'est donc ce que je pensais. Il veut savoir ce que nous nous sommes dit. Je décide de jouer l'honnêteté. J'ai promis obéissance au roi, mais je n'ai jamais juré de garder le moindre secret vis-à-vis de son fils. Surtout, gagner la confiance du dauphin pourrait me servir en attendant que mon réseau fasse éclater le scandale le concernant.

— Le roi m'a annoncé que j'étais, à l'instar des autres participantes à l'émission, uniquement destinée à produire des héritiers sains.

— Oh. Je ne pensais pas qu'il serait aussi direct avec vous.

Sa bouche se pince.

— D'un autre côté, il n'a jamais mâché ses mots en privé, lâche-t-il d'un ton sombre.

Une fraction de seconde, j'entrevois ce qu'a pu faire cet homme à un petit garçon de huit ans qui venait de perdre sa fratrie, au point qu'il finisse par attaquer des femmes pour son bon plaisir. Je me raisonne aussitôt : les cuisines de Mme de Kerdoncuff étaient pleines de petits commis battus comme plâtre qui n'auraient pourtant jamais fait de mal à une mouche. Il n'a aucune excuse.

— Votre père a aussi insisté pour que je produise un héritier au plus vite, je rajoute. Son médecin viendra s'assurer de ma fertilité demain. Je devrai prendre des traitements pour augmenter mes chances d'avoir des jumeaux. Il s'est montré très clair avec moi. Je dois fournir un héritier à la France au plus vite.

Le prince s'efforce de rester impassible, mais je note le muscle qui se contracte sur sa mâchoire, qu'il serre malgré lui, le pli de son front qu'il s'efforce de détendre. Cette nouvelle ne lui plaît pas. Si j'ai deviné juste et que le roi cherche bien à écarter son fils du pouvoir, je viens peut-être de susciter la méfiance du dauphin.

— Mon père a été plus marqué que je ne le pensais par la perte de mon frère et de ma sœur ! tente-t-il avec un sourire. Je suis désolé s'il a pu vous paraître brutal... Mais dites-moi plutôt, Gabrielle, aimez-vous les enfants ?

— Bien sûr.

Pendant le reste du dîner, je le sens faire un effort pour maintenir une conversation légère et agréable, mais je remarque qu'il semble vouloir en précipiter la fin. Il appelle les domestiques sitôt nos plats principaux terminés, et à peine ai-je porté la dernière cuillerée de mon dessert à ma bouche qu'il se lève.

— Merci beaucoup, Gabrielle, pour cette magnifique soirée en votre compagnie.

— Ce fut un plaisir. Merci de m'avoir fait cette surprise.

Il m'offre un grand sourire, contourne la table pour me faire un baisemain, puis marche droit vers la porte qui mène vers la sortie du château. Elle s'ouvre sur Grimaux, son secrétaire particulier. Avant qu'elle ne se referme, j'ai juste le temps d'apercevoir le prince, l'air désormais grave, s'adresser à lui d'un ton inquiet et précipité.

À présent seule dans le salon, je pousse un soupir de soulagement. J'ai la sensation d'avoir non seulement gagné des points auprès du dauphin, mais aussi d'avoir semé la discorde entre le père et le fils... Je suis sûre désormais que ce dîner n'avait pas d'autre but que de connaître la teneur de l'échange que j'ai eu avec le roi.

Je me dépêche de retourner dans le couloir. Antoine m'y attend.

— Comment allez-vous ? chuchote-t-il sans me regarder, droit comme un I alors que nous prenons la direction de mes quartiers.

— Je vais bien.

À la manière dont son visage se détend, je devine qu'il s'est inquiété. Nous regagnons ma chambre en silence. Dès que j'en ferme la porte, je l'entends déplacer le banc sur lequel il dort pour bloquer l'accès à mon appartement.

Je sonne Iphigénie. Elle arrive quelques secondes plus tard pour m'aider à me dévêtir. Une fois en robe de nuit et seule, j'éteins la lumière et me laisse tomber sur le lit avec un certain soulagement. Je m'attendais à retrouver Ambre ici et à subir un interrogatoire, mais elle a dû rentrer chez elle, à moins qu'une énième consultation sur mon image avec l'équipe du dauphin ne l'ait retenue quelque part. Je goûte un moment au plaisir de ne pas avoir à lui dresser de compte-rendu de ma journée. Au délice aussi d'avoir accompli ma mission. D'ici à quelques jours, je serai loin et le scandale éclatera. Régis Leclerc inondera ses réseaux avec l'enregistrement de la confession de Léon. Peu de foyers ont des ordinateurs et accès à ces sites, mais les journaux clandestins et libelles s'impriment vite. La noblesse, surtout celle proche du duc, pourrait voir un intérêt à prendre son parti contre le prince et contribuer elle-même à la propagation de la nouvelle. Voire y ajouter son témoignage sur les comportements déviants qu'elle aurait pu constater. Le mécontentement populaire enflerait et…

— Non.

Je me redresse. La voix d'Antoine a retenti avec force. De l'autre côté de la porte, on parlemente. Je me rapproche, colle mon oreille contre le bois.

— …exige de la voir. De quel droit me refusez-vous l'accès à ma fiancée…

Une main glacée me prend à la gorge. C'est le dauphin.

— Je suis désolé, Monsieur. Mais mes ordres émanent du roi et je ne peux y désobéir. Aucun prétendant n'est admis dans les chambres des participantes.

— Vous osez me défier ?

— Je ne vous défie pas, Monsieur. J'obéis aux ordres du roi.

— Et votre prince vous demande de vous écarter. Allez-vous obtempérer ou dois-je appeler ma propre garde pour vous ôter de mon chemin ?

Du regard, je cherche ce qui pourrait me servir d'arme pour me défendre. Là, sur le secrétaire éclairé par un rayon de lune, un stylo-plume. Je cours l'attraper, le décapuchonne, et retourne coller mon oreille à la porte.

— …le roi s'est montré très clair sur ce point.

— Votre Altesse, nous avons à faire aux Tuileries… la réunion dont nous avons parlé tout à l'heure…

Je reconnais la tessiture grave de Grimaux. Le secrétaire particulier du dauphin lui parle avec une voix basse et calme, celle qu'on prendrait avec un enfant qui fait un caprice. Malgré la peur qui me serre la poitrine, je note que ce n'est pas la première fois qu'il apparaît au moment où le prince pourrait faire une bêtise... Je l'ai déjà vu intervenir à la fin du bal des débutantes, raccompagnant Louis à l'extérieur alors que les autres nobles commençaient à abuser de l'alcool et des substances. S'il est au courant de ses déviances, tente-t-il de les contrôler ? De les limiter ? Alors que les voix baissent jusqu'à devenir inaudibles, je me rappelle la manière dont il a entraîné Agnès après la scène que nous avons jouée ensemble, le lendemain de son agression. Et si, la sachant victime de cette brute, il avait été là pour la surveiller ? Pire, s'il avait été là pour la ramener vers le prince sitôt notre entretien fini ? L'idée me tord l'estomac. Dehors, des pas s'éloignent, mais je reste tétanisée, dans le noir, mon stylo serré bien en main, à guetter le moindre bruit.

La poignée de la porte tourne. J'arme mon bras. Une silhouette noire se glisse par l'ouverture et je me rue sur elle.

— Gabrielle...

Antoine arrête mon poignet avant que je ne le poignarde. Tremblante, je m'effondre contre lui. Il m'enlace et mon stylo tombe au sol. Mon cœur bat comme celui d'un canari pris au piège, je sens ses mains chaudes sur mon dos, à travers le tissu fin de ma robe de nuit.

— Je venais juste vérifier que tout allait bien. Je ne le laisserai pas vous faire du mal...

Je devrais le repousser, il devrait me relâcher, mais nous restons ainsi enlacés dans le noir.

Chapitre 22

— J'ai votre courrier, Gabrielle. Je crains que vous n'ayez pas vraiment le temps de tout lire, en revanche.

Je dois me retenir de bondir sur mes pieds et de lui arracher la liasse des mains. Depuis deux jours, j'attends des ordres de mon réseau, une indication qu'ils ont bien reçu l'enregistrement, qu'ils vont lancer les révélations et me sortir de là. Après la visite du médecin personnel du roi, la batterie de prises de sang, l'échographie et mon examen sous toutes les coutures, je les ai suppliés de m'exfiltrer au plus vite. Mais pour l'instant, je n'ai aucune nouvelle. Ambre referme la porte de la chambre derrière elle et me tend enfin le paquet de lettres – chaque jour, on me transmet un échantillon de missives d'admirateurs avec mon courrier personnel. Je me dépêche de défaire le ruban rouge qui les retient. La première enveloppe est aux armes des Kerdoncuff. La baronne n'a, semble-t-il, rien de mieux à faire que de m'écrire. Je feuillette le paquet de lettres dans l'espoir que... rien. Pas de courrier de la part d'Ophélia Lautrec. Ils ne vont pas me laisser l'épouser, si ? Charbonneau m'avait promis de me faire échapper, alors qu'attendent-ils ? Je me retiens de pousser un soupir. Iphigénie serre un peu plus mon corset.

— Oui, cette couleur est parfaite, commente Ambre. L'or foncé vous donne une allure très altière.

Comme à son habitude, elle se rapproche de moi pour ajuster une boucle et lisser quelques pans du lourd tissu qui tombe en cascade de ma taille sur les arceaux.

— Rappelez-vous, ma chère, ce soir, vous devez renvoyer l'image d'une reine. Vous devez vous mêler à la foule, faciliter les conversations entre le dauphin et les invités de marque... Il ne s'est pas encore déclaré, il ne pourra le faire qu'après le bal, demain, mais vous devez vous montrer éprise et, surtout, à son service.

— C'est bien compris, Ambre.

Ce soir, c'est le bal des Tuileries, la grande fête organisée chaque année pour l'anniversaire du roi. Tous les plus grands de ce monde, la noblesse comme les capitaines d'industrie, seront là pour célébrer la naissance du monarque. Retransmis en direct dans toutes les salles des fêtes et sur toutes les télévisions de France, il est l'occasion de grandes festivités populaires dans tout le pays.

— Et maintenant, le clou du spectacle ! s'exclame ma conseillère.

Elle va ouvrir la boîte de cuir sur le secrétaire. Un coursier du dauphin est venu l'apporter ce matin. Elle en sort une parure d'or et de diamants. Un collier qui provient directement du trésor royal, si célèbre que tous les commentateurs et chroniqueurs de la Cour le reconnaîtront. Les bijoux de Marie-Thérèse, l'épouse de Louis XIX, ceux-là mêmes qu'elle arborait sur le fameux portrait de David la représentant. Le message envoyé à l'écran sera très clair : après la séquence entre le prince et le roi, et les entretiens dont Agnès est sortie au bord des larmes et moi au comble de la joie, après la scène d'hier où j'ai joué des mélodies heureuses au piano, ce soir, le collier indiquera au téléspectateur que les choses sont en passe d'être arrangées entre le prince et moi. Voilà qui assurera une audience record aux épisodes suivants : chacun sait que le bal des Tuileries marque le coup d'envoi des fiançailles à Versailles. Dès demain, le palais devrait fourmiller de tailleurs, fleuristes et traiteurs venus pour aider les futurs mariés dans les préparatifs de leur grand jour télévisé. Dès demain, je risque aussi de voir le prince mettre un genou à terre, s'il ne maintient pas ce plan ridicule de scène romantique sous la pluie... Mon Dieu, mais que fait Ophélia Lautrec ?

— En revanche, Gabrielle, vous allez devoir enlever votre médaillon, annonce Ambre en revenant vers moi avec la parure.

— Je...

La surprise me prend de court. Je n'y avais même pas pensé. Quelle imbécile je fais, bien sûr que je ne peux pas porter ce pendentif par-dessus l'un des plus beaux bijoux de la Couronne !

— Ambre, je dois trouver une solution pour le garder sur moi... Il ne doit pas me quitter.

Un pli soucieux barre le front de la communicante.

— Je comprends, Gabrielle, mais...

Elle s'interrompt, la parure projetant toujours ses feux entre ses deux mains blanches.

— Cela dit, vous avez raison, ce médaillon est devenu votre marque de fabrique, un signe distinctif. Nous avons eu quelques discussions avec l'équipe princière pour déterminer comment exploiter cette opportunité. La vente de répliques pourrait rapporter une petite fortune et...

Son visage s'éclaire soudain.

— Je sais ! Iphigénie, ouvrez votre nécessaire à retouches ! J'ai l'idée parfaite ! Gabrielle, retirez votre chaîne...

Après avoir attaché la lourde parure autour de mon cou, Ambre s'emploie à modifier mon décolleté. Mon pendentif est cousu sur le corsage de ma robe, comme cela se faisait autrefois avec les camés.

— Voilà ! s'exclame-t-elle, satisfaite, une fois l'opération terminée. Vous ne vous séparez pas de votre talisman, et dans le même temps, nous avons lancé une mode et nous nous offrons l'occasion de créer un deuxième produit inspiré de votre style !

— Merci beaucoup, Ambre.

— Bien. Il est temps de vous mettre en route désormais. Rappelez-vous, vous vous comportez comme la future reine. Aimante, serviable.

J'acquiesce alors qu'elle m'accompagne jusqu'à la porte. Antoine m'attend de l'autre côté, fidèle au poste. Devant Ambre, nous n'échangeons pas une parole, pas un regard. Nous n'avons guère eu l'occasion de parler seul à seul depuis le soir où je me suis effondrée dans ses bras. Au bout de longues minutes, il m'avait simplement aidée à regagner mon lit, avant de reprendre son poste dans le couloir. Depuis, chaque nuit, je n'ai eu de cesse de me relever pour vérifier qu'il était bien endormi sur le banc en travers de ma porte.

Antoine m'offre son bras pour descendre les escaliers, puis me conduit jusqu'à la voiture qui nous attend sur le perron de la cour carrée. Nous prenons place tous les deux à l'arrière. Le véhicule démarre, nos regards se croisent. Il m'adresse un simple signe de tête rassurant. Dieu merci, avec le monde qu'il y aura aux Tuileries ce soir, la présence de gardes du corps est requise. Toute la soirée, il sera à deux pas de moi. Voilà qui devrait décourager d'éventuelles nouvelles ardeurs du dauphin...

Ma voiture est la dernière à partir de Versailles et nous fonçons à travers la campagne puis les boulevards de la capitale. Tout Paris est illuminé pour la fête. Les familles nobles et bourgeoises ont accroché des drapeaux aux balcons et aux fenêtres, de grands portraits du roi ont été suspendus sur les façades éclairées. C'est à qui clamera le plus fort son amour du monarque français.

Lorsque nous arrivons aux abords du palais, c'est une débauche de véhicules de luxe et d'étoffes précieuses. Notre voiture se trouve vite bloquée dans les embouteillages provoqués par l'immense file qui vient déposer les invités sur les marches du perron. Je patiente nerveusement à l'arrière. Il nous faut vingt minutes pour atteindre l'entrée. Sur le tapis rouge, Mme de Léon et son fils prennent la pose devant un parterre de photographes. Je prends une grande inspiration avant de descendre. Dès que ma porte s'ouvre, les cris retentissent.

— Gabrielle ! Gabrielle, par ici, s'il vous plaît !

J'offre mon plus grand sourire aux photographes, bombe le torse pour faire ressortir la parure de diamants. Nul doute que ces images feront la une de la presse de divertissement demain matin. Je m'arrête quelques instants sur le tapis rouge, et, tout en me tournant face aux objectifs, pense à saluer la foule aux abords du palais, retenue derrière un cordon de sécurité. Une large clameur retentit lorsque je lui adresse un signe de la main. Puis, Antoine toujours derrière moi, je pénètre dans le château, suivant les invités jusqu'à la grande salle de bal.

— Melle Gabrielle Lacroix ! annonce un valet.

Sa canne frappe le sol. Tous les regards et toutes les caméras se tournent vers moi. Puis descendent jusqu'au collier étincelant.

— Gabrielle !

Le prince fend la foule, bouscule presque Didier Arnaud, l'un des plus grands capitaines d'industrie français. Il s'arrête devant moi haletant, jouant à la perfection le rôle de l'homme épris et pour qui seul existe l'objet de ses désirs. Nous nous inclinons tous deux.

— Quel bonheur de vous recevoir en ma maison, balbutie-t-il, comme si ma simple présence le perturbait. Quel bonheur aussi de vous voir porter les bijoux de mon aïeule.

— Merci encore, Monseigneur. Je ne suis pas digne d'un tel honneur...

— Ne dites jamais ça. Vous êtes digne de tous les honneurs, et bien plus encore.

Je me retiens de sourire largement, comme toute jeune fille amoureuse qui doit, au vu des circonstances et de l'étiquette, faire preuve de pudeur. À l'étincelle d'approbation que je décèle dans ses yeux, je crois que l'effet est réussi.

— M'accompagnerez-vous pour un rafraîchissement ?

Il m'offre son bras, et pour le prendre sans crainte, je me force à imaginer qu'il s'agit de celui d'Antoine. La foule des convives s'écarte devant nous, se fend de révérences. Le prince me conduit jusqu'au roi. Louis XXI, une coupe de champagne à la main, m'offre un sourire chaleureux et paternel, qui contraste furieusement avec l'expression de mépris et de dédain que je lui ai vue la dernière fois.

— Vous êtes radieuse, ce soir, jeune Gabrielle, déclare-t-il après les salutations d'usage. Le collier de mon arrière-grand-mère vous sied à merveille. Excellent choix, Louis.

Il adresse un petit signe de tête à son fils, que les caméras ne manquent pas. Mon estomac se noue. Voilà donc l'approbation royale à notre future union.

— Merci, Père.

Le roi se détourne alors de nous pour entamer la conversation avec l'archevêque de Paris.

— Gabrielle, je voudrais vous présenter M. Guibert. C'est notre premier producteur alimentaire en France et un mécène des grandes causes de la Couronne.

Pendant l'heure qui suit, le prince ne lâche pas mon bras. Je fais la connaissance de tout ce que Paris compte de nobles et d'industriels, en retrouve certains déjà aperçus chez mon père, il y a des années. Seulement, ils se gardent bien de mentionner cette accointance. Le dauphin ne me quitte que lorsque le roi le réclame auprès de lui. Je me retrouve avec M. Perrot, un directeur d'entreprise déjà croisé à Brest lors d'une réception quand j'avais sept ans. Étrange situation que de voir cet homme désormais âgé faire des courbettes devant celle à qui il avait offert un petit cheval à bascule pour remercier son père adoptif de lui avoir sauvé la mise pour une obscure affaire de contrat mal tamponné.

Les caméras finissent par s'éloigner et l'ambiance s'allège un peu, mais moins que lors des soirées en plus petit comité à Versailles : pas de drogue ou de comportements déplacés ici, les invités sont seulement moins guindés et rient plus franchement.

— Alors, Gabrielle, comment trouvez-vous la vie de château ? m'interpelle une voix familière.

Je me retourne pour voir apparaître Mme de Léon. Elle m'adresse un petit sourire en coin.

— Très bien, Madame. Je voulais vous remercier...

— Allons-nous promener aux jardins, m'interrompt-elle.

Elle m'offre son bras et m'entraîne à l'extérieur, à la suite de la foule qui se déverse par les immenses portes-fenêtres sur la terrasse. Je découvre le parc illuminé. On le dirait sorti d'un conte : de petites roulottes y ont été installées dans les allées, servant pour certaines des boissons, pour d'autres des amuse-bouches, d'autres encore proposent des attractions comme la lecture des lignes de la main ou des cartes de tarot... Sur la pelouse se produisent des artistes de cirque, jonglant avec des quilles enflammées ou voltigeant dans les airs.

— Le thème de cette année est donc le cirque, observe-t-elle.

— Y en a-t-il un à chaque fois ?

— Sans faute. Il n'est jamais annoncé, et toujours découvert après le départ des caméras. Observez bien, la véritable fête ne fait que commencer, et se poursuivra toute la nuit dans les jardins.

— Oh, je vois.

Nous marchons tranquillement dans les allées, comme deux bonnes amies.

— Je dois vous avouer que je suis déçue, Gabrielle, soupire-t-elle. Je pensais que vous formeriez une belle paire avec mon fils.

— Je...

— Ne vous inquiétez pas. Je me doute que cette union avec le prince vous ravit. Je regrette simplement de ne pas avoir deviné sa participation avant.

Et pourtant, malgré sa voix aimable et rieuse, je sens qu'elle sait que mon mariage à venir est loin de provoquer mon enthousiasme. Quant à sa dernière phrase, le sous-entendu y est clair : si elle avait su que le prince serait de la partie, elle ne m'aurait jamais recommandée pour l'émission. Que sait-elle de lui ? Sa déviance est-elle connue des plus grands, ou son fils lui a-t-il rapporté ce qu'a subi sa femme ? Nous nous arrêtons sous un lampion et elle m'observe intensément.

— Vous savez, j'ai vanté votre beauté et votre docilité auprès du roi, murmure-t-elle. De toutes les qualités dont peut se parer une femme, ce sont celles qu'il recherche avant tout.

Je comprends son allusion : le roi choisit les candidates pour leur apparence et leur placidité, il se défie de celles qui pourraient réfléchir. Nous reprenons notre balade.

— Regardez bien autour de vous. Les femmes de la haute aristocratie sont toutes issues de *Noblesse oblige* désormais. Quant aux autres... Voyez, là-bas, Mme de Noailles. Sa vie se résume à des tournages de films religieux. Et Montespan, à ses côtés, qui coprésente les visites du patrimoine... Plus personne ne tient salon.

J'acquiesce lentement, pour que mon approbation ne soit pas trop évidente. Sa critique du roi est à peine voilée et donc bien dangereuse en ces lieux.

— Observez un peu les jeunes femmes de votre âge nées au sein de ces familles. Leurs meilleurs espoirs de mariage sont désormais les jeunes barons nouvellement titrés à l'issue d'*Au service du Roy*, et les industriels de ce pays qui espèrent faire une bonne alliance.

Elle me désigne du menton deux filles en robe d'apparat, entourées d'un groupe d'hommes beaucoup plus âgés.

— Voici la noblesse que vous serez amenée à fréquenter.

— Oui, madame.

Le message est clair : le roi procède à un remplacement méthodique des femmes de la noblesse par celles qu'il aura lui-même choisies. Des femmes qui ne représenteront pas un danger pour lui. L'impact désiré de l'émission *Noblesse oblige* va donc bien au-delà de la volonté de renouveler le sang des grandes familles comme évoqué par le roi lors de notre entretien. C'est un projet d'épuration.

— J'ai bien compris, madame, je renchéris.

La duchesse m'offre un sourire approbateur. Je suis en présence, au sein même d'une grande famille, d'une opposante au roi ! Peut-être puis-je pousser cette conversation plus loin...

— Madame, vous m'aviez avisée de ne jamais me séparer de mon garde suisse. Je vous en suis reconnaissante. Vous n'ignorez rien de ma situation. Auriez-vous d'autres conseils pour moi ?

— Aucun à ce stade, ma chère, si ce n'est de continuer à vous montrer docile. Mais sachez qu'en cas de besoin ma porte vous sera toujours ouverte.

Est-ce une invitation à venir lui confier mes tourments, une fois mariée ? Ou une offre d'asile, au cas où la perversité du dauphin venait à être découverte ? Peut-être un peu des deux.

— Ah, tenez, voilà une connaissance qui pourrait vous être utile ! s'égaie-t-elle soudain.

Elle nous rapproche d'un homme en tenue d'officier, en grande conversation avec une jeune femme à la robe bleue. Je le reconnais aussitôt : Félix Lanconnay de La Brivoisière, le grand gagnant d'*Au service du Roy* deux ans auparavant, l'émission dans laquelle de jeunes militaires peuvent s'illustrer pour obtenir un titre de baron. Grand, brun, l'œil vif, encore jeune du haut de ses vingt-cinq ans, je le trouve encore plus séduisant qu'à la télévision, malgré sa figure somme toute assez banale. Il dégage un charisme certain et une élégance naturelle. La jeune femme à son bras a l'air du même avis : elle boit littéralement ses paroles.

— Monsieur de La Brivoisière, quel plaisir de vous voir ici, l'interrompt la duchesse.

— Madame de Léon, j'espérais fortement avoir le bonheur de votre compagnie ce soir, répond-il, affable.

— Permettez que je vous présente Mlle Gabrielle ? Gabrielle, voici M. Lanconnay de La Brivoisière, commandant des troupes de Paris.

— Mais certainement. Mademoiselle Gabrielle, enchanté de faire votre connaissance.

Il se plie aussitôt à l'exercice du baisemain.

— Voici ma fiancée, Mlle de Choiseuil.

Nous nous saluons d'une révérence.

— Ma chère, demande-t-il d'une voix douce à sa promise, voulez-vous bien prévenir vos parents que je les rejoindrai dans quelques minutes ?

— Tout de suite, mon ami.

La jeune femme s'éloigne aussitôt.

— Une bien belle alliance, La Brivoisière, commente la duchesse en regardant Mlle de Choiseuil disparaître dans la foule. Cinq cent mille louis de rente, au moins. Votre solde et vos terres ne vous sont pas suffisantes ?

— Vous savez très bien, madame, que j'ai des goûts de luxe, répond-il d'un ton badin.

— Ma chère Gabrielle, voyez cet homme à l'humour mordant, et pensez qu'il dirige les armées du roi autour de la capitale ! Oh, mais j'aperçois mon fils ! Permettez que je vous laisse faire connaissance.

Elle nous abandonne tous les deux, Antoine à quelques pas derrière moi. Connaissant la duchesse, elle n'a pas agi par hasard. Ce La Brivoisière me sera utile à un moment ou à un autre.

— Ma chère Gabrielle, d'une étoile de la télévision à une autre, permettez-moi de vous féliciter pour votre ascension. J'anticipe que je ne serai pas le seul à faire un beau mariage cet été.

— Merci beaucoup, monsieur.

— Cette union vous fait autant plaisir qu'à moi, à ce que je vois.

S'il m'a parlé d'un ton courtois et enjoué, il m'adresse un clin d'œil effronté. Je fronce les sourcils et son sourire s'élargit.

— Sachez, madame, que les amis de Mme de Léon sont mes amis. Auriez-vous besoin de mon aide, vous pourrez toujours compter sur celle-ci.

Je suis prise d'un vertige quant à ce que pourraient signifier ces paroles. « Félix le Valeureux », ainsi qu'on le surnommait dans *Au service du Roy*, contrôle toutes les troupes autour de la capitale. À quel jeu joue la duchesse ?

— Mesdames et messieurs, les feux ! annoncent des valets.

— Oh, vous devez voir ça, Gabrielle, c'est exceptionnel, m'enjoint le jeune baron.

Nous nous rapprochons des quais où se massent les invités.

— Excusez-moi ma chère, ma fiancée me fait signe. Vous permettez que j'aille la rejoindre ?

— Faites, monsieur.

Il me laisse seule et s'enfonce dans la foule. Un peu plus loin, une grande robe grise capte mon attention. Agnès est là, en compagnie de Solange. Je remarque aussitôt que la tenue de celle-ci a perdu elle aussi en couleur : au lieu des bleues, roses et jaunes vifs dans lesquelles je l'ai toujours vue, elle est vêtue ce soir d'un beige terne qui se confond presque avec celui des allées du parc. Je jette un œil aux alentours : aucun visage ne m'est familier. Je tiens enfin peut-être l'occasion d'obtenir le témoignage de deux victimes du dauphin. Je marche droit vers les jeunes femmes.

— Gabrielle ! s'exclame Solange dès qu'elle m'aperçoit.

Elles s'inclinent devant moi, comme si j'étais déjà la dauphine. Seulement, quand Agnès se relève, elle avale d'un trait la moitié de sa coupe de champagne et se détourne de nous.

— Si vous voulez bien m'excuser, je vais aller m'énivrer tant que je le peux encore, lâche-t-elle d'un ton rageur par-dessus son épaule.

Elle fend un groupe de jeunes femmes qui s'écartent aussitôt d'elle comme si elle avait la peste, et Solange la regarde s'éloigner d'un air contrit.

— Vous l'excuserez, Gabrielle, tente-t-elle. Agnès vit très mal les derniers développements de l'émission... Vous savez sûrement qu'elle ne vous nuirait pas sciemment, n'est-ce pas ?

— Ne vous inquiétez pas. Je sais qu'elle n'a pas eu le choix.

J'ai essayé, par mon ton et le choix de mes mots, de communiquer subtilement à Solange que j'ai connaissance de sa situation, mais celle-ci a l'air trop préoccupée pour le relever. Sur son visage, il n'y a plus trace de la candeur et de la joie du début de l'émission. Seulement de l'anxiété.

— Solange, allez-vous bien ? je tente pour l'amener à parler. Vous...

— Écoutez-moi, Gabrielle, me coupe-t-elle, un tremblement nerveux dans la voix.

Elle lance un regard soupçonneux à Antoine derrière nous.

— Vous devez faire attention au dauphin, souffle-t-elle si bas que je l'entends à peine. Il n'est pas... Il n'est pas ce qu'il paraît être.

— Pourquoi...

Mais elle s'éloigne aussitôt vers la foule. Je me lance après elle aussi rapidement que la décence le permet, mais il y a tellement de monde que je la perds de vue. Bon sang. J'étais si proche d'obtenir quelque chose d'utile !

Antoine se rapproche sensiblement de moi, sur ses gardes. J'examine les quais sur lesquels les invités se massent désormais. Le roi a pris place sur une estrade en hauteur, dans un fauteuil installé là pour lui. Je fronce les sourcils : le dauphin n'est pas à ses côtés, son siège est vide. Je tends le cou, le cherche du regard. N'aurait-il pas dû se trouver près de son père ou à mon bras ? Un terrible pressentiment m'étreint. Et s'il voulait profiter de cette fête pour accomplir un nouveau méfait ? Et s'il s'était déjà mis en quête de sa prochaine victime ? Le jardin et le palais sont immenses, truffés de recoins sombres qu'il doit connaître par cœur. Je m'apprête à faire part de mes craintes à Antoine quand je repère Léon à quelques mètres. Sa mère lui chuchote quelques mots à l'oreille. Le duc a l'air nerveux. Il tourne la tête à droite et à gauche, une de ses mains s'agite nerveusement contre sa jambe de pantalon. Profitant de l'affluence et de la foule qui se resserre, je recule de quelques pas pour me placer à côté de mon garde.

— Regardez Léon, je lui chuchote. Il prépare quelque chose.

Antoine le cherche des yeux, puis quand il l'a repéré, hoche la tête à mon endroit. Au même moment, les lumières s'éteignent. La foule applaudit déjà en anticipation du spectacle qui va commencer. Une première fusée blanche explose dans les airs. Elle éclaire brièvement les visages, et je repère le costume bleu clair du duc qui s'éloigne, accompagné d'un domestique. Je n'hésite pas une seconde et le suis à distance.

— Est-ce bien prudent, Gabrielle ? me murmure Antoine.

Je ne lui réponds pas et presse le pas pour ne pas perdre Léon de vue. Obtenir des preuves supplémentaires ne peut que servir ma cause. Un deuxième enregistrement incriminant pourrait détruire les contre-feux qu'allumerait le pouvoir après la révélation du scandale. Peut-être est-ce ce qu'attend mon réseau pour enfin m'exfiltrer.

Le duc et son aide traversent le jardin, s'arrêtent quelques secondes sous le couvert des arbres aux abords de la terrasse. Une explosion illumine le château. De loin, je peux apercevoir le costume doré du prince qui s'engouffre dans le palais.

Chapitre 23

Dès que la silhouette disparaît, Léon et son valet se mettent à courir. Je ne réfléchis pas plus avant et m'élance à leur suite, à bonne distance, malgré la lourdeur de mon énorme robe. Je ne dois pas les perdre de vue, une fois dans le palais, ils pourraient se volatiliser dans le premier couloir venu... Les deux hommes passent la même porte que le prince et j'arrive sur son seuil quelques secondes après eux.

— Gabrielle, vous ne pouvez...

Mais la protestation d'Antoine arrive trop tard, j'ai déjà tourné la poignée. Je passe une tête à l'intérieur, juste à temps pour apercevoir Léon bifurquer dans un couloir sur la gauche. J'entre à mon tour, cours aussi vite que me le permettent ces talons trop hauts et ce corset qui m'oppresse la poitrine. Les explosions des feux d'artifice masquent le martèlement de mes pas sur le marbre. Je m'arrête à l'angle, jette un bref coup d'œil au couloir où j'ai vu le duc partir. Il est toujours là. Derrière un pan de mur au bout du corridor, il surveille la galerie suivante. C'est là que le prince doit se trouver.

Pendant une bonne minute, Léon et son domestique ne bougent pas. Puis le duc se penche à l'oreille de son valet. Celui-ci hoche la tête et s'élance à toutes jambes dans le couloir qu'ils observaient. Je parie qu'il s'agit d'une diversion...

Effectivement, quelques secondes plus tard, Léon bondit à son tour. Je cours jusqu'à l'endroit où il se trouvait un instant plus tôt, juste à temps pour le voir s'engouffrer dans ce qui doit être un salon. Je m'élance à ses trousses, arrive devant une porte ouvragée semblable à toutes les autres ici.

— Antoine, je suis certaine que son domestique a entraîné un garde du prince ailleurs, je chuchote. Cette pièce sera bientôt à nouveau surveillée, ouvrez l'œil pendant que je regarde ce que fait le duc.

Celui-ci acquiesce et je me penche alors sur la serrure. Le trou est petit, mais j'aperçois clairement Léon palper les murs richement décorés de la pièce. Il est seul. Mais où est passé le prince ? Le duc continue un moment de caresser chaque ornement, chaque partie du décor... Il cherche un passage. Cette pièce doit recéler une sortie cachée, comme de nombreux châteaux en ont été équipés après 1789 pour permettre à leurs occupants de fuir en cas d'émeutes. Mais où déboucherait celle-ci ? En ville ? Dans le parc ? Que peut bien faire le dauphin en pleins feux d'artifice ? Ces interrogations m'empêchent un moment de m'inquiéter.

— Gabrielle..., me murmure Antoine.

Mais je ne peux décoller mon œil du trou de la serrure. De sa main gauche, Léon vient de réussir à enfoncer une petite rose dans le décor. De la droite, il tourne une feuille d'or sur elle-même. La bibliothèque à côté de lui pivote légèrement. Il l'écarte et s'engouffre dans le passage qu'elle a révélé, avant que celui-ci ne se referme.

— Gabrielle, on vient !

Sans hésiter, j'attrape la main d'Antoine et l'entraîne après moi dans la pièce.

— Mais... où sont le prince et le duc ? chuchote-t-il une fois la porte close.

— Ils ont disparu par là.

Je me dirige aussitôt vers les sculptures en relief qui ornent les murs. Que peut cacher derrière des mécanismes secrets, celui qui n'a pas hésité à agresser Agnès dans ses jardins ? J'appuie sur la rose et fais tourner la feuille. Le passage s'ouvre à nouveau.

— Une voie de l'Autrichienne ! souffle Antoine, faisant référence au nom donné à ces passages depuis qu'ils ont permis de sauver Marie-Antoinette.

Je me dirige droit vers la bouche noire, et l'*Air du froid* de Purcell se met à résonner dans ma tête, par-dessus les détonations saccadées des feux d'artifice. Je ne peux pas laisser passer une telle occasion...

— Attendez, Gabrielle, me retient Antoine, êtes-vous sûre de vouloir faire ça ? C'est incroyablement dangereux.

— Est-ce plus dangereux que d'épouser le dauphin ? De vivre à ses côtés ? Je dois savoir dans quel mariage je vais m'engager. C'est une question de survie.

Il me regarde un moment d'un air grave, ses yeux bleus dévorés d'inquiétude.

— C'est entendu, finit-il par murmurer. Seulement, si je vous ordonne de faire demi-tour, je vous en prie, faites-le. Faites-le même si je dois rester en arrière pour les retenir.

Je déglutis devant ce qu'implique cet ordre. Il combattra Léon, voire le prince, pour me permettre de m'enfuir saine et sauve... Et par là même, il se condamnera à mort. Poursuivre ma mission ce soir pourrait le mener dans la tombe. J'avise le passage noir qui exhale un courant d'air glacial. D'un autre côté, si je n'agis pas, si je ne fournis pas à mon réseau de quoi faire tomber le prince, combien de jeunes femmes agressera-t-il encore ?

— D'accord, Antoine.

Je m'engouffre alors dans le passage secret. Je m'attends à une enfilade de couloirs, mais le premier, exigu, se transforme rapidement en un escalier qui s'enfonce dans les profondeurs de la terre. Les marches sont éclairées de pauvres néons au plafond. Je les descends prudemment, aux aguets. Le bruit des explosions s'estompe. Nous découvrons un long tunnel étroit, en enduit gris. Je prends conscience avec angoisse que si Léon ou le prince surgissaient à son bout nous n'aurions aucun moyen de nous cacher, et qu'avec ma robe dorée, je serais immédiatement identifiée. J'accélère le pas pour ne pas penser au pire et arrive en bas d'un nouvel escalier. Je le grimpe avec précaution, et les détonations des fusées s'amplifient à nouveau, signe que nous sommes revenus à la surface. Ma progression est stoppée par une lourde porte de bois noir. Pas de serrure, rien qui me permettrait de regarder ce qui se trouve derrière. Je pose l'oreille contre la porte, mais ne me parvient que le bruit des feux, plus fort qu'au palais. Où sommes-nous ? Cet endroit doit se trouver tout près du fleuve pour que les explosions soient aussi assourdissantes... Quoi qu'il en soit, je dois savoir. Je n'ai pas parcouru tout ce chemin pour faire demi-tour maintenant. Je tourne la poignée avec lenteur, écarte le bois pour découvrir un couloir en pierres de taille grises. Les détonations résonnent entre les murs. J'avise les nombreuses portes qui s'alignent dans ce corridor. Mon cœur chavire un instant. On dirait des cellules, comme dans un couvent. Serait-ce... N'y tenant plus, je m'avance jusqu'à la première, en soulève le judas. Au lieu de cellule, je découvre une chambre meublée à la dernière mode, une débauche de voiles roses suspendus au plafond et de miroirs couvrant les murs. Sur un lit de satin de la même couleur, une jeune femme est recroquevillée, à moitié nue, sa peau blanche brillant au milieu de cette pièce à la lumière tamisée. Elle fixe la porte d'un air terrifié. Ophélie. Une candidate de *Noblesse oblige*, l'année dernière. Faute de mari, elle avait fait son entrée au couvent Notre-Dame. Je recule. J'ouvre le judas de la porte d'en face. J'y découvre Élisabeth, dans une chambre noire, habillée de cuir. Une autre candidate malheureuse, il y a quatre ans de cela. Je fais un pas en arrière. Nous sommes au couvent Notre-Dame. Sauf que ce n'est pas un lieu de piété. Les décors somptueux, les tenues affriolantes, les jeunes femmes à moitié nues, dans un établissement fermé et relié directement au palais des Tuileries... C'est un harem, un lieu de plaisir, à l'usage du dauphin et sûrement aussi du roi. Un lieu où des jeunes femmes sont réduites en esclavage. J'ai envie de hurler.

C'est alors qu'un véritable hurlement se fait entendre dans le couloir. Mon sang se glace. Le choc de cette découverte m'a presque fait oublier que je suivais Léon et le prince. Je me mets à courir dans la direction du cri.

— Non, nous devrions...

Je n'entends pas le reste de l'avertissement d'Antoine. Je dois découvrir ce que cache ce bâtiment sans fenêtre sur l'extérieur dont les portes ne s'ouvrent qu'une fois par an. Je cours dans le couloir qui bifurque à droite. Les cris, atroces, semblent venir de la dernière porte au fond. Nul signe du duc. Je ralentis le pas. Le cœur au bord des lèvres, je me rapproche pour soulever le judas. Une jeune femme est attachée sur une croix, le visage strié de larmes, des traces de brûlures sur un de ses bras. Le prince approche d'elle un fer chauffé à blanc. C'est plus que je ne peux supporter. Je recule vivement. Le hurlement de douleur qui s'élève me retourne l'estomac. Antoine se penche à son tour sur le judas et son visage se décompose.

Je l'attrape par la main. Pour la première fois, j'ai vraiment peur. Peur de ce que pourrait nous faire ce malade s'il nous surprenait, peur de me retrouver enfermée ici avec les autres, à la merci de cette brute jusqu'à la fin de ma vie. Cet homme n'est pas seulement dangereux et violent, c'est un véritable sociopathe. Un sadique. Je dois absolument sortir d'ici pour transmettre mon enregistrement à mon réseau. Il faut mettre la France entière, le monde entier, au courant, c'est la seule manière de venir en aide à ces filles, c'est la seule manière de l'arrêter...

— Antoine, partons, je gémis.

Mais celui-ci fixe désormais une porte un peu plus loin. Entrouverte.

— Antoine...

Il ne m'écoute pas, marche droit vers la pièce avec l'air de celui qui a vu un fantôme. Je lui emboîte le pas. Nous pénétrons dans une chambre où s'alignent au mur des instruments de torture. Des fouets, des couteaux, des pinces, des cordes... J'ai la soudaine impression que mon corset me serre à m'étouffer.

— Antoine... Antoine, je vous en supplie, allons-nous-en.

Mais il m'ignore toujours. Le visage figé par la stupeur, il s'est arrêté devant un panneau de liège que je n'avais pas remarqué jusque-là. Y sont épinglées des dizaines de pendentifs. Sur le côté gauche, coloré de verts, une trentaine. Et sur le côté droit, en rouge, une cinquantaine... Toutes surmontées d'une inscription. « 18 Avril 2006 » je lis sur la plus proche. Un frisson me parcourt. Je repense au dîner avec le prince. « J'ai une passion pour l'iconographie des médailles de baptême. » S'agit-il de celles de ses victimes ?

— Il y en a tellement, je chuchote. Mon Dieu, il y en a tellement...

Du regard, je cherche la date de la mort de Capucine. Je la trouve là, sur l'avant-dernière rangée. « 20 février 2007 » au-dessus d'une Vierge à l'enfant.

— Antoine... je murmure pour lui montrer.

Mais, livide, celui-ci a saisi l'un des bijoux pour l'observer en détail. Sa lèvre inférieure tremble.

— Antoine ?

Les cris redoublent dans la cellule d'à côté, deviennent inhumains, ceux d'une bête en proie aux plus terribles souffrances. Au-dessus de nous, les feux se succèdent à un rythme de plus en plus soutenu.

— C'est bientôt le final ! je m'exclame. Nous devons sortir d'ici, et vite !

Mon compagnon semble soudain se réveiller. Comme si le diable l'avait saisi, il m'entraîne dans le couloir au moment où la porte de la chambre de torture s'ouvre. Nous reculons de justesse et Antoine me plaque contre le mur. Je retiens mon souffle. Malgré les explosions assourdissantes au-dessus de nous, j'entends distinctement le claquement de talonnettes sur la pierre du corridor.

Antoine me relâche et m'attrape par le bras pour m'entraîner vers une petite porte au fond de la salle que je n'avais pas remarquée jusque-là. Il l'ouvre sans bruit et me précipite à l'intérieur avant de m'y rejoindre. Au moment où elle se referme, un éclair rouge éclaire la pièce, en même temps qu'une détonation rugit. Je tourne vivement la tête. Une fenêtre étroite donne sur le ciel parisien et son feu d'artifice. Les pas se mettent à résonner à côté, bientôt suivis de tintements métalliques. Le prince range ses outils... Une autre fusée diffuse sa lumière verte, et je comprends enfin où nous sommes : sur des étagères s'alignent des dizaines de cassettes vidéo. Arnoud, Artaud, Astier, Bouvais, Briançon, La Brivoisière, Fouquet, je reconnais tous les plus grands noms sur leurs étiquettes. Des *compromis*, je réalise, des enregistrements compromettants pour servir de moyens de pression sur les sujets les plus récalcitrants, dans la plus pure tradition française.

Un sifflement se fait entendre à côté et je reconnais la mélodie de « Mourir d'amour pour toi ». S'ensuit un bruit de claquement de porte.

— Venez, me souffle Antoine. Je crois qu'il a terminé.

Nous repassons dans la pièce aux médailles. Moins d'une minute plus tard, le bruit des talons se fait entendre à nouveau, accompagné de sanglots. Ils se rapprochent. Puis nous dépassent.

Antoine met son oreille contre la porte, puis, avec lenteur, l'écarte pour passer une tête prudente dans le long couloir. Il recule aussitôt.

— Il conduit la femme ailleurs, me souffle-t-il si bas que je l'entends à peine. À mon signal, préparez-vous à me suivre, aussi vite que possible.

J'acquiesce, et il m'attrape la main pour se rapprocher à nouveau de l'encadrement de la porte. Mon cœur bat si fort que j'ai l'impression que ma poitrine va exploser, et mes paumes sont moites. Et si nous ne sortions jamais d'ici ? Si je finissais ce soir moi aussi attachée à une croix ? Et si...

Antoine me tire violemment en avant. Je m'élance avec lui dans le couloir, sur la pointe des pieds pour éviter que mes talons ne martèlent le sol. Les feux d'artifice s'enchaînent désormais à un rythme infernal au-dehors. Nous atteignons enfin l'endroit où le corridor bifurque. La porte qui mène au passage que nous avons emprunté est juste là, à quelques pas... Mais je ne peux plus respirer.

Ce corset... Mon champ de vision se rétrécit. Je ralentis.

— Antoine...

L'instant d'après, il me soulève et me prend dans ses bras. Je m'accroche à son uniforme, de peur qu'il ne me lâche, de peur qu'il ne m'abandonne au monstre. Mais Antoine vole littéralement sur les derniers mètres qui nous séparent de l'escalier. Il le descend à toute vitesse et s'élance dans le tunnel. Je cherche désespérément une mélodie pour calmer les battements de mon cœur, ce tempo effréné qui me pousse chaque seconde un peu plus vers la perte de conscience. Rien ne me vient. Si... L'*Air du froid* me hante désormais, syncope un peu plus ma respiration.

— Tenez bon, Gabrielle, nous y sommes presque.

Son encouragement me rassérène un peu. Juste ce qu'il me fallait pour reprendre la *Chaconne* de Bach, pour retrouver sa rassurante prédictibilité. Lorsque nous parvenons au bout du passage et qu'il me dépose sur le seuil de la bibliothèque, j'ai recouvré mon sang-froid et mes mains ne tremblent plus. Je pousse avec hâte la porte cachée... qui s'ouvre sur Léon.

Chapitre 24

La main encore sur la poignée, s'apprêtant à sortir, Léon se fige. La panique froisse ses traits.

— Gabrielle... vous... vous...

Antoine referme la bibliothèque derrière nous.

— Vous savez, balbutie le duc avec hargne. Vous savez à quel monstre vous projetez de vous marier. Vous connaissez son secret.

— Maintenant, oui, je réponds froidement. Je viens de le découvrir.

Une lueur de compréhension et de sympathie éclaire ses yeux.

— Léon, vous devez me dire ce qu'il a fait à votre femme, je murmure, saisissant ma chance au vol. Je dois savoir quel personnage on veut me faire épouser.

Celui-ci observe tour à tour l'entrée du passage secret, puis Antoine.

— Très bien. Mais fuyons vite avant qu'il ne revienne. Retrouvez-moi dans les jardins, près du bosquet d'Aphrodite. Je vous dirai tout. Partez devant, on se posera plus de questions pour vous que pour moi, si on s'aperçoit de votre absence aux abords des feux.

— Merci.

Il pose la main sur la poignée, puis semble hésiter. Son regard plonge dans le mien.

— Gabrielle, si nous ne nous revoyons pas... Je suis désolée. J'ai voulu vous forcer à m'épouser, en me comportant de la pire des manières, en me comportant comme lui. J'ai mal agi, mais je veux que vous sachiez que je n'avais pas d'autre but que de vous soustraire à son emprise.

— Vous êtes pardonné, Léon.

Il m'ouvre la porte. Je passe une tête à l'extérieur. Deux domestiques discutent sur la droite au bout du couloir, mais tant pis, je n'ai pas le temps d'attendre qu'ils s'en aillent. Je dois m'échapper avant que les lumières ne se rallument. Antoine sur mes talons, je m'élance à l'extérieur. Il me faut moins de deux minutes pour ressortir sur la terrasse du château. Au même moment, une fusée explose en un gigantesque palmier doré, dont les rameaux s'épanouissent en scintillement au-dessus des toits et des jardins. Une clameur s'élève de la foule massée en bord de Seine, des applaudissements résonnent contre les murs du château. Je me hâte de traverser la terrasse. À l'instant où je m'engage dans les allées du jardin, elles s'illuminent à nouveau. Je me tourne vers le palais, guettant le duc. Pourvu qu'il s'en aille à temps lui aussi...

— Ne restons pas là, murmure Antoine. S'il vous plaît, Gabrielle.

Son ton est si pressant, si désespéré comparé au calme froid et suisse auquel il m'a habituée, que je le laisse m'entraîner plus loin dans les jardins. Alors que nous nous éloignons de la terrasse, je jette un coup d'œil par-dessus mon épaule. Deux hommes, deux domestiques je crois, sortent du palais.

— Antoine, pensez-vous que l'on nous ait vus à l'intérieur ? je demande. Ma robe dorée n'est pas exactement la plus discrète.

— Non, me rassure-t-il d'une voix encore tremblante. J'étais juste derrière vous, et il faisait si sombre que vous étiez à peine visible. Je... Excusez-moi.

Il s'éloigne de moi, saute par-dessus une rangée de bégonias et court vers un buisson. Je l'entends avoir un haut-le-cœur.

— Antoine ?

Il ressort du parterre, blanc comme un linge. Je remarque que sa main est toujours serrée sur la médaille de baptême.

— Vous... Vous l'avez prise ?

La peur glaciale qui m'avait saisie entre les murs du couvent revient me comprimer la poitrine.

— Et s'il s'en rendait compte ? je chuchote.

Il semble reprendre contenance, range le bijou dans sa poche et m'offre son bras.

— Éloignons-nous.

Alors que la foule se disperse dans les plus beaux jardins de Paris, de petites files d'attente se forment devant les roulottes. Nous passons devant celle offrant la lecture des lignes de la main, prise d'assaut par une volée de perruches aux habits multicolores, puis devant un spectacle de jongleurs à une intersection. Pour un œil extérieur, j'ai l'air de faire tranquillement une promenade et d'assister aux réjouissances, couvée du regard protecteur de mon garde suisse. Antoine m'entraîne plus avant dans les allées, à l'écart de la foule grossissante, jusqu'à un bosquet carré où la statue de la déesse Aphrodite s'élève, nue et ruisselante, au-dessus du tumulte d'une fontaine.

— Faisons le tour, me murmure-t-il.

J'acquiesce. Les eaux produisent un tel fracas sur les sculptures qu'aucun des quelques courtisans qui sirotent leur champagne dans ce bosquet ne pourra nous entendre.

— Je dois vous faire une confession, Gabrielle. Je ne suis pas devenu garde suisse pour gagner ma vie. Je suis devenu garde suisse au service de la Couronne française pour retrouver ma fiancée.

Je m'arrête.

— Cette médaille... est la sienne.

Il continue à avancer et je dois me caler sur ses pas, lutter contre mon envie de m'effondrer au sol, d'enjoindre à mon réseau d'arrêter ce sadique de prince, sur-le-champ.

— C'*était* la sienne, devrais-je dire, puisque après l'avoir trouvée sur ce tableau, j'ai bien peu d'incertitudes sur le sort que ce monstre lui aura réservé.

Sa voix tremble légèrement, je le sens lutter contre le chagrin et la colère.

— Antoine, je suis désolée.

Pendant un long moment, nous marchons simplement le long du bassin de pierre. Des rires s'élèvent d'un groupe de jeunes femmes venues échanger quelques ragots dans ce bosquet isolé.

— Marie était femme de chambre pour les Choiseuil. Il y a quatre ans, elle a cessé de donner des nouvelles. Nous avons écrit à ses employeurs, qui nous ont répondu que comme elle avait obtenu un visa pour l'Union orientale afin de les accompagner dans leurs déplacements hivernaux, elle avait déserté pour partir là-bas. Je n'y ai pas cru un instant. Marie avait choisi ce poste car il était bien payé, et nous avions besoin de cet argent pour notre mariage et notre installation ensemble. Elle n'aurait jamais émigré sans nous prévenir, sa famille et moi. Je suis monté à Paris pour la chercher. Je n'ai pas pu voir les Choiseuil, et au commissariat, on a menacé de m'arrêter si j'insistais. « On ne peut pas ouvrir une enquête pour disparition inquiétante chaque fois qu'une bonne part chercher l'aventure chez les Turcs », m'a-t-on dit.

Un rire amer lui échappe.

— Je vous dois des excuses, Gabrielle. C'est grâce à votre courage, que j'ai pris à tort pour de l'imprudence, que j'ai pu obtenir ma réponse. Le dauphin l'a tuée... Le 18 mai 2003. Trois jours après sa dernière lettre.

Sa bouche se plisse de colère.

— C'était un tableau de chasse, je murmure.

Dans un frisson, je repense à la manière dont le prince a demandé à voir mon pendentif. L'imaginait-il déjà épinglé sur le liège ? Une terrible sensation d'impuissance me submerge. Cet homme est mon futur époux. Cet homme est ici, à quelques centaines de mètres, tout au plus. Nous sommes dans sa maison, une maison qui possède un passage vers un lieu où personne ne pourrait m'entendre crier. Une vague de froid me lèche le front, malgré la tiédeur de la nuit. Je dois informer mon réseau au plus vite. Le scandale qu'ils pourraient déclencher est bien supérieur à celui du simple assassinat de Capucine de Léon. Je comprends mieux pourquoi le roi tenait à avoir deux nouveaux héritiers au plus vite désormais : si la nature de son fils était connue, le peuple viendrait réclamer sa tête.

— Antoine, pouvons-nous rentrer ? Je... Je veux partir d'ici au plus vite.

— Vous avez raison. Léon aurait déjà dû nous rejoindre. S'il s'est fait prendre...

Il secoue la tête.

— Partons.

Nous nous mettons en route aussi rapidement que les apparences nous le permettent. Comme la duchesse de Léon l'avait annoncé, la fête bat son plein dans les jardins, les convives déambulent entre les buissons et les fleurs, un verre à la main, passant d'une attraction à une autre. Nous quittons les lieux, traversons la salle de bal presque vide pour retourner sur le perron de l'entrée. On avance ma voiture et je m'y engouffre aussi vite que possible.

Le véhicule démarre, s'engage sur l'avenue puis les quais de Seine. Une nouvelle vague d'effroi m'étreint la poitrine lorsque j'aperçois la silhouette noire du couvent Notre-Dame s'élever sur la Seine. Combien de jeunes femmes y ont été enfermées, après dix-sept ans d'émissions ? Soixante ? Plus ? Et combien sont encore en vie ? Il n'y avait qu'une trentaine de médailles qui n'étaient pas surplombées d'une date. J'attrape la main d'Antoine à côté de moi pour la serrer très fort, dans le secret des plis de ma robe. De l'autre, je tape sur mon médaillon pour informer Régis Leclerc et son réseau de ce que j'ai vu, et les implorer de me sortir de là, moi, et toutes ces autres filles, au plus vite.

Chapitre 25

— Gabrielle !

Je me redresse en sursaut dans mon lit tandis qu'Ambre tire violemment les rideaux.

— Désolée de faire irruption ainsi dans votre chambre alors que je vous avais promis une grasse matinée, mais on vient de m'informer que le prince était en chemin pour Versailles !

Les événements de la veille me reviennent en mémoire avec la violence d'un plongeon dans une eau glacée. Le dauphin torturant une jeune femme. Les chambres des anciennes candidates, condamnées à satisfaire ses désirs. Je réprime une vague de nausée.

— Je vois que vous avez compris ! s'exclame Ambre qui a pris mon malaise pour de la hâte. L'anniversaire du roi est passé, c'est le moment où commencent traditionnellement les fiançailles... Il vient faire sa demande !

— Nous... Je... Il n'est plus question d'attendre la pluie ? je balbutie.

— Les récents sondages l'auront fait changer d'avis ! Allez, haut les cœurs, vous vous fiancez aujourd'hui !

Je hoche la tête, souris du mieux que je peux.

— Vous sentez-vous bien, Gabrielle ? Vous n'avez pas l'air dans votre assiette. Dois-je faire venir un médecin ?

— Ça va, je tente de la rassurer. Je suis seulement fatiguée, et, je dois vous l'avouer, un peu nerveuse.

Ambre me sourit.

— Ne vous inquiétez pas. Le prince a débauché une partie de l'équipe de tournage du roi pour l'occasion. Les images seront sublimes.

Ma conseillère semble avoir déjà acté que je suis plus préoccupée par mon image publique que par un engagement avec le dauphin... Il est vrai que nous n'avons eu aucune discussion sur notre lien romantique, mais seulement sur la façon de le faire transparaître à l'écran. Pourtant aujourd'hui, je suis censée me lier réellement à cet homme. Ces fiançailles ne seront pas une simple comédie à destination d'un public acquis et crédule. Comment vais-je pouvoir endosser ce rôle ? Comment puis-je continuer à participer à cette farce maintenant que je connais la nature profonde de l'héritier du trône ? Pire, maintenant que mon image de jeune fille douce, réservée mais flamboyante, issue des classes populaires, ne lui servira qu'à se rendre plus aimable auprès du peuple. Je suis devenue une des couches de vernis sous lesquelles il cache son sadisme et sa perversion... Bon sang, que fait mon réseau ? J'ai senti mon pendentif chauffer dès que je me suis couchée hier soir, ils ont l'enregistrement des cris de la jeune femme torturée au couvent, mon rapport... qu'attendent-ils ?

— J'ai reçu un memorandum, nous devons vous habiller en rose pâle, récapitule ma conseillère alors que je descends du lit. J'ai envoyé chercher des robes chez les maisons Lanvin, Armel et Vuitton. Elles devraient arriver sous peu. Pour les cheveux...

— Ambre, ai-je reçu du courrier ? je l'interromps en descendant du lit.

— Nous verrons cela plus tard, Gabrielle, nous avons tout juste le temps de vous apprêter. Tenez, voici le script et les plans que vous réaliserez avec le dauphin, son équipe me les a transmis ce matin.

Elle me tend une liasse de feuilles et je parcours la demande en mariage déjà préparée au mot près.

— Iphigénie ? s'écrie-t-elle.

La discrète domestique surgit de sa petite chambre accolée à la salle de bains.

— Iphigénie, commencez à la vêtir. J'ai demandé du renfort pour les cheveux et le maquillage aujourd'hui. D'ailleurs, Gabrielle, nous serons plus nombreux autour de vous à partir de maintenant. Le statut de future dauphine confère quelques avantages.

Effectivement, quelques minutes plus tard, je suis entourée d'une armée de coiffeuses et maquilleurs, tandis que trois représentants de maisons de couture présentent à Ambre les tenues inédites qu'ils ont apportées pour l'occasion. La chambre grouille tellement de monde qu'on peine à y circuler. Antoine finit par faire son apparition, appelé par ma conseillère pour l'aider à soulever les lourdes robes qu'elle veut me voir essayer. Nous n'échangeons pas un regard. Son visage est toujours aussi impassible, aussi froid qu'au premier jour. Pourtant, de larges cernes marquent ses joues. Il n'a pas dormi. Moi non plus. Je n'ai pas osé aller le déranger durant la nuit, malgré mon envie de chercher du réconfort auprès de lui, mais je l'ai entendu marcher de long en large devant ma porte, se tourner et se retourner sur son banc. Quatre ans à rechercher ce qui était arrivé à sa fiancée pour découvrir que son meurtrier est intouchable, cela rendrait fou n'importe qui. Comme Léon.

— Penchez la tête en arrière, murmure une des coiffeuses.

Je m'exécute. J'espère qu'il n'est rien arrivé au duc, qu'il a juste été empêché de nous rejoindre dans le bosquet d'Aphrodite par un groupe d'industriels ou de vieilles rombières. Je n'ose imaginer ce que le dauphin pourrait lui faire subir pour avoir osé mettre le nez dans ses affaires. Pourquoi d'ailleurs suivait-il le prince ? Je l'ai entendu jurer de se venger, quelques jours plus tôt, avait-il prévu de récolter des preuves ? Des enregistrements ? Si je parvenais à le mettre en contact avec mon réseau, le soutien d'un grand nom comme le sien, allié à la popularité dont jouissait sa défunte épouse, pourrait nous aider à faire basculer la Couronne...

— Gabrielle ? Regardez-moi ?

Ambre observe mon visage tout juste maquillé.

— Un peu plus de rose sur les joues... On s'active tout le monde !

*

Je sors de la chambre une heure plus tard. Mes cernes ont disparu, mon teint est frais et dispos, à croquer. Ma robe a la délicatesse des boutons de pivoine au printemps. Les caméras m'attendent déjà dans le couloir. Un léger sourire sur les lèvres, la *Chaconne* de Bach toujours au bout des doigts pour garder mon calme, je traverse le palais en direction de la roseraie, un bosquet conçu pour Marie-Thérèse. Le dauphin, après m'avoir paré de sa rivière de diamants la veille, semble vouloir multiplier les allusions et références à cette reine très populaire.

Lorsque je sors sur la terrasse, il fait déjà très chaud, malgré l'heure matinale. Un soleil brûlant illumine les allées blanches, l'enivrant parfum des fleurs monte depuis les jardins. Entourée de mon essaim de caméras, je descends les escaliers. Je peine à contenir ma nervosité. En intégrant l'émission pour le compte du réseau, je ne pensais pas en arriver à ce stade. Je savais qu'épouser un noble était un risque sérieux, mais je m'étais toujours imaginé pouvoir faire éclater le scandale du meurtre de Capucine de Léon avant. Aujourd'hui me voilà pourtant bel et bien en chemin pour une demande en mariage, exactement comme le redoutait mon père. Je ne peux m'empêcher de l'imaginer devant son poste de télé, ses doigts jouant avec la bordure de son gilet comme à chaque fois qu'il est nerveux, attendant avec appréhension ma prochaine apparition télévisée. Que fait Régis Leclerc ? Charbonneau ? Ils avaient promis de me sortir de là dès que je leur aurais communiqué le nom de l'assassin. Ce que je leur ai fourni ne suffit pas ? À moins qu'ils aient des difficultés de leur côté ? Ils n'ont pu être capturés, la nouvelle aurait fait le tour du monde, mais peut-être que mon exfiltration est devenue plus difficile à mettre en œuvre. À moins que les lettres d'Ophélia Lautrec aient été interceptées ?

Parvenue sur le seuil du bosquet, je prends une grande inspiration. À côté de moi, Antoine, impassible, mais attentif, scrute les environs.

Je m'engage dans les couloirs de fleurs jusqu'au cœur du jardin. L'endroit est si beau que j'en ai le souffle coupé.

Les rosiers déjà chargés ont été repiqués de fleurs blanches et roses. Au milieu du carré, le pont de bois qui enjambe un étang aux carpes koï a été lui aussi orné de roses, et de longs rubans de même couleur flottent dans la légère brise printanière. Debout en son centre, le dauphin ne semble pas s'être aperçu de mon arrivée, perdu dans la contemplation des poissons. Dans son uniforme bleu marine, le soleil jouant dans ses cheveux bruns, il a tout l'air d'un prince charmant sorti d'un conte. La vision de cet homme, un fer à la main, se superpose à ce cliché bucolique. Je me fige, les pieds soudain rivés au sol.

C'est l'instant qu'il choisit pour se tourner enfin vers moi. Un grand sourire éclaire son visage.

— Gabrielle !

Il franchit les quelques mètres qui nous séparent. Ses mains saisissent les miennes. Ma nervosité monte d'un cran, l'instinct de survie prend le dessus. Les couleurs du jardin se font plus vives, les bruits, plus forts, et le prince me fait l'effet d'un prédateur, une mante religieuse au milieu des fleurs, avec laquelle je vais devoir danser. Je joue pour ma vie. J'affiche un sourire éclatant.

— Je suis si heureux de vous revoir, continue-t-il. Gabrielle, je... Je n'ai pas arrêté de penser à vous.

— Monseigneur, vous aussi, vous avez occupé mes pensées chaque heure du jour et de la nuit.

Ma ligne est sortie parfaitement, et à la lueur dans le regard du dauphin, je sens qu'il apprécie. Ma main dans la sienne, il me conduit jusqu'au milieu du pont fleuri et enrubanné.

— Gabrielle, je vous aime. Depuis la première fois que je vous ai vue, vous avez conquis mon cœur. Je ne peux imaginer quiconque d'autre que vous à mes côtés pour le restant de mes jours. Quand vous êtes là, les soucis s'envolent, la vie devient légère...

Il continue de réciter sa déclaration à la perfection, puis met un genou à terre, et sort de sa poche une bague sertie d'un énorme diamant. Le Royal. Un autre bijou de la Couronne ayant appartenu à Marie-Thérèse.

— Gabrielle, me rendriez-vous le plus heureux des hommes en acceptant de devenir ma femme ?

— Oui, Louis, mille fois oui !

D'une main tremblante d'émotion, il me passe la bague au doigt. Il se relève, m'attire contre lui. Je sais ce qui arrivera ensuite. Pour me donner du courage, j'imagine que ce n'est pas le dauphin, mais Antoine, qui se tient face à moi. Antoine, qui m'a portée hors de cet infâme donjon, Antoine qui était prêt à se sacrifier pour moi, Antoine qui a serré ma main continuellement sur le trajet du retour. Antoine qui aurait mérité que je l'embrasse. Ses lèvres se rapprochent...

— On la refait ! s'exclame-t-il soudain en direction des caméras.

Puis en se tournant vers moi :

— Vous avez été fantastique, Gabrielle. Je veux juste que nous ayons différents angles de vue pour avoir les meilleures images possibles pour ce soir. Pouvez-vous me rendre la bague ?

— Bien entendu, Votre Altesse.

Nous reprenons depuis le début. Deux heures d'affilée, le dauphin fait répéter la scène. Le soleil est désormais à son zénith et, à force de rester debout en plein soleil, j'étouffe dans mon épaisse robe rose. Lorsqu'il se déclare enfin satisfait, il s'exclame :

— Retouches maquillage ! Nous passons à la scène du baiser !

Je regagne l'ombre d'un rosier où une jeune femme m'attend avec des poudres pour corriger mon teint. Je me laisse tomber sur la chaise pliante. Je suis en nage dans ce corset trop serré, j'ai faim et soif, la tête me tourne, mais il reste encore une bonne heure de tournage, vu comme nous sommes partis. Dieu merci, Antoine se rapproche discrètement de moi avec une bouteille d'eau. Je la porte à ma bouche quand le prince m'appelle :

— Gabrielle, allons-y !

Je repose la bouteille et le rejoins aussitôt sur le pont. L'a-t-il fait exprès ? De la part de quelqu'un d'autre, j'en aurais douté, mais connaissant ses penchants sadiques... Le soleil me chauffe à nouveau la tête et la lumière de midi m'éblouit. Le prince vient se placer à mes côtés et pose ses mains dans mon dos. Une lueur de malice pétille dans son regard. Il sait que je souffre, et il s'en délecte.

— Moteur ! crie-t-il.

Il m'attire contre lui, ses bras m'emprisonnent. Sa bouche se rapproche... Je pense très fort à Antoine, ferme les yeux. Ses lèvres se posent sur les miennes. Elles sont douces, et la sensation aurait pu être agréable s'il s'était agi de quelqu'un d'autre. Il approfondit notre baiser. Ses bras me serrent plus fort désormais. À m'étouffer. À la pression du corset s'ajoute celle de son étreinte. Je manque d'air. Je meurs de chaud. Alors que sa bouche continue d'explorer la mienne, la panique me saisit. Essaie-t-il de me faire perdre connaissance ? Est-il en train de me torturer subtilement devant les caméras et la France entière ? Je pense aux notes d'une nocturne de Chopin, un morceau calme, *piano*, pour réduire mon rythme cardiaque. Je m'évade dans la mélodie...

Le prince me relâche brutalement.

— Coupez !

Il s'essuie les lèvres en dardant sur moi un regard de convoitise, celui d'un chat qui a apprécié de jouer avec sa souris et s'apprête maintenant à la dévorer.

— Allez faire une retouche maquillage, Gabrielle. Nous allons la refaire.

J'acquiesce et regagne docilement mon siège, la maquilleuse reprend mon rouge à lèvres. J'avise la bouteille d'eau que m'a apportée Antoine. Je tends la main vers elle...

— Gabrielle ! Nous reprenons !

C'est donc bien ce que je pensais. Il est en train de me torturer aux yeux de tous. Je carre les épaules. Je ne le laisserai pas avoir cette satisfaction. Je ne lui montrerai pas ma peur. Malgré la chaleur étouffante et la soif qui assèche désormais ma bouche, je marche d'un pas déterminé jusqu'au milieu du pont, un sourire aux lèvres. Comme la fois précédente, le prince commence par m'enlacer. Je gonfle mes poumons autant que me le permet le corset.

— Action !

Je suis prête cette fois-ci. Lorsque le chaste baiser se fait passionné, j'y réponds. C'est Antoine, je me répète. J'embrasse Antoine. L'étreinte du dauphin se resserre, se transforme en étau. Si je n'avais pas pris la précaution de prendre de l'air, je serais déjà en syncope. Une soudaine douleur au bras manque de me faire pousser un cri et de consommer le restant de mon oxygène. Il me pince. Ce salaud me pince ! Je prends sur moi pour ne pas réagir, rester stoïque face à l'inconfort et à la douleur. Mais lorsqu'il me relâche enfin, je titube, à bout de souffle. Dans ses yeux danse une lueur évidente de plaisir.

— Allez vous remaquiller, Gabrielle.

Je redescends du pont sous les regards des équipes de tournage. À en juger par les réactions, personne ne s'est rendu compte du petit jeu malsain auquel il se livre. Pourtant, je ne me suis jamais sentie aussi utilisée, humiliée, rabaissée de toute ma vie. Aux côtés de la maquilleuse, Antoine m'observe revenir vers lui. La mâchoire serrée, les lèvres légèrement pincées, il a l'air d'être le seul à appréhender ce qui se passe ici. Je m'installe sur la chaise et, encore une fois, la jeune femme retouche mon rouge à lèvres.

— On reprend !

La scène recommence à l'identique. Le baiser, l'étau, la chaleur et la tête qui me tourne. Le dauphin pince au même endroit. Je résiste à la douleur, à l'évanouissement, je ne proteste pas. Je tiens mon rôle et tente de ne rien montrer. Pourtant, plus je reste impassible, plus le prince m'inflige de tourments. La fois d'après, il me mord la lèvre. Il tire ensuite sur une mèche de cheveux. Je tiens bon. Lorsqu'à la cinquième prise il me relâche, ce n'est plus du plaisir que je remarque dans son regard. Non, c'est quelque chose de plus violent, de plus bestial.

— On remballe ! ordonne-t-il aux équipes de tournage.

Puis il se rapproche à nouveau de moi. Sa main caresse mes cheveux, le contour de ma mâchoire, descend sur ma poitrine. Son geste pourrait paraître tendre et amoureux pour un observateur extérieur, mais sur son visage je décèle l'air satisfait d'un propriétaire qui comprend après achat qu'il a fait une bonne affaire. Il se penche vers mon oreille.

— Nous allons beaucoup nous amuser tous les deux, Gabrielle..., me glisse-t-il.

Puis sans crier gare, il me mord le lobe. C'est si rapide, si soudain, que je lâche un hoquet de surprise. Alors qu'il s'éloigne enfin de moi, je me laisse aller, le cœur battant, contre la rambarde décorée de fleurs du pont de bois. J'ai fait une énorme erreur. Ma résistance à son jeu malsain ne l'a pas découragé. Elle l'a enhardi.

Chapitre 26

Il me faut un moment pour me sentir en état de retourner au château. J'ai dû boire toute ma bouteille d'eau et m'asperger le visage, quitte à mouiller ma robe. Quand je me sens enfin prête à repartir, les équipes de tournage ont déjà déserté les lieux. Seuls quelques domestiques défont encore les décorations. Antoine m'offre son bras et je le saisis avec gratitude : j'ai les jambes en coton.

— J'admire votre courage, Gabrielle, murmure-t-il alors que nous sortons du bosquet.

Il pousse un soupir.

— Je connais peu de personnes qui auraient pu faire face comme vous l'avez fait. Surtout après...

Il ne termine pas sa phrase. J'acquiesce.

— Je vous remercie, Antoine, mais ce courage ne m'est venu que par absence d'alternative.

Je sens qu'il voudrait ajouter quelque chose, mais les allées sont pleines de monde. Quelques candidates marchent au bras de leur prétendant, des cameramans autour d'eux, des domestiques vont et viennent, les bras chargés de bouquets ou de boîtes, pour préparer les décors romantiques d'autres rendez-vous et de potentielles demandes.

— Gabrielle, vous a-t-il fait mal ? me chuchote Antoine après que nous avons croisé une cohorte de fleuristes.

Il parle si bas que je peine à l'entendre.

J'acquiesce légèrement. Je sens son bras se raidir contre le mien.

— J'espère que Léon...

— Moi aussi.

Moi aussi, j'espère que Léon s'est échappé. J'espère qu'il a récupéré ce qu'il était venu chercher au couvent. J'espère que nous pourrons compter sur son témoignage quand, immanquablement, le scandale éclatera.

Nous atteignons la terrasse. Un tournage a lieu en son centre. Sous une arche de fleurs des champs, Montmorency s'agenouille devant Clothilde. La joie qui illumine le visage de la jeune femme a l'air authentique, sincère. Je m'arrête devant les portes-fenêtres. Montmorency lui passe une bague au doigt, puis se relève pour l'embrasser. C'est un vrai baiser. C'est une vraie demande. Elle lui sourit et il plante à nouveau ses lèvres sur les siennes. Il n'exige pas de refaire la scène, il ne cherche pas à l'étouffer sous les caméras. Mais le spectateur ne se rendra pas compte ce soir de la différence qui existe entre Clothilde et moi, il ignorera que le conte de fées, promis au début de chaque édition de *Noblesse oblige*, ne concerne qu'une seule d'entre nous. Je baisse les yeux sur la bague qui orne mon annulaire, sur ce diamant énorme que se transmettent les Capet depuis des siècles. Si je m'en sors, je le jetterai dans la Seine.

Je retiens un soupir et rentre à l'intérieur. Assises sur une banquette, Agnès et Solange semblent en plein échange de messes basses. Elles s'interrompent à mon arrivée. Elles me détaillent des pieds à la tête, et le regard d'Agnès, dur, s'attarde sur la bague de fiançailles, tandis que Solange m'offre un sourire compatissant. Je déglutis, mal à l'aise, effectue une salutation. Je marche à leur rencontre, mais elles se lèvent pour se fendre d'une grande révérence. Je remarque alors leurs robes grises. La couleur du couvent. La sensation de malaise que j'avais réussi à repousser jusque-là se diffuse dans mes veines comme un un lent venin. Je n'ai pas seulement sous les yeux deux victimes du prince. J'ai sous les yeux deux de ses futures esclaves. Nous restons un moment face à face, jusqu'à ce que, d'un même mouvement, elles se détournent de moi et quittent la pièce, certainement pour se réfugier dans un autre salon.

— Savent-elles ce qui les attend ? me chuchote Antoine.

— Je ne sais pas.

Nous poursuivons notre chemin. À chaque pas, mon malaise se transforme en rage froide, puis en fureur. Comment pourrais-je tolérer que ces deux jeunes femmes se retrouvent à la merci de ce sadique dans un mois ? Comment pourrais-je le laisser s'en prendre à Solange, si douce, et dont le plus grand rêve était d'avoir une famille ? Comment pourrais-je le laisser martyriser et rabaisser Agnès, dont le tempérament de feu l'aurait conduite à faire de si grandes choses si elle était née ailleurs qu'en France ? De quel droit ce pervers priverait-il ces deux femmes, comme tant d'autres, de la vie qu'elles auraient dû avoir ? Quand j'arrive à ma chambre, je bous de rage.

— Ah ! Gabrielle ! Vous tombez bien ! s'exclame Ambre. Nous avons reçu de nouvelles instructions pour un tournage cet après-midi, il faut mettre en scène l'annonce de vos fiançailles avec les autres candidates. Tout s'est bien passé ?

— Heu... Oui, Ambre. Très bien. Donnez-moi juste quelques instants, s'il vous plaît.

Je fonce m'enfermer dans la salle de bains. Une fois seule, je tape un rapport bien senti sur mon médaillon. J'ordonne à nouveau aux républicains de faire éclater le scandale au plus vite.

*

— Chère Mademoiselle Gabrielle, par la présente, je souhaite vous adresser mes plus sincères et chaleureuses félicitations pour vos fiançailles. Mon cœur s'est gonflé de joie lorsque j'ai vu la si belle demande du prince...

Un sourire sur le visage, je lis à voix haute la lettre que l'on m'a envoyée. Depuis la veille, je n'ai pas eu une minute à moi : après la mise en scène de l'annonce de mes fiançailles avec toutes les autres candidates, on m'a filmée en train de me recueillir à la chapelle du château pour « remercier le Seigneur d'un si grand bonheur », puis j'ai dû jouer une dizaine de morceaux au piano dans la galerie jusqu'à ce qu'Ambre trouve celui qui illustrerait le plus parfaitement ma joie... Nous avons terminé juste à temps pour le bouclage de la quotidienne de l'émission, après quoi j'ai dû participer à un dîner avec toutes les candidates, où les fiançailles de la journée – quatre – ont été célébrées. Ambre ne m'a accordé qu'une courte nuit avant de me réveiller ce matin pour mettre en scène la suite de cette comédie : lire et répondre aux courriers de félicitations d'admirateurs. Je ne suis pas fiancée depuis vingt-quatre heures – moins pour le public, puisque tout a été diffusé à vingt heures la veille – que j'ai déjà deux sacs pleins de lettres.

— ... je vous souhaite tout le bonheur du monde à tous les deux, ainsi que de nombreux enfants. Mes salutations distinguées, Jeannette Martin.

Je relève la tête vers les caméras.

— Merci, Jeannette, du fond du cœur, pour votre sollicitude. J'en suis extrêmement touchée.

Je saisis ma plume et mon papier à en-tête flambant neuf pour lui rédiger une réponse. J'ai la main douloureuse. Le fait est que je n'ai jamais autant écrit depuis que j'ai quitté l'école. Mes lettres sont maladroites, tremblantes, au point que j'en ai honte. Je ne sais pas ce que l'avenir me réserve, où je finirai quand le scandale éclaboussera la Couronne, mais terminer ma scolarité en Union orientale ne me paraît pas être une mauvaise idée. Je m'accroche à cette idée en alignant des formules creuses sur le papier.

— Bon, je crois que nous avons ce qu'il faut, annonce ma conseillère quand j'ai fini.

— Ambre, vous aviez dit que j'avais du courrier personnel ?

— Ah oui, une minute.

Elle ressort de la pièce pour y revenir quelques secondes plus tard, deux lettres à la main.

— Voici.

J'examine les enveloppes. La première vient de Kerdoncuff, bien sûr. La baronne semble désormais passer ses journées à me rédiger des lettres pour tenter de me faire oublier qu'elle m'a achetée comme esclave. La deuxième est... d'Ophélia Lautrec ! Enfin ! Je ne peux résister à la tentation d'ouvrir cette missive en premier. C'est sûrement pour m'informer de la fin de ma mission, ils vont me secourir, d'ici à quelques jours je serai sortie de cet enfer...

« Reste. Dans. L'émission. Le. Plan. Est. En. Marche. Epouse. Le. Dauphin. »

J'essaie, à grand-peine, de garder le sourire devant cette lettre qui, pour un œil extérieur, est un enchaînement de félicitations convenues et de vœux de bonne santé. Les caméras tournent encore. Je la repose avec lenteur sur la pile de courriers déjà ouverts et, pour sauver les apparences, ouvre l'enveloppe envoyée par Kerdoncuff. Je parcours son texte sans le lire. Leclerc et Charbonneau sont-ils devenus dingues ? Ils ont reçu mon rapport, ils savent ce qu'il se passe au couvent Notre-Dame, ils savent que le dauphin y torture des jeunes femmes, qu'il a agressé deux candidates, assassiné Capucine de Léon et une cinquantaine d'autres filles, combien de temps vont-ils le laisser continuer ? Et maintenant, ils me demandent de l'épouser ? Qu'est-il advenu de leur promesse de m'extraire de là, de me transférer en Union orientale ? J'ai rempli ma mission, je leur ai apporté le scandale du siècle sur un plateau ! Penchée sur la lettre, je serre les dents pour me retenir de la rouler en boule et de la jeter contre le mur. Je ne suis qu'un pion. Pour le roi comme pour les républicains. Je prends une grande inspiration pour tenter de me calmer, sans y parvenir. J'ai besoin d'air, de solitude, pour réfléchir à ce que signifient ces nouvelles instructions.

— Ambre ? Je dois prendre une pause, j'annonce d'un ton dur.

— C'est impossible, je le crains, Gabrielle. Cet après-midi, nous avons une première réunion de planification du repas de fiançailles et du mariage, et ensuite nous devons préparer votre rendez-vous avec le dauphin demain matin. Nous tournons quand même cette scène sous la pluie, vous vous rappelez ?

— Justement, je dois m'entraîner à monter un peu plus.

— Encore ? s'étonne-t-elle.

— Nous aurons certainement plus d'images de nous en train de chasser demain, puisqu'il s'agira de nous montrer le prince et moi en train de partager une activité, je me trompe ?

— C'est vrai, admet-elle.

Elle se penche sur son agenda.

— Je peux décaler la réunion. Cela vous laisserait deux heures pour vous entraîner.

— Merci, Ambre. Antoine ?

Celui-ci passe une tête par la porte.

— Demandez à l'écurie de préparer nos chevaux pendant que je me change. Dès que je suis prête, nous partons.

*

Vingt minutes plus tard, vêtue de la tenue d'équitation la plus légère que j'aie pu trouver, je lance mon cheval au petit trot vers le parc. Puis, n'y tenant plus, au galop. Bas-de-Soie vole dans les grandes allées arborées. Le vent me fouette le visage au point de me tirer des larmes. Quel plan pourrait nécessiter que je reste encore un mois dans l'émission et que j'épouse le prince ? Quand Charbonneau m'avait recrutée, il était question de me mettre en sécurité et de faire éclater le scandale au plus vite dès que j'aurais le nom de l'assassin, alors pourquoi ce changement ? S'ils ne m'exfiltrent pas maintenant, il sera encore plus difficile de me faire sortir du pays quand je serai dauphine ! Est-ce que cela signifie qu'ils ont abandonné ? Que je vais non seulement épouser le dauphin, mais continuer de vivre avec lui, comme mari et femme, jusqu'à ce qu'ils se décident à faire éclater le scandale ? Peut-être espèrent-ils plus d'enregistrements, plus de preuves une fois que je vivrai avec lui. Je ne vois que ça comme raison pour me faire courir un tel risque. Se rendent-ils compte de ce qu'ils me demandent ? Je pourrais me retrouver à porter les enfants de ce sadique dès ma nuit de noces !

— Gabrielle ! Gabrielle, attendez !

Je ralentis l'allure, arrête mon cheval. Derrière moi, la monture d'Antoine peine à suivre.

— Désolée, je lui murmure quand il me rejoint.

— Ce n'est rien.

Nous continuons au pas. Des frondaisons d'un vert tendre s'élève le chant des oiseaux, un chant qui appelle à partir à la campagne, à s'enfuir loin d'ici.

— J'ai vérifié minutieusement les selles pour m'assurer qu'elles n'étaient pas équipées de micro et j'ai laissé mon appareil de communication aux écuries, intervient-il. Je prétendrai l'avoir oublié. Nous pouvons parler librement.

— Merci.

Bien sûr, il ne se doute pas qu'un autre enregistreur se niche au creux de mon médaillon.

— Avez-vous eu des nouvelles de Léon ? je lui demande.

— Non. Il n'est pas réapparu au palais. Les rumeurs disent qu'il serait retourné sur ses terres.

— Vous pensez que c'est vrai ?

— Je ne sais pas. Après que le prince lui a interdit de courtiser Solange et refusé le mariage, il n'est pas anormal de ne plus le voir au château.

— Vous avez raison.

Un bref silence s'installe entre nous.

— Pensez-vous que le duc a réussi à... récupérer des preuves ?

Antoine fait la moue.

— C'est possible. Après tout, s'il a suivi le dauphin, c'est bien parce qu'il savait que celui-ci ferait quelque chose de compromettant... Je n'ai pas remarqué d'appareil photographique ou de caméra quand nous sommes tombés sur lui en sortant, mais il avait peut-être un modèle miniature dans sa veste. On en fait désormais qui tiennent dans la main. Vous l'avez entendu comme moi, il a juré de révéler au monde la vraie nature du prince.

Je hoche la tête. Il me reste le mince espoir que Léon fasse éclater un scandale avant que je sois contrainte d'épouser ce monstre. Mais puis-je réellement compter sur cette probabilité pour me sortir de là ?

— En vérité, je crois que Léon ne s'attendait pas à trouver ce... ce que nous avons vu, poursuit Antoine. Avez-vous observé son air paniqué ? Je crois qu'il a suivi le prince en pensant le surprendre avec une autre jeune femme dans le palais ou le jardin, et qu'il était loin d'imaginer le secret qu'il cachait. J'ai moi-même découvert l'existence de ce souterrain et de ce lieu ce soir-là, alors que j'ai été garde du roi pendant trois ans et pensais connaître le palais comme le fond de ma poche.

— Combien de personnes savent, pensez-vous ?

— Une poignée, pas plus. En dehors du roi et du dauphin, leurs secrétaires privés respectifs, il doit y avoir un ou deux domestiques, c'est certain. Quelqu'un aura bien fourni ces tenues affriolantes à ces jeunes femmes, et je doute qu'elles se soient trouvées parmi les livraisons hebdomadaires de denrées alimentaires qui arrivent au couvent. Peut-être quelques-uns des gardes aussi. Vous avez vu son tableau de chasse comme moi. Grimaux n'aura pas pu s'occuper seul des corps.

Ses lèvres se pincent, sa mâchoire se serre. Il doit penser à sa fiancée.

— Je voudrais seulement savoir où ils les ont enterrés...

Je plisse les yeux. C'est effectivement une piste intéressante !

— La famille royale possède tellement de domaines et de parcs, je réfléchis à voix haute. Il faudrait pouvoir reconstituer les déplacements du dauphin. Il a probablement laissé des cadavres partout où il est passé.

— Je crois que vous avez raison. Mais Marie...

Il s'interrompt.

— Marie ne quittait jamais la demeure des Choiseuil. C'est une maison en plein Paris. Il l'aura attaquée là-bas ou l'aura fait enlever. Versailles est encore le grand domaine le plus proche. Je... Peut-être se trouve-t-elle dans ces bois.

Il balaie la forêt alentour d'un regard hanté, et je l'imite. Le parc est immense avec plus de vingt mille hectares, une dizaine de palais, des centaines de pièces d'eau. Les cadavres pourraient aussi bien se trouver dans le béton de la nouvelle terrasse du pavillon d'Hiver qu'au fond d'un étang à l'extrémité du domaine. Antoine pousse un profond soupir à côté de moi : le découragement semble nous atteindre tous les deux.

— Je suis désolée, je lui murmure. Puis-je faire quelque chose pour vous ?

Il secoue la tête.

— Je vous remercie de votre bonté, Gabrielle, mais je savais déjà au fond de moi qu'elle ne pouvait être en vie. J'ai fait mon deuil depuis longtemps, je voulais seulement démasquer son assassin.

Il prend une grande inspiration.

— C'est moi qui devrais vous demander ce que je peux faire pour vous. C'est vous qui allez épouser cet homme et être à sa merci...

Il se décompose aussitôt, comme s'il avait réalisé qu'il en avait trop dit.

— Je suis désolé, reprend-il. Ce n'est pas une conversation très réjouissante, et je me doute que si vous avez voulu vous échapper du château, c'est pour vous changer les idées.

— Non, si je suis sortie, c'est pour vous parler. Vous êtes le seul ici qui comprend ce que j'endure.

Je plante mes yeux dans les siens. Il a abandonné son air impassible habituel et m'observe intensément. Je repense à son étreinte, à la chaleur de ses mains dans mon dos, le soir où il a barré la porte de ma chambre au dauphin. C'est inconvenant, surtout après avoir parlé de sa fiancée disparue, mais j'aimerais descendre de cheval et me blottir à nouveau dans ses bras.

— Votre confiance m'honore, Gabrielle.

Un cor résonne au loin et nous levons tous les deux la tête.

— Je ne savais pas qu'une chasse était prévue aujourd'hui, murmure Antoine, soudain soucieux. Le dauphin doit être sur le domaine avec ses gens. Nous devrions rentrer.

Une idée me frappe soudain et je tire brusquement sur les rênes pour m'arrêter.

— Antoine, ces messieurs tuent toujours plus de gibier qu'ils ne peuvent en consommer, n'est-ce pas ?

— En effet, c'est souvent le cas...

Je le vois pâlir quand il comprend où je veux en venir.

— L'incinérateur du château ! s'exclame-t-il. Quand j'accompagnais le roi, c'est là qu'étaient déposées toutes les carcasses... J'aurais dû y penser plus tôt !

Je ne l'écoute plus. Je sais où se trouve cette installation. Je lance Bas-de-Soie au grand galop dans sa direction.

— Gabrielle ! Attendez !

Mais il me reste moins d'une heure pour trouver une preuve que mon réseau pourrait utiliser, et mon cheval est beaucoup plus rapide que le sien. La distance se creuse vite entre nous et ma robe vole derrière moi. Il doit y avoir des preuves là-bas, il faut qu'il y en ait.

Le cor se fait entendre à nouveau, plus proche, quand la cheminée de l'incinérateur apparaît enfin au-dessus des arbres. Je donne un autre coup de talon à ma monture. Quand j'arrive devant le portail vert, je saute de ma selle, manque de justesse de tomber. L'installation s'élève derrière la grille, toute de pierre blonde, comme le dernier palais construit sur le domaine, le pavillon d'Hiver. S'il n'était cette gigantesque colonne de briques qui crache une fumée noire, on pourrait prendre ce bâtiment pour une des résidences du parc.

Au diable mon maquillage, je presse mon visage contre les barreaux pour mieux en observer la cour. Elle est vide, malgré les nombreuses traces de roues qui indiquent que c'est là que se garent les employés en temps normal. Le bâtiment principal aussi a l'air désert : ses vitres sont sombres, aucune lumière n'a l'air d'être allumée à l'intérieur, malgré ce temps gris et ce ciel bas. D'ici, j'aperçois le dock grand ouvert, là où doivent normalement s'arrêter les camions pour décharger les déchets, vide lui aussi. Pourtant, les émanations de la cheminée indiquent que l'incinérateur doit fonctionner... Il faut que je voie ce qu'il se passe là-dedans.

J'actionne la poignée : la serrure est fermée. Tant pis, je tente le tout pour le tout. Je retrousse la fine jupe d'équitation, en me félicitant d'avoir choisi la tenue la plus légère, et entreprends d'escalader la grille. Si je me hisse sans peine jusqu'aux piques qui la surplombent, j'ai un moment d'appréhension avant de les enjamber. Les pointes de métal sont incroyablement aiguisées.

— Gabrielle !

Antoine me hèle de son cheval au galop, un peu plus loin dans l'allée. Je n'hésite plus, lance une jambe de l'autre côté, bascule mon corps par-dessus les piques, puis les empoigne pour me suspendre de l'autre côté.

— Gabrielle !

Le cheval d'Antoine pile devant le portail au moment où j'atterris sur le sol graveleux de la cour.

— Attendez ! me supplie-t-il. Vous rendez vous compte que si le prince est sur le parc pour une chasse improvisée, c'est peut-être pour avoir un prétexte pour utiliser l'incinérateur. Du monde pourrait arriver d'un instant à l'autre...

— Mon Dieu.

Je me sens bête de ne pas y avoir pensé. Puis j'avise Bas-de-Soie, si reconnaissable, que j'ai laissé à souffler au milieu de l'allée. Dans ma précipitation, j'ai commis une erreur idiote. Antoine suit mon regard et comprend immédiatement.

— Je vais aller attacher nos chevaux sous le couvert des bois, m'informe-t-il. En attendant, promettez-moi de ne pas bouger d'ici, il est hors de question que vous vous aventuriez seule là-dedans.

Haletante, je hoche la tête. Il se saisit des rênes et entraîne nos montures vers les arbres, disparaissant de mon champ de vision. Il n'est pas parti depuis une minute qu'un nuage de poussière attire mon attention tout au bout du chemin... Mon cœur manque un battement. Un véhicule se dirige droit vers moi. Je me décale aussitôt pour me cacher derrière le mur d'enceinte de l'installation. Que faire désormais ? Je ne peux pas escalader la grille pour sortir, ils me verront forcément, même à cette distance ! Je balaie les lieux du regard et avise le dock de déchargement. J'y cours, alors que le bruit du moteur se fait déjà entendre distinctement. Contrairement à la façade, le hall ressemble à une vraie installation industrielle, avec son béton gris et lisse, son large tapis de caoutchouc qui mène à une trappe en métal derrière laquelle doit se trouver la chambre de combustion. Là, le long du mur, je repère deux poubelles vertes en plastique qui contiennent des déchets de jardin. Je me précipite derrière elles au moment où j'entends le camion s'arrêter à l'extérieur.

Je me recroqueville contre le mur et retiens mon souffle. Un bruit de pas sur le sol gravillonné s'approche. Les gonds du portail grincent. Je porte la main à ma poitrine pour sentir la présence de mon médaillon... Ces poubelles n'offrent pas le meilleur abri, si quelqu'un venait à remonter sur plus de la moitié du tapis, il me repérerait aussitôt. Et si je me faisais prendre ? Quelle excuse pourrait bien avoir la fiancée du dauphin pour se retrouver ici ?

Le moteur redémarre, un gros diesel qui m'indique qu'il s'agit probablement d'un camion. Les pneus crissent sur le sol de la cour alors qu'il effectue une manœuvre. Je me risque à jeter un œil dans l'interstice entre les deux conteneurs. Un homme, un garde suisse, effectue de grands gestes pour guider le véhicule en marche arrière. De sa benne dépasse des têtes de cerfs dont les bois ont été sciés. L'homme se retourne et je recule aussitôt. C'est un garde du prince. Je le reconnaîtrais entre mille, c'est celui qui a congédié tous les autres lors de la soirée dans le labyrinthe. Antoine avait raison : cette chasse impromptue signifie que le prince a besoin de l'incinérateur aujourd'hui. Mais pour quoi ? Des preuves ? Un corps ?

Le moteur s'arrête et j'entends la portière du camion claquer.

— Combien il en a eu aujourd'hui ? demande une voix grave.

— Une dizaine, répond l'autre, plus proche.

— Pas mal. Surtout vu le peu qu'il a dormi...

Un « bip » strident retentit et je me retiens de faire un bond. Devant moi, la trappe de l'incinérateur s'ouvre et le tapis se met en marche. Un bruit de piston hydraulique emplit le hall. Par l'interstice, j'aperçois la benne basculer, et les deux hommes se positionner pour faire rouler les carcasses de cerf sur le tapis.

— Il aurait pas déjà dû être là ? crie presque l'un d'eux pour couvrir le vacarme. On est déjà en retard...

— Il m'a dit qu'il était dans Versailles, il ne devrait pas tarder.

Mais de qui parlent-ils ? Du prince ?

— Allez, c'est le dernier, déclare le garde que j'ai reconnu.

Il disparaît de mon champ de vision et l'instant d'après, le tapis s'arrête et la trappe de l'incinérateur se referme. Je fronce les sourcils. Le dernier ? Mais je compte encore six cerfs dans cette benne... Mes entrailles se tordent. Attendent-ils un corps ? Me suis-je aventurée ici à la recherche de preuve, d'un bout de tissu ou d'une broche, comme dans les films de détective qu'aimait regarder mon père, pour me retrouver à contempler ces messieurs se débarrasser d'une des victimes du prince ? Je regrette encore une fois que les républicains n'aient pu me fournir un appareil photo.

— Alors, comment avancent les préparatifs du mariage ?

— Oh, des changements dans tous les sens...

Je tends l'oreille. Parlent-ils du mien ?

— Laura voulait un gâteau à la vanille au départ, et puis finalement, ça ne va pas, parce que sa cousine s'est mariée le week-end dernier et qu'elle aussi a choisi vanille, alors maintenant, c'est chocolat, tu vois ? Et après le gâteau, ça a été les fleurs : elle a vu la demande en mariage du prince l'autre soir, donc maintenant, fini les pivoines, on doit prendre des roses... Sauf que tu t'imagines bien que le fleuriste, il a déjà passé commande.

— Philippe, tu me donnes pas envie de me poser, encore une fois.

— Oh tu sais, tout n'est pas si mal. Elle est jolie, elle m'adore et puis elle cuisine drôlement bien, avoue-le.

— Ah ça, j'ai encore en tête les délices à la reine qu'elle nous avait faits le soir où tu me l'as présentée. Et puis ses pralines ! Aïe, aïe, aïe...

— Voilà. Imagine qu'après le mariage, je vais manger comme un roi à chaque fois que je rentrerai à la maison. Et je dis ça, j'ai suffisamment mangé les restes de ces messieurs à la Cour pour savoir que Laura cuisine mieux ! Alors je suis prêt à rallonger quelques louis pour qu'elle les ait, ses roses...

— Mais tu n'as pas peur de prendre du poids ? C'est quand même très sucré et très gras ce qu'elle fait...

La conversation dérape sur la diététique, et, les sens en alerte, j'écoute d'une oreille l'un essayer de convaincre l'autre de manger plus de protéines. Au bout d'une éternité qui n'a pas dû durer plus d'un quart d'heure, un autre bruit de moteur se fait entendre.

— Messieurs, désolé de vous avoir fait attendre.

C'est la voix de Grimaux, le secrétaire particulier du prince. Je ne peux m'empêcher de regarder à nouveau par l'interstice. Il s'avance tandis que les deux hommes s'éloignent. J'entends qu'on ouvre un coffre, puis qu'on le referme. Quelques secondes plus tard, les deux gardes réapparaissent, portant un énorme sac de toile.

— À la une, à la deux, à la trois !

Ils le posent à l'extrémité du tapis. La forme, longue et de taille humaine, ne laisse aucun doute sur ce qu'il contient. C'est un cadavre. Est-ce celui de la jeune femme que le prince torturait au couvent ? Une autre ?

Le « bip » strident se fait à nouveau entendre. Je contemple la scène comme dans un rêve, figée, le corps et le cerveau engourdis par le choc. La dépouille bascule dans la bouche de l'incinérateur, et juste comme ça, elle a disparu. Une à une, six carcasses de cerf la rejoignent.

Quand le mécanisme s'arrête et que la trappe se referme, je n'ai toujours pas pu bouger.

— Messieurs, à tout à l'heure, dit simplement Grimaux.

Quelques instants plus tard, le moteur de sa voiture redémarre.

Leurs voix s'éloignent, puis disparaissent dans les rugissements du camion. Mais je n'arrive toujours pas à bouger. Le sang bat à mes oreilles et plus aucune mélodie ne vient à mon secours. Ce n'est que lorsque le silence se fait à nouveau, que les chants d'oiseaux envahissent ce hall de béton, que j'arrive à remuer mes doigts. Tremblante, je jette un œil par l'interstice. Personne. Je me relève à grand-peine et titube hors de ma piètre cachette.

Je sors du bâtiment, pour tomber sur un uniforme bariolé. Je manque de défaillir.

— Gabrielle !

C'est Antoine. Avant que j'aie pu prononcer un mot, il me serre contre lui.

— Venez, je vais vous sortir de là.

Il me guide vers le portail, et, comme dans un rêve, je l'escalade avec son aide. Lorsque je retombe de l'autre côté, je n'ai plus qu'une envie : partir. Quitter ce château, quitter ce pays. Cette jeune femme n'aurait jamais dû mourir. Si les républicains avaient fait éclater le scandale au plus vite, comme prévu, elle serait peut-être encore en vie, et le prince en route vers la place de Grève. Combien de victimes aura-t-il le temps de faire, jusqu'à ce qu'ils se décident à révéler sa vraie nature ?

— Suivez-moi.

Avec un geste doux, presque tendre, Antoine passe son bras autour de ma taille, et me conduit sous le couvert des bois. Nous marchons une bonne centaine de mètres avant de retrouver nos chevaux. Là, il me fait asseoir sur un tronc couché en travers des taillis. Il met un genou en terre et prend mes mains dans les siennes.

— Gabrielle, parlez-moi.

Je scrute son visage, ses yeux bleus inquiets. Il enlève son chapeau et presse à nouveau mes doigts. Une mèche blonde tombe sur son front.

— Parlez-moi... Que s'est-il passé ? Qu'avez-vous vu ? Quand j'ai voulu vous rejoindre, les hommes du prince étaient là. Vous ont-ils fait du mal ?

Je secoue la tête et prends une grande inspiration. J'ai besoin de tout raconter. À lui, et aux républicains qui récupèreront cet enregistrement ce soir. Je ne veux pas à avoir à leur taper un rapport cette nuit et revivre cet horrible moment, seule, dans l'obscurité de mon lit à baldaquin.

— J'ai vu les gardes et Grimaux déposer un corps...

Antoine m'écoute patiemment, son beau visage de plus en plus horrifié. Lorsque je termine, il me prend dans ses bras. Contrairement à celle du dauphin, son étreinte est douce, rassurante. Son pouce caresse la peau de mon dos, à la bordure de ma robe, et je m'accroche à ce contact, le premier depuis que je suis arrivée dans l'émission qui soit véritablement affectueux et bienveillant.

— Gabrielle, je suis désolé, murmure-t-il. Si je peux faire quoi que ce soit pour vous aider...

Pour toute réponse, j'enfouis ma joue contre son cou et ferme les yeux. Je veux tout oublier. Je passe mes doigts dans ses cheveux, le serre plus fort contre moi.

— Gabrielle...

Je m'écarte légèrement de lui. Je ne peux plus détacher mon regard du sien. Ses lèvres sont à quelques centimètres des miennes. Celles que je m'imaginais embrasser la veille. Et si je mourrais sans jamais avoir fait l'expérience d'un vrai baiser, où je n'aurais pas mal, où je ne craindrais pas de m'évanouir ? Comme une spectatrice de mes propres mouvements, je me vois poser une main sur sa joue. Il me laisse faire. Je tends mon visage vers le sien, sa bouche vient à la rencontre de la mienne.

Ce baiser est léger et doux. Il devient avide. J'écarte un pan de la veste de son uniforme, caresse sa poitrine. Ses doigts descendent le long de mon dos, saisissent ma cuisse.

— Antoine..., je gémis.

À bout de souffle, il s'écarte de moi.

— Je suis désolé. Je n'aurais pas dû. Abuser de vous, ainsi...

Je le rattrape par le col pour l'attirer à nouveau à moi. Ma langue caresse la sienne et je me perds dans cette sensation nouvelle.

— Gabrielle, murmure-t-il lorsque j'ai fini de l'embrasser.

— C'est moi qui suis désolée, Antoine, je lâche en me relevant. C'est moi qui ai voulu ce moment, alors que vous venez d'apprendre la mort de votre fiancée, alors que vous risquez la peine capitale si nous sommes surpris.

— Ce n'est...

Il ne termine pas sa phrase et il n'en a pas besoin. Dans ses yeux, je peux lire toute la souffrance que lui ont infligée ces derniers jours. Lui aussi avait besoin d'oublier, même pour quelques secondes. Je repense à la jeune femme. Avait-elle un fiancé, un mari, qui la cherchera aussi partout pendant des années ? Je me mets à faire les cent pas au milieu des taillis. Au diable les républicains, au diable leurs plans. Je ne livrerai pas mon corps à ce monstre et je ne me rendrai certainement pas complice d'un autre meurtre du dauphin par mon silence. Ma décision est prise.

— Je dois partir, Antoine. Je ne peux pas épouser cet homme.

— Et je ferai tout ce qui est en mon pouvoir pour vous faire échapper. J'ai aidé de nombreuses personnes dans l'espoir de recueillir des informations et faire avancer la recherche de ma fiancée ces dernières années, à Versailles et sur Paris, et beaucoup me doivent une faveur. Si vous me donnez un peu de temps, je peux organiser une diversion pour vous faire quitter le palais et un transport vers où vous voudrez.

— Merci, je...

Je porte la main à mon cou. Je pense à enlever mon pendentif pour poursuivre cette conversation, mais me ravise : Antoine pourrait trouver ce geste suspect, et je me fiche que les républicains connaissent mes intentions. Je viens de leur fournir un autre témoignage accablant et leur ai servi la Couronne sur un plateau, maintenant s'ils ne sont pas prêts à remplir leur promesse de me mettre à l'abri, j'ai le droit de le faire moi-même. Comment s'y prendraient-ils d'ailleurs pour m'en empêcher ?

— Antoine, si vous pouviez me conduire à Calais, mon père...

La boule qui gonfle au fond de ma gorge à son évocation m'empêche de continuer. Mon père, qui avait raison depuis le début. Qui se méfiait de Charbonneau, qui m'avait prévenue du risque que j'encourais. Je me mords l'intérieur de la joue pour m'empêcher de pleurer.

— Mon père s'appelle Olivier Mathurin, j'articule avec difficulté. Si vous le contactez, il pourra mettre un bateau à ma disposition au port. Il travaille pour la Compagnie Royale d'Import-Export à Brest. Mais je vous en prie, surtout, soyez discret.

— Je comprends, Gabrielle. Je suis particulièrement au fait des méthodes de renseignement des Tuileries, et je vous assure que j'emprunterai des canaux dont ils n'ont pas connaissance.

— Merci.

Je sens ma volonté se raffermir. Je vais faire ce qui était prévu dès le départ : me réfugier à l'étranger, témoigner, envoyer le peuple dans les rues.

— Vous devriez venir avec moi, Antoine, je reprends en me tournant vers lui.

Il se rapproche à nouveau.

— Je ne vous abandonnerai pas.

Il attrape mes mains pour les serrer contre son cœur, presse son front contre le mien. Cette étreinte, toute en douceur et remplie de la promesse de jours meilleurs, est encore plus intime que notre baiser. Je me surprends à rêver à ces caresses sur un bateau qui naviguerait loin d'ici. La perspective de partir avec lui, d'avoir désormais un compagnon de route qui comprendrait ce que j'ai enduré, me donne la force de penser au rôle auquel je dois retourner.

— Nous devrions rentrer, je suggère. Ambre doit nous attendre depuis longtemps déjà.

— Vous avez raison.

Nous nous écartons l'un de l'autre à regret. Je réajuste mon corset, vérifie que mon maquillage est toujours présentable, tandis qu'Antoine époussette son chapeau. Je remonte sur mon cheval, légèrement plus sereine qu'auparavant.

— Prenons une route plus directe, suggère-t-il. Nous pourrons laisser les chevaux à un valet près de la terrasse pour les ramener à l'écurie.

J'acquiesce. Nous sortons des bois et nous mettons au petit trot sur l'allée, en direction du palais. À mesure que nous avançons, le visage d'Antoine redevient impassible et froid. Nous sommes en vue du château lorsque son cheval s'arrête net. Sa bouche est déformée par l'horreur. Je suis son regard.

Dans le potager royal, un jardinier répand de la cendre comme engrais sur les cultures. De la cendre qui provient de l'incinérateur. J'ai tout juste le temps de descendre de mon cheval pour vomir.

Chapitre 27

— Mangez un peu, Gabrielle, voyons ! me tance Ambre. Je comprends que vous vouliez ne pas prendre de poids avant votre mariage, mais si cela continue ainsi, nous devrons réajuster la robe !

Je contemple mon assiette, le poisson aux herbes du jardin, les asperges au beurre. Je n'arriverai pas à y toucher. Pas en sachant ce qui sert d'engrais aux légumes du potager royal. Rien qu'en y repensant, j'ai de nouveau la nausée.

— Ambre, je n'ai juste... pas très faim. Je me contenterai de fruits. De fruits exotiques.

— Bien, soupire-t-elle. Je vais vous faire monter des bananes et des mangues. Mais cela fait deux semaines que vous ne mangez plus que ça...

Elle me regarde soudain d'un air suspicieux.

— Vous n'êtes pas enceinte, j'espère ?

— Comment pourrais-je l'être, Ambre ?

— Lorsque vous êtes allée à la chasse avec le dauphin... Votre robe était particulièrement près du corps avec toute cette pluie.

— Il ne s'est rien passé.

Mais ses yeux restent fixés sur moi.

— D'accord, Ambre, je l'admets, je fais attention à ma ligne. J'ai eu une conversation avec Mme de Noailles sur l'effet des fruits sur l'énergie et le teint. Cela ne fait pas de mal d'essayer, je suis très fatiguée avec le rythme des tournages.

Je ne prends pas de risque avec ce mensonge : Mme de Noailles est connue pour ses régimes et ses théories extravagantes sur la santé.

— Je vois. Vous auriez dû m'en parler avant. J'aurais fait venir un diététicien. Ou j'aurais allégé votre programme.

— Vous comme moi savons que ce n'est pas possible.

— Je crains que vous n'ayez raison, soupire-t-elle.

Elle appelle un domestique pour faire remporter mon plateau. En attendant qu'il revienne avec mes fruits, je parcours du regard mon agenda. Dieu merci, ces derniers jours n'ont permis aucun rapprochement avec le prince tel qu'envisagé par Ambre. Antoine y a veillé. Il s'est assuré que le dauphin et moi ne soyons jamais seuls lors des répétitions de la cérémonie du mariage, et lors de la chasse, il ne m'a pas quittée d'une semelle. Cela ne m'a pas empêchée de subir la vision des chiens déchiquetant un cerf. Je n'ai pas fait la même erreur que la dernière fois : au lieu de rester impassible, je n'ai pas masqué mon horreur. Le rictus pervers du prince m'a confirmé que je lui avais donné la réaction attendue. Bien sûr, rien de tout cela n'a été montré à l'écran. Le soir même, nous apparaissions tous les deux follement heureux, chevauchant au vent au milieu de la meute, avant qu'une averse nous surprenne et nous amène à nous abriter sous un chêne, ruisselants de pluie. Une véritable image d'Épinal, une tension charnelle insupportable, pour le téléspectateur. Pour moi, une heure de cauchemar à devoir enlacer ce monstre qui m'a à nouveau pincée et mordue.

— Madame.

Un valet m'apporte mes fruits.

— Ce n'est pas trop tôt, souffle Ambre. Mangez vite, Gabrielle, nous sommes presque en retard.

J'avale rapidement quelques morceaux, puis me retrouve poussée vers la sortie. Antoine est là, prêt à m'escorter, et derrière lui, un essaim de caméras. Comme chaque matin, il m'adresse seulement un signe de tête, puis s'efface dans le décor, présence rassurante qui me permet de rester sereine. Nous n'avons pas pu nous embrasser depuis notre baiser dans les bois. À peine avons-nous pu échanger un mot. Je sais qu'il travaille toujours à trouver un moyen de nous faire fuir. De mon côté, mes rapports au réseau se sont transformés en supplication pour qu'on me sorte de cet enfer.

— Mlle Gabrielle, annonce le valet de pied.

Nous pénétrons avec Ambre dans le salon transformé en salle de réunion. Le dauphin est déjà là, avec ses équipes au grand complet, ainsi que les nouveaux membres de mon cabinet de communication.

— Monseigneur.

J'effectue une révérence avant de prendre place en bout de table, à l'opposé du prince.

— Vous êtes ravissante aujourd'hui, Gabrielle, me lance-t-il.

— Vous n'êtes pas mal non plus.

Cette allusion à notre premier échange le fait sourire. Derrière moi, j'entends les pas d'Antoine qui vient se poster près de mon siège.

— Bien, commençons, propose le dauphin. Pour le menu de la fête…

Il se lance dans un long résumé de ce qui a été décidé pour le dîner de fiançailles. Je peine encore à réaliser. Demain soir, nous célébrerons nos fiançailles avec l'ensemble des participants de *Noblesse oblige* et les amis proches de Louis. Dans deux semaines, nous nous marierons. Il n'y a pas trois mois, j'étais une simple domestique.

— Gabrielle, que pensez-vous d'ajouter quelques roses blanches ? me demande le prince.

La question me sort de mes pensées. Toute la table est tournée vers moi.

— Ce serait très beau.

— Bien, Christine, vous ordonnerez au fleuriste de rajouter des roses blanches dans les compositions qui orneront les buissons. Ainsi que je le disais, cela fera de cette fleur le symbole de Gabrielle.

La rose blanche, par opposition à la rose rouge qu'affectionnait Capucine de Léon. Une autre pique à destination du duc. Peut-être est-il libre quelque part, car cette séquence semble conçue pour l'agacer.

— Ce qui m'amène à la question de la venue du roi lors du dîner. Bien sûr, ce sera inattendu pour les convives, et une nouveauté dans la tradition de l'émission, je compte donc sur vous pour que cette information ne sorte pas de cette pièce.

Tous les conseillers acquiescent.

— Afin de garder l'effet de surprise, nous avons prévu un dispositif de sécurité très allégé. Ce sera relativement sans risque comme ce déplacement se fera à la dernière minute et n'est pas dans son agenda officiel. Seuls deux membres de ma garde seront aux portes pour l'accueillir. Sa voiture s'arrêtera près de l'entrée des livraisons. Il ne prendra pas son convoi sécurisé habituel avec cortège, juste une limousine simple. Il passera par la porte près des serres, d'où il pourra arriver à pied jusqu'au dîner qui aura lieu dans le jardin.

Nous hochons tous la tête. Si seulement le prince savait qu'il transmet depuis une semaine à mon réseau tous les détails de cette visite surprise à la sécurité inexistante... Je doute que Régis Leclerc en fasse quoi que ce soit cependant : je ne le vois pas se priver du procès qu'il souhaite faire au roi et qu'il appelle de ses vœux à longueur de pamphlet depuis des années.

— Ce qui m'amène à la prochaine surprise de la soirée..., continue-t-il.

Je me retiens de froncer les sourcils. Tous les jours, il change les plans de table et modifie les arrangements au pied levé, obligeant les équipes à tout retravailler en catastrophe. Je pensais qu'à vingt-quatre heures du dîner nous en aurions fini avec ses caprices, mais on dirait que non.

— J'en ai discuté avec le roi mon père ce matin, et Gabrielle quittera Versailles après la fête pour emménager aux Tuileries. Elle résidera dans les appartements de Marie-Thérèse, ceux-là mêmes où mon aïeule a emménagé quelques semaines avant son mariage avec Louis XIX.

Ma mâchoire se décroche. Non. Il ne peut pas faire ça... Je ne peux pas... Non.

— Nous nous sommes dit qu'il serait judicieux de procéder ainsi pour sa sécurité, mais surtout pour l'audience : cela permettra de suivre la future dauphine dans la découverte de sa nouvelle demeure et de son rôle.

Cela te permettra surtout de faire de moi ce que tu veux, un peu plus tôt, loin des caméras, dans ton affreux couvent. Ordure. Salaud.

— Votre Altesse, c'est une excellente idée ! s'exclame Ambre, toujours la première à applaudir le dauphin. Puis-je émettre une suggestion ?

— Allez-y.

— Devrions-nous mettre en place des leçons là-bas pour Gabrielle ? Un maître de géographie, un maître d'économie...

— Excellente proposition. Il est bon que le peuple réalise la somme de connaissances que requiert l'exercice du pouvoir, même si ce n'est que pour m'accompagner lors des visites officielles... et des cours dans le petit salon vert seront du plus bel effet.

Mon ventre se tord. Mme de Kerdoncuff a regardé suffisamment de reportages sur les demeures royales pour que je sache où se trouvent ces appartements : dans une aile du rez-de-chaussée, afin de satisfaire la passion de l'ancienne reine pour les jardins et permettre ses balades au bord de la Seine. Ils sont à deux pas du passage secret qui mène au couvent.

— Et si nous organisions une cérémonie, pour marquer cette transition ? suggère un des conseillers du prince.

— J'aime beaucoup cette idée. À quoi pensez-vous ?

— Peut-être à une arche ? Avec une remise des clés du palais ?

— Pas assez formel, objecte Ambre. Ni assez grandiose.

On discute devant moi comme si je n'existais pas. Je dois me faire violence pour ne pas me retourner vers Antoine.

Où en est-il des préparatifs de notre fuite ? Nous pensions avoir deux semaines devant nous, nous n'avons plus que vingt-quatre heures...

— Et si nous reprenions le rituel des passages de frontières ? propose ma conseillère. Une tente où Gabrielle se changerait pour ressortir vêtue de ses nouveaux habits de Cour.

— Comme Marie-Thérèse ! remarque le dauphin. Quelle merveilleuse idée, Ambre ! Nous pourrions en profiter pour lancer une nouvelle mode.

— Je sais que Vuitton pensait remettre les manches bouffantes au goût du jour.

— Faites-les venir immédiatement.

— Bien sûr, si nous suivons cette tradition à la lettre, se pose la question du médaillon de Gabrielle. Elle ne pourrait le garder, puisque aucun objet d'une Cour étrangère ne peut être conservé, ni, dans le cas présent, d'une ancienne vie... Or nous en avons plusieurs milliers en production pour les boutiques officielles.

Je me redresse sur mon siège.

— Ne peut-on faire une exception ? j'interviens.

— Faire une exception affadirait le symbole, rétorque le prince.

Je me sens pâlir. Il se fiche du symbole, il veut simplement accrocher ma médaille avec celle de ses autres victimes. Et à quoi bon continuer mon rôle d'espionne, à quoi bon subir ce qu'il me fera, si c'est pour ne même pas récolter la moindre preuve ?

— Ambre, je pense que nous devons respecter la coutume à la lettre, poursuit-il avec un plaisir évident à ma réaction.

Pourquoi ne pas en profiter pour lancer un deuxième produit ? Je pourrais lui en offrir un autre, le jour de notre mariage. Ce serait romantique et cela nous permettrait d'avoir un autre bijou dans nos boutiques.

— Excellente idée.

Le sang quitte mes joues. Le prince sourit. Mais sourit-il car j'ai l'air attachée à ce pendentif, ou parce qu'il soupçonne la présence de l'enregistreur à l'intérieur ? Non, il ne peut pas savoir que j'espionne. Si c'était le cas, je serais déjà sur l'échafaud, ou pire, dans une des cellules du couvent.

— Bien, alors c'est décidé.

La réunion continue sans que l'on s'inquiète de mon silence. Que faire désormais ? Démanteler mon médaillon ce soir, au cas où il serait examiné ? Espérer qu'il soit immédiatement accroché au tableau de chasse du prince et laissé en l'état, pour qu'il puisse continuer d'enregistrer ? Peut-être est-il plus raisonnable d'ingérer le poison et de m'épargner le calvaire qu'il me prépare... Je serre les dents. J'ai envie d'étrangler Régis Leclerc. Voilà à quoi mènent ses calculs idiots. Si demain on m'accuse d'espionnage, tout est fichu. Je serai arrêtée et Dieu sait ce que je subirai pour me forcer à affirmer que tous les enregistrements que révéleraient les républicains sont faux. Il ne restera plus que le témoignage de Léon, que l'émission a dépeint comme un homme inconstant et à moitié fou, souhaitant reprendre épouse trois mois après la mort de sa femme. Ma mission n'aura servi à rien et nous serons passés à côté d'une opportunité sans précédent. Je pianote nerveusement une sonate de Bach sur le tissu de ma robe, sous la table. Que faire ? Je crains de ne pas recevoir de nouveaux ordres avant demain, au plus tôt, et encore faut-il qu'on estime que j'aie le temps de lire mon courrier.

— Les robes seront là dans une demi-heure, intervient Stéphanie.

— C'est parfait.

Je me prépare à jouer à la poupée.

*

Il est vingt-trois heures lorsqu'on me laisse sortir du salon. Le style de la tente royale a été décidé en un temps record, mais on a tenu à me faire essayer une trentaine de robes. Le prince ne s'est pas montré satisfait des modèles envoyés par Vuitton : il a fallu faire venir le créateur pour coudre sur moi le dessin qu'il avait en tête. Bien entendu, il a particulièrement apprécié de me voir peiner à rester debout, sans bouger, des heures durant, alors qu'on épinglait et ajustait le tissu sur mes sous-vêtements, devant la vingtaine de personnes présentes.

Alors que je marche d'un pas fourbu vers ma chambre, je guette celui d'Antoine derrière moi. Je dois lui parler. Je jette un œil par-dessus mon épaule. Il m'adresse un signe de tête, que j'interprète comme « plus tard ».

Nous traversons les couloirs vides. Dans celui des chambres des candidates, les gardes dorment déjà, allongés sur leur banc en travers des portes. Antoine me dépasse pour ouvrir la mienne.

— Dans une heure, me glisse-t-il alors que je la franchis.

Puis il me laisse seule dans la chambre. Dans une heure. Partons-nous ? Ou veut-il seulement que nous parlions de son plan ? Je contemple la lourde robe que je porte. Dans tous les cas, je dois l'enlever. Je sonne Iphigénie pour m'aider à la défaire, puis une fois dans mes vêtements de nuit, je me roule en boule sur mon lit. Je ne pensais pas me retrouver dans cette situation. Et si Antoine n'arrivait pas à me faire échapper ? J'ouvre mon médaillon. Derrière le portrait de ma mère, la capsule de poison. Charbonneau m'a promis une fin rapide. Plus douce que ce que me réservera le dauphin dans l'intimité, lui qui n'hésite déjà plus à me faire souffrir en public. Je caresse le visage de mes parents. Je me demande ce qu'ils auraient pensé de tout ça. Peut-être se seraient-ils rangés derrière l'avis de papa. Je dois avouer maintenant qu'à la veille de rentrer dans la maison d'un sadique, je lui donne raison : n'importe quelle vie comme femme de ménage en Union orientale serait plus enviable que celle que l'on me promet. Je referme le pendentif d'un coup sec. Je ne dois pas me laisser aller à ce genre de pensées, c'est à force de démission et de lâcheté que la famille royale s'est maintenue au pouvoir si longtemps. Pourtant... Je ne peux m'empêcher de trembler à l'idée que demain, je pourrais être amenée dans le lit du dauphin, ou pire, dans une cellule du couvent. J'ai déjà laissé le prince prendre mon premier baiser. Je peux encore lui refuser ma virginité. Oui, je peux faire en sorte de ne pas avoir ma première expérience avec un malade. Je descends de mon lit, et, sur la pointe des pieds, vais vérifier qu'Iphigénie dort bien derrière la petite porte camouflée dans la tapisserie de la salle de bains. Pas de lumière, pas un bruit, cela semble être le cas. Pour avoir été à sa place, je sais que le travail physique d'une femme de chambre vous plonge dans le sommeil le plus lourd, mais pour plus de sûreté, je ferme la porte et les tentures qui mènent à la pièce d'aisance. Puis je me dirige vers l'entrée de ma chambre.

Allongé sur le banc, Antoine relève la tête dès qu'il me voit. Il ne porte plus qu'une chemise qui laisse deviner ses pectoraux, et un pantalon de lin. En silence, il se glisse dans ma chambre.

— Gabrielle..., chuchote-t-il.

Je ne le laisse pas parler. Je défais le nœud qui retient ma robe de nuit. Le vêtement glisse sur ma peau, tombe à mes pieds. Antoine m'observe intensément. Dans la faible lueur de la lampe de chevet, je décèle son désir et son hésitation. Ce que je lui demande est dangereux. Je m'avance vers lui, tends ma bouche vers la sienne. Mais il reste immobile. Son souffle précipité me caresse les lèvres.

— S'il vous plaît, Antoine.

Ses mains se posent sur la peau nue de mes bras et une douce chaleur m'envahit.

— Ne le laissez pas tout me prendre...

Ses lèvres rejoignent les miennes et il me serre contre lui. Je sens son ardeur se presser contre mes hanches. J'approfondis notre baiser, entrouvre ma bouche pour laisser sa langue caresser la mienne. Ses doigts glissent le long de ma poitrine, de mon ventre, jusqu'à mon intimité. La sensation est si surprenante, mais si agréable, que je dois retenir un gémissement. Une moiteur coupable m'envahit.

— Êtes-vous sûre ? demande-t-il.

— Absolument certaine, j'halète.

Et je joins le geste à la parole en déboutonnant son pantalon. Antoine enlève sa chemise et l'instant d'après, il est nu devant moi. Je n'ai jamais vu de sexe d'homme, et je ne peux m'empêcher de ressentir une certaine appréhension devant le sien. Antoine semble le réaliser.

— Voulez-vous toujours continuer ? glisse-t-il à mon oreille.

Je déglutis et hoche simplement la tête. Lorsque ses doigts se posent à nouveau sur mon bas-ventre, je n'ai plus aucun doute. Je lève une jambe pour l'enrouler autour de sa taille et l'encourager à poursuivre. Il me soulève soudain pour m'allonger sur le lit. Alors que sa main continue de me caresser, sa bouche embrasse mon cou, descend sur ma poitrine, avant de saisir mon sein. Une nouvelle vague de désir me submerge et je ferme les yeux. Je me laisse transporter par la cascade de sensations. Je ne pense pas avoir ressenti quelque chose d'aussi divin. Jusqu'au moment où ses lèvres se déplacent à nouveau. Plus bas. Toujours plus bas... Sa bouche s'enfouit dans mon entrejambe, et je me contorsionne sur les draps, un peu plus submergée de délice à chacun de ses assauts. Je m'envole dans une brusque jouissance.

Je suis encore au septième ciel quand il me pénètre. La douleur se superpose au plaisir. Comme s'il avait compris, Antoine saisit mon sein entre ses doigts, le caresse doucement. Il va et vient en moi, couvrant mon visage de baisers, et je sens mon corps se resserrer autour du sien. Il ne lui suffit que d'effleurer encore une fois le haut de mon intimité pour que je connaisse un nouvel orage. Un orage pendant lequel il me rejoint.

Nous restons un moment, allongés l'un à côté de l'autre, haletants. Sa main caresse mon épaule et il me sourit. J'ai pris la bonne décision. Demain soir, je serai peut-être morte ou en cellule. Cette expérience avec lui fera partie des belles choses que je ne regretterai jamais d'avoir vécues.

— Nous fuirons demain soir, murmure-t-il. Un des feux d'artifice partira par erreur avant le dîner et créera la confusion. Avec le roi tout juste sur les lieux et aussi peu entouré, de nombreux gardes quitteront leur poste pour assurer sa sécurité. Guettez mon signal. Je prétendrai vous mettre à l'abri, mais nous filerons par l'accès au potager. Nous changerons plusieurs fois de voitures et atteindrons Le Havre. De là, nous gagnerons l'Angleterre puis l'Union orientale. Nous y serons sous protection.

— Merci, Antoine.

Il se penche vers moi pour m'embrasser. Puis rapidement, il se rhabille et retourne prendre sa place devant ma porte.

Chapitre 28

Je me réveille tôt le lendemain, le corps perclus de courbatures. Le soleil vient de se lever et filtre entre les rideaux de mon lit. Je m'étire et me lève. Depuis ma fenêtre, je peux apercevoir les équipes de tournage s'organiser dans la cour de marbre. Encore une longue journée. À l'idée de partir sous le nez du dauphin, je me sens fébrile. Fébrile et impatiente. Peut-être serais-je en Angleterre cette nuit. Je n'ai jamais quitté la France. Quand il voyageait, mon père ne m'emmenait jamais – il ne voulait pas me laisser seule dans une chambre d'hôtel inconnue. Je me demande comment est Londres. Comment est l'Union orientale. J'ai vu des photos et des vidéos sur les journaux en ligne que consultait M. de Kerdoncuff, mais je suis curieuse de ce que cela fait, de vivre dans un pays démocratique, où l'on peut dire et faire ce que l'on veut sans craindre pour sa vie, où l'on est libre d'aimer qui l'on veut... L'Union orientale est une ennemie de la France et des royaumes voisins, qui héberge et finance ses opposants, protège ses démocrates et même ses révolutionnaires les plus violents comme Régis Leclerc. J'imagine qu'en tant qu'ancienne fiancée du prince et lanceuse d'alerte je profiterai du même niveau de protection que lui. Je l'espère en tout cas. Il n'est pas rare que le pouvoir royal poursuive ses opposants jusqu'à l'étranger. M. Robert, un républicain de la branche plutôt modérée siégeant à la chambre basse nationale en tant que membre du Parti Démocrate, a été retrouvé tué dans son salon de deux balles dans la tête, après avoir fui le pays pour dénoncer un scandale de corruption. Quant à Damien de Sarnèzes, membre de la noblesse et fervent partisan de la démocratie et de l'abolition des privilèges, lui, sa femme et ses enfants ont été abattus dans leur résidence américaine. Le propre frère du roi n'a pu échapper à sa fureur. Je devrai probablement passer un temps de ma vie sous protection policière, du moins jusqu'à la fin de ce régime. Comparé à l'alternative, qui me ferait rester ici, cela ne m'effraie pas, au contraire. Je donnerais tout pour avoir plusieurs hommes armés entre moi et le prince. Je saisis mon médaillon, le soulève à la lumière du petit matin.

On frappe à la porte. Ambre entre sans attendre ma réponse.

— Bien dormi, Gabrielle ? Vous avez l'air radieuse, ce matin !

Derrière elle s'engouffrent une cohorte de conseillers, une équipe de tournage et une armée de coiffeurs, stylistes et maquilleuses. Me voilà repartie pour jouer à la poupée.

Au bout d'une heure, je suis prête pour sortir.

— Allons-y, m'intime Ambre. Nous avons plusieurs plans à tourner à l'église, puis le déjeuner avant l'arrivée de Vuitton pour les dernières retouches...

J'acquiesce et m'empresse de sortir de la chambre. Je m'attends à trouver Antoine derrière la porte, mais il n'est pas là. Une bouffée d'angoisse monte au creux de ma poitrine.

— Ambre ? je chuchote. Où est Antoine ?

— Je n'en ai aucune idée, il a été relevé ce matin, avec quelques-uns des gardes. J'imagine que ça a à voir avec les changements apportés à votre sécurité.

Je hoche la tête. L'ont-ils transféré aux Tuileries ? Une idée me glace alors le sang. Et si nous avions été surpris ? Si... Non, c'est impossible. Cela s'est passé au cœur de la nuit, nous n'avons fait aucun bruit. Si le prince ou le roi le savaient, je serais en route pour la place de Grève. En aimant qui je désirais vraiment, j'ai commis un crime. Un crime de mœurs, celui de me donner à un homme hors mariage, mais aussi un crime de lèse-majesté puisque j'ai trahi mon engagement avec le dauphin. Aucun de ces deux actes ne reste impuni dans ce royaume.

Malgré tout, je n'arrive pas à me rasséréner. La présence d'Antoine m'est devenue essentielle au fil des semaines, et après cette nuit, elle m'est devenue vitale. J'assiste à la messe dans un état second. Je n'ose rêver à ma liberté retrouvée ce soir, aux longues heures dont Antoine et moi disposerons sans devoir nous cacher. Pourtant, je ne peux m'empêcher d'espérer. Les secondes et les minutes s'écoulent avec une insupportable lenteur. Au déjeuner, je peine à avaler mes quelques fruits exotiques, tellement mon estomac est noué – heureusement, Ambre met cette nervosité sur le compte de mon changement de résidence et de vie annoncé.

M. Vuitton arrive à treize heures, entouré de deux stylistes. Je fais de nouveau le mannequin pour finaliser la robe que je devrai enfiler lors de cette parodie de cérémonie des passages de frontières. Puis c'est au tour de celle que je dois porter au début de la soirée. On me maquille, on me coiffe, et je me jure de ne plus jamais, ô grand jamais, subir ce traitement de ma vie, si je réussis à partir d'ici. Je ne porterai plus jamais de corset, je ne forcerai plus jamais mes mèches à boucler, je ne mettrai plus de fard.

— Quels beaux cheveux vous avez.

— Relevez juste un peu le menton... La courbe de vos lèvres est parfaite.

Les préparateurs ne tarissent pas d'éloges, pensant tous s'adresser à la future reine. Beaucoup se rêvent déjà en poste permanent auprès de moi. Ça aussi, j'espère que cela cessera à partir de ce soir, cette forme de flatterie éhontée.

— Regardez-moi, Gabrielle, que je vérifie tout ?

Je m'avance vers Ambre. Elle me scrute du regard pendant de longues secondes.

— C'est parfait. Nous pouvons y aller.

Je prends une grande inspiration. J'ai le trac comme avant une représentation. Non, pire qu'avant une représentation. Je peine à convoquer les mélodies qui me permettent de me mettre en condition. Si Antoine ne réapparaît pas, ce serait comme arriver sur une scène sans piano.

Au milieu des caméras, je traverse les couloirs jusqu'à la terrasse du château. Le cocktail a déjà démarré, la plupart des invités sont là. Quand mon nom est annoncé, la foule se tourne vers moi et se fend en révérences.

— Ma très chère fiancée !

Le prince surgit pour venir me prendre le bras.

— Vous êtes magnifique ce soir.

— Merci.

— Venez, nous parlions d'amour et de mariage avec quelques-unes de vos amies.

Il me conduit jusqu'à un groupe de candidats et candidates récemment fiancés. Clothilde regarde son promis, Montmorency, avec des yeux énamourés, et je remarque qu'elle est bien la seule. Mon agenda de tournage a été bien trop chargé pour me permettre de suivre les péripéties amoureuses de mes compagnes d'infortune, mais j'ai le sentiment que Juliette, Carole et Amélie sont aussi ravies que moi du choix de leur fiancé. Un sourire poli sur le visage, elles sont soit guindées, soit de mauvaises actrices qui peinent à jouer la comédie du bonheur. Si je me doutais bien que l'émission était truquée dès le départ, je pensais que cela ne s'appliquait qu'aux deux ou trois figures qui ressortent chaque année et épousent les titres les plus élevés. Mais à en juger par les mines des couples ici, des sourires forcés des hommes et des femmes, je comprends que tous les partenaires sans exception sont attribués d'avance. Certainement une autre machination du roi.

— Gabrielle, nous avons besoin de votre avis : Perceval me soutenait qu'un enfant né dans la première année d'un mariage bénissait celui-ci. Qu'en pensez-vous ?

— Un enfant bénit un mariage, quel que soit le moment de son arrivée, je réponds pour botter en touche.

— Mais ne croyez-vous pas qu'un héritier si vite apparu soit un signe de l'affection que Dieu porte à un couple ? insiste Perceval.

— Les voies du Seigneur sont impénétrables, mon cher.

Le prince s'esclaffe à côté de moi.

— Ma fiancée marque un point, Percy.

— Monseigneur, mademoiselle Gabrielle...

Je reconnaîtrais cette voix grave entre mille : Félix Lanconnay de La Brivoisière se joint à notre groupe et s'incline profondément devant le dauphin et moi.

— Permettez-moi de vous adresser mes plus sincères félicitations pour cette alliance qui nous réjouit tous.

Lorsqu'il se relève, son regard croise le mien et ses yeux pétillent de malice, comme le soir où nous nous sommes rencontrés.

— Je vous remercie, monsieur de La Brivoisière, lui répond le prince.

Je décèle dans le ton de celui-ci un respect que je n'ai jamais entendu. Surprenant.

— Et quel suspens vous avez maintenu ! continue le commandant des troupes de Paris. Mes hommes ont eu le plus grand mal à faire respecter l'interdiction des feux d'artifice amateurs dans les parcs du nord de Paris le soir de votre déclaration ! La plupart m'ont dit qu'ils n'avaient jamais vu de telles scènes de liesse !

— Vous m'en voyez ravi.

Le prince se tourne alors vers moi.

— Si vous permettez, ma chère, je dois régler quelques derniers détails.

— Bien sûr.

— Monsieur de La Brivoisière, je vous confie ma fiancée, lance-t-il alors sur le ton de la plaisanterie.

— J'en prendrai grand soin, Votre Altesse.

Félix m'offre son bras sitôt qu'il s'est éloigné.

— Mademoiselle Gabrielle, m'accompagneriez-vous pour un tour ? Je n'ai jamais eu l'occasion de visiter ce palais et vous devez maintenant le connaître comme votre poche !

— Avec plaisir !

J'ai la sensation d'un geste calculé pour m'entraîner à l'écart de ce groupe, et je saisis son offre sans la moindre hésitation. Dans ma situation, qui sait ce que quelqu'un comme « Félix le Valeureux » pourrait m'apporter : c'est un ami personnel de Mme de Léon, et je n'ai aucun doute qu'il sait à quel personnage je suis vraiment fiancée.

— Je suis surprise de vous voir ici, et non à la tête de vos troupes autour de la capitale, je commence. En particulier si l'ordre est difficile à maintenir depuis la demande en mariage.

— Oh, ma présence ici a été requise, vous vous en doutez. Heureusement pour moi, je peux compter sur des officiers supérieurs qui ont toute ma confiance pour pallier mes absences. Mais entre nous, j'espérais avoir l'occasion de m'entretenir à nouveau avec vous.

Félix de La Brivoisière me guide adroitement parmi la foule, jusqu'à l'escalier qui mène à la terrasse inférieure. Je remarque qu'il y a moins de monde à cet endroit.

— J'imagine que vous aussi, vous devez trouver étrange d'arpenter ces lieux, dit-il alors que nous descendons les marches.

— Chaque jour me paraît sorti d'un rêve, je réponds prudemment.

— Je vois que cela vous fait le même effet qu'à moi.

Un sourire lucide et triste étire ses lèvres fines, si rapide que je crains de l'avoir imaginé, et, de surprise, je manque la dernière marche. Sa main se pose sur la mienne pour me stabiliser. Ai-je bien compris ce que cela signifiait ? Félix Lanconnay de La Brivoisière, un des hommes les plus riches et les plus puissants de la capitale, se sentirait aussi piégé et malheureux que moi ? Comment ? Je me rappelle alors la pièce dans le couvent, celle avec tous les *compromis*... N'ai-je pas vu son nom sur une des cassettes ?

— Vous savez, même après le départ des caméras, ce genre d'émission ne se termine jamais vraiment, plaisante-t-il, confirmant ainsi mon intuition.

Nous nous rapprochons de la balustrade surplombant les jardins. Pas de caméras ici, et les invités qui nous entourent tiennent leurs distances, tous empêchés par l'étiquette de m'aborder sans avoir auparavant été introduit. Mon œil accroche l'uniforme d'un garde suisse à l'extrémité de mon champ de vision, mais ce n'est pas Antoine. Toujours aucun signe de lui...

— Chaque fois que je contemple une telle vue, commente Félix en désignant les pièces d'eau reflétant le ciel pâlissant, je ne peux m'empêcher de repenser au taudis dans lequel j'ai grandi. Savez-vous qu'ils l'ont coupé au montage ? La production a jugé que la maison où se sont entassés mes parents et mes onze frères et sœurs était trop abjecte pour être montrée à la télévision. De tout ce qu'ils ont filmé, il n'est resté qu'un plan de ma mère dans sa cuisine. Il m'est toujours difficile de m'habituer à la taille des salles, même après toutes ces années, après avoir partagé la même chambre et le même lit que quatre de mes frères.

Je comprends aussitôt le message que masque son ton badin, presque amusé : il est écœuré par cette débauche de luxe, alors que la misère existe encore dans ce pays. J'ai la sensation qu'il me sonde, pour voir si sous cette robe et ces boucles, je suis toujours une roturière, ou si j'ai pleinement embrassé ma nouvelle condition. Je décide de faire taire ses doutes. Qui sait quand j'aurai besoin de son aide.

— Comme je vous comprends, je rétorque. Mon lit est plus grand que mon ancienne mansarde. J'ai parfois l'impression d'y être encore quand je me réveille. Quant au petit-déjeuner qu'on me sert, je n'arrête pas de me dire qu'il pourrait nourrir les trois jeunes commis de cuisine de mon ancienne maîtresse pendant une semaine...

Un franc sourire fait pétiller ses yeux.

— Vous savez, je me prends parfois à rêver de ce que j'aurais fait du grand prix que j'ai touché à l'issue d'*Au service du Roy* si j'avais pu en disposer avant l'émission, renchérit-il. Avec une telle somme, j'aurais pu inscrire mes frères et sœurs à l'université, ainsi que tous les enfants de mon quartier.

Je fais de mon mieux pour garder un air impassible devant cette sortie risquée. « Félix le Valeureux » m'apprend deux choses : c'est un réformateur, qui croit que l'accès à l'éducation supérieure ne doit pas être le privilège des plus fortunés, et enfin, il n'est pas libre de ses mouvements, ni même de ses dépenses. Il est sous la botte du roi ou du prince, ou des deux, et désormais rassuré sur le type de personnes que je suis, il veut me le faire comprendre.

— Avez-vous eu des nouvelles de Mme de Léon ? je lui demande.

— Malheureusement non, elle...

— Mesdames et messieurs, s'exclame un valet. Vous êtes priés de vous rassembler pour la cérémonie.

Un mouvement s'amorce vers les jardins où une table a été dressée sur une des pelouses, tout près d'une énorme tente de velours bleu. Je commence à me sentir de moins en moins sereine. Le roi ne devrait pas tarder à faire sa visite surprise. D'ici à une trentaine de minutes, si Antoine ne réapparaît pas, si rien ne se passe, je pourrais me retrouver à donner mon médaillon d'espionne aux gens du prince.

— Gabrielle !

Le dauphin revient, fendant la foule, jouant à nouveau parfaitement la comédie de l'homme amoureux, qui se retient à grand-peine de courir rejoindre sa bien-aimée.

— Merci Félix, fait-il avec un signe de tête à l'intention du soldat.

Je ne peux m'empêcher de noter cette soudaine familiarité, qui contraste fortement avec les très protocolaires salutations qu'ils ont échangées quelques minutes plus tôt. À quoi joue La Brivoisière ? S'est-il aussi immiscé dans l'entourage du prince après celui de la duchesse de Léon ?

La foule aux vêtements colorés descend dans les allées, vers l'emplacement de la fête, alors que nous restons en retrait sur la terrasse, comme prévu.

— J'ai très hâte de vous accueillir aux Tuileries, Gabrielle. Oui, très hâte, me murmure le dauphin en saisissant ma main d'un geste qui se veut tendre pour notre public.

— Et j'ai hâte de vous y rejoindre, je me force à répondre.

Son bras se resserre autour du mien. Ce geste contraste si fortement avec la douceur d'Antoine, à chaque fois qu'il m'a touchée...

— Encore tous mes vœux de bonheur, nous félicite Félix en s'inclinant.

Il se détourne de nous et rejoint la foule à pas lents. Je déglutis, de plus en plus nerveuse. Le roi ne devrait pas tarder à arriver désormais. Mais où est...

Une violente explosion retentit. Passé une seconde de choc, la foule crie.

— Protégez Gabrielle ! hurle le prince, sortant son sabre de son fourreau. Félix !

Je n'ai pas le temps de réagir que celui-ci a fait demi-tour et se précipite vers moi. Je me retrouve entraînée par un bras ferme vers le château, tandis que le prince s'élance vers la fumée noire qui s'élève à l'extrémité des jardins. Les nobles fuient en tous sens, et dans la panique, certains nous bousculent pour nous dépasser. L'instant d'après, je me retrouve soulevée dans les airs... Il me faut une seconde pour réaliser que Félix m'a jetée sur son épaule et file à perdre haleine vers le palais. Je relève péniblement la tête pour apercevoir une mêlée de soldats courant vers le lieu de l'explosion et de femmes en grande robe tentant de s'en éloigner. Où est Antoine ? C'était pourtant le signal dont il m'avait parlé ! À moins que Félix ne l'ait remplacé au pied levé ?

— Où allons-nous ? je lui demande alors qu'il s'élance sur la terrasse supérieure.

Il ne répond pas et se précipite à l'intérieur du palais. C'est seulement là que je remarque l'arme qu'il tient à la main. Il balaie le salon du regard, comme s'il s'attendait à ce que des tueurs y soient cachés. J'avise la porte sur la droite. Si nous l'empruntons, nous nous dirigerons vers l'entrée de service du potager royal. Vers la liberté. Si nous partons à gauche, nous retournerons vers ma chambre.

Félix s'élance vers la gauche. Ce n'est que lorsqu'il me précipite à l'intérieur de ma chambre et qu'il me dépose devant une Ambre interloquée que je réalise que je suis perdue.

— Mon Dieu, Gabrielle, que se passe-t-il ?

Ambre accourt, avec deux autres conseillers en communication. Derrière moi, Félix ferme la porte à double tour.

— On a entendu une explosion ! Tout va bien ?

J'ouvre la bouche pour lui répondre, mais j'ai la gorge si serrée qu'aucun son n'en sort. Je suis perdue. Je suis perdue ! Un sanglot me secoue tout entière et je m'effondre au sol.

— Oh, ma chérie, ma chérie...

Ambre m'enlace.

— Ne vous inquiétez pas, le prince a tous ses hommes autour de lui, il ne lui arrivera rien.

Je pleure de plus belle.

— Et votre cérémonie ne sera pas forcément repoussée, vous allez le revoir très bientôt j'en suis sûre.

Mes sanglots redoublent.

— Là... Là...

— La Brivoisière, dit Félix derrière moi dans un téléphone. J'arrive.

Il range le portable dans l'étui de sa ceinture et retourne vers la porte.

— Ne sortez pas d'ici, nous ordonne-t-il avant de sortir. Je reviendrai dès que je le pourrai. N'ouvrez à personne d'autre qu'à moi, c'est compris ?

Mais je n'ai pas la force de lui répondre.

— Compris, lance Ambre à ma place.

Félix disparaît et un des conseillers se précipite pour refermer à clé après lui. Ambre continue de me caresser les cheveux. Si j'arrive au bout de longues minutes à retenir mes larmes, je ne retrouve pas la maîtrise de moi-même. Mes pensées ne sont plus qu'un embrouillamini de craintes et de cauchemars. Ma conseillère me fait asseoir, me donne un verre d'eau. Iphigénie a rejoint les communicants dans la chambre. Tous sont pendus à leur téléphone, envoient des messages à l'ensemble de leur répertoire. Dans le lointain, résonne une sirène d'ambulance.

— Allô ? Martin, vous allez bien ? s'exclame ma conseillère. Je suis à Versailles... Oui, oui, tout va bien... Vous savez ce qu'il se passe ? Ah. Très bien, je me renseigne et si j'ai du nouveau, je vous rappelle.

Elle raccroche pour sitôt composer un autre numéro.

— Allô, Stéphanie ? Oui, oui, tout le monde va bien. Qu'est-ce qu'il...

Elle pousse un soupir et raccroche.

— Bon sang, mais personne ne sait ce qu'il s'est passé ? s'énerve-t-elle. La diffusion des images aurait dû commencer il y a cinq minutes, comment va-t-on expliquer cette interruption du programme si on ne nous met au courant de rien ! À un moment, il faudrait qu'on nous laisse faire notre boulot !

C'est à ce moment que deux coups secs sont frappés à la porte. Assise sur la banquette près de la fenêtre, je veux me lever, au cas où ce serait Antoine, mais Ambre m'interrompt d'un geste.

— C'est moi !

Je reconnais la voix grave de Félix et le découragement s'abat sur mes épaules. Un des conseillers court lui ouvrir.

— Je vous apporte des nouvelles bien sombres, je le crains, souffle le baron en entrant. Le roi est mort.

Je n'ai pas besoin de feindre la surprise pour pousser un cri.

Chapitre 29

— La nouvelle est-elle sous embargo ? demande aussitôt Ambre.

— On sait ce qu'il s'est passé ? renchérit sa collègue. A-t-on déjà un message officiel ou...

— Les services du roi viennent d'être prévenus, les interrompt-il. Le prince vous demande de les contacter pour vous coordonner avec eux.

Les trois conseillers en communication décrochent aussitôt leurs téléphones et la pièce s'emplit de conversations au ton guindé et professionnel. Le regard de Félix croise le mien et j'y détecte son amusement. J'imagine que lui aussi a remarqué qu'il n'y a eu ni tristesse ni larmes à cette annonce. *Le roi est mort,* je me répète. Cette nouvelle est si énorme, si inattendue, si... Je me tourne vers la fenêtre, vers la cour de marbre où arrivent des ambulances, pour que personne ne me voie sourire. Le plus gros parasite du pays, celui qui a embastillé mon père, ruiné mon avenir, est mort. Je serre les poings dans la soie de ma robe.

— Je suis désolé, Gabrielle.

Félix de La Brivoisière m'a rejointe à l'autre extrémité de la banquette.

— Cette nouvelle nous affecte tous, mais j'imagine qu'il est particulièrement dur pour vous de perdre votre beau-père, continue-t-il d'un ton rempli de compassion.

Son regard se fait lointain, perdu dans la contemplation de la cour, mais dans le reflet de la vitre, j'aperçois l'ombre d'un sourire passer, fugitive, sur son visage. Je ne m'y trompe pas : il sait que je l'ai vu. Il veut que je sache qu'il se réjouit de la mort du monarque. Alors quand nos regards se croisent, je laisse moi aussi la commissure de mes lèvres révéler mes sentiments une seconde. Une étincelle d'approbation illumine son visage.

— Oui, je lui réponds. Mais je m'inquiète surtout pour mon fiancé.

— Le nouveau roi est très attristé. Votre soutien lui sera précieux au cours des prochaines semaines.

Encore une fois, je note le décalage entre son ton, concerné et ému, et son expression légèrement moqueuse. Ainsi, lui aussi savait que les relations étaient tendues entre le père et le fils.

— Pouvez-vous me dire ce qu'il s'est passé ? je demande.

— Non. Mais sachez que nous allons tous au-devant de temps très difficiles, mademoiselle Gabrielle.

Ma poitrine se contracte devant la moue sombre qui anime soudain son visage. C'est un avertissement, mais de quelle nature ? Sait-il que je suis une espionne ? Risquerais-je d'être découverte ? Non, je me raisonne, il a dit « tous ». Nous allons tous vivre des temps difficiles. La mort du roi n'avait rien d'accidentel, je comprends. Et il craint les répercussions qu'elle pourrait avoir.

— Mais vous savez, l'amie commune dont vous me demandiez des nouvelles m'a toujours vanté votre vivacité d'esprit. J'ai confiance dans le fait que dans la période sombre qui s'annonce, vous saurez agir pour le bien du pays, aux côtés du nouveau roi.

J'acquiesce. Cette référence cachée à la duchesse douairière de Léon, le fait qu'il sache probablement que le prince... le roi, désormais, a tué sa bru enceinte. Que veut-il dire par « agir pour le bien du pays » ? Je repense aux *compromis* dans le couvent. Peut-être veut-il que je les détruise pour qu'il puisse enfin agir et s'opposer au pouvoir en place ? À moins qu'il ne me demande la même chose que les républicains, à savoir obtenir des preuves de la perversité du monarque, que Léon aurait échoué à récupérer au couvent ? Dans tous les cas, je décèle dans ses yeux qu'un lien de confiance, une entente, s'est créée entre nous deux.

— Je vais devoir vous laisser, mademoiselle Gabrielle, soupire-t-il en se relevant. Mais sachez que mon épée est désormais à votre service.

Il s'incline profondément comme on le ferait devant une reine et quitte la pièce d'un pas leste.

*

— Bon, écoute, tu me dis quand tu en sais plus, s'agace Ambre au téléphone. Oui... Oui. Surveille les réseaux et les sites étrangers, ils auront peut-être plus d'infos. Non, on n'y a pas accès ici. Oui. Oui. Très bien, je te rappelle.

Ambre raccroche pour joindre une autre personne, comme depuis une bonne heure. Dehors, dans le crépuscule, la cour de marbre clignote toujours des lumières bleues et rouges des véhicules de police et des ambulances. Dans la panique, il y a eu un mouvement de foule et quelques nobles se sont retrouvés piétinés par les petits talons de leurs congénères. C'est tout ce que j'ai pu apprendre de nouveau.

— Iphigénie ? Pouvez-vous m'aider à desserrer mon corset ?

La femme de chambre se tourne vers moi, le visage pâle et angoissé, avant de se rappeler qu'elle est toujours en service. Elle se précipite pour délacer l'instrument de torture et je respire un peu plus librement.

Elle retourne s'asseoir sur le bord de mon lit, dans l'attente de nouvelles, pendant que je marche de long en large dans la pièce. Le feu d'artifice défaillant d'Antoine n'aurait pas pu être responsable de la mort du roi, ils étaient positionnés près des jardins, et la fumée que j'ai aperçue était bien plus loin. À moins qu'il n'ait changé de plan pour sa diversion ? Je n'y crois pas, il savait que dans de telles circonstances nous nous retrouverions enfermés ici.

Je me rapproche de la vitre. La police, les chiens et les démineurs sont toujours à l'œuvre dans la cour. Chaque centimètre carré est passé au peigne fin, et à ce rythme, ils travailleront toute la nuit. Antoine n'aurait pas pris ce risque pour me faire échapper. Régis Leclerc est probablement le suspect tout indiqué, mais cela fait une heure que je ne peux me résoudre à considérer sérieusement cette hypothèse. Aucune de ses bombes n'a fait de victimes jusque-là, et dans tous ses pamphlets, Leclerc réclamait un large procès public pour Louis XXI. Il allait jusqu'à en faire une condition essentielle pour que les plaies causées par la monarchie puissent être pansées par ses victimes, pour que la transition vers un régime démocratique plus juste se fasse dans les meilleures conditions. Reste la dernière possibilité. Celle d'un attentat organisé par son héritier. Il est après tout celui qui bénéficie directement de la mort du roi. Et si son père se méfiait de lui, prévoyait de l'écarter...

— Martin ? aboie soudain Ambre. Vous avez du nouveau ?

Elle fait signe aux deux assistantes qui chuchotent de se taire.

— C'est confirmé ? Je veux dire... Oui. Oui, je comprends. Très bien. J'arrive.

— Que se passe-t-il ? je lui demande dès qu'elle raccroche.

— Le roi a été tué dans un attentat perpétré par des abolitionnistes...

Je me sens pâlir. C'est impossible. Régis Leclerc n'aurait pas...

— L'équipe de déminage est formelle, c'est une bombe comme celle qui a détruit le portail des Laroche. Les réseaux antiroyalistes viennent de revendiquer l'action.

— Mon Dieu...

— Je sais, Gabrielle. Nous devons y aller. Le prince... Pardon, le roi, vient d'être reconduit aux Tuileries. Nous sommes sommés de l'y rejoindre pour décider de nos prochaines communications publiques, des plans pour les obsèques, les procès, le couronnement.

Elle fait signe aux deux autres de la suivre et se dirige vers la porte.

— Gabrielle, courage. Toutes mes condoléances pour la mort de votre beau-père. Je sais que vous deviez beaucoup l'admirer.

Abasourdie, je hoche la tête. Elle s'arrête devant moi.

— Une période de grand deuil a été décrétée et le tournage de *Noblesse oblige* est interrompu pour l'instant. Vous allez rester à Versailles avec les autres candidates pour le moment. Nous nous reverrons bientôt, ne vous inquiétez pas. Dans de meilleures circonstances. Il faut voir le bon côté des choses, vous n'allez pas devenir dauphine. Vous allez devenir reine.

Elle s'incline en une profonde révérence, puis me laisse seule avec Iphigénie. Celle-ci, éberluée, s'empresse de l'imiter.

— Je vous en prie, Iphigénie, je ne suis pas encore mariée.

— Mais c'est tout comme, Madame.

Je déglutis. Alors c'était ça, leur plan. C'est pour ça que mon réseau a tué le roi. Pour que son fils, son sadique, son pervers de fils, monte sur le trône. Pour que quand le scandale éclate ce ne soit plus l'héritier que l'on accuse de torturer et de tuer des femmes pour le plaisir, mais bien la tête de l'État. Une tête que le public voudra réclamer. J'imagine déjà les gros titres des pamphlets en ligne « *Louis XXII a utilisé le couvent Notre-Dame pour torturer ses proies* », « *Après* Noblesse oblige*, le donjon du roi pour les candidates éconduites* ». Je n'ai aucun doute sur le fait qu'ils utiliseront l'image du fils pour ternir celle du père – après tout, le cloître a été ouvert pour les recalées de l'émission quand le prince était encore enfant et le tunnel qui y mène n'avait pas l'air récent. Après ces révélations, on leur pardonnera facilement d'avoir commandité sa mort... Je suis sûre qu'ils arriveront même à la justifier et à la faire passer pour un acte héroïque d'un de leurs agents.

Je me laisse tomber sur le bord du lit. Que va-t-il se passer maintenant ? Les services de renseignements vont se lancer aux trousses de tous ceux qu'ils suspectent, de près ou de loin, d'avoir de la sympathie pour Leclerc, je le sens. Mais remonteront-ils jusqu'à Ophélia Lautrec ? Jusqu'à mon père ? Jusqu'à moi ? Je tourne et retourne mon médaillon entre mes doigts. Et qu'est-ce que cela signifie pour la suite de la mission ? Le fameux plan dont ils parlaient dans leur dernier message a été exécuté, et j'imagine que désormais, ils s'attendent à ce que j'épouse le nouveau monarque. Une vague de nausée monte au creux de mon ventre à cette idée. Antoine a disparu, le bateau qui m'attendait au Havre doit déjà être parti, et plus rien ne s'oppose à cette union. Que je le veuille ou non, je suis condamnée à poursuivre ma mission d'espionnage auprès de Louis XXII, un homme qui me réserve le pire dans l'intimité de sa chambre. Mais peut-être est-ce justement ceci qu'espère Leclerc. Un enregistrement de moi, battue, torturée, humiliée, en train de hurler, de supplier. Je suis désormais plus populaire que Capucine de Léon : quoi de mieux que la bande-son des supplices infligés à une deuxième chérie des foules pour faire éclater la vérité ?

— Iphigénie, pouvez-vous me laisser seule quelques minutes ?

— Bien, Madame.

J'attends d'entendre la porte se refermer. Puis je me jette sur un des coussins. Je le frappe, je le mords, je le jette au sol. Je finis par y enfouir mon visage et hurler dans les plumes. Mais ce n'est pas suffisant pour me calmer. Je tire sur cet horrible corset, déjà desserré par ma femme de chambre. Le tissu craque, puis se déchire. Méthodiquement, je détruis la robe, en arrache chaque couture. Ce n'est qu'au moment où je me retrouve au milieu d'un tas de lambeaux bleus et blancs que je parviens à accepter l'idée que je ne vais pas avoir le choix. Je vais devenir reine.

*

Lorsque je me réveille le lendemain, je note tout de suite le changement. Le palais est calme, comme encore endormi. Je tire les rideaux. Le soleil est déjà haut, l'horloge indique neuf heures. Je ne me suis jamais levée aussi tard en ces lieux. En réalité, je ne me suis jamais levée aussi tard depuis des années, la dernière fois datant d'avant mon entrée au couvent.

Le tas de tissu déchiré a été escamoté, Iphigénie a dû s'en occuper. Lorsque je la sonne, elle apparaît en moins de deux secondes. Elle ne fait aucun commentaire sur ma nudité, ni sur l'état dans lequel elle a trouvé ma robe. Évidemment.

— Pouvez-vous préparer ma tenue pendant que je me douche ?

— Bien sûr, Madame.

Je reste un long moment sous l'eau chaude. Ces quelques minutes pour moi, rien que pour moi, après des semaines à courir après le temps, renforcent ma sensation d'irréalité. Lorsque je sors de la salle de bains, Iphigénie a préparé une robe noire aux manches longues et au col haut.

— C'est la tenue de grand deuil ? je demande.

— Oui, Madame. Elles ont été livrées ce matin.

— Vous avez des nouvelles ?

— Non, Madame. Le palais est bouclé. Il ne reste que les participantes, les femmes de chambre et le personnel de cuisine. Tous les autres ont été renvoyés chez eux.

— Je vois.

— J'ai cru comprendre que les dames se réunissaient dans le salon de Vénus pour le petit-déjeuner. Mais si Madame préfère, je peux aller lui chercher ce qu'elle désire.

— Non, merci, Iphigénie.

Sitôt habillée, je quitte ma chambre. Ne pas croiser le regard d'Antoine sur le pas de ma porte me serre le cœur. Où est-il ? J'ai ruminé cette question une bonne partie de la nuit. Je l'ai tour à tour imaginé dans les geôles de la Bastille et à son poste, debout devant une porte des Tuileries...

Seule, pour la première fois depuis que je me suis rendue aux bains d'Ophélia Lautrec, je descends jusqu'au salon. Toutes les têtes se tournent vers moi. Conformément à la tradition du grand deuil, les participantes portent du noir et aucun maquillage. La nuit a été visiblement courte et beaucoup affichent des visages fatigués et froissés. Passé la surprise de mon entrée non annoncée, elles exécutent une révérence. Alors que je m'assieds à table, les conversations reprennent, plus basses.

— Comment vous portez-vous ? me souffle Juliette, une des femmes à qui je n'avais vraiment parlé qu'au cocktail de bienvenue. Je suis désolée, Gabrielle, vous aviez l'air tellement heureuse...

Je devine à sa question que je dois avoir une tête affreuse.

— Ce n'est rien. Je me fais juste du souci pour le d... le roi, qui doit vivre le décès de son père sans moi.

Elle hoche la tête avec compassion. Elle, au contraire, mange de bon appétit, et me semble plus enjouée qu'à la fête d'hier, lorsqu'elle était au bras de son fiancé.

— Vous avez l'air radieuse, je lui chuchote. Votre futur époux ne vous manque donc pas ?

Elle rougit. La tentation est trop forte, maintenant qu'il n'y a ni caméra ni personnel pour nous espionner, d'essayer de deviner ce que pensent réellement ces jeunes femmes de l'émission.

— Bien sûr qu'il me manque...

— Juliette, vous comme moi savons que nous n'avons pas eu le choix de nos unions. La vôtre vous plaît-elle ?

Je l'observe et elle rougit de plus belle, baisse les yeux vers son assiette. Clothilde, en face de nous, a interrompu sa conversation avec sa voisine pour nous regarder.

— Non, lâche Juliette dans un souffle.

— Pourquoi ?

Je me sers du café et attrape un croissant dans la corbeille posée devant moi. C'est cruel d'utiliser mon statut de future reine pour obtenir des confessions de cette pauvre jeune femme. Cruel mais surtout égoïste. Je tiens absolument à savoir que je ne suis pas seule dans mon malheur.

— Il m'a avoué m'épouser seulement parce qu'il y était contraint, chuchote-t-elle. Il me fera des enfants et m'offrira tout ce que je veux, tout sauf son cœur. Celui-ci appartient à une autre.

Ses yeux noirs sont plongés dans son pudding.

— Il a été très aimable, Gabrielle, d'être honnête avec moi. Je ne peux pas lui en vouloir. Ni lui ni moi n'avons eu le choix... Mais est-ce si mal de désirer être aimée par son mari ?

— Il finira par vous aimer, chuchote Clothilde par-dessus la table.

Mais Juliette baisse les yeux.

— Si vous saviez comme je vous envie, toutes les deux..., lâche-t-elle.

À ce moment, la porte s'ouvre sur Agnès et Solange. Pour la première fois depuis des semaines, elles ont troqué le gris pour le noir. Bras dessus, bras dessous, elles avancent pour prendre place à côté de Clothilde et moi.

— Bonjour, Gabrielle.

Agnès a l'air d'excellente humeur, quant à Solange, elle m'adresse un regard inquiet, sans pour autant oser m'adresser la parole. Pâle, elle se sert du café.

— Bonjour, Agnès. Bonjour, Solange.

J'ai employé un ton doux, bienveillant. Je ne peux pas leur poser des questions aussi brutalement que je l'ai fait avec Juliette, mais j'aimerais qu'elles sachent que je *sais*. Si elles se confiaient à moi, leur témoignage pourrait peut-être suffire aux républicains comme preuve additionnelle. Il y a peu de chance, mais dans ma situation, je suis prête à tout essayer. Malheureusement, vu l'expression dure d'Agnès, cela n'a pas l'air de prendre.

— Alors, quelle discussion avons-nous interrompue ? lâche-t-elle d'un ton provocateur.

— Nous parlions de..., commence Clothilde.

Mais Juliette l'interrompt d'un regard menaçant.

— De vos futurs maris ? N'ayez pas peur des mots. Ce n'est pas parce qu'on nous fait rentrer au couvent que

Solange et moi sommes devenues idiotes. Je me doute que vous n'avez plus que vos mariages arrangés comme sujets de conversation.

Agnès verse trois cuillerées de sucre dans son café qu'elle se met à touiller.

— Ne faites pas cette tête, Juliette. J'ai surpris votre discussion dans le bosquet. Il ne vous aime pas ? La belle affaire ! Tant qu'il ne vous bat pas, tout va bien, non ?

Je manque de m'étouffer avec mon café. Mon regard croise celui de Solange, dont les yeux s'écarquillent quand elle comprend ce que ma réaction signifie, mais Agnès, elle, ne la relève pas.

— Vous repartez d'ici avec un mari, un nom et un domaine, continue-t-elle, amère. Moi, je vais finir mes jours entre quatre murs. Je n'ai jamais eu envie de participer à ce cirque, vous savez ? Je devais quitter la France en septembre pour commencer des études de droit à Istanbul...

Elle avale une gorgée de café d'un geste rageur et repose violemment la tasse sur la table. Toutes les participantes la regardent désormais.

— Au moins, vous, vous pourrez profiter un peu de votre vie.

Solange pose sa main sur son bras pour l'apaiser et le regard de la jeune femme s'adoucit quelque peu.

— Je suis désolée, Agnès, murmure Juliette. Je compatis à votre malheur. Si j'avais su comment se déroulait vraiment l'émission...

Sa voisine, une brune qui s'appelle Isabelle, je crois, acquiesce imperceptiblement.

— Derrière les belles images et les histoires : des phrases écrites à l'avance et des heures de tournage... pour devenir une briseuse de couples, termine Agnès d'un ton acide.

Je hoche la tête dans sa direction.

— Vous avez eu le beau rôle pour les caméras, Gabrielle. Pourtant je ne le prendrais pour rien au monde.

Solange pose encore une fois une main sur son bras. Juliette et Clothilde, elles, m'interrogent du regard. Avant que la conversation ne s'envenime, je tamponne mes lèvres avec ma serviette et me lève.

— Solange, Agnès, j'ai à vous parler quand vous aurez terminé. En privé.

Je leur jette un regard éloquent et pars m'enfermer dans le salon adjacent, là où se trouve le piano. Je m'y installe et me lance dans Bach avec ferveur.

Chapitre 30

La porte ne tarde pas à grincer derrière moi et j'interromps mon interprétation. Solange avance dans la pièce, seule.

— Gabrielle...

Elle se tord les doigts. Dans sa grande robe noire, elle est si pâle qu'on la croirait malade.

— Vous savez, n'est-ce pas ? J'ai vu comment vous avez réagi. Vous savez.

Je hoche la tête.

— Je l'ai... subi.

Impossible de leur dire que j'ai activement suivi et espionné le monarque. Solange porte son poing serré à son cœur.

— Comment ? Comment peut-on être si avenant, agréable et... Et...

— Et être un sadique ? Un pervers ? je termine.

Elle hoche la tête, au bord des larmes.

— Que vous a-t-il fait, Solange ? Je sais que ce monstre s'en est pris à vous. Ou vous n'auriez pas pris le risque de m'avertir.

La lèvre inférieure de ma camarade tremble.

— M. de Léon m'avait donné rendez-vous au bosquet de la Salle de Bal. Seulement, ce n'est pas le duc qui est apparu, mais le prince...

C'est le même bosquet que celui où je l'ai surpris en train d'agresser Agnès. Solange vient prendre place à mes côtés.

— Gabrielle, j'ai tellement honte.

— Honte de quoi, Solange ? je fronce les sourcils.

— Je me suis perdue. J'aurais dû lui résister... Léon ne pouvait plus m'épouser après ça. J'ai commis un péché mortel, Gabrielle, je risque de ne pas accéder au paradis et...

Je pose une main compatissante dans son dos.

— Solange, c'est le dauphin qui a commis un péché mortel ! Pourquoi croyez-vous que c'était lui qui vous attendait au bosquet de la Salle de Bal ? Il vous a envoyé un billet portant les armes du duc. Il vous a piégée, vous ne pouviez pas le deviner ni vous en prémunir.

— C'est ce que m'a dit Agnès, mais...

— Mais quoi ? Vous pensiez avoir la force physique de repousser un homme, avec vos maigres bras et un corset si serré qu'il vous empêche de respirer pleinement ?

Je me lève du tabouret.

— Et malgré ça, Léon vous aurait épousée. S'il ne vous a pas demandé votre main, c'est seulement parce que le prince le lui a défendu.

La jeune femme se lève à son tour, blanche comme un linge.

— Il a fait ça ?

Ce n'est plus du regret, mais de la colère qui perce dans sa voix. Tant mieux. La colère vaut mieux que la culpabilité. La colère vous tient debout.

— Oui, Solange. Il a fait ça. Tout comme il a forcé Léon à participer à *Noblesse oblige* pour salir son image et le faire passer pour un hypocrite aux yeux du public.

— Comment savez-vous ça ?

— Je l'ai entendu en parler à sa mère à l'anniversaire du roi, aux Tuileries, je lui mens. Juste après votre avertissement...

La porte s'ouvre sur Agnès à ce moment. Contrairement à sa compagne, qui ressemble à un spectre éploré, elle est droite et hautaine dans sa robe noire. Entourée d'une aura de colère, elle me fait l'effet d'une reine de Saba.

— Agnès, elle sait...

— Bien sûr qu'elle sait. Il prévoit probablement de s'amuser avec elle autant qu'il l'a fait avec nous.

Elle se laisse tomber dans une bergère.

— Vous savez, Gabrielle, je préfère encore le couvent plutôt que d'avoir à vivre aux côtés de cet homme.

— Vous êtes cruelle, mon amie, fait remarquer Solange.

Ma gorge se serre. Ni l'une ni l'autre ne se doute de ce qu'il se passe entre les murs sans fenêtre du couvent Notre-Dame. Ni l'une ni l'autre ne comprend qu'elles seront livrées à leur bourreau, et cette fois, sans que personne ne risque de l'interrompre dans ses basses œuvres. Dois-je les prévenir ?

— Excusez-moi...

Je sors à grands pas de la pièce pour passer dans le salon suivant. Que faire ? Si je les informe de ce qui les attend, elles risquent de paniquer. Elles chercheront à fuir par tous les moyens, et que se passera-t-il alors si elles se font prendre et révèlent que je connais le secret du dauphin ? Celui-ci me soupçonnera de l'avoir suivi aux Tuileries, mon statut d'espionne sera mis au jour avant que j'aie pu me réfugier à l'étranger... et nous perdrons peut-être l'occasion de faire éclater ce scandale assez puissamment pour qu'il conduise à l'ouverture des portes du couvent. Je chiffonne à nouveau ma robe. Je ne peux rien leur dire. Ce serait prendre un trop gros risque. En revanche, je peux peut-être encore trouver un moyen de m'enfuir et leur demander de me suivre... Si nous sommes rattrapées, elles ne seront au courant de rien de compromettant, quant à moi je pourrais arguer que le comportement du prince envers elles m'a effrayée. Il nous châtiera, à n'en point douter, mais la véritable nature de mes activités ici lui restera inconnue.

Je me rapproche de la fenêtre. Des hommes en uniforme de l'armée sont stationnés sur la terrasse. Il serait impossible de sortir sans se faire arrêter.

— Que faites-vous ?

La voix d'Agnès résonne dans mon dos. Je serre le poing autour de mon pendentif pour étouffer l'enregistreur. Cette fois, je ne veux pas que mon réseau sache que je compte leur faire faux bond. Leurs actions m'ont déjà empêchée une fois de partir, je ne le permettrai pas une deuxième fois.

— Je regarde si l'on peut s'échapper d'ici.

Elle lève un sourcil, puis me rejoint à la fenêtre. Je sens la colère qui émane habituellement d'elle se dissiper, remplacée par une froide détermination.

— Cela fait du monde pour garder quelques jeunes filles, remarque-t-elle.

— Nous devons vérifier où ils sont positionnés. Il y a peut-être une ouverture qu'ils ne surveillent pas.

Elle hoche la tête.

— Mais que ferions-nous ensuite ? Partir en robe de grand deuil à travers Versailles à la recherche d'une voiture ?

— Nous pourrions emprunter des vêtements à nos femmes de chambre. Sans maquillage et avec un simple chignon de domestique, nous serions moins reconnaissables. Regardez-nous aujourd'hui, sans nos fards, nous ressemblons à de simples filles du peuple.

— Cela n'enlève pas la question du transport.

Elle a raison. Si seulement je connaissais quelqu'un de mon réseau ici, à Versailles, qui pourrait nous évacuer.

— Nous pourrions toujours voler une voiture..., réfléchit Agnès à voix haute. J'ai déjà conduit celle de mon père.

— Et si nous filons vers Brest, je pourrai demander au mien de nous conduire en Angleterre.

— Votre père ? L'armateur déchu ?

— Il a été relâché il y a un an. Il nous aidera.

Quelques couleurs reviennent sur les joues de la jeune femme.

— Je vais chercher Solange pour nous aider. Si nous nous y mettons à trois, nous devrions repérer les positions des gardes autour du palais assez rapidement.

— C'est entendu. Je m'occupe de cette aile, vous vous occupez de l'autre. Retrouvons-nous ici quand nous en avons terminé.

Avec un peu plus de baume au cœur que ce matin, je me penche à chaque fenêtre. Je passe dans le salon suivant. J'inspecte l'extérieur, pièce par pièce. Mais devant chaque ouverture campe un soldat. Quand je reviens enfin dans le salon, c'est pour y retrouver Agnès et Solange, la mine défaite.

— Tout est bouclé, je soupire.

— De notre côté aussi.

— Alors nous sommes perdues, murmure Solange.

— Non, j'objecte. Je refuse de m'avouer vaincue. Ces soldats ont besoin de manger, de dormir, de se soulager. Ils doivent être relevés une à plusieurs fois par jour, et peut-être y aura-t-il à ce moment-là une opportunité pour nous.

— Que suggérez-vous ?

— Que nous les surveillions.

Agnès regarde Solange, puis ses yeux reviennent vers moi.

— Très bien. Comment nous organisons-nous ?

Chapitre 31

— Vous êtes prêtes ? je murmure en passant devant la chambre d'Agnès.

Celle-ci hoche vigoureusement la tête, et Solange à côté d'elle, les mains crispées sur son petit sac, l'imite.

— Alors allons-y.

Les deux filles me rejoignent sans bruit dans le couloir endormi. Vêtues des tenues de domestique que j'ai dérobées en cuisine il y a une semaine, nous nous engageons dans l'escalier enténébré. Quand nous arrivons dans le premier salon, je vérifie la pendule. Onze heures cinquante. Bien, nous devrions arriver à l'entrée du potager royal juste à temps pour la relève de la garde.

— Rappelez-vous, je murmure, si on nous repère et qu'on nous pose des questions, nous sommes juste venues chercher des navets pour une candidate malade qui nous a demandé une soupe au milieu de la nuit.

— Tu nous l'as répété dix fois, s'agace Agnès. On n'est pas idiotes.

Je réfrène un sourire alors que nous marchons d'un pas rapide, mais silencieux, vers les cuisines. Effectivement, si je me suis rendu compte d'une chose cette dernière semaine, c'est qu'Agnès n'est pas idiote. Remarquablement efficace, dotée d'une mémoire exceptionnelle, il ne lui a fallu que trois jours pour observer et retenir les horaires de toutes les troupes stationnées autour du palais, et trois autres pour connaître tous les noms, les postes et les habitudes des quelques domestiques restées à notre service. Si nous parvenons à rejoindre l'Union orientale, elle fera une avocate exceptionnelle, je n'en doute pas. Mon rappel était plus à destination de Solange, qui a tendance à perdre ses moyens quand elle est angoissée, comme ce soir.

Nous approchons enfin de l'entrée des cuisines. Je sais tout de suite que quelque chose ne va pas : à cette heure, tout devrait être sombre et silencieux, mais de la lumière filtre sous la porte et un air sifflé retentit derrière celle-ci.

— Bon sang, qui est la sotte qui a demandé à ce qu'on lui fasse à manger à cette heure-ci ? peste Agnès. C'est si compliqué d'aller se chercher un morceau de pain et d'y étaler du fromage ?

Une autre chose que j'ai découverte à propos d'elle, c'est son intolérance totale envers les femmes qui ne savent rien faire elles-mêmes.

— Une minute, Agnès, je murmure.

Je pousse la porte et jette un œil prudent à l'intérieur. Devant les fourneaux, une cuisinière dont je n'aperçois que le dos est penchée sur une casserole fumant à gros bouillons. Je ne m'attendais pas à ce que l'excuse que nous avions préparée au cas où nous serions surprises devienne réalité ce soir.

— Qu'est-ce qu'on fait ? chuchote Solange.

— On essaie de passer derrière le plan de travail, je murmure en désignant l'énorme installation qui trône au milieu de la pièce et court sur une dizaine de mètres. Suivez-moi et gardez la tête baissée.

Courbée en deux, je m'avance dans la cuisine, file le long de l'îlot central. Un claquement retentit derrière moi. Je me retourne. Bon sang, Solange n'a pas suffisamment retenu la porte !

— Il y a quelqu'un ? demande la cuisinière.

Nous restons toutes les trois figées.

— Clara ? C'est toi ?

Une seconde s'écoule, puis une deuxième.

— Toujours à traîner dans le château la nuit celle-là, se plaint la femme. Le jour où elle va se faire prendre par l'intendant ça va lui faire tout drôle.

Un bruit de mixeur résonne alors sous les voûtes et j'en profite pour me mettre à courir. La porte qui conduit au garde-manger est juste là.

Je m'y engouffre, et la tient ouverte jusqu'à ce qu'Agnès et Solange m'aient rejointe. Nous filons au milieu des étagères chargées de victuailles qu'éclaire une unique lampe anti-mouche d'une lueur bleue surnaturelle.

— Il nous reste combien de temps ? souffle Agnès.

— Je ne sais pas, mais ne nous arrêtons plus.

Je me précipite jusqu'à la dernière porte à franchir, celle qui ouvre sur le potager. Je pose ma main sur la poignée... qui résiste. J'insiste. Non, ce n'est pas possible, cette sortie n'est jamais fermée, il y a toujours du passage !

— Merde, jure Agnès quand elle comprend pourquoi nous n'avançons plus. On fait quoi ?

— Attends, je réfléchis...

La clé ne peut pas être bien loin, vu le monde qui circulera par-là d'ici à peine trois heures pour aller chercher les herbes et les tomates fraîches qui agrémenteront notre petit déjeuner.

— Aidez-moi à chercher sur les étagères ! je leur ordonne.

Je serais prête à parier que la cuisinière a fermé pour être sûre d'avoir la paix. Il fait trop sombre pour y voir correctement, alors je passe la main au milieu des fruits entreposés là...

— Je l'ai ! s'exclame Solange au bout d'une minute.

Elle se précipite sur la serrure pour nous ouvrir et nous déboulons dans l'air tiède de cette nuit de juillet. Je me mets à courir, les filles sur mes talons. Nous sommes en retard. Affreusement en retard. Quand nous arrivons près de la grille des jardins, une silhouette noire saute d'un camion de transport de troupes pour se placer devant. Il est trop tard.

Prudemment, pour ne pas que la sentinelle nous voie, nous rebroussons chemin.

— Saloperie, s'énerve Agnès au milieu des rangées de pommiers dès que nous ne sommes plus à portée de voix. À quelques secondes près ! Qui est la conne qui avait besoin d'une soupe à cette heure ? J'en ai marre d'être entourée de ces assistées !

— Calme-toi, Agnès, j'interviens. Nous avons encore du temps...

— Qu'est-ce que tu en sais ? répond-elle avec hargne.

— Nous sommes en période de grand deuil, et un grand deuil, ça dure des mois... Cela ne fait qu'une semaine à peine que le roi est mort.

— J'aimerais avoir ta confiance, Gabrielle. Seulement, ce nouveau roi est tellement fou et absorbé par sa personne que je ne peux l'imaginer respecter ce genre de conventions bien longtemps. Je vous fiche mon billet que dans quelques jours, tout au plus, l'émission et le grand spectacle reprendront.

— Quelques jours ? répète Solange. Agnès, ce serait terriblement inconvenant... Le public le lui reprocherait.

Agnès hausse les épaules, silhouette noire au milieu des allées d'arbres fruitiers.

— Ce que je retiens des derniers mois, c'est que le public est crédule et manipulable. Il trouvera un moyen de rompre le deuil et de se remettre en scène au plus vite, vous verrez. Il tient trop à faire oublier son père.

Je me mords l'intérieur de la joue, ne sachant quoi répondre. Elle n'a pas voulu nous raconter ce que le nouveau roi lui a fait subir, j'ai juste pu comprendre que l'agression dont j'ai été témoin dans le bosquet de la Salle de Bal n'a pas été un évènement isolé. Elle a eu un meilleur aperçu de la vraie personnalité du prince que nous et pense l'avoir mieux cerné... pourtant, même en l'ayant côtoyé moi aussi et en ayant noté son obsession pour sa propre image, je ne peux pas croire qu'il puisse lever le grand deuil si tôt.

— Qu'est-ce qu'on fait ? finit par demander Solange.

Je pousse un soupir découragé.

— On n'a pas le choix que de réessayer demain.

— À moins qu'on reste ici pour la relève de la garde à cinq heures, propose Agnès.

— Il y aura déjà des domestiques dans le potager, j'objecte.

— Et nous pouvons facilement nous cacher à leur vue dans l'un des bâtiments.

— Et après ? Même si nous réussissions à escalader la grille pendant la minute où personne ne sera attentif près de l'entrée, il fera jour. Comment réussira-t-on à voler une voiture en plein jour ? Je te rappelle qu'on a juste prévu d'essayer de toutes les ouvrir jusqu'à en trouver une où les clés seraient sur le contact. On a besoin qu'il fasse nuit et de plusieurs heures devant nous.

— Je...

Mais Agnès ne termine pas et lâche un soupir exaspéré.

— Très bien, on réessaie demain, conclut-elle. En priant pour que personne n'ait faim au milieu de la nuit.

Lorsque nous regagnons les cuisines, la domestique est partie, notre première opportunité de nous enfuir aussi.

*

— Bonjour, Gabrielle !

La voix d'Ambre derrière les rideaux me précipite en enfer. Elle est revenue. Et si elle est revenue, c'est que l'émission reprend. Agnès avait raison... Je balaie du regard les épaisses tentures qui ferment mon lit, comme si elles recelaient une porte de sortie cachée. Mais Ambre les tire d'un coup sec.

— Levez-vous, Gabrielle, nous avons beaucoup à faire, ce matin. Iphigénie ?

La domestique apparaît.

— J'ai apporté cette tenue, l'informe ma conseillère en désignant une grande housse protectrice accrochée à la porte de l'armoire. Préparez-la, s'il vous plaît. Nous partons dans vingt minutes.

— Où allons-nous ?

Mais Ambre, d'habitude si prompte à me détailler mon agenda de la journée, ne répond pas et ressort de la pièce. Je saute au bas de mon lit, et, la mort dans l'âme, laisse Iphigénie nouer mon corset. Voilà quinze jours que le palais était vide. Que va-t-il se passer maintenant ? À quoi me prépare-t-on ? Je ne peux empêcher mon regard de glisser vers la porte. Antoine est-il revenu ? Une bouffée d'espoir m'envahit soudain. Depuis une semaine, je me fais un sang d'encre de ne pas avoir de ses nouvelles. S'il est de retour, il pourrait nous aider à nous enfuir ce soir. Tout n'est peut-être pas perdu.

Quand Ambre revient, ma femme de chambre termine tout juste de boutonner la robe de satin noir que l'on veut me voir porter.

— J'ai du courrier pour vous, annonce-t-elle en agitant une liasse de lettres. Vous avez...

Elle consulte sa montre.

— ... cinq minutes, le temps qu'Iphigénie rafraîchisse votre teint. Vous avez une mine terrible, Gabrielle, vous ne vous êtes pas reposée cette dernière semaine ?

— Je... Je me faisais du souci, je réponds en attrapant les missives qu'elle me tend.

J'ai surtout passé une grande partie de mes nuits à repérer quelles sorties n'étaient pas gardées. Je feuillette fébrilement les correspondances alors qu'Iphigénie fait courir son pinceau sur mes joues. Trois lettres de Mme de Kerdoncuff, et enfin, une lettre d'Ophélia Lautrec. Je suis trop nerveuse pour jouer la comédie et la décachette aussitôt. Dès que je décrypte le message, je me décompose.

— Vous êtes prête, parfait ! s'exclame Ambre. Nous y allons.

Comme un automate, je lui emboîte le pas. J'ai conscience qu'elle me parle, mais je n'arrive pas à l'écouter. Mes nouveaux ordres tournent en boucle dans ma tête. « Épouse. Le. Dauphin. Quand. Il. Te. Battra. Durant. La. Nuit. De. Noces. Avale. La. Capsule. ». Il ne suffit pas aux abolitionnistes que je souffre sous les coups du prince. Ils ont besoin que je meure. Ma mission est devenue une mission suicide.

Chapitre 32

Je suis Ambre à l'extérieur. Derrière ma porte, pas d'Antoine. Personne à qui me raccrocher. Personne pour me sortir de cet enfer. Alors que nous descendons les escaliers, j'essaie toujours d'appréhender ce que me demande mon réseau. Mourir. Mourir pour la cause, mourir pour que le prince n'ait pas assassiné une, mais deux jeunes femmes aimées par le peuple. Mourir pour un changement de régime, certes, mais mourir tout de même. Comment en suis-je arrivée là ? Comment ont-ils pu me promettre de m'extraire d'ici, de m'offrir la sécurité en Union orientale, pour ensuite exiger que je renonce à tout, y compris à la vie ?

— Ambre, où allons-nous ? je demande. Que va-t-il se passer, maintenant ? Retournerons-nous au château après ou...

Mais elle ne me répond pas. Curieusement mutique, le regard froid et fixe, elle marche d'un pas pressé à travers les couloirs, jusqu'à la cour de marbre. Là, quelques-unes des autres participantes avalent un verre de champagne, quand d'autres montent dans leur voiture. Les robes noires flottent sur la pierre claire et vu leur magnificence, nous nous rendons certainement aux obsèques. Nous allons être joliment alignées sur les bancs d'une église où résonneront les sanglots des courtisans. Je convoque un morceau qui me rassure habituellement, La *Passacaglia* d'Haendel et Halvorsen.

— Prenez un verre, Gabrielle, m'intime Ambre en saisissant une coupe sur le plateau d'un laquais.

Je considère l'alcool d'un œil suspect. Il n'est même pas onze heures, pourquoi veut-elle me faire boire ? Et surtout pour aller à la messe ?

— Où allons-nous ?

— Je crois que vous vous en doutez. Prenez un verre, cela vous aidera à vous détendre.

J'avise Solange un peu plus loin, qui boit la coupe que lui tend sa propre conseillère. Toutes les candidates se voient proposer le liquide pétillant.

— Buvez, Gabrielle, ordonne alors ma conseillère en me mettant le verre entre les mains. Nous ne voulons pas d'évanouissement pendant le spectacle.

J'avale le champagne d'un coup. Je n'ai rien mangé, nul doute que l'alcool me montera vite à la tête. Ambre me conduit ensuite jusqu'à ma voiture. J'y suis à peine montée qu'elle démarre. Me voilà seule à l'arrière, la *Passacaglia* toujours en tête, à suivre le convoi des limousines où ont pris place les autres candidates. Sans surprise, nous filons vers Paris. La ville est bien différente de la dernière fois : les drapeaux sont en berne, les couleurs qui ornaient les façades ont été remplacées par des draps noirs. Des fleurs ont été déposées devant les bâtiments officiels. La cité est en deuil. Je me sens soudain fébrile. La mélodie dérape, une fois, deux fois, s'évanouit dans le néant. Je tente de la ramener mais les lambeaux de la partition refusent de s'assembler...

La cathédrale Notre-Dame se rapproche et je veux me redresser pour mieux la voir, mais je n'y parviens pas. Ma main posée sur le bord de la fenêtre retombe sur le satin. Je n'aurais jamais dû accepter ce verre, je vais avoir l'air fine pendant les obsèques... Je m'attends à ce que nous nous arrêtions sur le parvis, où une foule dense se presse, mais nous le dépassons. La voiture continue son chemin dans les rues étroites de la vieille ville, jusqu'à un endroit que je reconnais immédiatement, malgré le monde qui afflue et se masse à ses abords. La place de Grève. « Nous ne voulons pas d'évanouissement pendant le spectacle. » Mon estomac se contracte violemment et mes paumes deviennent moites sans que je réussisse à l'empêcher. Nous allons assister à une exécution. Je me sens trembler. Qui ? Moi ? Leclerc ? Lautrec ? La voiture passe un cordon de sécurité. Un garde suisse que je reconnais comme celui du prince m'attend là. Quand il ouvre la porte de mon véhicule, je reste immobile. Je voudrais me lever, sortir, mais je n'y arrive pas. Où est Bach ? Où est Chopin ? La musique dont j'aurais tellement besoin maintenant m'a désertée... Comme s'il avait compris, l'homme se penche vers moi et me soulève pour me mettre sur pied. Puis il prend mon bras et, petit à petit, me guide jusqu'à une tribune, comme on le ferait avec un enfant malade. À l'intérieur, loin des regards des caméras, il me soulève d'un coup pour me porter dans les escaliers. J'aimerais réagir, protester, mais mon corps semble refuser mes ordres. L'homme me dépose au deuxième étage, pousse une porte. Le roi Louis XXII est là, dans une loge ouverte sur la place d'exécution.

— Ah, ma chère ! Nous n'attendions plus que vous pour commencer !

Le garde me conduit jusqu'au monstre, me fait asseoir sur une chaise à côté de lui. Puis il nous laisse seuls. Je voudrais courir, hurler, protester, mais je suis aussi molle qu'une poupée de chiffon.

— Fascinant, n'est-ce pas ? C'est une de mes drogues préférées, intervient le prince en se penchant à mon oreille. Pendant quelques heures, vous serez une marionnette. *Ma* marionnette.

L'angoisse enfle au sein de ma poitrine, sans pour autant faire s'emballer mon cœur. Je suis devenue une spectatrice impuissante, piégée dans mon propre corps. Je déglutis. Depuis la tribune, nous avons une vue imprenable sur la place, la foule et les grands écrans qui la surplombent. Je devine que ce sadique ne va pas bouder son plaisir devant ce spectacle.

— Que... que me voulez... Vous..., je peine à articuler.

Le prince se saisit de ma main gauche.

— Ce serait divertissant de casser chacune de vos phalanges. J'ai longuement considéré cette idée. Mais ce serait dommage, car j'adorerais vraiment avoir une concertiste pour accompagner certains... jeux spéciaux.

Mon estomac se contracte.

— Alors, j'ai pensé à une autre manière de vous punir.

Il fait un signe à l'assemblée. En contrebas, la foule se fend en deux pour laisser passer des prisonniers sous les quolibets, les injures et les jets d'immondices. Le premier s'avance sur la place. C'est Léon. Le sang quitte mon visage. Il est suivi de Robert Guillon, le chef de file du Parti Démocrate à la chambre basse nationale. Ce sont bientôt tous les députés du parti qui entrent à sa suite.

Tous, nationaux et régionaux. Sans exception. Mais ces hommes n'ont rien à voir avec Leclerc et Charbonneau, ils sont pacifistes, réformateurs ! C'est une purge, une éradication des opposants et... Mon cœur s'arrête. L'homme qui ferme la marche. Antoine. Non... C'est un cauchemar. Ce ne peut être vrai !

Le roi se lève et s'avance devant le public. Une clameur folle monte de la place. Il allume un micro.

— Peuple de France, devant vous se trouvent les traîtres à la patrie ! Devant vous se trouvent les assassins de mon père !

C'est faux. C'est faux ! Léon n'a jamais rien fait, Antoine n'a jamais rien fait et tous ces députés démocrates, partisans d'une monarchie parlementaire, ont toujours condamné les méthodes et les idées de Régis Leclerc et de mon réseau ! C'est faux ! C'est faux ! J'essaie de le hurler, mais plus aucun son ne sort de ma gorge. La drogue a agi aussi efficacement que des liens et un bâillon.

— Hervé de Léon a été reconnu coupable de régicide. Et il a bénéficié de la complicité de toutes les personnes ici présentes !

Le duc, gris, les joues creusées, ne proteste pas. Mes yeux tombent sur Antoine. Droit et digne, il me regarde du même air impassible que lorsqu'il surveillait ma porte. Peut-être que si je n'avais pas couché avec lui, si je n'avais pas été aussi égoïste...

— Comme je l'ai promis, je veux rendre le pouvoir au peuple, ce pouvoir qui lui a été usurpé par ceux qui ont osé s'appeler ses représentants. Ce pouvoir commence maintenant. C'est vous qui déciderez, aujourd'hui, de la peine que subiront les condamnés.

Sur l'écran défilent les visages des hommes. Le prince éteint le micro et recule pour se rasseoir à côté de moi. Moi, je ne quitte pas Antoine des yeux.

— Messieurs, mesdames, il est maintenant l'heure de saisir votre téléphone ! annonce Patrick de Saint-Martin, le présentateur vedette de *Noblesse oblige*, en s'avançant sur la place. Pour la peine de M. de Léon ! Pour l'écartèlement, appelez le 82020 et composez le 1. Pour le bûcher, appelez le 82020 et composez le 2. Pour la pendaison, appelez le 82020 et composez le 3. Pour la guillotine, appelez le 82020 et composez le 4 ! Vous avez cinq minutes ! À vos votes !

Antoine ne réagit pas. Mais moi, mon estomac se noue un peu plus. Si violemment que je souhaiterais vomir. Ce n'est pas possible. Tout ceci n'est pas réel. Je dois faire quelque chose. Mon médaillon pèse plus lourd sur ma poitrine. Je me souviens de la capsule de poison. Je tente de lever mon bras. Il ne bouge pas d'un pouce. J'essaie, de toutes mes forces.

— J'espère que vous allez apprécier le spectacle, souffle le sadique dans mon oreille. C'est le premier d'une longue série.

Je voudrais hurler, lui sauter dessus. Crier qui il est dans le micro. Me jeter du haut de cette loge. Mais rien. Mon corps refuse obstinément de bouger.

— Mesdames et messieurs ! Voici les résultats ! Pour M. de Léon, vous avez choisi l'écartèlement suivi de la roue !

La foule hurle, ravie, et le nouveau Louis XXII frappe bien fort dans ses mains. On fait avancer quatre chevaux sur la place. Léon est poussé sans ménagement vers les liens qui pendent de leur attelage.

— Cela s'annonce fort réjouissant, s'amuse le roi à voix basse. Ce nobliau n'aurait jamais dû imaginer qu'il pouvait devenir plus populaire que son souverain ou son dauphin. Toujours à guetter une occasion de briller et de m'éclipser, la définition même du crime de lèse-majesté.

Le duc est maintenant attaché. Louis XXII lève la main et, à son signal, on fouette les chevaux. Un hurlement s'élève sous les acclamations de la foule. Pour m'épargner ce spectacle, pour ne pas basculer dans la folie, je garde les yeux braqués sur Antoine.

— Regardez, peste soudain le roi. Regardez ou je vous brise les doigts.

Je baisse les yeux vers le sol près de Léon, en priant pour que le sadique ne s'en rende pas compte. Il pose une main sur mon épaule, qui, depuis le bas de la tribune, doit paraître comme un geste de soutien. En réalité, il serre, fort.

— J'ai tué sa femme, vous savez. La petite traînée était enceinte. Elle rayonnait de bonheur... Comme si éclipser ma popularité ne lui suffisait pas, il fallait qu'il aille plus loin. J'ai dû lui rappeler que l'enfant chéri des foules, c'est moi.

Je déglutis. La seule chose qui rend ce moment supportable, c'est de savoir que Louis confesse ce crime juste au-dessus de mon enregistreur. Un nouveau hurlement, inhumain, monte de la place, et je ferme les yeux.

— Rouvrez les yeux. Rouvrez-les ou je casse votre petit doigt.

Sa main lâche mon épaule endolorie et se pose sur la mienne. J'obéis. J'obéis malgré le spectacle insoutenable qui se déroule en contrebas. Les exclamations de la foule se sont faites moins fortes. Les spectateurs n'ont pas dû réaliser l'intensité ni la longueur du supplice infligé au duc.

— Je n'ai pas fait exprès de la tuer, sa petite Capucine... Je voulais juste lui donner un avertissement. Si elle perdait l'enfant et se trouvait dans l'incapacité d'en avoir un autre, c'était la cerise sur le gâteau. Mais la petite sotte a résisté. Il a fallu que je la calme.

Le prince lève un bras. On ordonne aux chevaux d'arrêter. Le bourreau s'avance, et verse du soufre sur la main droite de Léon.

— Il n'aurait jamais dû se réveiller, il aurait dû brûler avec elle. Pauvre bougre. Cela lui aurait épargné bien des souffrances... Savez-vous ce que je lui ai fait ?

Louis XXII se penche alors à mon oreille et me décrit en détail les tortures qu'il lui a fait subir ces derniers jours, après qu'il lui ait « désobéi ». Léon a été capturé le soir de l'anniversaire du roi, je réalise. Il n'a pas réussi à s'échapper à temps de la pièce au passage secret... alors qu'il m'a laissée partir devant. C'est ma faute, s'il est en bas, en train d'être écartelé, et le supplice qui lui est infligé sous mes yeux n'est que le couronnement de semaines d'atrocité. Sauf que le roi a décidé d'en faire profiter le public.

Au bout d'un temps interminable, Léon expire. La foule hurle de joie.

— Mesdames et messieurs ! Il est maintenant temps de décider de la fin de Robert Guillon, chef de file du Parti Démocrate et co-conspirateur dans la mort de notre roi bien-aimé Louis XXI !

Tandis que Patrick de Saint-Martin appelle au vote, mon regard revient sur Antoine. Toujours immobile, toujours impassible. Contrairement aux autres, il n'a pas l'air d'avoir peur. Je me perds dans ses yeux bleus. Je m'échappe dans la nuit que nous avons vécue ensemble.

— Le bûcher !

— Regardez ! Regardez ! m'intime le roi.

Je détache mes yeux de l'azur pour voir les flammes danser. De nouveaux hurlements. Dans un brouillard, j'assiste aux exécutions. Une heure passe, puis deux. Je guette les signes qui m'indiqueraient que la drogue se dissipe. Je dois m'échapper. Sauver Antoine. Dénoncer le souverain. Faire quelque chose, n'importe quoi... Mais les condamnés s'avancent un par un, et les peines deviennent de plus en plus expéditives. À la dixième, on sort la guillotine. Le public s'est lassé des hurlements. C'est le pire des spectacles auquel je n'aie jamais assisté. Tant de violence, tant de sang... Et le caractère irréparable, définitif de ces morts à répétition. J'avais pourtant appelé ce genre d'atrocité pour la noblesse de tous mes vœux. Seulement, alors que les têtes tombent les unes après les autres, sous les acclamations du public devenu une assemblée de bêtes, je me rends compte à quel point j'avais tort. Rien de bon ne peut sortir d'un massacre pareil...

La file de condamnés diminue irrémédiablement, sans que personne ne vienne s'interposer. Quand arrive le tour d'Antoine, je voudrais bondir de ma chaise, mais j'y suis toujours clouée. Une simple larme coule sur ma joue, sans que je puisse la cacher.

— Mesdames et messieurs ! Il est maintenant temps de décider de la fin d'Antoine Boucher, garde suisse et espion de Robert Guillon, dont les informations ont permis l'attentat ayant entraîné la mort de notre roi bien-aimé Louis XXI ! Pour l'écartèlement, appelez le 82020 et composez le 1...

C'est faux ! C'est faux ! C'est moi, c'est mon réseau qui...

— Vous ne saviez pas que votre soupirant était une taupe du Parti Démocrate, n'est-ce pas ? susurre Louis dans mon oreille.

Un frisson me parcourt. Antoine, un informateur ? Mais...

— Vous croyiez que je ne vous surveillais pas ? Quel plaisir je vais prendre à vous voir assister à la mort de votre amant, Gabrielle...

Une deuxième larme coule que le roi recueille sur son pouce.

— Vous savez que si vous n'aviez pas été essentielle à ma popularité, vous seriez en bas avec lui... Non, plutôt dans ma salle de jeux personnelle. D'ailleurs, c'est là que vous vous trouverez dès notre nuit de noces. J'ai écouté vos conversations avec Agnès et Solange, votre petite conspiration pour vous échapper... Passionnant. Vous m'aiderez à les punir. Je rêve de voir vos doigts délicats manier une pince.

Seul le regard d'Antoine compte, en bas, qui attend sa sentence. J'essaie de bouger mes doigts. Bouger mes bras. Je dois faire quelque chose !

— Oui, regardez-le, regardez-le bien. Plus que quelques minutes et il finira à la fosse commune. Il m'a bien servi, cependant. C'est lui qui a informé Robert Guillon de la mort suspecte de Capucine de Léon. Cet idiot s'est empressé de demander une enquête à l'Assemblée... Elle a été refusée, bien sûr, mais cela nous a mis la puce à l'oreille, à Grimaux et à moi, sur la présence d'un informateur au sein de la garde. Il a été facile de l'identifier quand nous avons eu accès aux brouillons des discours de Guillon : un seul de mes gardes avait pu savoir que Léon était imbibé d'essence. Quand j'ai décidé de faire de vous mon épouse, je n'avais plus qu'à l'affecter à votre service, et à laisser échapper les informations dont l'opposition avait besoin pour se débarrasser de mon père. J'étais sûr que Guillon trouverait le moyen de communiquer des éléments importants à Leclerc, ces vermines réformatrices se ressemblent toutes. Je n'avais plus qu'à attendre que ce fou saute sur l'occasion...

Un petit rire lui échappe. Ses paroles se répandent en moi comme un poison. Antoine était peut-être un informateur, mais ce n'est pas lui qui a causé la mort du roi. C'est moi. C'est moi, l'espionne du réseau antiroyaliste abolitionniste, moi, l'espionne de Leclerc. Mon Dieu, si seulement j'avais pu lui révéler qui j'étais vraiment avant que...

— Je dois vous avouer que je suis impressionné par l'ingéniosité du Parti Démocrate. Vous corrompre et vous faire exfiltrer, éliminer mon père, tous les éléments étaient là pour une crise en bonne et due forme au sommet de l'État. Je n'ai aucun doute sur le fait qu'on vous aurait utilisée en Turquie pour rédiger de nombreux pamphlets... Malheureusement pour eux, j'ai déjoué cette partie-là de leur plan.

Ma mâchoire se serre. Alors il ne sait pas. Il ne sait pas qu'Antoine et moi avons découvert son horrible secret, à l'instar de Léon, il ne sait pas qu'il est loin d'avoir évité tout ce que les abolitionnistes lui réservent. Il ne devait pas surveiller mon garde suisse assez étroitement, à moins qu'il ait échoué à briser le code encryptant ses communications... Cela me donne un peu d'espoir. Le roi n'a pas tout prévu.

Il peut encore se passer quelque chose, un attentat, une bombe, n'importe quoi qui pourrait interrompre cet odieux spectacle et sauver Antoine.

— Vous vous rendez compte qu'il voulait me faire assassiner ? Dès que vous m'auriez pondu un héritier ? Mon propre père ! J'étais trop violent d'après lui. Alors que jusque-là, je me suis toujours retenu...

Il se penche encore plus près. De l'extérieur, il doit certainement paraître en train de consoler une femme qui passe un moment difficile devant un tel spectacle...

— Vous découvrirez ce qu'est la violence dans deux jours, après notre mariage.

— La guillotine ! annonce Patrick de Saint-Martin.

On fait avancer Antoine vers la grande veuve. Il a toujours les yeux levés vers moi. Je tente à nouveau de m'élancer hors de la tribune, mais ne parviens qu'à bouger légèrement la tête. Une autre larme roule.

— Tut, tut, fini les larmes. Elles sont interdites en public, Gabrielle. Vous qui êtes d'habitude une si bonne actrice...

Le bourreau attache Antoine à la planche. Ce n'est que lorsque celle-ci bascule que nos regards se quittent. C'en est trop. Je ferme les yeux.

— Regardez, Gabrielle, me susurre Louis.

Je garde les paupières fermées. Sa main saisit alors mon petit doigt.

— Regardez ! crache-t-il.

Je n'entends plus que le sifflement de la lame qui tombe et tranche, accompagné du bruit sec de ma phalange qui se brise.

Chapitre 33

Lorsqu'on me sort enfin de la loge, la douleur pulse dans ma main gauche. Pourtant personne ne se préoccupe de mon doigt gonflé. On me porte en bas des marches. On me fait avancer comme un pantin jusqu'à la voiture. On m'y fait asseoir. J'y reste immobile, incapable de bouger mais toujours curieusement raide, jusqu'à ce que le véhicule s'arrête dans la cour. Des valets ouvrent ma porte et Ambre est là, avec un domestique. C'est irréel. Tout ceci ne peut pas être vrai. Pourtant je sens leurs mains qui me tirent hors de la banquette arrière, qui me mettent debout, leurs bras qui me saisissent sous les aisselles pour me faire avancer sur le marbre. Mes yeux voient les autres participantes arriver dans le même état, une expression de stupeur sur le visage.

Dans ma chambre, l'équipe de communication est revenue, ainsi que les maquilleuses, les coiffeuses.

— Elle est très affectée par l'exécution, les informe Ambre. C'est compréhensible, les nerfs des jeunes femmes...

Avec la domestique, elle m'installe sur la chaise de mon secrétaire. Sur celui-ci trône une grande carafe d'un liquide jaune. Ma conseillère en remplit un verre.

— Tenez, Gabrielle, cela va vous aider à surmonter le choc. C'est un cocktail réhydratant. Buvez.

Elle porte le verre à ma bouche et je n'ai d'autre choix que d'avaler le liquide qu'elle y verse.

— C'est bien. Nous allons vous préparer pour le mariage. C'est dans deux jours, il faut que nous rafraîchissions un peu votre peau, elle a souffert de cette semaine sans entretien...

Aussitôt, on s'active autour de moi. Le semblant de lucidité qu'il me restait disparaît. J'ai vaguement conscience qu'on me lave, qu'on me frotte, qu'on m'épile, qu'on m'applique des baumes... À un moment, Ambre remarque mon auriculaire. Le médecin du palais est appelé, on me fixe une attelle.

— Plus de piano pendant quelques semaines, mademoiselle Gabrielle.

On me fait avaler quelques légumes et du poisson sans que je puisse protester.

La nuit tombe et Ambre me fait ingurgiter un autre verre de ce cocktail avant de me mettre au lit. Je n'ai pas conscience de sombrer.

*

Quand je me réveille le lendemain, j'arrive à bouger mes doigts. Enfin, sauf mon auriculaire brisé. Les yeux fixés sur mon attelle, je réalise que je n'ai pas rêvé. Antoine est mort. Je retiens un sanglot. Je tente de lever les mains vers mon médaillon. Je sens sa présence, là, sur ma poitrine. Je dois prendre cette capsule de poison. Je dois mettre fin à mon supplice. Mais mes muscles en partie tétanisés refusent d'obéir. Quelle est cette substance ?

— Aidez... moi..., je parviens à murmurer.

Sur ce, les rideaux de mon lit s'ouvrent. Ambre me regarde d'un air dur. A-t-elle dormi ici ? Me surveille-t-elle désormais ?

— Allez, Gabrielle, c'est le jour des obsèques du roi, il est temps de vous préparer.

Je m'attends à ce qu'elle m'aide à sortir de mon lit, mais au lieu de ça, elle se détourne de moi pour marcher vers le secrétaire où une nouvelle carafe pleine de ce cocktail jaune est réapparue.

— Non, j'arrive à supplier.

Mais elle m'ignore et revient me verser la substance infâme au fond de la gorge sans que je puisse lui opposer la moindre résistance.

— Cela va vous aider, croyez-moi, murmure-t-elle quand elle en a terminé.

Elle m'essuie les contours de la bouche et sort de la pièce. Elle sait pour les déviances du nouveau roi, j'en ai maintenant la certitude. Pourquoi me droguerait-elle sans poser de question ? Et son silence inhabituel avant l'exécution... S'il l'a menacée ou s'il l'a agressée comme Agnès et Solange... Si... Je peine à suivre le fil de mes idées. Bientôt ne reste plus qu'un amas de sensations et d'informations que mon cerveau peine à traiter. On me fait manger léger, on me coiffe et on m'habille de pied en cap. Vêtue d'une large robe noire, d'un chapeau avec une voilette qui masque mon visage inexpressif, on me fait asseoir dans un véhicule. J'assiste aux obsèques du roi aux côtés de Louis XXII comme dans un rêve. Le *Te Deum*, cet affreux *Te Deum*, résonne dans toute l'église, et ce morceau que je déteste a remplacé ma musique intérieure... Je me débats avec les percussions du tambour jusqu'à ce qu'enfin nous ressortions sous le ciel bleu, sous les pleurs de la foule. Les sanglots... Les sanglots et les cris forment une mélodie lancinante derrière le carrosse qui transporte le corps du roi. Les sabots des chevaux percutent le sol, donnant la mesure. Cette musique me porte dans la capitale, jusqu'à la basilique Saint-Denis, où les chants grégoriens me plongent dans une rêverie de draps noirs que survolent des archevêques.

Tout est aussi irréel sur le trajet du retour. Ce n'est que lorsqu'on me déshabille que ma conscience refait surface. Je n'arrive toujours pas à bouger de mon propre chef, mais je suis enfin suffisamment lucide pour réaliser que je pourrais passer ma vie sous l'emprise de cette drogue, à être traînée d'un événement à un autre, comme une marionnette, entre deux séances de torture. Jusqu'à ce que je trouve la force d'avaler la capsule de poison. Alors qu'Iphigénie me passe ma robe de nuit, une larme coule sur ma joue. Je ne peux même plus compter sur mon réseau pour me sortir de là. La mort est ma seule échappatoire.

— Pleurez pas, Madame, me souffle-t-elle. Je resterai avec vous aux Tuileries. Je m'occuperai de vous.

J'aimerais la remercier, mais aucun son ne sort de ma bouche. Elle m'installe dans le lit et j'y reste seule dans le noir, à guetter le moment où je serai libre de mes mouvements. Le mariage est demain. Je vais bien devoir passer une bague au doigt du dauphin, prononcer des vœux... Ils doivent me sevrer, s'ils veulent que cette cérémonie ait lieu. L'effet va forcément s'estomper pendant la nuit. Je dois rester éveillée. Je ne peux pas manquer le moment où je serai à nouveau maître de mes mouvements, le moment où, enfin, je pourrai agir et reprendre le contrôle de mon destin.

La mobilité commence à me revenir quand j'entends ma porte s'ouvrir. Mon estomac se tord. Et si c'était le roi, et si... On ouvre mon rideau. Dans la faible lumière du crépuscule, je reconnais Grimaux, le secrétaire particulier du dauphin.

— Vous êtes réveillée, murmure-t-il. Bien.

Il marche droit vers la pendule, l'ouvre et en ressort un petit dispositif. Une caméra. Il se dirige vers le secrétaire et dévisse le stylo-plume. Un enregistreur, que je devine similaire à celui que je porte, tombe dans le creux de sa main. Méthodiquement, il broie les deux engins.

— Bien. Plus d'espions, votre femme de chambre est aux cuisines, maintenant, nous pouvons discuter, annonce-t-il.

Il s'assoit sur le bord de mon lit et sa main tapote la mienne.

— Pouvez-vous parler ?

J'essaie d'articuler un « oui », sans y arriver toutefois.

— C'était à prévoir. On vous a administré de fortes doses. Un battement de paupières pour « oui », deux pour « non ». Me comprenez-vous ?

Oui.

— Écoutez-moi bien, Gabrielle, car de cette conversation dépend notre survie, à tous les deux.

Oui.

— Le prince... pardon, le roi, vous l'avez peut-être remarqué, souffre de... pulsions.

Oui.

— Il était déjà trop tard quand je suis rentré à son service. Une enfance et une adolescence auprès d'un père qui se méfiait plus des femmes que de la peste et qui a tenu à l'endurcir en lui faisant achever les animaux à la chasse et battre les femmes de chambre comme plâtre...

Il se pince les lèvres.

— Le mal est fait. Ce peut être un jeune homme charmant et soucieux de son pays, et il l'est, la plupart du temps, mais dès que ses pulsions demandent à être satisfaites...

Je me retiens de lever les yeux au ciel. Soucieux de son pays ? Pour un homme qui a assassiné un tiers des députés sous des prétextes fallacieux et se rêve en grand monarque ? Il fallait l'oser, celle-ci ! Quant à parler de pulsions alors qu'il s'agit du sadisme d'un sociopathe...

— Toujours est-il que c'est mon rôle de l'aider à se contenir jusqu'au moment où il peut assouvir ses désirs en toute sécurité. Je me dois de vous en avertir avant que vous n'en fassiez l'expérience vous-même.

Il me tapote à nouveau la main.

— Maintenant, écoutez-moi bien. Quand vous serez dans l'intimité avec lui, ne résistez pas. Surtout ne résistez pas à la douleur. Criez, hurlez, soyez démonstrative. J'ai fait l'erreur de lui fournir des femmes dans votre état, droguées, je veux dire, et il a poussé les jeux trop loin, malheureusement pour elles. Ce qui lui fait plaisir, c'est le spectacle de la souffrance. Offrez-le-lui, et tout devrait bien se passer.

Oui.

— En échange de votre coopération, dans la satisfaction de ses penchants, que je sois bien clair, je m'engage à faire tout mon possible pour vous aider. Votre cote de popularité est au plus haut, votre présence aux côtés du roi lui assure la sympathie des classes populaires, qui était en chute libre ces derniers mois, et nous sommes tout près du mariage. C'est ce qui vous sauve. Les images de votre *incartade* lui ont déplu, mais il a vite compris qu'il était trop tard pour vous remplacer. Et puis il se satisfait de l'opportunité de vous punir. Laissez-le faire et tout ira bien. Il sait l'enjeu que représente le fait d'avoir un enfant dès la première année de votre mariage, j'y ai veillé. Après tout, dans votre milieu, la croyance que ce serait là une bénédiction divine est très ancrée et c'est ce milieu dont nous voulons le soutien. Vous bénéficierez de traitements, dès le soir de la nuit de noces, je m'en assurerai, et dès que vous serez enceinte, je vous ferai transférer à la campagne pour que votre grossesse se passe sereinement. Vous...

Il se penche vers moi, baisse la voix.

— Vous comprenez la nécessité d'avoir un héritier, n'est-ce pas ?

Oui.

Oh oui, je le comprends. Je comprends que Grimaux a essayé de contrôler les pulsions d'un jeune dauphin et a étendu son emprise sur lui en lui fournissant des jeunes filles. Je comprends qu'il a réalisé que sa créature lui échappait, et qu'allait arriver le moment où il faudrait l'éliminer, comme l'anticipait son père. Quoi de mieux à ce moment-là que d'être le sauveur de la nouvelle régente et probablement le précepteur de ses enfants ? Sa manœuvre est transparente pour moi.

— Bien. Nous nous comprenons donc. Suivez mes conseils et tout ira bien. Ce sera l'affaire de quelques semaines ou de quelques mois jusqu'à la grossesse, et je vous tirerai de là.

Il me tapote à nouveau la main.

— Le produit va se dissiper dans le courant de la nuit. Vous serez rassurée d'apprendre qu'avec ces doses tout fruit de votre *erreur* avec ce garde a été éliminé. Demain matin, vous devriez vous sentir mieux. Le mariage se déroulera exactement comme prévu lors de nos réunions, à l'exception que le couronnement aura lieu avant les vœux.

Il se lève du lit.

— Prenez soin de vous, Gabrielle. Nous nous verrons aux Tuileries.

Sur ce, il referme les rideaux, me laissant dans le noir et les dernières vapeurs du produit.

Chapitre 34

Grimaux avait raison. La drogue s'estompe. Quand le soleil filtre entre les deux pans de mes rideaux, je peux bouger mes mains et mes bras. Mes jambes, un peu moins. Mon corps est raide et courbaturé comme si j'avais passé les deux derniers jours à courir. Mon auriculaire a dégonflé et est beaucoup moins douloureux dans son attelle. Je porte une main tremblante à mon pendentif. J'ai envie de mourir. De ne pas attendre la nuit de noces, d'avaler tout de suite la capsule de poison et de rejoindre Antoine. L'Église a peut-être raison, il m'attend peut-être dans un monde meilleur. Des larmes coulent sur mes joues. Je les essuie avec difficulté.

— Pourquoi n'êtes-vous pas intervenus ? je murmure à mon médaillon. Pourquoi n'avez-vous pas dévoilé le scandale au lendemain de la mort du roi ? Vous avez laissé le dauphin tuer tous les représentants, tuer Antoine... Il était l'un des nôtres !

L'idée de l'avoir côtoyé alors qu'il était lui aussi en mission, pour le Parti Démocrate, certes, mais pour les mêmes idées réformatrices que moi, me tord le ventre... Le fait qu'il n'aura jamais su que j'informais moi aussi un réseau et partageais ses convictions me rend infiniment triste. Aurais-je perdu plus qu'un ami, plus qu'un amant ?

— Vous auriez dû tout révéler avant, je chuchote.

J'observe l'enregistreur. La colère monte comme une marée et emporte mon chagrin. Combien de personnes sont mortes pour leur fameux plan ? Pour l'opportunité de m'entendre hurler, puis mourir sous les coups du dauphin ? Je me sens idiote désormais d'avoir cru en Régis Leclerc, en ses pamphlets qui parlaient de justice, de droits de l'Homme, de procès pour le roi et la noblesse... Ils n'ont pas simplement trahi leur promesse de garantir ma sécurité, ils ont sacrifié des dizaines de personnes qui, elles, ne s'étaient jamais engagées à les servir ! Ils savaient le lien qui m'unissait à Antoine, et ils l'ont laissé être exécuté ! Sous mes yeux ! Où sont les droits de l'Homme là-dedans, quand on est prêt à laisser se produire un tel bain de sang, uniquement pour n'augmenter que légèrement les chances d'une révolution ?

Ma porte s'ouvre, j'ai tout juste le temps de refermer mon médaillon.

— Ah ! Déjà debout ! s'exclame Ambre en tirant les rideaux d'un coup sec.

À sa suite sont entrées une dizaine de personnes. Il faut trois d'entre elles pour porter la robe, pour l'instant dans une longue housse blanche.

— Allez, Gabrielle, venez. Haut les cœurs, vous vous mariez aujourd'hui !

Je souris, non pas pour suivre les conseils de Grimaux, mais par pur instinct de survie. Par ambition ou par crainte, Ambre sert le prince. Si je fais montre du moindre soupçon de désobéissance ou de rébellion, cela parviendra aux oreilles de ce sadique.

— Eh bien voilà, se satisfait-elle. Vous êtes ravissante quand vous souriez, Gabrielle, et vous le serez encore plus quand nous aurons fini de vous préparer.

Elle me saisit par le bras, me guide jusqu'à la douche. Je suis encore tremblante.

— Iphigénie ?

La domestique surgit pour m'aider à me laver. Alors qu'elle frotte et savonne mes membres endoloris, je contemple le médaillon qu'elle a au préalable posé sur un guéridon. Je hais Leclerc et Charbonneau. Je les hais, car ils savent qu'il y a un risque que le roi me le confisque avant d'assouvir ses viles pulsions sur moi. Ils savent qu'il collectionne ces bijoux comme des trophées, ils savent que la seule raison pour laquelle on me l'a laissé, c'est parce que la mort de Louis XXI a empêché ma cérémonie de passage aux Tuileries. Ils savent que je risque d'être torturée sans même pouvoir capter un son, sans pouvoir avaler la pilule. Ils savent que je risque de tomber enceinte de ce malade. Et ils s'en fichent, alors qu'ils ont toutes les cartes en main. Ils ne valent pas mieux que le roi. Je réentends sa voix moqueuse alors qu'Antoine grimpait sur l'échafaud. Le son de la guillotine, celui de mon doigt en train de se briser.

— Détendez-vous, Madame, me souffle Iphigénie en tentant d'ouvrir ma main droite fermée pour la savonner.

Mais je ne peux pas me détendre. Comment le pourrais-je ? On me fait épouser un psychopathe d'ici quelques heures.

Dès que je sors de la douche, j'attrape mon médaillon. Je dois au moins en extraire la capsule et l'enregistreur avant que...

— Ah non, Gabrielle, vous ne mettez pas ce pendentif aujourd'hui, intervient Ambre.

Elle traverse la salle de bains et me l'arrache des mains. Je suis si faible que je ne peux pas le retenir.

— S'il vous plaît...

— Ne vous inquiétez pas, votre fiancé, que dis-je, votre roi, vous en offrira un autre très bientôt. J'ai travaillé sur la séquence et vous verrez, ce sera très beau. Allez, au maquillage.

Elle range le bijou dans la poche de sa veste et me reconduit, nue, jusque dans la chambre. Mon Dieu. Ne pas paniquer. Je dois trouver une solution.

— Typhaine, vous avez bien la photo de référence des essais ? demande Ambre à une femme blonde.

— J'ai tout.

— Gabrielle, je vous rappelle le programme : nous partons d'ici à onze heures et quart. La cérémonie de couronnement puis de mariage commencera à midi et se terminera à treize heures trente à la basilique Saint-Denis. Nous prévoyons trente minutes de plus pour le couronnement, c'est le seul changement que nous avons apporté aux plans originaux. Nous reprenons ensuite l'agenda qui a été préparé et que nous avons répété la dernière fois : arrivée aux Tuileries à quinze heures après le cortège dans la capitale. Maquillage, changement de robe et collation jusqu'à seize heures. Seize heures et quart, photos officielles, dix-sept heures trente, félicitations officielles. Dix-huit heures trente, vin d'honneur. Vingt heures, dîner. Vingt-deux heures trente, le bal. Vous vous éclipserez pour la nuit de noces à minuit dans vos appartements, anciennement ceux de Marie-Thérèse.

Le médecin royal viendra s'assurer de la consommation de l'union à une heure, et vous faire des injections, selon le protocole dont vous avez discuté la dernière fois ensemble. C'est compris ?

Je déglutis avec difficulté.

— C'est compris ? répète-t-elle.

— Oui, Ambre.

— Très bien, alors commençons.

Une armée s'affaire sur mes cheveux et mon visage. À chaque étape, Ambre se rapproche pour vérifier que tout est conforme à ce qui était prévu. À chaque étape, mes yeux dérivent vers la bosse que fait mon pendentif dans sa poche. Si je n'étais pas encore si peu sûre de mes mouvements, si je ne tremblais pas... Mais au bout de deux heures, je n'ai toujours pas trouvé le moyen de récupérer mon bijou.

— Allez, nous avons tout juste le temps de passer la robe, intervient ma conseillère. Ensuite, nous devrons y aller.

Quatre personnes sortent le monstre de soie blanche. Le buste a été incrusté de pierreries qui s'enroulent autour de la taille pour descendre jusqu'au bout de la traîne immaculée, longue de trois mètres. Il faut d'interminables minutes pour l'ouvrir correctement et la passer par-dessus ma tête. Quand, enfin, on en serre le corset, elle est si lourde que je crains que mon corps fragilisé ne puisse longtemps la supporter.

— Le voile, maintenant.

On fixe le tulle dans mes cheveux. Mon cœur, que la drogue avait ralenti, bat désormais la chamade. Mes mains tremblent. Je vais manquer de temps. Je tente de convoquer la musique... Pour la première fois depuis des jours,

Chopin revient, avec l'*Étude révolutionnaire*. La douleur pulse soudain dans ma main gauche. Je ne m'étais pas rendu compte que mes doigts s'étaient mis en mouvement. À la pensée que je ne pourrais peut-être plus jouer ce morceau à la perfection à cause de la fracture que m'a infligée le roi, une nouvelle bouffée de rage enfle dans les notes.

— C'est parfait ! s'exclame Ambre. Et pile à l'heure ! La voiture nous attend. Vous trois, soulevez sa traîne, nous y allons.

— Ambre, s'il vous plaît, j'ai besoin d'une minute, je tente.

— Qu'y a-t-il ? Voulez-vous utiliser le cabinet d'aisances ?

— Non, j'aimerais prier avec mon médaillon avant de partir...

— Gabrielle, vous vous mariez à l'église, vous aurez tout le temps de prier à la messe.

— S'il vous plaît, Ambre, j'aimerais me recueillir une dernière fois sur les photos de mes parents.

Ma phrase jette un froid parmi les techniciens qui m'entourent. Ma conseillère ne peut décemment pas me refuser ça, pas sans passer pour une femme incroyablement cruelle.

— Bien, soupire-t-elle en sortant le bijou de sa poche. Mais une minute, pas plus.

Elle me le tend et sort de la pièce, le reste de l'équipe sur les talons. Dès que la porte s'est refermée, j'ouvre le mécanisme.

— Je vous salue, Marie, pleine de grâce, le Seigneur est avec vous...

Tout en récitant l'*Ave Maria*, du bout de l'ongle, je soulève le portrait de ma mère. Derrière, une petite capsule blanche. Qu'en faire ? J'avise mon décolleté. Le corset est si serré que si je la glisse entre le tissu et mon sein droit, elle ne tombera pas. J'insère la pilule du doigt. Je passe à la photo de mon père. L'enregistreur est plus gros et tient tout juste dans le médaillon. Je le saisis délicatement et le cache de la même manière, mais du côté gauche.

— ... maintenant et à l'heure de notre mort, je termine.

Je referme le pendentif avec rage, alors que, dans ma tête, je plaque violemment les deux derniers accords.

— Ambre ? Je suis prête.

Prête à quoi, je ne sais pas encore. Mais je ne laisserai ni le roi, ni Leclerc, ni plus personne jouer avec ma vie.

*

Lorsque je sors de la voiture, tout est exactement tel que prévu par les nombreuses réunions avec les équipes de communication. De part et d'autre du tapis rouge qui mène à la cathédrale Saint-Denis, les badauds en habit du dimanche applaudissent. Les enfants ont été placés devant, tous avec des bouquets de fleurs des champs dans les mains, pour faire croire qu'ils sont allés les ramasser eux-mêmes ce matin. Quelle que soit l'issue de cette journée, je dois continuer de jouer la comédie, alors j'imagine que je vais retrouver Antoine pour réussir à sourire largement sous mon voile. Un vol de colombes décolle du toit de l'église et me fait lever la tête. Ceci aussi a été arrangé pour les images.

Je m'avance dans l'allée. Trois petites filles tiennent ma lourde traîne, leurs minuscules bouquets de roses blanches assortis au mien. La porte béante de l'église me fait l'effet d'une bouche noire prête à m'avaler. J'y distingue la silhouette claire de Louis XXII... Un nouvel élan de rage monte dans ma poitrine. Je le calme en prenant une autre grande inspiration.

L'horrible *Te Deum*, encore lui, se lance dès que je franchis le seuil. La foule se lève, un patchwork de couleurs vives. Je reconnais la Kerdoncuff, là-bas, dans les premiers rangs. Près de l'autel, le roi m'attend, un air amoureux sur le visage. Je souris plus largement, mais peine à empêcher la commissure de mes lèvres de trembler. Pour le téléspectateur, c'est un conte de fées. Pour moi, c'est le début d'un cauchemar. J'arrive à ses côtés.

— Vous êtes magnifique, Gabrielle, ma reine..., murmure-t-il, suffisamment fort pour que ce soit capté par les preneurs de son.

— *In nomine patris, et filii...*

Le prêtre, face à la croix, le dos tourné à l'assemblée, a commencé la messe. Comme depuis des années, je fais mine de la suivre avec une ferveur non dissimulée. Louis, lui aussi, joue son rôle à la perfection. Il s'incline avec piété. Quand vient le moment du sacre, je crois presque à son émotion quand on lui enlève son manteau et qu'il se retrouve en tunique. Tant de talent mis au service de la noirceur. Quel gâchis.

Alors qu'il prête serment devant les Évangiles et le reliquaire de la vraie Croix, je laisse mon regard dériver vers les peintures accrochées dans la nef. Ce même évènement y est représenté pour chaque monarque depuis Louis XVII, et nul doute qu'une des premières choses que fera Louis XXII sera de commissionner son propre tableau. J'observe le précédent : Louis XXI y est peint enfant, sept ans à peine, noyé dans un manteau d'hermines, mais c'est sa mère, la régente Christine, qui est le vrai sujet de cette œuvre. Belle et brune, elle se tient derrière son fils, majestueuse, occupant toute la toile malgré sa position en retrait. Grande réformatrice, c'est elle qui a institué les chambres basses pour donner plus de pouvoir au peuple et lancé d'importants travaux de modernisation du pays. Jusqu'à ce que Louis XXI ne l'évince brutalement et l'enferme au couvent. C'est ce genre de figure maternelle, j'imagine, que Grimaux espère me voir devenir, tandis qu'il exercera son influence dans l'ombre. Un nouveau plan dans lequel je ne suis qu'un pion... Une idée me frappe. Et si j'avançais la mise en exécution de cette machination ?

Quelques mètres devant moi, Louis XXII s'agenouille devant l'archevêque pour recevoir l'onction. Je sens toujours la présence de la capsule de poison contre mon sein droit. Et si je ne mourrais pas ce soir ? Et si, tout à son enthousiasme pour notre nuit de noces, Louis XXII faisait une « crise cardiaque » ? Même sans enfant, je serais toujours, techniquement, reine de France, et le nouvel héritier serait le petit-neveu de Louis XXI, qui vit quelque part caché en Amérique du Sud. Vu ma popularité, je n'aurais probablement pas trop de difficulté à m'imposer comme régente et préceptrice. Avec les pleins pouvoirs, je pourrais demander des élections libres, je pourrais réformer le système des chambres basses, je pourrais transformer le pays... Sans violence, sans chaos, sans exécutions à la chaîne. Peut-être était-ce ce qu'entendait Félix de La Brivoisière lorsqu'il me disait avoir confiance en moi pour agir pour le bien du pays. Tuer le roi. La solution est si évidente que je me demande pourquoi Leclerc et Charbonneau n'y ont pas pensé.

Louis XXII se relève, incroyablement beau malgré la simplicité de ses habits, véritable incarnation du prince charmant, et la raison m'apparaît, éclatante : je suis trop populaire, trop proche du peuple, pour les républicains. Au lendemain de ma mort, il ne restera plus que le roi dans le paysage politique, un roi maléfique et cruel, à la tête d'une noblesse effacée et soumise, sur laquelle son inhumanité rejaillira. Je serai décédée, comme tous les députés démocrates. Leclerc et Charbonneau pourront rentrer au pays et s'imposer comme la seule alternative à ce pouvoir malfaisant, mener la politique qu'ils désirent sans souffrir la moindre contradiction. Voilà leur plan, voilà pourquoi ils n'ont pas empêché les exécutions et me demandent désormais de me sacrifier, je comprends. Ma mort n'augmente pas seulement les chances d'une révolution, elle augmente la probabilité que Leclerc puisse mener la danse une fois que le scandale aura éclaté.

Robert de Talleyrand, le Grand Chambellan de France, s'avance pour habiller le roi. Mais comment tuer ce dernier ? Je doute d'avoir la force de lui fourrer ma capsule de poison dans la bouche... Je n'ai pas encore de solution, mais je sais déjà que je n'aurai pas le droit à l'erreur, car si j'échoue, je subirais probablement le même sort que Léon. Je réprime de justesse une grimace au souvenir de son horrible agonie. Je peux encore entendre le son de ses articulations céder...

À quelques pas du monarque, Grimaux, en tenue d'apparat, veille au grain et coordonne discrètement le ballet des pairs du royaume venus apporter l'anneau, le sceptre et la main de justice. Si je parviens à mes fins, ce personnage pourrait me poser problème. Il est ambitieux et connaît désormais beaucoup trop de choses à mon sujet : je suis certaine que les enregistrements de moi et d'Antoine dont il dispose sont bien à l'abri dans le couvent, avec les autres *compromis*, prêts à être utilisés pour faire de moi sa marionnette.

Enfin, l'archevêque arrive avec la couronne et la musique résonne, puissante, sous la voûte de la cathédrale. Avec des gestes assurés, il la pose sur les cheveux bruns du nouveau roi. Une nouvelle bouffée de rage gonfle dans ma poitrine et il me faut toute ma volonté pour garder le sourire sur mon visage. Je sais que les caméras seront sur moi immédiatement après, pour filmer ma réaction à travers le tulle transparent. J'ai mal aux zygomatiques, quand, enfin, Louis XXII reprend sa place devant l'autel.

— Maintenant, si cette jeune femme voulait se rapprocher..., m'invite le prêtre.

C'est mon signal. Je rejoins le roi, et comme convenu, il me lance un sourire tout droit sorti d'un film de Noël, tandis que l'homme de foi se lance dans un discours assommant sur notre alliance à venir.

— Vous avez entendu la parole de Dieu sur l'amour et le mariage, termine-t-il. Vous allez vous engager pour toute votre vie. Est-ce librement et sans contrainte ?

— Oui, répond Louis XXII.

— Oui, je réponds à mon tour.

— En présence de Dieu, et devant le peuple de France, échangez vos consentements.

— Moi Louis Charles Henri, de la maison Capet, roi de France et de Navarre, je vous reçois Gabrielle Marie Louise Lacroix comme épouse et je vous promets de vous rester fidèle dans le bonheur et dans les épreuves, dans la santé et dans la maladie, pour vous aimer tous les jours de ma vie.

Il me regarde avec des yeux si attendrissants que je pourrais m'y laisser prendre. Un petit garçon, un lointain cousin du roi, s'est approché avec les alliances. Louis XXII saisit l'anneau d'or fin et me le passe à l'annulaire, écrasant au passage mon doigt blessé auquel on a enlevé l'attelle pour la cérémonie. Je souris, mais une nouvelle flambée de rage me consume.

— Moi Gabrielle Marie Louise Lacroix, je vous reçois Louis Charles Henri, de la maison Capet, roi de France et de Navarre, comme époux et je vous promets de vous rester fidèle dans le bonheur et dans les épreuves, dans la santé et dans la maladie, pour vous aimer tous les jours de ma vie.

Je prends à mon tour l'anneau et le passe tendrement à son doigt.

— Louis Charles Henri, de la maison Capet, roi de France et de Navarre, acceptez-vous de prendre Mlle Gabrielle Marie Louise Lacroix ici présente pour épouse ?

— Oui, je le veux.

— Mlle Gabrielle Marie Louise Lacroix, acceptez-vous de prendre Louis Charles Henri, de la maison Capet, roi de France et de Navarre, ici présent pour époux ?

— Oui, je le veux.

— Par les pouvoirs qui me sont conférés, je vous déclare mari et femme.

Les applaudissements résonnent sous la voûte. Je me tourne vers le roi. Il soulève mon voile et me sourit. Je n'ai aucun mal à l'imiter, il me suffit pour ça de l'imaginer agonisant ce soir.

Louis XXII m'attire à lui comme prévu, dans un geste très peu protocolaire et très amoureux. Ses lèvres se posent sur les miennes pour un long baiser passionné, et malgré la nausée que son contact provoque, j'y réponds, caressant langoureusement sa langue de la mienne. Quand nous nous séparons, une étincelle de satisfaction brille dans son regard. Je devine que dans le mien aussi. Je suis reine de France, et ce soir, j'ai bien l'intention de tout tenter pour en devenir la régente.

Chapitre 35

— Comment rendent les images ?

Nous sommes à peine rentrées dans le hall des Tuileries que Louis XXII lâche ma main endolorie et marche droit vers un moniteur de contrôle derrière lequel s'affaire un producteur.

— Voyez par vous-même, Sire, répond celui-ci en lui cédant sa place.

Je profite de cet instant de pause pour frotter mon petit doigt cassé. Ce salaud n'a pas arrêté d'appuyer dessus pendant tout le trajet, alors que je devais jouer la comédie du bonheur devant la foule massée le long du trajet du carrosse.

— Madame.

Ambre vient s'incliner devant moi.

— Nous devons rectifier votre mise et transformer la robe avant la suite des festivités.

— Oui, bien entendu, je lui réponds docilement.

Je dois encore tenir mon rôle de jeune fille sage et obéissante jusqu'à ce soir. Elle me conduit à travers une enfilade de salons et d'antichambres jusqu'à une pièce calme et lumineuse ouvrant sur les jardins. C'est le salon vert de Marie-Thérèse, je le reconnais immédiatement. Une pièce sublime, avec des canapés d'un velours feuillage, des murs parés de trompes l'œil représentant des treilles et des oiseaux exotiques, des lustres mêlant cristal et plumes d'autruche blanches. Une magnifique coiffeuse a été installée près de la fenêtre et je m'y assois.

— Souhaitez-vous un rafraîchissement, Madame ? propose Ambre. Un peu de champagne ? Quelques fruits frais ?

— De l'eau et un peu de pain.

Elle fait signe à un valet, puis sur son ordre, les maquilleuses, coiffeuses et stylistes se mettent à travailler. Mon teint est rafraîchi, mes cheveux rebouclés, puis lorsque mon visage est terminé, je me lève pour que l'on puisse changer la jupe de ma robe. La traîne disparaît, remplacée par un modèle plus simple, tout de soie blanche rebrodée d'or. Je mettrais ma main à couper que toutes les mariées avec un peu de moyens voudront ce type de tissu dans les prochaines années.

— Voilà, Madame, s'incline M. Vuitton après avoir terminé d'arranger ma tenue.

Je le remercie et, faisant mine de vouloir contempler mon reflet dans le miroir, je m'avance vers celui-ci pour passer discrètement le doigt à la bordure de mon décolleté. Mon corset n'a pas bougé, et je sens toujours la présence de l'enregistreur et la pilule de poison entre ma peau et le lin de la doublure. Je ne sais pas comment je vais pouvoir utiliser le premier, que le tissu de ma robe doit étouffer, et administrer la seconde sans que le roi ne la recrache, mais pour l'instant, leur présence suffit à me rassurer. Tant que je les ai, tout n'est pas perdu.

Je recule. Je crois que je n'ai jamais été aussi belle, malgré la fatigue et les mauvais traitements de ces derniers jours.

— Vous êtes magnifique, Madame, ose murmurer Iphigénie à mes côtés, qui m'a effectivement suivie aux Tuileries.

Je m'attends à ce qu'Ambre fasse un commentaire avant de me pousser aussitôt au-dehors pour rejoindre la réception, mais lorsque je me tourne vers elle, ma conseillère s'est réfugiée à l'écart, dans un coin de la salle, et parle précipitamment dans son énorme téléphone portable.

— Ambre ? je l'interpelle. Ne sommes-nous pas attendues à seize heures ?

Elle semble soudain se reprendre et raccroche précipitamment avant de revenir à mes côtés.

— Oui, Madame, vous avez raison, bafouille-t-elle. Allons-y.

Pas de compliment, et elle semble préoccupée. De la part de celle sur laquelle une exécution publique ou la mort du roi n'a eu que peu d'effet, c'est étrange.

Je n'ai pas le temps de m'appesantir sur son attitude, car elle s'engage au pas de course hors des appartements, au point que je peine à la suivre dans ma robe, certes plus simple, mais toujours très lourde. Nous regagnons la galerie. Le prince nous y attend déjà, les yeux rivés sur sa montre.

— Deux minutes de retard, m'admoneste-t-il avec un sourire qui fait passer sa remarque pour une plaisanterie aux yeux de l'assemblée, mais est remplie de menaces.

Puis il se tourne vers un des producteurs.

— Les caméras sont-elles toujours en place ?

— Elles n'ont pas bougé, Sire.

— Grimaux ? A-t-on reçu les parts d'audience ?

Le secrétaire privé se glisse à ses côtés.

— À l'instant, Sire, et c'est un record. Vingt millions de téléspectateurs sur la première chaîne, les bars et les salons de thé sont pleins ! Votre cote de popularité frôle les quatre-vingt-dix pour cent, ainsi que celle de votre femme. Je suis heureux de vous annoncer que c'est un franc succès.

Un vrai sourire illumine le visage de celui que je dois désormais appeler mon mari.

— Très bien, très bien.

Il me tend le bras et, si je le saisis en essayant d'afficher une mine réjouie, je ne peux m'empêcher de remarquer du coin de l'œil Ambre qui tire Grimaux par la manche, un air sombre sur le visage. Le roi s'en aperçoit aussitôt.

— Êtes-vous prête, ma chère femme ? demande-t-il d'un ton qui masque mal son impatience.

— Oh oui, je m'empresse de lui répondre. Allons-y.

Les trompettes résonnent dans la cour du palais après que le valet nous a annoncés, et nous sortons sur la terrasse sous les gigantesques arches de roses blanches, pour être applaudis par la noblesse au grand complet.

*

Pendant les heures qui suivent, tout se déroule exactement comme prévu, et je sens que le roi est bien trop occupé à savourer son avènement et ses bons résultats pour penser à me torturer en public. Lors des portraits officiels et des félicitations, il se montre même agréable entre deux prises de vues, et je capte des regards attendris et émus de la part de nombreuses femmes devant ce qui apparaît comme un mariage d'amour. Le vin d'honneur est un triomphe, et pendant de longues minutes, les acclamations n'en finissent plus de résonner dans la cour du palais. Ce n'est qu'au dîner que je remarque les premiers signes d'une fausse note au milieu de cette réception millimétrée. Lorsque le parrain du roi, Henri VI de Lorraine, termine le premier discours de la soirée, en lieu et place de feu Louis XXI, je ne peux m'empêcher de noter que trois tables applaudissent tièdement. Je mets d'abord cela sur le fait qu'elles comptent le duc de Mayenne et la duchesse de Guise, deux familles proches des Léon, mais à la troisième table n'est assis aucun partisan, et pourtant, deux des femmes regardent dans notre direction avec une hostilité affichée. Pendant tout le repas, je ne peux empêcher mes yeux de revenir vers elles, et si elles font parfois l'effort de se parer d'un sourire quand elles s'aperçoivent que je les observe, celui-ci reste faux et crispé. Je ne les perds de vue que lorsque vient l'heure du bal.

— Ma chère, susurre le roi en me présentant son bras.

Je le saisis pour me lever de table et la nervosité, que j'avais tenue jusque-là à distance, éclate dans ma poitrine. Nous ne danserons qu'une heure et demie avant de nous éclipser pour la nuit de noces. Une heure et demie, et je devrais trouver un moyen de lui faire avaler la capsule.

Il me conduit jusqu'au salon vert, où nous attendent nos équipes pour rafraîchir nos mises avant que nous ne fassions notre entrée dans la salle de réception. Dès que nous en franchissons la porte, je comprends que quelque chose ne va pas. Ambre et Grimaux sont tous deux au téléphone, entourés de leurs équipes.

— Que se passe-t-il ? demande le roi.

Mais Grimaux répond simplement d'un regard appuyé vers l'armée de maquilleurs et coiffeurs qui nous attend, et Louis XXII se renfrogne aussitôt.

— Rien que nous ne puissions régler et dont vous ayez à vous occuper, Sire, rajoute Grimaux, rassurant.

Cela ne fait pas pour autant revenir le sourire de mon mari. Il se laisse tomber dans un des fauteuils.

— À l'œuvre, ordonne-t-il à sa maquilleuse. Je veux que nous soyons sortis de là dans trois minutes.

Je m'installe à mon tour à ma coiffeuse, et six mains s'affairent aussitôt à rectifier mon teint et mes boucles. Tout le temps de ces retouches, je ne peux m'empêcher de jeter des coups d'œil nerveux à Louis XXII. Sa bonne humeur s'est définitivement envolée, me faisant craindre le pire pour le reste de la soirée. Quand il ne darde pas ses yeux malveillants sur moi, il lance des regards suspicieux à Grimaux. Même s'il semble avoir confiance en son secrétaire particulier, son besoin de contrôle est tel que je sens qu'il lui est difficile de le laisser gérer ce qui a tout l'air d'être une complication. Dans un sens, je le comprends : quelle urgence, un soir de noces et de fête nationale, peut requérir la mobilisation de Grimaux et d'Ambre ? Les républicains se seraient-ils décidés à révéler quelques-uns des enregistrements ? Cela leur ressemblerait bien, de faire fuiter des informations laissant entendre que le nouveau roi est un meurtrier, à quelques heures de ma mort programmée. Dans le même temps, je vois mal ce genre de révélation être un problème qu'Ambre et Grimaux puissent régler sans consulter le principal intéressé. À moins que le secrétaire ne lui ait répondu cela que pour gagner du temps, car tous deux n'ont pas pour autant interrompu le travail.

— Allons-y, déclare soudain le roi.

Sans perdre une seconde en politesses, il vient m'attraper par le bras et m'entraîne avec lui dans les couloirs.

— N'ayez pas l'air si nerveuse, me glisse-t-il juste avant que nous entrions dans la salle de bal. Ne vous inquiétez pas, je ferai en sorte que notre nuit de noces soit exceptionnelle.

Et sans que j'aie le temps de réagir, il pousse la porte.

— Mesdames et messieurs, le roi et la reine ! annonce fortement un valet de pied.

On nous applaudit et je me sens comme un lapin pris dans les phares devant cette foule colorée. Je fais du mieux que je peux pour maintenir mon sourire. Le roi se rapproche et ses lèvres frôlent mon oreille dans un geste qui doit apparaître comme amoureux et rassurant pour notre public.

— Je vous ferai vite oublier votre amant, susurre-t-il.

À la mention d'Antoine, une boule se forme dans ma gorge et il me faut toute ma volonté pour continuer à prétendre que tout va bien. Une chanteuse lyrique entonne le début de « Mourir d'amour pour toi », le morceau que le roi a choisi pour notre première danse, et la foule s'écarte pour nous laisser nous avancer sur la piste. Louis XXII me fait tourner sur moi-même, puis, comme s'il ne pouvait résister à la passion, me ramène tout contre lui. Je me retrouve le sourire scotché au visage, enserrée dans ses bras, pressée contre son torse, à me balancer au rythme lent de la chanson, en essayant d'ignorer la douleur qui pulse dans ma main gauche à chaque fois qu'il écrase mon doigt blessé.

— J'ai vu la vidéo, savez-vous ? murmure-t-il si près que son souffle chatouille ma joue.

Je me raidis.

— Détendez-vous. Moi aussi, je vous embrasserai à tous ces endroits.

Du regard, je balaie la foule à la recherche d'un visage familier, n'importe qui, auquel je pourrais me raccrocher pour supporter ces horreurs.

— Sauf que j'y mettrai les dents… continue Louis XXII, narquois désormais.

Il m'écarte alors violemment de lui pour me faire tourner. Lorsque je me retrouve à nouveau prisonnière de ses bras, mes yeux croisent ceux de Félix de La Brivoisière. Sa mine est sombre, sa bouche fermée en un pli amer. Il sait ce que je vis. J'en ai la certitude. Je laisse une seconde glisser mon sourire, devenu automatique, pour lui signifier que j'ai besoin de son aide. Mais le roi me fait à nouveau tourner avant que j'aie pu capter sa réaction.

— Je vais follement m'amuser avec vous, ce soir. Je vais vous faire passer l'envie d'être touchée… par absolument n'importe qui.

Un nœud se forme dans mon estomac. La seule chose qui me permet de tenir mon rôle, c'est la présence du poison que je sens contre mon sein à chaque fois qu'il m'écrase, et le regard de Félix que je croise à chaque tour, dont l'expression se durcit de seconde en seconde.

La chanson se termine et les applaudissements résonnent. Le roi me serre contre lui, feignant l'amour fou, alors que d'autres couples nous rejoignent sur la piste. Nous voilà repartis pour un autre morceau.

— Préférez-vous que je commence par la ceinture ? Ou le martinet ? reprend-il à mon oreille alors que les guitares emplissent la salle et les lumières stroboscopiques s'allument.

Il me fait tourner sur moi-même.

— Répondez, insiste-t-il en me pressant à nouveau contre lui. Ou je commence immédiatement par le couteau.

Peut-être dois-je cacher ma peur pour l'enhardir, dans l'espoir qu'il sera à un moment suffisamment distrait par la perspective de me battre pour ne pas remarquer le poison que je pourrais glisser dans un verre... Je prends une inspiration pour m'armer de courage.

— J'ai toujours eu une nette préférence pour la ceinture, je rétorque.

Il s'écarte de moi pour me lancer un air surpris et je lui lance un clin d'œil effronté.

— Mais c'est que notre Gabrielle est pleine de surprise ! s'exclame-t-il tout bas en me reprenant contre lui. Nous verrons combien de temps vous maintiendrez votre insolence...

J'essaie de ne rien laisser paraître, mais je déglutis. Deux chansons s'écoulent cependant sans qu'il ne fasse rien d'autre que massacrer mon doigt blessé. Lorsqu'enfin, le troisième morceau s'achève, Félix et sa fiancée se tiennent face à nous.

— Sire, encore toutes mes félicitations, s'incline Félix.

— Monsieur de La Brivoisière ! J'espère que la fête est à votre goût !

— Vous avez su, encore une fois, créer la perfection ! répond celui-ci avec une bonhommie déconcertante. Je n'émettrai qu'une critique : ma fiancée ne cesse désormais de me rappeler que vous dansez bien mieux que moi ! La pauvre espère être votre prochaine partenaire, si vous n'y voyez pas d'inconvénient.

Celle-ci rougit visiblement, et le roi s'esclaffe.

— Eh bien, mademoiselle, ce sera un plaisir, si ma femme m'y autorise...

Il laisse sa phrase en suspens tout en se tournant vers moi.

— Faites, mon cher ami. Je suis sûre que M. de La Brivoisière ne peut pas être un si piètre danseur.

Aussitôt, Louis XXII saisit la main de la jeune femme et Félix s'incline devant moi. Je glisse mes doigts dans les siens, et il me fait tourner à une distance respectueuse sur cette valse un peu plus traditionnelle.

— Savez-vous qu'au début du tournage d'*Au service du Roy*, j'ai été assourdi par une grenade, Madame ?

— Je l'ignorais.

— Tout le monde l'ignore, dit-il si bas que je peine à l'entendre avec la musique. J'ai survécu aux deux semaines qui ont suivi car je dispose depuis toujours d'un certain talent pour lire sur les lèvres.

J'acquiesce subrepticement. Son message est très clair : il sait tout ce que le roi m'a murmuré, et je peux, moi, communiquer silencieusement avec lui.

« Vous savez qu'il a tué Capucine de Léon », j'articule sans émettre un son.

— J'ai été mis au courant de ce fait, oui. Si vous remarquez des regards étranges ce soir, sachez qu'une partie de la salle le sait aussi désormais. Le bruit court depuis ce midi.

Je hoche la tête avec un sourire, comme si nous avions une conversation polie et tout à fait charmante. Ainsi, c'était bien cela, cet incendie qu'Ambre et Grimaux tentaient d'éteindre quand nous étions dans le salon vert. « Vous savez qu'il torture et tue des jeunes femmes dans le couvent Notre-Dame. Dont d'anciennes candidates de *Noblesse oblige* », je continue.

— J'avais quelques suspicions, rit-il en réponse à une plaisanterie imaginaire. Vous me les confirmez.

Je décide de jouer cartes sur table. J'ai besoin de son aide si je veux survivre à cette nuit. « Vous, comme moi, portons de très lourdes chaînes, Félix. J'ai l'intention de me débarrasser des miennes ce soir. Êtes-vous avec moi ? »

— Continuez, dit-il, tout sourire.

« Louis XXII a le cœur fragile. J'ai peur que la nuit de noces soit une épreuve insurmontable pour lui. »

— Voilà qui m'intéresse au plus haut point.

« Vous êtes ambitieux, Félix. Vous êtes un réformateur et vous voulez voir ce pays changer. Seulement, votre carrière politique a été tuée dans l'œuf et même si vous renversiez le roi avec vos hommes, vous n'auriez aucune légitimité, ni aucun soutien populaire. Je possède ces deux choses, et je compte bien m'en servir pour transformer le pays. »

— Je vois où vous voulez en venir. Cependant...

« Cependant, ni vous ni moi ne pouvons accomplir ce que nous avons à faire avec des *compromis* au-dessus de nos têtes. Vous savez la vérité sur le roi. Son secrétaire particulier est aussi coupable que lui. Pour le bien du pays, il doit être lui aussi écarté au plus vite, avant qu'il ne soit tenté de nous entraîner avec lui dans sa chute. Me trompé-je en affirmant qu'il détient aussi des documents sur vous ? N'était-ce pas ce que vous vouliez me faire passer comme message, sur la terrasse ? »

— Vous êtes perspicace. Que proposez-vous ?

« La nuit de noces aura lieu à partir de minuit dans les appartements de Marie-Thérèse. J'y appellerai Grimaux, quand mon mari aura des problèmes de santé. Disons, à minuit trente. Vous devez avoir des troupes autour de ce palais, n'est-ce pas ? Pouvez-vous vous tenir prêt à intervenir pour l'arrêter ? Il doit être mis hors d'état de nuire et ses *compromis* doivent être détruits avant que la nouvelle ne se répande. Je sais où ils se trouvent. Ce que je vous propose, c'est la liberté, Félix. »

— Madame, pour le bien du pays, j'accepte.

Le morceau se termine et nous nous saluons.

Chapitre 36

Plus l'heure tourne et plus ma nervosité grimpe. À onze heures quarante, le roi revient danser avec moi, après avoir fait tourner toutes les nobles dames de la cour, dans une offensive de charme. Il me fait valser sur la musique et il peine visiblement à contenir son excitation. Le morceau n'est pas fini qu'il me glisse à l'oreille :

— Madame, il est l'heure pour vous de goûter à mon bâton.

Et il pose une main sur la chute de mes reins pour m'escorter hors de la salle. Dans la galerie, des couples et des groupes discutent, murmurent sur notre passage. Je capte le regard inquiet d'une courtisane. La rumeur s'est à l'évidence répandue pendant le bal. Je jette un œil au roi : l'ombre d'un sourire sur le visage, marchant d'un pas plus rapide que d'habitude, il est déjà tout à la nuit de noces et n'a rien remarqué. C'est peut-être à mon avantage. Moins il sera attentif, plus il me sera facile de l'empoisonner. Malgré cela, j'ai les mains moites. Je tente de convoquer Bach pour me calmer, mais peine perdue. Le stress dépasse de loin celui de tous les concerts et auditions que j'ai pu faire.

Quand nous atteignons mes appartements, mon cœur bat la chamade. Dans le salon vert, la foule de maquilleurs et autres assistants a disparu. Ne reste que Grimaux.

— Votre Majesté, si vous avez une minute...

— Pas maintenant, Grimaux.

— Madame va devoir se défaire de cette robe, qui je vous le rappelle, doit être exposée en parfait état au Musée d'Orsay, insiste son secrétaire, aussi précautionneux que s'il manipulait un python ou un fauve. Venez avec moi une petite minute, je vous en prie, le temps pour sa femme de chambre de vous la préparer pour la nuit.

L'expression me glace le sang, mais je ne laisse rien paraître. Au regard que m'adresse Grimaux, je pressens qu'il va tenter de mettre le roi en garde contre les dégâts trop... visibles qu'il pourrait m'infliger.

— C'est bon, râle Louis XXII.

Puis se tournant vers moi :

— Vous avez cinq minutes. Profitez-en bien.

Le ventre noué, je pénètre dans la chambre. Toute en rose et blanc, avec ses canapés confortables, son énorme lit à baldaquin surmonté de plumes d'autruche immaculées, elle inviterait à la flânerie si le roi ne prévoyait pas de faire de moi sa prochaine victime. Les lourds rideaux couleur dragée ont été fermés, et Iphigénie m'attend près du lit. Blanche comme un linge, elle a l'air aussi nerveuse que moi lorsqu'elle s'incline. Sans un mot, elle se met à dégrafer ma robe.

Je la laisse faire, tout en guettant le moment où elle s'attaquera au bustier et où je devrais récupérer l'enregistreur et le poison. Mais que faire de l'un et de l'autre ? J'avise le grand vase de fleurs posée sur un guéridon près du chevet. Laisser le microphone derrière me paraît être une bonne idée... Au cas où les choses tourneraient mal, il captera tout ce qu'il se passera autour du lit, je pense sombrement. Quant à la pilule... J'avise la fontaine en cristal contenant de l'eau, dans un coin de la pièce. Non, c'est trop risqué : il y a plusieurs litres à l'intérieur, le produit serait probablement trop dilué pour rester efficace, et s'il me force à boire, je pourrais m'empoisonner. Je sens Iphigénie s'attaquer au laçage du corset derrière moi, la pression sur mes seins se relâche imperceptiblement. Je plonge de justesse les doigts dans mon décolleté. Je récupère l'enregistreur avec facilité, la capsule en revanche, tombe sur le tapis. Alors que ma femme de chambre continue de desserrer le ruban, je contemple avec horreur la pilule au milieu de la laine rose.

— Une minute, Iphigénie...

Heureusement, elle n'a l'air de s'être rendu compte de rien. Je me penche aussitôt pour la ramasser.

— Tout va bien, Madame ?

— Heu... Oui. Oui, Iphigénie, je réponds, la capsule bien serrée dans mon poing. J'ai... Ce n'est rien.

Mon corset tombe sur mes hanches et je remarque alors les profondes marques qu'ont imprimé les deux objets sur mes seins. Bon sang ! De mes mains fermées, je me mets à frotter ma poitrine pour les faire disparaître, cette même poitrine qu'a prévu de mordre le roi... Mon cœur effectue un saut périlleux. J'ai la solution. Je jette un coup d'œil par-dessus mon épaule à ma domestique, mais elle est penchée sur les agrafes de mes jupons. Je n'ai pas beaucoup de temps pour mettre cette idée à exécution.

— Iphigénie, auriez-vous un peu d'huile ? je demande.

— De l'huile, Madame ?

— Vous savez, celle pour la peau sèche que vous m'appliquiez parfois à Versailles ?

— Je vais vous la chercher tout de suite, Madame.

Deux secondes plus tard, ma robe est au sol, et je l'enjambe pour aller m'appuyer contre le guéridon aux fleurs. Nue, je fais mine d'observer Iphigénie aller prendre le flacon sur la coiffeuse, tandis que je glisse soigneusement l'enregistreur derrière le bouquet.

— Tenez, Madame, me dit-elle en me tendant la fiole.

Tandis qu'elle ramasse la robe, je me détourne pour verser quelques gouttes du liquide visqueux sur mes seins. Je repose ensuite le flacon pour étendre l'onguent en une fine couche sur ma poitrine. Je jette un coup d'œil par-dessus mon épaule : Iphigénie est toujours occupée à se débattre au milieu de la soie blanche. Avec hâte, je saisis la capsule et enfonce un ongle en son centre... Retenant mon souffle, je l'ouvre juste au-dessus de mon buste. La poudre s'accroche instantanément à la pellicule huileuse. Je l'étale rapidement, jusqu'à faire disparaître toute trace blanche. Puis, je me débarrasse de la gélule éventrée dans le vase de fleurs. Ne reste plus qu'à espérer que le roi tienne parole. Et que le produit ne pénètre pas ma peau.

— Je vais apporter ceci au styliste, Madame, m'informe ma femme de chambre quand elle a fini de rassembler l'énorme robe. Et je reviens pour vous passer votre chemise de nuit.

— C'est inutile, je m'empresse de lui répondre. Nous savons toutes les deux que je n'en aurai pas besoin ce soir...

Surtout, je ne veux pas que la poudre puisse se transférer sur le vêtement.

— Comme vous voudrez, Madame.

À peine visible derrière la montagne blanche et dorée qu'elle transporte, elle s'échappe de la pièce. Je n'ai pas une seconde pour souffler : le roi rentre aussitôt et referme la porte à clé derrière lui.

— Oh, vous êtes déjà prête à ce que je vois, lance-t-il en admirant ma nudité d'un air de connaisseur. En même temps, c'est ce que j'attendais d'une traînée...

Il s'approche de moi, et je dois me faire violence pour ne pas courir à l'autre bout de la pièce.

— Oh, ne prenez pas cet air de biche effarouchée, j'ai bien retenu ma leçon avec Grimaux : le médecin vient vous examiner dans une heure et je n'ai pas le droit de laisser de marques trop... suggestives. Estimez-vous heureuse, le fouet n'est plus à l'ordre du jour. Pour l'instant du moins.

Mais ses paroles ne me rassurent pas le moins du monde. Je n'ai aucun doute sur le fait qu'il se montrera imaginatif. Il continue de marcher vers moi, jusqu'à ce que ses lèvres ne soient plus qu'à quelques centimètres des miennes. Je soutiens son regard, du mieux que je peux.

— Mais avant que nous passions aux véritables réjouissances, j'ai un cadeau pour vous, susurre-t-il soudain, d'un ton suspicieusement caressant.

Il lève alors devant mes yeux une petite boîte de velours rouge que je n'avais pas remarqué dans sa main.

— C'est un bijou très spécial. J'espère que vous l'apprécierez. Allez-y, ouvrez-la.

Je la saisis, et il recule de quelques pas, un sourire lui barrant le visage. Mon souffle se coupe dès que je reconnais la bague. C'est la chevalière de mon père.

Le roi éclate de rire, soudain hystérique.

— Alors, mon cadeau de noces vous plaît-il ? s'exclame-t-il, hilare.

— Je… Je ne comprends pas, je peine à articuler.

— Votre amant avait contacté votre cher papa pour vous faire échapper, vous pensiez que je ne le savais pas ? Alors que je le surveillais ?

Le sang quitte mon visage, ma lèvre inférieure tremble.

— Il est… Il est…

Mais je ne parviens pas à prononcer le mot.

— Mort ? s'esclaffe Louis XXII. Oh non. Pas encore du moins. Mais si vous ne m'obéissez pas, si vous me déplaisez, vous recevrez d'autres cadeaux de sa part. Un doigt, une jambe, peut-être même un jour un œil ou une tête, qui sait ? Cela ne dépend plus que de vous. À partir de maintenant, vous allez être une jeune femme très sage. Vous allez suivre mes directions lors des tournages le jour et obéir à mes ordres dans ma salle de jeu chaque nuit, le tout sans protester.

Je n'ai pas le temps de réagir qu'il comble soudain la distance entre nous et me gifle si violemment que je tombe à quatre pattes sur le tapis.

— Alors, vous pensiez pouvoir batifoler avec le personnel ? crache-t-il.

Tremblante, je tente de me relever, mais il a déjà saisi un de mes bras. D'un geste, il m'a remise debout et me traîne vers un des rideaux. Il en arrache l'un des cordons de soie rose et me retourne aussi facilement que si j'étais une poupée pour me nouer les mains dans le dos. Je ne résiste pas. Il est trop fort pour moi, de toute façon…

— À genoux, aboie-t-il.

Une boule dans la gorge, je m'empresse de lui obéir. Je l'entends enlever sa ceinture.

— Commençons par l'instrument que vous avez choisi. Vous voyez, comme je suis gentil et conciliant ?

L'instant d'après la douleur me cingle le dos sans que j'aie pu m'y préparer. Je pousse un cri.

— Ne vous inquiétez pas, ricane-t-il, le médecin n'ira pas regarder au-dessus de votre entre-jambe.

Un nouveau coup atterrit, brûlant, sur ma colonne et les larmes jaillissent sans que je puisse les retenir. Malgré la souffrance, je pense à pencher la tête pour qu'elles ne coulent pas sur ma poitrine et le poison. Elles partent se perdre dans le tapis.

— Pitié, je gémis, me rappelant les conseils de Grimaux me demandant d'être démonstrative. Pitié...

Mais je ne récolte qu'un autre coup.

— Je crois que ce que vous lui avez dit, c'est « s'il vous plaît », crache-t-il, avant d'abattre à nouveau sa ceinture.

Je ne me retiens plus et hurle.

— S'il vous plaît ! S'il vous plaît !

— Voilà qui est mieux.

Mais il ne s'arrête pas pour autant. Je me tortille sur le tapis, rendue folle par la douleur, essayant désespérément de ne pas laisser mes cheveux tomber sur la fine pellicule de poison, de ne pas laisser mes larmes couler dessus. J'ai perdu le compte des coups et mon dos me fait l'effet d'une immense plaie brûlante.

— S'il vous plaît, je continue de sangloter.

Jusqu'à ce que sans crier gare, il s'arrête. Je l'entends ahaner derrière moi, à bout de souffle. Je m'efforce de ne pas bouger, comme si ça pouvait le calmer, comme s'il allait m'oublier, mais mes épaules tremblent sous l'effet des pleurs que je ne peux plus retenir.

— Bien, souffle-t-il.

Et sans crier gare, il m'attrape par un bras et me soulève pour me pousser en arrière sur le lit. Mon dos à vif heurte le matelas et je pousse un hurlement. Les mains toujours attachées et désormais bloquées par mon propre poids, je me sens impuissante sur ces draps rose vif. Quand je relève la tête, le roi, au comble de l'excitation, enlève sa veste, un sourire cruel sur le visage. Le stress et la panique me nouent la gorge, mais je ne dois pas abandonner. Tout n'est pas perdu, je me répète.

Il s'avance comme un loup vers une brebis blessée.

— Maintenant voyons si...

— N'aviez-vous pas promis de me mordre ? je lui lance, volontairement provocante.

Un sourire démoniaque étire ses lèvres fines, transformant son beau visage en manifestation de l'enfer.

— Oh, on veut jouer à ce que je vois.

Il se jette à califourchon sur moi, ses mains de part et d'autre de ma tête. Ses dents claquent à un centimètre de mon nez.

— Non, vous avez de la chance, il faut que votre visage soit encore entier demain matin.

Sa bouche plonge sur le côté de mon cou et je pousse un long hurlement, pour l'encourager. Plus bas. Il faut qu'il morde plus bas.

— Il a commencé par là et cela vous plaît, à ce que je vois, sourit-il.

Il passe sa langue d'un air gourmand sur ses incisives.

— Beau... Beaucoup, je peine à murmurer.

— À la bonne heure !

Et il mord dans mon sein droit, en plein dans l'huile mélangé à la poudre. Le cri qui s'échappe de ma poitrine n'a plus rien à voir avec la douleur. C'est celui du soulagement. Le prince relève la tête, tout sourire.

— Encore ? plaisante-t-il.

Et il recommence. Encore et encore. À gauche, puis à nouveau à droite. Le temps s'étire. J'ai l'impression que ma poitrine n'est plus qu'un énorme bleu, et je hurle de plus en plus fort, à m'en casser la voix. De désespoir cette fois. La poudre a dû partir, ou la dose devait être trop faible. Je suis perdue. Je vais être livrée aux caprices de ce monstre toute la nuit. Qui sait ce qu'il me fera après la visite du médecin ? Les larmes coulent.

— Ne pleurez pas, trésor, minaude-t-il en se relevant. Je sais comment vous consoler, je vais vous...

Il tousse.

— Je vais vous...

Une deuxième quinte de toux le saisit et ses yeux s'agrandissent de surprise. Il recule pour sortir du lit, et je relève la tête pour le voir frapper du poing sur sa poitrine pour faire passer un nouvel accès.

— Je...

Il saisit son bras gauche et s'effondre au sol. Je roule sur le matelas pour quitter le lit. Quand je parviens à me remettre debout, Louis XXII se tortille au sol, happant l'air comme les poissons que ramenaient nos bateaux. Je reste quelques secondes sans réaction. Ça a marché. Ça a vraiment marché. Puis quand je réalise ce que cela veut dire, je me rapproche de lui pour lui envoyer un violent coup dans les parties. Un gémissement s'échappe de sa bouche, et je sens un sourire se former sur la mienne. Une fin rapide, avait dit Charbonneau. Pour une fois, je suis contente qu'il ait menti. Je m'assois à même le sol, et au prix d'une douloureuse contorsion, fais passer mes mains attachées devant moi. Il ne me faut que quelques secondes pour ensuite dénouer le nœud. Toujours nue, je me rapproche de mon enregistreur. Les données ont été relevées pour la dernière fois hier, et je pressens que l'ordre a été donné d'attendre la fin de ma « nuit de noces » pour récupérer la bande son de la journée. Je saisis l'appareil et le plonge dans l'eau du vase. Je n'ai pas envie que les républicains se servent de ce qui a été dit aujourd'hui contre moi. Surtout pour la partie qui va suivre.

Quand je me retourne, le roi a toujours la main sur son bras gauche et son visage est désormais rouge écrevisse. Je vais m'asseoir à genoux à côté de lui.

— Tu ne t'attendais pas à ça, non, salopard ? je lui susurre à l'oreille.

Ses yeux croisent les miens et pour la première fois, j'y décèle la peur. Une peur primaire, animale.

— C'est moi qui espionnais pour le compte de Leclerc, je chuchote. C'est aussi moi qui ai recueilli ta confession du meurtre de Capucine de Léon, qui t'ai suivi dans ton couvent... Les républicains savent tout, cher Louis, à commencer par les jeux sordides auxquels tu t'es livré sur des dizaines de jeunes filles. Personne ne te pleurera, Louis.

Tu resteras dans l'histoire comme le roi le plus détesté de France.

Je lui mords alors violemment le lobe, comme le jour de notre premier baiser.

— C'est moi, désormais, qui vais régner sur ton cher pays. Et la première chose que je vais faire, c'est détruire la monarchie.

Son regard se pose sur moi, paniqué. Je lui adresse un geste obscène alors qu'il rend son dernier souffle.

Chapitre 37

Le roi est mort. Vive la reine, je pense en me relevant. Je contemple le corps sans vie de Louis XXII, en chemise, les yeux grands ouverts dans une expression de terreur absolue. Il a l'air... inoffensif, ainsi. Nulle trace du prédateur sur ce beau visage immobile.

J'avise l'horloge dorée sur la commode en marquèterie. Minuit vingt-six. Presque pile à l'heure. La douleur pulse sur toute la surface de mon dos, sur mes seins, dans mon cou et mon doigt meurtri, mais elle est tout à coup supportable et la dernière de mes préoccupations. J'inspire profondément. J'ai un dernier rôle à jouer avant que Félix n'intervienne.

Toujours nue, je pousse un hurlement.

— À l'aide ! À l'aide !

Personne ne vient, comme c'était à prévoir, alors je me rue hors de la chambre. Grimaux est affalé sur un canapé, un livre à la main, un casque anti-bruit sur les oreilles. Il relève la tête à mon arrivée, et ses yeux s'écarquillent devant ma nudité.

— À l'aide ! je hurle alors qu'il enlève ses protections auditives. Le roi a fait un malaise !

Je retourne à l'intérieur de la chambre et Grimaux referme la porte derrière lui avant de m'écarter sans ménagement pour se précipiter sur le cadavre. Il prend son pouls.

— Que s'est-il passé ? demande-t-il, paniqué.

— Il... Nous étions... Il s'est senti mal tout d'un coup, et il s'est effondré, je bégaie.

Grimaux relève la tête du roi, et pose sa bouche sur la sienne pour insuffler de l'air. Il presse ensuite ses deux mains jointes sur sa poitrine.

— Depuis combien de temps est-il ainsi ?

— Une minute, deux... Vous saviez ce qu'il me faisait. Quand il est tombé, j'étais attachée et je n'ai pas réussi à enlever mes liens tout de suite. Et ensuite... Et ensuite, j'ai eu peur de lui.

— Deux minutes ? répète Grimaux.

Il s'arrête aussitôt de masser et secoue la tête au-dessus du corps.

— Bon sang, peste-t-il.

Puis il se tourne vers moi, une lueur calculatrice dans le regard.

— Maintenant, écoutez-moi bien, Gabrielle, car il en va de notre survie à tous les deux. A-t-il eu le temps d'accomplir son devoir conjugal avec vous ?

Une vague glacée me parcourt de haut en bas. Je recule.

— Je crains de ne pas comprendre, je réponds froidement.

— Ne jouez pas les effarouchées, vous savez de quoi je parle.

Je jette un coup d'œil à l'horloge. Minuit trente. Que fait Félix ?

— Gabrielle, votre position au palais, et la mienne, seraient plus stables avec un héritier du trône. Nous ne savons rien du petit-fils de Louis XXI, si ce n'est qu'il ne doit pas nous porter dans son cœur après l'assassinat de la totalité de sa famille...

J'acquiesce lentement. Encore une fois, sa manœuvre est transparente : il me tient sous sa coupe, parce qu'il a les enregistrements d'Antoine et moi, et il n'entend pas perdre si rapidement cette influence pour sauter dans l'inconnu avec un petit garçon qui lui sera probablement hostile.

— Si le roi n'a pas pu remplir ses obligations, poursuit-il d'une voix douce, nous devons trouver une solution tous les deux... Nous comprenons-nous ?

Au même moment, j'entends des pas dans la pièce d'à côté.

— Parfaitement, je lâche.

Je me détourne de lui pour ouvrir la grande armoire qui trône dans un coin de la pièce. J'attrape le premier vêtement disponible, le manteau d'une volumineuse robe rose. Je le passe sur mes épaules alors que la porte s'ouvre à la volée.

Félix pénètre dans la pièce, suivi de trois hommes qui devaient être invités au mariage, car ils sont en grande tenue. Tous ont l'arme au poing.

— Grimaux, grogne Félix.

Le regard du secrétaire particulier passe de moi à l'homme debout devant lui, qui le tient désormais en joue.

— Pardonnez ce retard, Madame, continue celui-ci. Nous avons eu quelques difficultés pour maîtriser un ou deux gardes suisses récalcitrants sur le chemin.

— Ce n'est rien, M. de La Brivoisière.

— Vous... C'est un putsch ! s'exclame Grimaux. Gardes !

— Quels gardes ? ricane Félix. Mes hommes contrôlent ce palais, si vous ne l'aviez pas encore compris.

— Et ce n'est pas un putsch, je complète. C'est une arrestation, Grimaux. Pour votre complicité dans le meurtre de Capucine de Léon. Sur mon ordre.

Aussitôt, deux des hommes viennent l'encadrer.

— Ma reine, s'incline Félix, si nous pouvions maintenant nous attaquer à la suite du plan.

— Suivez-moi tous, je leur ordonne. Emmenez Grimaux.

Dans ma tenue rose qui menace de s'ouvrir sur ma poitrine meurtrie, je sors de mes appartements, passant devant deux gardes suisses assommés. Je reconnais les hommes qui avaient déposé le cadavre de la jeune femme dans l'incinérateur. Tant mieux.

Je marche d'un pas rapide dans le couloir, croisant quelques groupes éméchés qui murmurent sur notre passage.

— Que fait-elle là ? dit tout haut l'une des femmes.

Mais je ne m'arrête pas et marche droit vers la pièce où se trouve la porte cachée.

— Co... Comment savez-vous ? bégaie le secrétaire particulier.

— Vous n'êtes pas le seul à avoir des secrets, Grimaux, je lâche d'un ton acide en appuyant sur la rose et en tournant la feuille.

La porte dérobée coulisse et je m'engouffre dans le tunnel, mon escorte sur mes talons. Derrière moi, les trois hommes poussent une exclamation quand ils découvrent le lieu.

— Quel est cet endroit ? murmure l'un d'eux.

— Vous verrez, je souffle.

Je suis trop épuisée, trop à bout de nerfs, consumée par l'adrénaline, pour me lancer dans des explications.

Je marche d'un pas rapide dans l'étroit corridor, jusqu'à l'escalier conduisant à la porte de bois noir. Lorsque nous passons de l'autre côté, le couvent est plongé dans le silence.

— Nous sommes... chuchote un des soldats.

— Au couvent Notre-Dame, termine Félix, sa voix contenant mal sa fureur.

Il me dépasse alors d'un pas rapide et tire sur la poignée de la première cellule. Elle est fermée. Il jette un œil par le judas et son visage se décompose. L'instant d'après, il s'est jeté sur Grimaux entre ses deux camarades. Son poing s'abat avec violence sur son visage et une gerbe de sang vole de son nez sur son costume d'apparat.

— Misérable ordure... Combien de jeunes femmes sont enfermées ici pour le plaisir de ce sadique ?

Son cri résonne avec fracas dans le couloir.

— Je... Je n'avais pas le choix, bégaie le secrétaire particulier. Mon maître...

— Combien ? hurle Félix près de son visage.

— Quarante-trois. Heu... non, quarante-deux. Soixante-cinq en comptant celles réservées à son père...

— Où sont les clés, Grimaux ? je lance froidement.

Mais celui-ci reste muet.

— Les clés, ou je te fais sauter le gros orteil, menace l'homme à sa gauche en agitant son arme.

Grimaux lui jette un œil apeuré. Au même moment, une voix étouffée me parvient de la cellule la plus proche. C'est un appel à l'aide.

— Les clés ! je hurle.

Cette fois, c'est moi qui frappe l'ancien secrétaire au visage. Il semble soudain se reprendre.

— La salle... Je... Là-bas, dit-il en désignant le coude que fait le couloir. Je vais vous montrer.

Nous reprenons notre marche dans la direction indiquée. Au niveau du tournant, nous tombons nez à nez avec un domestique chargé d'un plateau. L'homme est si surpris qu'il le lâche et la vaisselle va s'écraser au sol dans un bruit de porcelaine brisée.

— Halte-là, mon brave, grogne Félix en levant son pistolet. Vous n'avez pas intérêt à vous enfuir.

Le valet lève les deux mains en un geste de soumission.

— Quel est votre nom ? lui demande mon compagnon.

Mais le type secoue la tête, au bord des larmes, et ouvre la bouche. Je ne peux retenir un hoquet d'horreur.

— Par tous les saints, lâche un des soldats.

Le pauvre homme n'a plus de langue. Retenant ses pleurs, il regarde Grimaux, dont le visage est en sang, tenu sous la menace de nos armes, puis nous adresse un signe de tête que je ne peux qu'interpréter comme de la reconnaissance. Il nous invite d'un geste à avancer, et nous ouvre le chemin. J'enjambe les débris de vaisselle et la soupe.

J'échange un regard avec Félix et je sais qu'il pense la même chose que moi : depuis combien de temps cet homme est-il lui aussi prisonnier de ce couvent, contraint de s'occuper des esclaves du roi ?

— C'est là, murmure Grimaux.

Il désigne la salle que je reconnais comme celle des médailles. Nous y entrons et de nouvelles exclamations accompagnent la découverte des instruments de torture.

— Quel est... Mon Dieu... s'émeut l'un des hommes.

— Gabrielle, murmure Félix, sous le choc au point d'oublier mon nouveau titre. Ce n'est pas... Ce n'est pas ce que je crois ?

Il désigne les panneaux garnis de pendentifs. Je n'ai pas besoin de lui répondre : Félix saisit celui pendu sous la date du 20 février.

— Capucine, blêmit-il.

Il porte le médaillon contre son cœur et il ne m'en faut pas plus pour comprendre que le duc n'était pas le seul à l'aimer. Puis il se tourne vers Grimaux, qui se recroqueville entre ses deux geôliers.

— Les clés, lui ordonne-t-il d'une voix qui fait dresser mes cheveux sur ma tête.

Mais un gémissement l'interrompt. Le domestique muet nous désigne un secrétaire à côté des instruments de torture. Je me dépêche de sortir un lourd trousseau de l'endroit indiqué.

— Merci beaucoup, monsieur, je murmure gentiment à son intention.

Je me tourne alors vers Félix.

— Et les *compromis* sont à côté, je l'informe en montrant la porte au fond de la salle.

Grimaux pâlit visiblement. Sa seule protection vient de partir en fumée.

— Je vous propose que nous réglions ce problème avant de libérer les femmes, je continue. Elles auront... Elles auront probablement besoin de tout notre soutien et j'anticipe que les transférer au palais nous prendra une bonne partie de la nuit.

— C'est entendu.

Les quatre hommes se dirigent vers la porte que je leur ai indiquée, traînant presque le secrétaire particulier, et je leur emboîte le pas. Quand nous allumons la lumière, je réalise que la pièce est bien plus grande que je ne l'imaginais, et remplie d'étagères. Il n'y a pas que des cassettes, il y a des disques plus récents, et des liasses de papier à l'air ancien. Combien de *compromis* sont-ils stockés là ? Et depuis combien de temps ?

Félix se dirige droit vers le label portant son nom, et un vaste sourire illumine son visage.

— Grimaux ? demande-t-il en se tournant vers lui, un regard de prédateur que je ne lui ai jamais connu sur le visage. Sont-ce vos seules copies ?

— Bien sûr que non... Je...

Mais Félix part d'un grand éclat de rire.

— Vous mentez.

— Non, bien sûr que non. Voyons, La Brivoisière...

— Et vous mentez encore. Votre œil droit vous trahit, comme à chaque fois, Grimaux. Comment croyez-vous que j'aie toujours pu vous battre au poker chez M. de Fraguier ?

Félix soulève alors son arme.

— À genoux, ordonne-t-il.

— Félix... je l'interromps.

— Madame ?

Il lève un sourcil.

— Je n'ai pas envie que ma robe soit tâchée. Laissez-moi récupérer ma cassette et faites ce que vous avez à faire.

Une étincelle de satisfaction brille dans les yeux du « Valeureux ». Dès que j'ai vu la taille de la salle, j'ai su que nous n'avions pas le choix. Grimaux sait trop de choses et tant qu'il sera vivant, il représentera une menace pour nous. Je me dépêche de marcher vers la lettre « L » et attrape la vidéo au nom de Lacroix. Puis je sors, les clés à la main, pour libérer les jeunes femmes de cet enfer. J'ai à peine fait deux pas dans la pièce d'à côté qu'une détonation retentit. Je n'ai même pas tressailli.

Je m'apprête à repartir dans le corridor, quand je repère un nouveau venu sur la partie gauche du tableau aux pendentifs. Mon médaillon pend à sa chaîne, enroulée autour d'une épingle. Je l'en arrache et le fourre au fond d'une des poches de la robe.

— Auriez-vous l'obligeance de me conduire jusqu'aux cellules d'Agnès et Solange ? je demande alors au domestique muet.

Celui-ci hoche immédiatement la tête. Je lui emboîte le pas dans le couloir. Nous n'avons pas à marcher bien loin qu'il me désigne une porte, puis pointe le trousseau du doigt. Je le lui tends, et il sélectionne la clé dont j'ai besoin. Je la tourne avec précaution dans la serrure, anxieuse à nouveau, appréhendant l'état dans lequel je vais retrouver mes amies. J'ai à peine ouvert la porte qu'une Agnès à moitié nue se jette dans mes bras, et la seconde d'après, s'effondre en sanglots.

Épilogue

Dans les jardins privés de Marie-Thérèse, je m'accoude à la balustrade surplombant la Seine. Le soleil se lève, une aube rouge sang sur les toits de Paris. Je n'ai pas dormi de la nuit. Félix et ses acolytes ont brûlé leurs *compromis*, mais nous avons convenu que nous allions conserver le reste. Pour réformer la France, tordre le bras de la noblesse sera nécessaire. Nous avons scellé la pièce pour notre propre usage.

— Catherine s'est finalement endormie dans ton lit, murmure Solange en venant se placer à mes côtés.

— Ce n'est pas vraiment mon lit. Après tout, je n'ai pas passé une seule nuit dedans.

— La pauvre. Quatre ans qu'elle est enfermée là-bas...

Emmitouflée dans une épaisse couverture, elle s'accoude elle aussi à la balustrade et pose sa tête sur mon épaule.

Après avoir ouvert toutes les cellules, j'ai reconduit les prisonnières du roi aux Tuileries – enfin celles qui voulaient bien quitter leur chambre, une poignée d'entre elles ont refusé de partir, convaincues que la mort allait les frapper sitôt qu'elles auraient franchi le seuil de leur pièce. Quand nous sommes arrivées au château, la fête du mariage était terminée, ne restaient que quelques invités en train d'être raccompagnés dehors par les valets. Tous ont cru avoir une hallucination en voyant débarquer d'anciennes candidates de *Noblesse oblige* dans des tenues outrancières, et ce, au beau milieu de la galerie. Nul doute que la rumeur fera vite le tour de la ville. Une heure plus tard, je faisais appeler le médecin royal, retenu par les soldats de Félix en dehors de mes appartements, pour faire constater le décès du roi « de cause naturelle ». Ainsi que la perte de ma virginité, scellant ainsi mon mariage et cimentant ma position de reine douairière.

— Que va-t-il se passer maintenant ? murmure Solange à mes côtés.

— La chambre haute va annoncer la mort de Louis XXII, répond Agnès en nous rejoignant, comme le prévoit la loi. Le médecin va témoigner, puis Gabrielle. Elle racontera comment il a demandé le pardon avant de mourir, et a confessé ses crimes...

Elle se tourne vers moi, un léger sourire sur le visage. Je sais que contrairement à la douce Solange, elle ne croit pas une minute à ce mensonge. Elle articule un « merci » silencieux, et je lui réponds d'un clin d'œil.

— Les nobles de la chambre haute n'auront pas d'autre choix que de la maintenir à la régence, vu sa popularité, continue-t-elle. Et ils se mettront à chercher le petit Louis XXIII au fin fond de l'Amérique du Sud.

— Exactement, je termine.

Je réfrène un sourire. Oui, la chambre haute n'aura pas le choix, effectivement, surtout vu les *compromis* que je détiens, désormais. *Les républicains pourraient me causer plus de tort, s'ils se décidaient à se mettre en travers de mon chemin, mais ce sera un problème pour un autre jour*, je me dis en tournant la cassette à mon nom entre mes doigts.

— Qu'y a-t-il dessus ? me demande Solange. Tu ne t'en es pas séparée de la nuit...

— Un des plus beaux moments de ma vie, je réponds avec un sourire triste.

Je laisse tomber la cassette au sol et l'écrase du talon. Le plastique éclate, la bande se chiffonne. Quand je l'estime suffisamment abîmée, je la ramasse et la lance dans le fleuve en contrebas. Je regarde les morceaux flotter quelques secondes dans le courant avant de couler.

— Adieu, mon ami, je murmure.

— J'imagine que tu en avais besoin, chuchote Agnès.

— Oui.

Je plonge la main dans la poche de ma robe pour en retirer mon médaillon. À l'intérieur, il ne reste plus que les portraits de mes parents, souriants sur le papier glacé. Je le remets autour de mon cou.

* * *

Retrouvez les aventures de Gabrielle
dans
Liberté Oblige
début 2025

#lisez! engagé
www.lisez.com

Pour plus d'information :

Imprimé sur du papier issu de forêts gérées durablement.

Toute notre actualité et nos auteurs sur :
www.slalom-editions.fr